Ren Dhark®

Der Drakhon-Zyklus

Band 9

Das Sternenversteck

Herausgegeben von
HAJO F. BREUER

HJB®

Ein Verzeichnis sämtlicher bisher erschienenen und lieferbaren REN DHARK-Titel und -Produkte finden Sie auf den Seiten 351 und 352.

1. Auflage

HJB Verlag & Shop KG
Postfach 22 01 22
56544 Neuwied
Bestellungen und Abonnements:
0 26 31 – 35 48 32
0 26 31 – 35 61 00
Fax: 0 26 31 – 35 61 02
www.ren-dhark.de

Exposés: Hajo F. Breuer
Titelbild: Ralph Voltz
Illustrationen: Swen Papenbrock
Druck und Bindung:
Wiener Verlag Ges. m. b. H.

ISBN 3-930515-35-0

Vorwort

In den letzten Büchern hatten wir auf den REN DHARK-Event hingewiesen, der am 6. Oktober in Koblenz stattfand. Ich habe niemanden getroffen, der diese Veranstaltung nicht für rundherum gelungen hielt. Eigentlich konnte ja auch gar nichts schiefgehen an einem Tag, der damit seinen Anfang nahm, daß unser Verleger zum zweiten Mal Vater wurde. Herzlichen Glückwunsch, Achim!

Aber wir waren natürlich nicht nach Koblenz gekommen, um familiäre Anlässe zu feiern. Unser Thema hieß REN DHARK. Und ich kann nur hoffen, daß es den Teilnehmern des Events auch nur halb so gut gefallen hat wie mir – denn dann haben sie ein prima Wochenende verbracht. Vom Autorenteam waren neben meiner Wenigkeit Uwe Helmut Grave und Manfred Weinland erschienen, und sie bestätigten meinen Eindruck: Für Leute wie uns ist die Begegnung mit den Lesern unserer Produkte fast unbezahlbar. Tage wie der von Koblenz helfen uns dabei, stets im Auge zu behalten, was der Leser eigentlich möchte. Denn für uns kommt der Leser an erster Stelle.

Es ist fast überflüssig zu sagen, daß wir eine Reihe wertvoller Anregungen mit nach Hause genommen haben, die definitiv in unsere Arbeit einfließen werden. Ein Beispiel gefällig? Gern: Wenn sich in einem der nächsten Bände die Situation der Cyborgs dramatisch verändert, so ist das Ergebnis einer Anregung, die von einem der Event-Teilnehmer in Koblenz gemacht wurde.

Deshalb steht es jetzt schon so gut wie fest, daß wir eine ähnliche Veranstaltung in absehbarer Zeit wiederholen werden. Auch den Ort des Events haben wir schon ins Auge gefaßt: *Los Morenos,* das Restaurant von Juan und José, in dem auch REN DHARK immer mal wieder gern zu Gast ist…

Einer weiteren Anregung aus Leserkreisen komme ich gleich

mit diesem Band nach: Wir wurden darum gebeten, doch besser kenntlich zu machen, wer welchen Anteil am jeweiligen Roman geschrieben hat. Kein Problem!

Das vorliegende Buch wurde von drei Autoren verfaßt: Manfred Weinland lieferte alles, was in der Galaxis Drakhon spielt. Uwe Helmut Grave verfaßte das Abenteuer des intelligenten Roboters Artus, und die übrige Handlung auf der Erde um den geheimnisvollen Jim Smith und seine junge Freundin Juanita stammt aus der Feder (oder sagt man heute besser Tastatur?) von Werner K. Giesa. Die Exposés schrieb wie immer der Unterzeichner dieser Zeilen.

Nun aber genug der einführenden Worte! Lehnen Sie sich entspannt zurück und genießen Sie die neusten Zukunftsabenteuer im Weltall, wie nur REN DHARK sie bieten kann!

Giesenkirchen, im Oktober 2001
Hajo F. Breuer

Prolog

Die galaktische Katastrophe, die Ende des Jahres 2057 die Milchstraße heimsuchte, hat sämtliche technischen Errungenschaften der Mysterious, die nicht von einem Intervallfeld geschützt waren, in nutzlosen Schrott verwandelt. Darüber hinaus hatten die Völker der Milchstraße alle unter den Folgen der Energiefront aus dem Hyperraum zu leiden, ob sie nun Mysterioustechnik benutzten oder nicht. Bewußtlosigkeit, Kurzschlüsse und Unfälle forderten allen technisch entwickelten Zivilisationen einen hohen Blutzoll ab. Allein auf der Erde fanden mehr als 50 Millionen Menschen den Tod.

Ren Dhark vermutet einen Zusammenhang zwischen dieser Katastrophe, den verheerenden Strahlenstürmen in der Galaxis und der unerklärlichen Entdeckung der Galaxis Drakhon, die mit der Milchstraße zu kollidieren droht. Weil offenbar auch die Grakos, jene geheimnisvollen Schattenwesen, die so unerbittliche Feinde aller anderen intelligenten Lebensformen zu sein scheinen, unter den Folgen der kosmischen Katastrophe leiden und ihre Angriffe eingestellt haben, bricht Ren Dhark mit seinen Getreuen zu einer Expedition nach Drakhon auf. Da die Erde nach dem Ausfall ihrer meisten S-Kreuzer auf kein Raumschiff verzichten kann, steht für die Expedition nur ein einziges Schiff zur Verfügung: die POINT OF.

Ausgerüstet mit von den Nogk konstruierten Parafeldabschirmern steuert das terranische Flaggschiff noch einmal den Planeten Salteria an, auf dem die letzten Salter Zuflucht bei den paramental enorm starken Shirs gefunden hatten. Diesen gewaltigen Kolossen war es offenbar gelungen, die Erinnerungen und Sinneseindrücke der Terraner beim ersten Aufenthalt auf ihrer Welt fast nach Belieben zu manipulieren.

Beim Einflug nach Drakhon macht die Funk-Z der POINT OF eine erstaunliche Entdeckung: In der fremden Galaxis, die beim ersten Besuch funktechnisch »tot« war, wimmelt es nun von Kommunikationssignalen im Hyperraum. Offenbar hatte auch in dieser Sterneninsel ein kosmischer Blitz zugeschlagen, der die hier lebenden Völker aber früher außer Gefecht gesetzt haben muß als die Bewohner der Milchstraße…

Ren Dhark erhält Hinweise auf das geheimnisumwitterte Volk der Rahim, das Drakhon früher mit seiner Supertechnik beherrscht haben soll, aber seit rund 600 Jahren verschwunden ist. Den Commander packt das Jagdfieber: Die Parallelen zu den Mysterious sind kaum zu übersehen!

Zusammen mit einem Regierungsvertreter der höchst friedfertigen Zivilisation der Galoaner macht sich Dhark auf die Suche nach den Rahim. Unterstützung erhält er von dem S-Kreuzer MAYHEM unter dem Kommando von Ralf Larsen. Der bringt nicht nur die neusten Nachrichten aus der Milchstraße und Dharks Freundin Joan Gipsy mit nach Drakhon, sondern auch eine Ladung Tofirit. Denn wie man inzwischen entdeckt hat, dient das exotische Superschwermetall als Treibstoff für die Ringraumer der Mysterious. Mit vollem T-Vorratsbehälter schalten die Ringschiffe auf eine neue, bisher unbekannte Betriebsart um. In diesem »Vollbetriebsmodus« erreichen sie bisher ungeahnte Leistungswerte.

Doch nicht einmal diese neue Leistungsfähigkeit schützt Ren Dhark und seine Getreuen vor den Rahim. Denn als sie das vermeintliche Versteck der geheimnisvollen Rasse in einer Pseudo-Dunkelwolke anfliegen, werden sie Opfer eines Paraangriffes von unvorstellbarer Kraft…

1.

Noch bevor er die Lider hob, wußte er, daß etwas passiert war.

Etwas von erschreckender Tragweite.

Aber ich lebe, dachte er. Und öffnete die Augen.

Ren Dhark war sicher, daß er die Zentrale der POINT OF noch niemals zuvor so still erlebt hatte. Als hätten selbst die Energiemeiler, deren sonores Summen sonst jeden Winkel durchdrang, den Dienst eingestellt – als sei das kraftvolle Feuer darin für immer erloschen.

Nicht nur die Stille traf ihn bis ins Mark, mehr noch die unglaubliche Einsamkeit, die das logistische Zentrum des Ringraumers ausstrahlte. Ein Gefühl des Verlorenseins bemächtigte sich des Mannes mit dem weißblonden Haar, der sich im Kommandositz wiederfand – und der nur schwer begreifen konnte, daß er ganz allein in dem in seiner Höhe über zwei Decks reichenden Raum, dem Herz der POINT OF, sein sollte.

Ein Herz, das aufgehört hatte zu schlagen?

Er schüttelte den Kopf. Selbst ein flüchtiger Blick auf die Instrumente in seiner Umgebung genügte, um ihm zu zeigen, daß die Aggregate im Normalbereich arbeiteten.

Und dennoch war die Situation weit davon entfernt, normal zu sein.

Wo sind bloß alle hin? dachte er und wuchtete seinen Körper aus dem Sessel.

Zu stehen war seltsam. Es fühlte sich so anders an als sonst. Hatte sich die schiffsinterne Schwerkraft verändert?

Er tippte einen Befehl in die Lehne des Kommandositzes ein. Sofort huschten die angefragten Daten über das Display.

Tatsächlich: Die Schwerkraft lag nur noch bei knapp 0,5 Gravo!

Aber weniger als diese Halbierung der an Terra orientierten

Bordgravitation beunruhigte Dhark das Verschwinden der Zentralebesatzung.

Er aktivierte die Bordsprechanlage und rief nacheinander unterschiedliche Stationen des Schiffes an: Funk-Z, Maschinenraum, Waffensteuerungen, Astrophysikalische und Astronomische Abteilung…

Von keiner erhielt er Antwort.

Die Stille nahm eine beängstigende Dimension an.

»Checkmaster!«

Der Superrechner, der in der Lage war, sich sowohl telepathisch als auch über die Bordsprechsysteme oder Folien zu artikulieren, schwieg.

Dhark erinnerte sich an die letzten bewußten Sekunden vor seinem Erwachen in dieser verrückten Situation: Sie hatten jene Zone innerhalb der »falschen« Dunkelwolke angesteuert, in der laut Checkmaster ein reger Funkverkehr herrschte – obwohl kein Mensch an Bord diese Feststellung anhand seiner Instrumente hatte bestätigen können.

Unmittelbar nach Erreichen des Sektors hatte sich etwas in Dharks Verstand gebohrt – und sein Bewußtsein ausgelöscht. *Ein Angriff!* hatte er noch gedacht, bereits unfähig zu reagieren.

Die gequälten Schreie anderer Betroffener in seiner Nähe dröhnten ihm noch in den Ohren.

War es denkbar, daß die POINT OF geentert worden war? Daß alle Besatzungsmitglieder bis auf ihn verschleppt worden waren?

Aber warum hätte man ihn – und nur ihn – zurücklassen sollen? Ausgerechnet den Commander des Schiffes und Leiter der Expedition in diesen abgelegenen Bereich Drakhons, in dem sie gehofft hatten, auf die Rahim zu stoßen. Auf die einstigen Herren dieser Galaxis, von der eine tödliche Bedrohung für die gesamte Milchstraße ausging – und die, falls die Katastrophe eintrat, selbst im Inferno miteinander kollidierender Sternmassen vernichtet werden würden.

Sein Blick streifte die Bildkugel, die majestätisch über dem Kontrollpult schwebte und holographisch die Umgebung der POINT OF darstellte.

Den Sternenraum, der sich ihnen innerhalb der vermeintlichen

Dunkelwolke erschlossen hatte. Dunkel traf die Wirklichkeit nicht annähernd. Eine sonst bestenfalls im Zentrum einer Galaxis übliche Helligkeit herrschte. Manche Sterne standen nur Lichtmonate auseinander, und ihr Strahlendruck schien sämtliche Partikel, die von außen betrachtet eine geschlossen dichte Materiewolke vorgaukelten, zu den Rändern des »Hohlraums« zu treiben.

Eine nachgerade absurde Vorstellung.

Und dennoch: Hier war sie Realität geworden.

Die Astrophysiker und Astronomen hatten noch so demonstrativ die Köpfe schütteln und die Hände über dem Kopf zusammenschlagen können, es war und blieb Fakt: Hier herrschten Bedingungen, die den Naturgesetzen Hohn sprachen und nur erklärlich wurden, wenn man die Gegebenheiten als künstlich erschaffen einstufte.

Künstlich erschaffen von den Rahim?

Ein Versteck hatte jemand das Innere der Wolke bereits unmittelbar nach dem Einflug genannt. Dhark erinnerte sich nicht mehr genau, wer es gewesen war. Das war auch nicht die Frage.

Die Frage war: Lebten, versteckten sich hier die fieberhaft gesuchten Rahim?

Die, von denen man sich Hilfe bei der Verhinderung der drohenden Verschmelzung zweier Galaxien erhoffte? Und die darüber hinaus im Verdacht standen, identisch zu sein mit den Mysterious – jenen Geheimnisvollen, die einst auch dieses Fabelschiff, die POINT OF, erbaut hatten...?

*

Ren Dhark wandte sich dem Trennschott der Zentrale zu. Die Fortbewegung in reduzierter Schwerkraft war gewöhnungsbedürftig, erinnerte ein wenig an einen Traum.

Das Schott reagierte nicht auf seine Annäherung – es blieb auch dann noch verschlossen, als er bereits unmittelbar davorstand und nur die Hände hätte ausstrecken müssen, um es zu berühren.

Unschlüssig blieb er stehen.

Zum erstenmal kam ihm in den Sinn, daß er ein Gefangener sein könnte.

Aber warum er – er allein? Was war aus den anderen geworden? Sie wären nie geflohen und hätten ihn auf seinem Platz zurückgelassen...

Wirklich nicht?

Auch wenn ihm keine Situation einfiel, die eine solche Handlung begründet hätte, denkbar war alles.

»Hallo!« rief er, stemmte die Fäuste in die Hüften und drehte sich langsam wieder um, so daß er das 25 mal 25 Meter durchmessende Herz der POINT OF wieder überblicken konnte.

Alle Plätze waren verwaist. Sein Freund Dan Riker war ebenso verschwunden wie der Astronom Jens Lionel, der Offizier Hen Falluta, Tino Grappa an den Ortungssystemen – und... und... und...!

Folgerichtig reagierte auch niemand auf sein Rufen.

Fast niemand.

Irritiert blieb Dharks Blick an der Unitallverkleidung des Checkmasters hängen.

Ich halluziniere, dachte er. Für einen Moment hatte er tatsächlich geglaubt, eine Bewegung dort auszumachen. Eine... Gestalt.

Seine Verunsicherung gipfelte in einem abgehackten, kurzen Lachen.

»Checkmaster!« wandte er sich noch einmal an das Bordgehirn des rätselumwobenen Ringraumers. Bis heute war unklar, auf welcher Basis dieser Rechner eigentlich arbeitete. Schon des öfteren war geargwöhnt worden, er könne kein rein kybernetischer Komplex sein, sondern enthalte biologische Komponenten – zu menschlich-störrisch war mitunter sein Verhalten. »Checkmaster! Melde dich, das ist ein Befehl!«

Schweigen. Stille.

Dhark kehrte zum Platz des Commanders zurück. Er wollte die MAYHEM und die H'LAYV kontakten, um auf diesem Weg vielleicht auch Aufschluß über die Geschehnisse an Bord der POINT OF zu erlangen.

Von beiden Schiffen erfolgte keine Reaktion, obwohl die Bildkugel sie in unmittelbarer Nähe parallel zur POINT OF driftend wiedergab.

Die Vorstellung, daß auch der S-Kreuzer und das galoanische

Forschungsschiff entvölkert sein könnten, jagte neuerliche Adrenalinstöße durch Dharks Körper.

Und wieder nahm er eine huschende Bewegung wahr – diesmal aus den Augenwinkeln.

Blitzschnell wirbelte er herum.

Und starrte ungläubig auf das unitallfarbene Wesen, das gerade hinter Tino Grappas Sitz wegzutauchen versuchte, sich dann entdeckt sah – und sich mit einem diebisch-vergnügten Ausdruck auf dem Gesicht langsam aufrichtete.

Ohne daß es den Mund bewegte, sagte es: »Ich wollte dich nicht erschrecken. Es ist nur so aufregend, endlich wieder einen Körper zu besitzen...«

*

Regungslos wartete Dhark, bis der Fremde sich näherte.

Eigentlich das Fremde – denn obwohl nackt, wies sein Körper keine eindeutigen Merkmale auf, die sich einem Geschlecht hätten zuordnen lassen.

Ein Neutrum, dachte Dhark.

Das Geschöpf war haarlos und wirkte, obwohl seine Haut, ja selbst seine Augen von derselben blauvioletten Farbe wie das Unitall des Ringraumers waren, keine Sekunde lang wie ein Roboter. Obwohl haarlos, war es unglaublich ästhetisch anzuschauen. Darüber hinaus bewegte es sich mit der Geschmeidigkeit eines Leoparden. Es überragte Dhark um einen ganzen Kopf. Bis auf die fehlenden Geschlechtsmerkmale entsprach es in seinem Aussehen einem Menschen – beziehungsweise der idealisierten Darstellung eines solchen.

Ein wenig erinnerte die Gestalt an die gewaltigen Statuen, die man auf so vielen Planeten der heimatlichen Galaxis gefunden hatte und den Mysterious zusprach – doch diese waren gesichtslos und von anderer Farbe – golden – gewesen.

Und dennoch...

Die Idee, so absurd sie auch scheinen mochte, begann sich in Dharks Denken zu verwurzeln.

... war es nicht denkbar, daß...?

Ihm stockte der Atem. Ein Schauer lief ihm über den Rücken, und sämtliche feinen Härchen auf seinen Armen und im Nacken stellten sich auf.

Nein, dachte er. *Unmöglich!*

Doch die Hoffnung, die Sehnsucht und sein tiefstes Wünschen widersprachen: Es war möglich. Wenn nicht hier, an diesem Ort – dem Sternenversteck – wo dann...?

Er räusperte sich.

»Bist du...« fragte er, »... bist du – ein Rahim?«

Das Wort »Mysterious« verkniff er sich.

Ein Lächeln teilte die Lippen des Fremden. Selbst seine Zähne wirkten wie aus Unitall gegossen. »Erkennst du mich wirklich nicht?« fragte er, und es klang beinahe beleidigt. »Nach all den Jahren?«

»Nach all den Jahren?« echote Dhark.

Sein Gegenüber nickte. »Natürlich. Ich bin es – der Checkmaster.«

*

Dhark starrte den Blauen an. Seine Gefühle fuhren Achterbahn. »Du willst der Checkmaster sein?« Er schüttelte den Kopf. *Eine Farce,* dachte er. Gleichzeitig ertappte er sich dabei, daß etwas in ihm zu glauben – und zu akzeptieren begann.

»Von Wollen kann keine Rede sein«, erwiderte die perfekt modellierte Gestalt. »Andernfalls wäre ich keine halbe Ewigkeit gefangen gewesen.«

»Gefangen?«

»Im Hyperraum.«

Es wurde immer absurder. »Woher kommst du? Wo war dein... Körper während all der Zeit?«

Der Checkmaster erwiderte nichts. Unendliche Tragik, Melancholie, umflorte seinen Blick. Diese Augen wirkten unglaublich lebendig – trotz ihrer Farbe, die an den harten, unnachgiebigen Stahl des Schiffes erinnerte.

»Du gefällst dir immer noch als Rätsel«, hielt Dhark ihm vor.

»Willst du nicht lieber wissen, was passiert ist?«

»Ich war bewußtlos.«

»Wie viele andere.«

»Aber wo sind die anderen?«

»Sie wurden von ihnen weggebracht. Bevor sie auch dich, als letzten, holen konnten, griff ich ein. Ich riegelte den Zugang hermetisch ab. Aber das Schott wird nicht standhalten. Wir haben nicht mehr viel Zeit.«

Dhark hatte das Gefühl, als würde eine Saite in ihm reißen. »Sie?« fragte er. »Von wem redest du?«

»Wir wurden angegriffen. Dieser Angriff – mobilisierte mich. In letzter Konsequenz. Ich hätte noch immer nicht in meinen Körper zurück gekonnt, wäre die Lage nicht so aussichtslos. Du bist der Kommandant. Ich muß mich mit dir abstimmen, bevor ich handele.«

Dhark hob die Brauen. »Was meinst du mit ›handeln‹?«

»Dieses Schiff«, erklärte der Checkmaster, »darf niemals in Feindeshand fallen. Es stellt ein zu großes Machtgebilde dar – richtig eingesetzt.«

So wie er es betonte, suggerierte er, daß die Menschen den Ringraumer all die Jahre falsch, zumindest aber noch nicht in seiner wahren Effizienz benutzt hatten.

»Worauf willst du hinaus?«

Er umging die Antwort, indem er sagte: »Ich zeige dir, was mit den anderen passiert ist.«

Als Dhark dem ausgestreckten Arm folgte, sah er, wie der Weltraum aus der Bildkugel wich. Statt dessen öffneten sich mehrere »Fenster«, die Bilder aus den verschiedenen Stationen des Ringraumers übertrugen, aus Korridoren und A-Gravschächten.

Dhark hatte nie etwas Entsetzlicheres gesehen.

Und hörte kaum, wie der Checkmaster sagte: »Du bist der einzige Überlebende der drei Schiffe.«

*

»Wie – ist es dazu gekommen? Wer waren die Angreifer? Wie konnten sie überhaupt in das Schiff gelangen – und wo kamen sie her? Wir hatten keine Feindortung, bevor…«

»Bevor du dein Bewußtsein verloren hast?«

»Ja.«

»Sie besitzen ganz offenkundig besondere Tarnschirme. Nicht nur ihre Schiffe, auch die Enterkommandos sind völlig unsichtbar.«

»Woher willst du das wissen?«

»Die Bilder sprechen für sich.« Wieder eine Geste, fast menschlich anmutend, und sofort veränderten sich in der Bildkugel die Szenen. Alle Bewegungen liefen rückwärts. Eine Aufzeichnung...

Dhark wurde Zeuge, wie Menschen hilflos durch die Gänge flohen – vor etwas Unsichtbarem. Er sah die vertrauten Gesichter: Tschobe, Wonzeff, Bebir, Doraner...

Endlos war die Reihe der Namen. Die Reihe der Freunde und Weggefährten, die vor seinen Augen in der Strahlenglut unsichtbarer Schützen starben.

»Nur die Besatzung der Zentrale wurde paralysiert«, kommentierte der Checkmaster. »Alle anderen fielen den tödlichen Waffen der Eindringlinge zum Opfer.«

»Aber – was sollte das für einen Sinn machen?«

»Sie wollten nur die Elite des jeweiligen Schiffes lebend in ihre Hand bekommen«, versetzte der Checkmaster mit unglaublichem Zynismus – ohne sich dessen jedoch überhaupt bewußt zu sein. »Ergibt das Sinn genug für dich?«

Er schüttelte den Kopf. »Ich glaube dir nicht.«

»Du siehst die Bilder. Wir müssen handeln.«

»Was erwartest du von mir?«

»Daß du sie legitimierst.«

»Sie?«

»Die Selbstvernichtung. Dieses Schiff darf nie in den Besitz einer Spezies mit solchem Vernichtungswillen gelangen!«

»Wo warst du damals – als wir das Schiff in Besitz nahmen? Wir Terraner.«

Der Checkmaster schwieg. Der Blaue, zu dem er geworden war, verzog keine Miene.

»Ich glaube dir nicht«, wiederholte Dhark und wich vor dem geschlechtslosen Wesen zurück. »Du lügst.« Er machte eine ausholende Bewegung, die jäh stoppte, als sich hämmernder Schmerz in seinen Schädel bohrte. »Aaaalllllleeeessssss hhhhiiiiieeerrrrr iiii-isssttttt Lllllüüüüggggggeeeeeeeeee...!«

Der unitallfarbene Humanoide hob noch drohend die Faust. Dann »zerdehnte« er. Wie Dharks Stimme. Verwandelte sich in eine Erscheinung, die an unzählige Mehrfachbelichtungen erinnerte, von denen eine jede um Millimeter versetzt zur anderen stand.

Dasselbe geschah mit der übrigen Umgebung, mit der Bildkugel, den Konsolen, Wänden, Decke und Fußboden.

Ren Dhark hatte das Gefühl, in einem mit Überlichtgeschwindigkeit enteilenden gläsernen Zug zu sitzen.

Dann stülpte sich Nacht über seinen Geist.

2.

Auch nach einem halben Jahr roch die Luft in den Slums von Rio de Janeiro noch nach Feuer, Asche und Staub. Kaum jemand hatte es für nötig gehalten, aufzuräumen und die gröbsten Schäden zu beseitigen – Aufräumarbeiten kosteten Geld.

Damals, im Spätherbst 2057, war ein Schattenschiff der Grakos durch den nogkschen Abwehrschirm um Terra gedrungen und zwischen Stadtrand und Dschungelreservat aufgeschlagen. Es war vernichtet worden, und überlebende Grakos waren mordend durch die Straßen gehuscht – wenn sie abgeschossen wurden, explodierten sie wie kleine Thermalbomben und richteten weitere Zerstörungen an...

Rio hatte sich davon nach diesem halben Jahr noch nicht wieder erholt. Man schrieb jetzt den April des Jahres 2058, doch es würde noch etliche Zeit dauern, bis buchstäblich Gras über diese Katastrophe wuchs und bis die Schäden repariert wurden. Wer kümmerte sich schon darum, ob die Ärmsten der Armen endgültig obdachlos wurden? Den Reichen war das egal.

Den Karneval hatten sie wie immer gefeiert, unbeeindruckt von den Verwüstungen, und die Festwagen und Straßentänzer der Sambaschulen kamen ohnehin nicht in die Nähe der Slumgebiete. Das Geld, das die Touristen in die Hotels und Lokale trugen, verschwand wie üblich in den Taschen der reichen Besitzer und Schutzgelderpresser, und das Geld, das die Touristen dort nicht ausgaben, verschwand wie üblich in den Händen der Taschendiebe und Straßenräuber, die auch nicht davor zurückschreckten, jemandem die Kehle durchzuschneiden, wenn der seinen Besitz nicht freiwillig abliefern wollte.

Juanita Gonzales schnitt niemandem die Kehle durch. Sie hielt sich mit Ladendiebstählen einigermaßen über Wasser. Erstaunlicherweise war sie noch niemals dabei erwischt worden – wieso, das wußte sie nicht. Sie wußte nur mit ziemlicher Sicherheit, daß niemand sie sah, wenn sie nicht gesehen werden wollte!

Die anderen Straßenkinder hatten es schwerer. Häufig wurden sie erwischt und von den Erwachsenen verprügelt oder sogar der Polizei übergeben. Das war das schlimmste aller Übel. An den »normalen« Erwachsenen konnte man sich rächen, an den Polizisten nicht. Und gegen das, was die so manchem kleinen Dieb antaten – vor allem, wenn es sich um Mädchen handelte –, war eine Tracht Prügel noch harmlos.

Auch in dieser Hinsicht hatte die Zehnjährige, deren Eltern längst tot waren, bisher immer Glück gehabt. Den Vater hatte vor zwei Jahren ein Tourist erschossen, der leider zu früh gemerkt hatte, daß er beklaut worden war. So zumindest hatten andere es Juanita später erzählt. Der Tourist, obwohl nicht im Besitz einer gültigen Erlaubnis für seinen Blaster, hatte Stadt und Land unbehelligt wieder verlassen dürfen.

Und die Mutter war umgekommen, als die Schatten mordend durch die Vorstädte geisterten.

Selbständig war Juanita da schon längst gewesen; sie erzählte niemandem mehr, wohin sie ging und was sie tat. Nach Vaters Tod hatte sie mit ihren kleinen Diebstählen für ihre Mutter mitgesorgt, die beiden hatten mehr schlecht als recht leben können. Jetzt, nach Mutters Tod, war es einfacher, weil Juanita nur noch für sich selbst sorgen mußte, aber in den Nächten weinte sie und wünschte sich die schützenden Arme und die streichelnden Hände, die sie nie wieder spüren würde. Nie wieder, und es gab nicht einmal ein Grab, auf das sie Blumen legen konnte, die sie irgendwo in den Vorgärten der Reichen pflückte oder den Händlern stibitzte, und wo sie Zwiesprache mit ihrer Mutter halten konnte.

Nie wieder…

Manchmal redete sie mit Vater an dessen Grab. Darauf stand ein einfaches Holzkreuz mit einem ungeschickt eingeschnitzten Namen. Juanita konnte ihn lesen; doch, sie hatte Lesen und Schreiben und Rechnen gelernt, wenn auch nicht sehr gut. *Emilio Gonzales, 5.10.2020 – 4.10.2055*. Er hatte die Invasion der Giants überlebt, und einen Tag vor seinem Geburtstag hatte ihn dieser verfluchte

Tourist ermordet, für gerade mal dreißig Dollar, die Vater ihm weggenommen hatte. Diese dreißig Dollar hätten den Mörder nicht arm gemacht, aber die Familie hätte fast einen Monat davon leben können. Juanita haßte die Reichen. Sie hatten, was anderen fehlte, und sie wollten nichts hergeben, obgleich sie im Überfluß lebten und lachend zusahen, wie andere hungerten.

Aber mit Vater zu sprechen war etwas anderes als Mutters sanfte Hände zu fühlen.

Nie wieder…

Grakos nannte man die schattenhaften Mordkreaturen. Juanita haßte die Grakos noch mehr als die Reichen.

Oft, in ihren schlimmen Träumen, sah sie die Bilder wieder wie damals, als sie angstvoll zum Himmel hinaufgestarrt hatte. Sah das schattenhafte böse Raumschiff, sah die drei terranischen Kriegsschiffe, die mit ihm durch die Öffnung im Schutzschirm glitten. Sah wieder die grellen Energiestrahlen der Abwehrstellungen am Boden emporjagen, sah, wie die drei terranischen Schiffe zu kleinen, tückisch grellen Sonnen am Himmel wurden und wie das Schattenschiff brennend und immer noch mit seinen seltsam tiefschwarzen, aber dennoch leuchtenden Energiefingern zerstörerisch um sich tastete, um dann einzuschlagen… sah die Abfangjäger, die sich auf das abgestürzte Wrack stürzten und es zur Explosion brachten…

Manchmal sah sie auch die gespenstischen Gestalten durch die Straßen hasten. Sah sie explodieren wie Bomben, wenn jemand auf sie schoß.

Die Alpträume kamen seltener in den letzten Wochen, aber sie waren immer wieder da. Die bösen Träume von verwehendem Staub, von Trümmern, von Feuern und glühender Asche, die vom Himmel regnete, Träume vom Sterben, voller Blut und Schreie, und stets war es Juanita, die schrie, wenn sie aus den Träumen emporschreckte und glaubte, sich wieder in dem Inferno zu befinden.

Und Mutter war nicht mehr da, um sie zu trösten, um ihr zu versprechen, daß alles wieder gut wurde.

Nie wieder…

»Da! Da ist sie!« gellte ein Schrei.

Juanita drehte sich erschrocken um.
Und dann begann sie zu laufen.

*

Die anderen – das war Felipos Bande. Felipo war wenigstens fünfzehn, und er war einer der Stärksten in den Straßen dieses Slumviertels. Wer nicht für ihn war, der war gegen ihn und wurde verprügelt, davongejagt oder verschwand für immer. Wer in den Straßen Rios erfolgloser blieb als Felipo, den ließ er durchaus in Ruhe. Aber wehe, jemand »erwirtschaftete« mehr als der schwächste aus Felipos Bande – dann gab es nur zwei Möglichkeiten: sich der Bande anzuschließen oder unterzugehen.

Beides wollte Juanita nicht.

Was konnte sie denn dafür, daß sie besser war als die anderen? Wenn die sich doch so dumm anstellten...? Und sie mochte Felipo nicht! Der war böse. Er zwang die anderen, zu tun, was er wollte. Vielleicht zwang er sie sogar, zu töten. Juanita wollte nicht töten. Sie hatte genug Tod gesehen.

Sie rannte!

Felipos Bande hetzte hinter ihr her, aufgepeitscht von den laut gebrüllten Befehlen ihres Anführers. Juanita wußte, was ihr bevorstand. Felipo, dieser Scheißkerl, hatte die Geduld verloren und wollte ihr einen Denkzettel verpassen. Und ihr natürlich wegnehmen, was sie in den letzten Stunden erbeutet hatte!

In panischer Angst rannte sie davon, achtete nicht darauf, wohin sie mit ihren nackten Füßen trat. Unrat, Scherben... nur weg von hier, irgendwohin, wo Felipos Bande sie nicht mehr erwischen konnte!

Bald schon geriet sie außer Atem. Die anderen nicht. Das waren Jungs, große Jungs, allesamt älter und kräftiger als Juanita. Sie waren das schnelle Laufen gewohnt. Juanita dagegen hatte nie so schnell vor zugreifenden Händen und hinter ihr herrennenden Bestohlenen flüchten müssen. Sie wurde einfach nicht gesehen...

Felipos Leute aber sahen sie, und sie ließen nicht locker. Sie wollten ja ein Lob von ihrem Anführer...

Juanita wußte, daß sie nicht mehr lange durchhalten würde. Sie bekam bereits Seitenstechen. Es tat so weh, sie mußte langsamer werden.

Und zu allem Unglück machte sie auch noch den Fehler, in eine Sackgasse zu laufen!

Früher war das eine durchgehende, breite Straße gewesen. Aber seit hier ein paar der mörderischen Schattengespenster explodiert waren nicht mehr. Zwei Häuser waren eingestürzt. Ihre Trümmer versperrten den Durchgang. Hier endete Juanitas Flucht. Sie konnte die Trümmer nicht überklettern.

Sie stand mit dem Rücken zur Wand.

Die anderen rannten jetzt nicht mehr. Sie wußten ihr Opfer in der Falle. Langsam kamen sie heran, in breiter Front die ganze Straße versperrend. Einige ballten bereits die Fäuste. Und dann sah Juanita voller Entsetzen Messer in den Händen einiger der *Malandros!*

War das nur Drohung, um sie einzuschüchtern, oder wollten diese jungen Teufel ihre Messer tatsächlich an der Zehnjährigen erproben?

»Nein«, flüsterte sie, wich noch einen Schritt zurück und stolperte dabei, stürzte in die Trümmerwand hinter ihr. »Nein, nicht, bitte! Ich habe euch doch nichts getan! Laßt mich doch in Ruhe – *bitte...*«

Einer der Jungen lachte spöttisch auf. Die anderen rückten stumm näher, und dieses Schweigen war noch schlimmer als ob sie irgendein Kriegsgeschrei von sich gegeben hätten.

Plötzlich sprangen zwei von ihnen wie auf Kommando vor und packten Juanita, rissen sie wieder auf die Beine. Sie schrie auf, versuchte sich zu wehren, um sich zu schlagen, zu treten, zu kratzen, zu beißen, sie spuckte und fluchte – alles, was ihr einfiel. Aber gegen die Kraft der beiden großen Jungen kam sie nicht an. Ein dritter schlug ihr mehrmals ins Gesicht.

Dann waren die anderen da, die mit den Messern. Sie fuchtelten mit den Klingen vor Juanitas Gesicht herum.

»Was wollt ihr von mir?« keuchte sie.

Einer der Messerhelden stand jetzt direkt vor ihr. Er näherte die Klinge ihrem Gesicht. Sie sah die Messerspitze auf ihr rechtes Auge zukommen, immer näher, immer näher...

»Nicht!« keuchte sie. »Tu das nicht, bitte...« Sie wand sich verzweifelt in den stählernen Fäusten ihrer Bezwinger. Aber so sehr sie sich auch anstrengte, sie konnte sich nicht befreien.

»Zum Klauen brauchst du zwei Hände, aber auf ein Auge kannst du doch bestimmt verzichten«, höhnte der Junge.

Und flog meterweit durch die Luft.

*

Plötzlich war da ein Mann. Woher er gekommen war, wußte niemand. Er tauchte einfach mitten zwischen den Jungen auf, ließ seine Fäuste kreisen. Den Messerhelden hatte er gleich als ersten an Hemdkragen und Hosenbund erwischt und schleuderte ihn durch die Luft, als wiege er überhaupt nichts. Dann erwischte er zwei weitere mit gewaltigen Ohrfeigen, setzte einen, der Karate gegen ihn anwenden wollte, mit einer blitzschnellen Kombination aus Tritten und Schlägen außer Gefecht.

Die beiden Typen, die Juanita so eisern festgehalten hatten, ließen jetzt los und gingen in Kampfstellung. Wer auch immer der Fremde war – er störte die Kreise von Felipos Bande, und das konnten sie nicht auf sich sitzen lassen. Auch wenn es ein Erwachsener war – er gehörte nicht hierher und verdiente eine Abreibung, so wie sie auch für Juanita vorgesehenen war.

Gleich zu mehreren stürzten sie sich auf den Mann.

Der machte einen überraschenden Sprung rückwärts – und hielt plötzlich einen Blaster in der Hand.

Das war nicht unbedingt etwas, das die Jungs wirklich abschreckte. Sie spritzten auseinander, um den Fremden zu irritieren. Zu leicht wollten sie es ihm nicht machen!

Er es ihnen aber auch nicht.

Er schoß!

Er zielte nicht, kreiselte einfach nur herum und gab Dauerfeuer. Dabei berührten Finger seiner anderen Hand eine grün glimmende Sensorfläche der Waffe. Aus dem Blaster zuckte eine seltsam anmutende Strahlbahn, die wie eine rasante Abfolge von leuchtenden Punkten und Strichen erschien, Morsezeichen nicht unähnlich. Während der Sensorberührung weitete sich der Strahl zu einer Art

Fächer aus, der über die Messerhelden hinwegstrich. Die Jungen, die davon getroffen wurden, brachen zusammen.

Der Blaster arbeitete völlig lautlos.

Wer noch laufen konnte, der lief jetzt, so schnell ihn seine Füße trugen. Innerhalb weniger Augenblicke war der ganze Spuk vorbei…

*

»Danke, Senhor!« stieß Juanita hervor. Vor ihren Augen verschwamm alles; sie hatte Mühe, sich zu konzentrieren.

Angst und Schock wirkten immer noch in ihr nach. Sie hatte noch nicht so recht begriffen, daß die Gefahr für sie vorbei war. Daß der Fremde sie gerettet hatte.

Sie starrte seinen Blaster an. Sie mußte an ihren Vater denken, der mit einem Blaster erschossen worden war. Und dieser fremde Mann sah aus wie ein Tourist… er war gut gekleidet, er war hellhäutig, groß, muskulös, mit hellem Haar… und die Waffe in seiner Hand sah furchtbar aus.

Irgendwie – fremdartig…

Auch wenn Juanita Gonzales erst zehn Jahre jung war, Waffen hatte sie schon viele gesehen, und alle flößten ihr Angst ein. Diese aber ganz besonders, weil sie so unbekannt aussah…

Der Mann ließ den Blaster jetzt wieder irgendwo unter seiner Kleidung verschwinden. Er kauerte sich vor Juanita nieder.

»Bist du in Ordnung, ja? Du siehst gar nicht gut aus…«

»Mir ist schlecht«, klagte sie.

»Was ist mit denen da? Hast du sie totgeschossen?«

»Nein«, sagte der Fremde. »Hätten sie es denn verdient, getötet zu werden?«

Juanita schüttelte heftig den Kopf. »Niemand verdient das. Töten ist eine Sünde. Wer tötet, ist böse.«

»Ja«, sagte der Fremde leise. »Ja, du hast recht. Deshalb sind sie auch nicht tot. Nur paralysiert – betäubt, wollte ich sagen.«

»He, ich weiß, was paralysiert heißt!« entfuhr es ihr. »Ich bin nicht dumm!«

»Sagt ja auch keiner. Was wollten die von dir?«

»Weiß nicht.« Sie verschränkte die Arme vor der Brust, versuchte sich in ein imaginäres Schneckenhaus zurückzuziehen. »Sind sie wirklich nicht tot?«

»Wenn ich's dir doch sage! In ein paar Stunden stehen sie wieder auf und überfallen die nächsten Leute.«

Sie hob den Kopf und sah ihn an. »Du hast mich gerettet. Danke. Hast du einen Namen?«

»Jim. Jim Smith«, sagte er. »Und du?«

»Juanita Gonzales. Du bist einer von den Touristen?«

»Ich glaube nicht«, sagte er langsam, als müsse er überlegen, was das Wort bedeutete. »Nein, ich bin eigentlich kein Tourist. Oder... vielleicht doch?«

»Ich hasse Touristen. Einer hat Vater ermordet.«

»Dann bin ich sicher keiner. Ich möchte nicht, daß du mich haßt, Juanita. Komm, laß uns von hier verschwinden. Es ist keine gute Gegend, und ich fürchte, daß diese Bande bald mit Verstärkung zurückkommt. Was wollten die überhaupt von dir?«

»Weiß nicht.«

»Immer noch nicht? Na schön«, sagte er. »Dann sollten wir trotzdem gehen. Wenn sie zurückkommen, können sie sich ja um ihre Leute kümmern. Glaubst du nicht, daß sie noch leben? Geh zu ihnen, fühle ihren Puls. Oder leg dein Ohr an ihre Nasen und höre und spüre sie atmen.«

»Wohin willst du mit mir gehen?« wollte sie mißtrauisch wissen.

Er lächelte. »Oh, du scheinst für dein Alter schon ganz schön gewitzt zu sein.«

»Ich bin immerhin zehn!« machte sie ihm energisch klar. »Also, wohin?«

»Irgendwohin, wo es ruhiger ist und wir uns unterhalten können. Und wo wir etwas zu essen bekommen. He – ich bezahle!«

»Du bist ein komischer Tourist, Jim Smith«, sagte sie kopfschüttelnd und fragte sich, ob Vater und Mutter ihm über den Weg getraut hätten.

Aber diese Entscheidung mußte sie nun ganz allein treffen.

*

Smith hoffte, daß er die richtige Entscheidung getroffen hatte. Die letzte Bestätigung stand noch aus, denn während der Flucht hatte das Mädchen, wohl bedingt durch die panische Angst vor den Verfolgern, versagt – hatte seine besondere *Gabe* nicht benutzt. Das machte Smith etwas nachdenklich.

Vielleicht hätte er sich die Gewißheit rascher verschaffen können, indem er eines der kleinen Geräte benutzte, die er unter dem Hemd in einer Tasche vor seiner Brust trug. Aber damit hätte er die Kleine wohl noch mehr verängstigt oder zumindest verunsichert.

Das war aber das genaue Gegenteil von dem, was er wollte.

Sie gehörte zu den wenigen »Begabten« – vermutlich sogar, ohne es zu wissen. Alles deutete für Smith darauf hin, daß sie keine wirkliche Kontrolle über ihre Gabe hatte.

Aber das spielte nur eine untergeordnete Rolle.

Er wollte diesem Mädchen helfen, denn Juanita Gonzales konnte auch ihm helfen. Ein einsames, verlorenes Kind, im Staub der Straße heimatlos um seine Existenz kämpfend. Mager, hungrig nach Leben und nach Zuneigung, in schmutziger, zerlumpter Kleidung, verängstigt – und doch loderte in seinen dunklen Augen zuweilen ein geradezu wütendes Lebensfeuer.

Er wollte nach der Hand des Mädchens greifen, aber Juanita wich vor der Berührung zurück. So durchmaßen sie einzeln nebeneinandergehend die Straßen, vorbei an überquellenden Mülleimern und pfeifenden Ratten, einem Ziel entgegen, das nur Jim Smith kannte. Und niemand wagte mehr, sie zu bedrohen.

3.

Es geschah ohne Vorwarnung.

Rhaklan, der Galoaner, fiel. Schlug hart auf, blieb reglos liegen und begrub Shodonn unter sich. Shodonn, den galoanischen Weisen, der in den Seelenchip vor Rhaklans Brust eingeschlossen war.

Augenblicklich versagte die chipeigene visuelle Wahrnehmung der Umgebung. Shodonn »sah« nichts mehr außer Schwärze und Dunkelheit. Als hätte ihn ein Erdrutsch verschüttet.

Er versuchte nach Rhaklan zu rufen, aber falls die künstliche Stimme überhaupt aus dem faustgroßen Gerät drang, so verhallte sie ungehört. Unerwidert.

Shodonn handelte. Der größte Teil der Technik, die sich in dem Chip ballte, diente zur Erhaltung seines abgespeicherten Bewußtseins. Darüber hinaus gab es jedoch auch drahtlose Schnittstellen, die es dem Unsterblichen ermöglichten, sich mit den wichtigsten Instrumenten der H'LAYV kurzzuschließen.

Der Zylinderraumer begleitete die terranische Expedition, die es sich zum Ziel erklärt hatte, die sagenumwobenen einstigen Herren Drakhons aufzuspüren, die Rahim.

Obwohl Shodonn jahrhundertealt war, wußte auch er fast nichts über die Geheimnisvollen, die sich vor rund sechshundert Galoa-Jahren von der galaktischen Bühne verabschiedet hatten. Aus eigenem Antrieb, wie die Legende es wissen wollte. Mit dem spurlosen Verschwinden der Rahim war eine Tilgung allen Wissens über sie aus den Annalen der anderen Sternenvölker einhergegangen. Heute, Jahrhunderte später, wußte niemand mehr zu sagen, wie es hatte zugehen können, daß sämtliches niedergeschriebene oder anderweitig aufgezeichnete Wissen über das einstmals mächtigste Volk Drakhons hatte ausgelöscht werden können. Aber der Glaube, daß die Rahim selbst hinter der Beseitigung aller Spuren steckten, hielt sich hartnäckig.

Wir wissen nicht einmal wie sie ausgesehen haben...

Der Gedanke flackerte kurz in Shodonn auf, während er die Verbindung zum Schiff herstellte.

Mehr noch: Er verschmolz regelrecht mit dem Forschungsraumer. Die »Sinne« des Schiffes ersetzten die des Chips.

Und schlagartig wurde alles anders.

Über die bordinternen Sensoren gewann Shodonn zunächst einen Eindruck der Situation, die sich in der Steuerzentrale der H'LAYV bot.

Überall auf dem Boden verstreut lagen zusammengesunkene galoanische Wissenschaftler – oder sie hingen regungslos in ihrem Sitzgeflecht.

Es war Shodonn nicht möglich, eine Befindlichkeitsanalyse der Besatzung durchzuführen, aber er glaubte, die einzelnen Mannschaftsangehörigen noch atmen zu sehen. Demnach waren sie nicht tot, lediglich besinnungslos.

Was war passiert?

Noch während er sich die Frage stellte, »schaltete« Shodonn auf den Hauptschirm des Schiffes, der die nähere Umgebung des Zylinderraumers wiedergab. Die beiden terranischen Ringschiffe flankierten es unverändert. Im Intervallverbund hatten sie die H'LAYV bis zu diesen Koordinaten geschleppt, an denen angeblich reges Funkaufkommen herrschte –

– das aber weder von den Geräten der Terraner noch von denen der Galoaner hatte geortet werden können.

Nur von der Instanz Checkmaster, einem Hochleistungsrechner, der in der POINT OF installiert war...!

Erst eine minimale Zeitspanne war vergangen, seit die Galoaner zusammengebrochen waren. Und noch während Shodonn überlegte, ob er versuchen sollte, Kontakt zu den Terranern herzustellen, schoben sich kurz die Silhouetten fremdartiger Schiffe in den Erfassungsbereich der Kameras, die ihr Bild auf den Hauptschirm projizierten.

Hätte er noch einen atmenden Körper besessen, hätte er wahrscheinlich die Luft angehalten angesichts der Imposanz dieser Objekte, die sich dem Expeditionsverband näherten.

Shodonn stellte sofort die gedankliche Verbindung zwischen dem Ausfall der Besatzung und diesen Schiffen her. Fieberhaft überlegte er, ob es klug sei, die Waffen der H'LAYV zu aktivieren und auf den unbekannten Gegner zu fokussieren, bevor dieser zum finalen Vernichtungsschlag ausholte...

Doch noch bevor Shodonns Überlegungen zu einem Ergebnis kamen, wurde dem Weisen die Entscheidung abgenommen.

Die H'LAYV nahm jäh Fahrt auf.

Der gesamte Verband beschleunigte, und das Galoaner-Schiff befand sich immer noch im unentrinnbaren Intervallschlepp!

Sofort verschwanden die Feindschiffe vom Schirm. Der Verband beschleunigte mit Irrsinnswerten.

Waren die Besatzungen der POINT OF und der MAYHEM noch im Vollbesitz ihrer Kräfte? Waren etwa nur die Galoaner einer ersten Angriffswelle, die offenbar auf paramentaler Ebene geführt worden war, zum Opfer gefallen?

Shodonn bemühte sich, Kontakt zu den Begleitschiffen herzustellen, erhielt aber keine Antwort.

Auch nicht nach dem x-ten Versuch.

War er am Ende doch der einzige, der die brutale Para-Attacke überstanden hatte – und das nur, weil er keine Biochemie mehr besaß, die davon hätte beeinträchtigt werden können?

Verdankte er seine Immunität dem Umstand, daß er ein technisch konserviertes Bewußtsein war?

Aber wer, bei den versunkenen Städten von Oswara, manövrierte dann den Verband...?!

Wer hatte ihn auf Fluchtkurs programmiert...?

*

»Er kommt zu sich...«

Die wogenden Schleier, in denen Partikel wie aus schmutzigem Eis zu tanzen schienen, wichen. Ren Dharks Bewußtsein tauchte wie aus einem Schwarzen Loch hervor. Sein Atem ging schnell. Als er die Augen öffnete, befand er sich noch immer in der Kommandozentrale der POINT OF. Die Szenerie war jedoch eine völlig andere als vor der Ohnmacht.

»Dan…«

Dan Riker stand neben dem Sitz, in dem Dhark zusammengesunken lag. Für einen Moment blitzte das Bild eines blutüberströmten Dan Riker vor Dharks geistigem Auge auf. Doch sein Weggefährte über so lange Jahre, sein bester Freund, wies nur eine Beule an der Stirn auf, die mit dem roten Fleck auf seinem Kinn konkurrierte – dem Fleck, der immer dann sichtbar wurde, wenn Riker sich in einem nervlich angespannten Zustand befand.

Jetzt lächelte er gequält. »Ich bin nicht so sanft in einem Sitz eingeschlummert wie du«, sagte er. »Bei meinem Sturz muß ich eine Konsole mit meinem Quadratschädel gestreift haben. – Bevor du fragst: Der Konsole geht es gut.«

Ren Dhark hatte Mühe, mit dem Humor des Freundes klarzukommen. Zu dominant, zu strangulierend in ihrer Aussagekraft waren die Bilder, die sich in seinem Gedächtnis tummelten: Die entvölkerte Zentrale… die verstümmelten Leichen der Besatzungsmitglieder in den Gängen und Stationen… der Gestalt gewordene Checkmaster, der auf Selbstzerstörung des Schiffes drängte…

Kopfschüttelnd richtete er sich auf. Riker half ihm.

»Es hat uns alle überrascht«, sagte er und nickte ins Rund der sich über zwei Decks erstreckenden Bordzentrale.

Hie und da lagen noch Personen am Boden, um die sich andere, die schon aus der Besinnungslosigkeit erwacht waren, kümmerten.

»Was?« fragte Dhark heiser. »Was hat uns überrascht?«

Riker zuckte mit den Schultern und wies auf die Bildkugel, in der sich der äußere Weltraum verändert hatte.

»Wir befinden uns nicht mehr in der Wolke!« keuchte Dhark verblüfft.

»Korrekt. – Mehr weiß ich aber auch noch nicht. Ich bin auch eben erst zu mir gekommen – höchstens fünf Minuten vor dir. Dasselbe trifft auf die anderen hier zu. Ich gehörte zu den ersten.«

Dhark horchte in sich hinein. Er hatte Sichtprobleme und leichte Orientierungsschwierigkeiten. »Hast du auch dieses… Schwindelgefühl?«

Riker nickte. »Es läßt nach. Jemand hat uns ganz schön eins übergebraten.«

Das war die inoffizielle Version. Dhark wollte die offizielle erfahren.

»Was sagt der... Checkmaster?« Es fiel ihm schwer, das Wort auszusprechen.

»Ich konnte ihn noch nicht zu einer Stellungnahme bewegen. Wir entfernen uns mit Sternensog von der Dunkelwolke, in der wir angegriffen wurden. Mit ›wir‹ meine ich auch die MAYHEM und die H'LAYV. Aber es war mir nicht möglich, den Flug zu unterbrechen. Die Kontrollen gehorchen mir nicht...«

Dhark sah ihn ungläubig an. Aber hatte er je Grund gehabt, an den Worten seines Freundes zu zweifeln?

Wenn, dann hatte er wohl eher Grund, der ganzen Situation zu mißtrauen!

Er erhob sich aus dem Sitz, blieb davor stehen und fragte, ohne die Bildkugel aus den Augen zu lassen: »Gibt es schon eine Verletzten- und Schadensbilanz? Haben wir Tote zu beklagen? Wie ist die Situation auf den anderen Schiffen?«

»Immer der Reihe nach«, ächzte Riker, »und immer schön langsam. Ich sagte doch, ich bin auch nur unwesentlich früher aufgewacht als du...«

»Checkmaster!«

Commander?

»Beende sofort das derzeitige Manöver! Intervallfeld aufrechterhalten, aber Geschwindigkeit von Sternensog auf 0,1 Prozent Lichtgeschwindigkeit drosseln!«

Verstanden. Deaktiviere Fluchtprogramm...

Dan Rikers Augen weiteten sich. Auch er hatte die »Stimme« des Bordgehirns vernommen – und wunderte sich offenbar über dessen unverzügliche Reaktion.

»Und bei mir hat er sich totgestellt...« Kopfschüttelnd wandte sich Riker seinem Freund zu.

Dhark nickte, als hätte er keine Zweifel an seiner Aussage. Während um sie herum wieder die Arbeit aufgenommen wurde, sich das Trennschott fauchend öffnete und jemand eintrat, widmete er sich ganz dem Schiffsrechner – jenem Unikat, das auf keinem anderen Ringschiff zu finden war, das in den Besitz der Terraner gewechselt war.

»Präzisiere Fluchtprogramm!« verlangte er. »Und warum hat die Gedankensteuerung nicht schon auf den Befehl meines Stellvertreters reagiert, den Flug abzubrechen?«

Das war während meines Ausfalls nicht möglich. Ich gelangte auch gerade erst wieder in den Vollbesitz meiner Kräfte.

»Wir waren eine volle Stunde bewußtlos!« erklang eine betroffene Stimme unmittelbar hinter Dhark und Riker.

Als sie sich umdrehten, sahen sie in die mitgenommenen Gesichter von Joan Gipsy und Anja Riker.

Joan faßte nach Dharks Arm. »Was ist passiert? Wurden wir – angegriffen? Ich war gerade bei Anja, als es passierte.«

»Wir sind noch dabei, das zu klären.« Dhark streifte ihre Hand sanft, aber bestimmt ab. »Wir reden später, ja? Ich bin froh, daß du…« er lächelte auch in Anjas Richtung, »… daß ihr beide wohlauf seid.«

»Kann ich hierbleiben?« fragte Joan.

»Das wäre unter den gegebenen Umständen keine so gute Idee. Aber ich komme zu dir, sobald die Situation es zuläßt.«

»Gilt das auch für mich?« fragte Anja.

Dhark schüttelte den Kopf. »Du kannst dich nützlich machen. Hilf mir, den Checkmaster aus der Reserve zu locken. Du kennst ihn besser als die meisten. Er schuldet uns noch ein paar wichtige Erklärungen, gerade weil es so aussieht, als hätte er uns einmal mehr vor Ärgerem bewahrt. Dan weiß, was ich meine. Er wird…«

Er verstummte, als er Joans säuerlichen Blick bemerkte. Sie stand mit verschränkten Armen da und offenbar kurz vor einer Explosion.

»Was gefällt dir nicht?« sprach Dhark sie darauf an.

»Wie du mich behandelst«, antwortete sie gepreßt.

»Ich behandele dich wie ich jeden Gast an Bord behandeln würde, der keine offizielle Funktion innehat. Was erwartest du? Ich kann nicht alle in Gefahr bringen, nur weil ich mich in extremen Gefahrensituationen wie dieser permanent mit dir beschäftige.«

»So siehst du mich also: als Störfaktor.«

»Wenn du es unbedingt so melodramatisch ausdrücken willst, im Moment – ja.«

Joan starrte ihn noch einen Augenblick lang sprachlos an. Dann verließ sie im Eilschritt die Zentrale.

»Was ich immer schon an dir bewundert habe, Ren«, kommentierte Anja Riker unaufgefordert, »ist dein beispielloses Gespür dafür, was Frauen in gewissen Momenten am nötigsten brauchen.«

»Das war wirklich nicht nötig, oder?« schlug Dan Riker in dieselbe Kerbe. »Bist du sicher, daß du die Paraattacke bereits verdaut hast?«

Ren Dhark blieb ihm die Antwort schuldig. Weil er sich selbst kaum wiedererkannte.

Warum nur, fragte er sich, reagierte er plötzlich so gereizt auf die Frau, die er doch zu lieben glaubte…?

Er wurde abgelenkt, als sich unerwartet die H'LAYV meldete…

*

Es gab keine visuelle Verbindung. Die Funk-Z, deren Besetzung inzwischen auch wieder zu sich gekommen war, stellte einen reinen Audiokontakt zum galoanischen Zylinderraumer her.

»Endlich!« Es handelte sich unzweifelhaft um die technisch aufbereitete Stimme des Weisen Shodonn, die aus dem Lautsprechersystem drang. Er wirkte erleichtert. »Ich habe es über die letzte Stunde immer wieder probiert, erhielt aber nie eine Antwort, weshalb ich schon Schlimmstes befürchtete. Aber als dann unsere hohe Fahrtgeschwindigkeit jäh gedrosselt wurde, schöpfte ich wieder Hoffnung…«

»Die Galoaner sind nicht von der Ohnmacht betroffen gewesen?« fragte Ren Dhark, der wußte, daß der Metabolismus ihrer Verbündeten völlig anders strukturiert war als der menschliche. Außerdem besaßen die Galoaner, wie alle bisher bekannten Drakhon-Völker, Parafähigkeiten. Was eine Erklärung für besondere Widerstandskraft gewesen wäre.

Doch schon Shodonns nächste Worte widerlegten diese Vermutung: »Im Gegenteil. Sie sind alle außer Gefecht! Die Vitaldaten, die ich mir über das Schiffssystem einholte, bestätigen, daß der Paraschlag, der gegen uns geführt wurde, seine Wirkung erst in Stunden verlieren wird. Als ich bemerkte, daß unser Verband

Fahrt aufnahm, hoffte ich, ihr Terraner wärt davon gar nicht betroffen. Doch ich erhielt zunächst keine Antwort auf meine Kontaktversuche...«

»Wir konnten nicht antworten«, erwiderte Dhark. »Selbst...« Er zögerte kurz, weil es eigentlich absurd war, sprach dann aber weiter: »... selbst der Checkmaster, der über den Zusammenhalt unseres Verbandes zu wachen hat, fiel nach eigenen Angaben vorübergehend aus.«

»Trotzdem war es ihm möglich, uns auf Fluchtkurs gehen zu lassen«, sagte Shodonn. »Er hat uns gerettet.«

Dhark zögerte kurz, ehe er sagte: »Nur daß er behauptet, ebenso ohnmächtig gewesen zu sein wie wir. Der Fluchtkurs wurde laut ihm von einer Automatik aktiviert.«

»Ein Rechner, der ohnmächtig wird...?« meldete Shodonn berechtigte Zweifel an.

»Wieso wurdest du nicht ohnmächtig?«

Shodonn erwiderte: »Ich besitze nicht mehr das, was mich gegen diese Art von Attacke angreifbar machen würde.«

»Und das wäre?«

»Einen Körper. Ein Gehirn.«

»Ich dachte immer, parahypnotische oder -suggestive Einflüsse würden den Geist der jeweiligen Zielperson manipulieren...«

»Aber über den Umweg der Biochemie ihres Körpers«, erläuterte Shodonn. »Der biologische Komplex wird beeinflußt – und beeinflußt so den Willen und die Wahrnehmung des Opfers.«

»Wie bei Drogenkonsum...« sagte Dhark.

»Es gibt noch andere Beeinflussungsmethoden. Virtuelle Realität beispielsweise«, ergänzte der Weise. »Der HyCyber meines Volkes wäre, leicht modifiziert, auch in der Lage, den Nutzer zu manipulieren.«

»Das perfekte Mittel, Untertanen gefügig zu halten.«

»Wir würden den HyCyber niemals mißbräuchlich einsetzen«, verwahrte sich Shodonn.

»Ich weiß«, sagte Dhark. »Daran habe ich keinen Zweifel. Aber hast du je bedacht, daß ihr auf dieser Ebene extrem angreifbar seid für mögliche Manipulationen von außen?«

»Das ist ein anderes Thema«, wiegelte Shodonn ab. »Aber

glaube mir, wir haben unsere Sicherungen eingebaut.«

»Ich hoffe, sie halten allen Eventualitäten stand. Wenn ich an die Nomaden und ihre Gerissenheit denke…«

»Die Nomaden sind nicht intelligent genug, um sich solche Strategien auch nur anzudenken.«

»Wenn das auch die Überzeugung des Nareidums ist, hoffe ich, es irrt sich nicht. Ich hatte bei unseren Konfrontationen mit den Nomaden durchaus den Eindruck, daß dort auch Denker am Werk sind.«

Shodonn schwieg.

»Du bist also der einzig ›wache‹ Galoaner an Bord der H'LAYV?« fragte Dhark.

»Bis auf weiteres ja.«

»Mit deiner Erlaubnis werde ich ein Kommando zusammenstellen, das zu dir überwechselt und sich um deine Mannschaft kümmert. Die Lage hier wird sich in Kürze stabilisiert haben. Die wichtigsten Stationen scheinen alle wieder besetzt zu sein. Von der MAYHEM fehlt mir noch die Bestätigung, aber ich gehe davon aus, daß sie in Kürze eintrifft.«

»Ich wäre dir für Hilfe dankbar, möchte aber betonen, daß ich es für riskant halte, meine Mannschaft mittels Medikamenten aufzuwecken. Die derzeitige Lage erfordert dies nicht. Als Ausnahme betrachte ich Rhaklan. Es ist mir ein Anliegen, das du verstehen wirst, daß er mir schnellstmöglich meine liebgewonnene Beweglichkeit zurückgibt.«

»Ich werde alles Nötige veranlassen.«

»Danke, Ren Dhark.«

»Hast du die Unbekannten, die uns attackierten, mit den Mitteln der H'LAYV sehen können?«

»Nur sehr flüchtig. Leider gibt es keine Aufzeichnung, da meine Möglichkeiten, auf die Schiffsinstrumente zuzugreifen, beschränkt sind und aufwendige Vorbereitungen erfordern.«

»Aber du hast sie gesehen«, drängte Dhark. »Wie sahen sie aus?«

»Bizarr. Und, falls mich meine Sinne nicht täuschten, gigantisch.«

»Wenn es ein klein wenig präziser ginge, wäre uns sehr geholfen.«

»Sobald ich wieder über meine volle Mobilität verfüge, versuche ich, eine Gedächtnisskizze anzufertigen«, erwiderte Shodonn.

»Wir werden alles Erforderliche in die Wege leiten.«

Nachdem die Verbindung beendet war, erteilte Dhark entsprechende Weisung an Hen Falluta, der ein Team zusammenstellte, das sich unverzüglich an Bord der H'LAYV begeben würde.

»Du hast alles gehört«, wandte er sich danach an Dan Riker.

Sein Freund nickte.

»Und was sagst du?«

»Wozu?«

»Shodonns Ansichten über parapsychische Beeinflussungen – und ihre Wurzeln. Ich halte sie für höchst interessant und nachdenkenswert. Vor allem in Hinblick auf das immer noch ungelöste Rätsel um die Beschaffenheit des Checkmasters.«

Dan Riker blickte düster. »Könntest du einem alten Freund auf die Sprünge helfen?«

Dhark lächelte. »Im Grunde ist es ganz einfach: Wir haben in der Vergangenheit immer wieder darüber spekuliert, ob die Unberechenbarkeit des Checkmasters nicht eher auf ein lebendes Wesen mit all seinen Launen und Anwandlungen hindeutet als auf einen reinen kybernetischen Komplex. Nun scheint es, als hätte der Angriff uns einen ziemlich eindeutigen Beweis für die These geliefert, daß wir es bei unserem Bordrechner zumindest in Teilen auch mit einer biologischen Einheit zu tun haben. Er hat es uns mehr oder weniger selbst verraten, als er von seinem vorübergehenden Ausfall sprach...«

*

Auf entsprechende Versuche, Klarheit zu erhalten, verweigerte der Checkmaster erwartungsgemäß jede Antwort.

Die Erklärung, warum er den klaren Befehl ignorierte, sich zu äußern, blieb er ebenfalls schuldig.

»Manchmal würde ich die Kiste am liebsten weltraumbestatten!« knurrte Dan Riker zerknirscht.

Seine Frau, die mit ihm am Eingabeterminal stand, lächelte verständnisvoll. Gleichzeitig hielt sie ein Plädoyer für die Unverzichtbarkeit des M-Rechners: »Seine Handlungen mögen nicht immer nachvollziehbar sein – Fakt ist aber doch, daß es uns schon alle nicht mehr gäbe ohne ihn.«

»Du warst schon immer vernarrt in die Kiste…«

Anja nickte. »Ein ernsthafter Konkurrent für dich. An deiner Stelle würde ich aufpassen. – Hat Ren dir auch erzählt, was er… nun, ›geträumt‹ hat?«

»Hat er.«

»Dann sei noch mehr auf der Hut. Ein attraktiver Blauling könnte mir schon gefährlich werden.«

»Wenn du so weiterredest, streiche ich mich blau an.«

»Er soll auch richtig gutaussehend gewesen sein…«

»Ach?«

Bevor das Geplänkel ausufern konnte, schritt Ren Dhark ein. »Ich habe mit Shodonn gesprochen. Rhaklan ist wieder auf den Beinen. Unser Kommando kümmert sich um die weiterhin bewußtlosen Galoaner. Es gab Verletzte, wie hier und auf der MAYHEM.«

»Hat der Weise inzwischen seine Gedächtnisskizze angefertigt?« wollte Riker wissen.

»Ja, aber sie ist nichtssagend. Nicht einmal die genaue Form der Schiffe läßt sich erkennen.«

»Es waren also mehrere.«

»Auch darüber sind die Aussagen widersprüchlich.«

»Mit anderen Worten, wir wissen nichts.«

»Noch nicht, zumindest«, erwiderte Dhark rätselhaft.

»Was hast du vor? Du hast doch etwas vor. Ich kenne dich…«

»Es war Shodonn, der mich auf die Idee brachte. Er sagt, er könne ein Gerät basteln, mit dem sich die Art der Kräfte, die uns zum Verhängnis wurden, exakt bestimmen ließen.«

»Dazu müßten wir uns erneut dem Risiko aussetzen, in die Wolke einzufliegen.«

»Nicht unbedingt…«

*

Jimmy starrte auf Rhaklan. Seine Augen funkelten, als stecke mehr als nur rechnergesteuerte Intelligenz in seinem Terrierschädel. Der Robothund, das bemerkte sein Herrchen Chris Shanton, starrte den Chip, der an Rhaklans tonnenförmig gewölbte Brust geheftet war, durchdringend an – jenes winzige Zuhause von Shodonns weiser Seele.

Die Galoaner waren Humanoide und im Schnitt etwa 1,80 m groß, wogen dabei aber nicht mehr als 50 Kilo. Auffällig war der halslos auf dem Rumpf sitzende, birnenförmige Kopf, der von einem Augenwulst umlaufen wurde. Er ermöglichte eine Rundumsicht. Des weiteren gab es eine kombinierte Mund- und Atemöffnung an der höchsten Stelle des Schädels. Die Schuppenhaut verlieh den Intelligenzen ein zusätzlich exotisches Flair. Wie alle bislang entdeckten Völker Drakhons besaßen auch die Galoaner eine Paragabe: Sie waren in der Lage, die Geisteskräfte anderer Geschöpfe regelrecht abzusaugen und diese dadurch in völlige Desorientierung und Hilflosigkeit zu stürzen. Einzig bei den Nomaden, einem weiteren Drakhon-Volk, das raubend und plündernd durch die Weiten der Galaxis zog, versagte diese Fähigkeit. Ihre Immunität verdankten die Nomaden ihrer eigenen Paragabe…

»Es ist soweit«, sagte die androgyne, aber wohlklingende Stimme des galoanischen Weisen. »Der Flash ist einsatzbereit. Der Überführung steht nichts mehr im Weg.«

Shanton stemmte die Fäuste in die Hüften und besah sich ihr Werk. Shanton war Jahrgang 2010. Er ging auf die Fünfzig zu – und das schon seit Jahrzehnten. Seine Körperfülle hatte ihn immer älter erscheinen lassen als er es gewesen war – doch nun trat erstmals der Fall ein, daß sich sein kalendarisches Alter dem der äußeren Erscheinung mehr und mehr anzugleichen begann.

Die Stirnglatze des Erbauers der Ast-Stationen war mit Schweißtröpfchen übersät. Er nickte in Shodonns Richtung, ohne sich sicher zu sein, ob der körperlose Weise ihn optisch überhaupt erfaßte.

Es war immer noch ein befremdliches Gefühl, die Nähe eines »Unsterblichen« zu spüren. Andererseits war Shanton vielleicht weniger befangen als die meisten anderen Menschen, die Kontakt mit dem Weisen hatten. Immerhin war er im Umgang mit Intelligenz geübt, die keinen Körper aus Fleisch und Blut besaß. Er selbst hatte mit Jimmy etwas erschaffen, das zwar künstlich war, dem er aber dennoch »Seele« zuerkannte.

Auch wenn sie nur in seiner Einbildung bestand, seinem Wunschdenken entsprang.

So unähnlich waren sich Shodonn und Jimmy gar nicht – auch wenn der Weise dies nicht unbedingt als Kompliment aufgefaßt hätte...

Ein Schmunzeln verschönte Shantons fleischiges, von einem verfilzten Backenbart eingerahmtes Gesicht.

Vor ihnen stand Flash 022 – eines von etwas mehr als zwei Dutzend Beibooten der POINT OF. Der zylindrische Körper des technischen Wunderwerks erinnerte an die Bauweise der Galoaner, die diese Form beim Schiffsbau ebenfalls bevorzugten. Das Innenleben jedoch war ein völlig anderes. Die Flash waren ein Mysteriousprodukt. Ihre Hülle bestand aus Unitall, dessen Schmelzpunkt bei sagenhaften 143.750 Grad Celsius lag. Wie das Mutterschiff verfügten auch die »Blitze« über Dust-, Nadelstrahl- und Strich-Punkt-Bewaffnung. Statt einem doppelten Intervallum besaßen die Flash ein einfaches, das jedoch immer noch die meisten bekannten Schutzschirme in seiner Wirkung weit übertraf. Der künstliche Miniweltraum schottete das Schiff perfekt vom Normaluniversum ab und ermöglichte selbst das Eindringen in Planeten.

Momentan ruhte das Boot auf seinen sechs spinnenbeinartigen Auslegern. SLE und Sternensog komplettierten das Aktionspaket. Die Reichweite eines Flash war enorm. Noch immer rätselhaft war, wie sie betankt wurden. Bislang war dies noch nicht erforderlich gewesen, aber seit bekannt geworden war, welche Leistungssteigerung Ringschiffe nach Aufstockung ihres Tofirit-Treibstoffvorrats erlangt hatten, hatte die Frage neue Aktualität erhalten.

Je früher wir das herausfinden, desto besser, dachte Shanton. Er wollte sich gar nicht erst eine heikle Kampfsituation vorstellen, in der die Flashpiloten plötzlich das völlige Versagen ihrer Systeme feststellten – weil die Meiler ertobit geworden waren.

»Ja«, sagte er, an Shodonn gewandt, dessen »Wirt« Rhaklan mit Medikamenten aus seiner Bewußtlosigkeit geholt worden war – lange vor den anderen Galoanern. »Die gemeinschaftlich von uns entwickelten und modifizierten Meßgeräte sind installiert und funktionieren reibungslos. Dann werde ich mal gehen...«

»Was ich nicht verstehe«, hielt ihn Shodonns Stimme noch einmal zurück, »Sie haben die Steuerung doch so programmiert, daß dieses Schiff vollautomatisch in die Wolke eindringen und auch wieder zurückkehren könnte. Warum setzt ihr dennoch Menschenleben aufs Spiel, indem ihr ohne Not eine Besatzung in Gefahr bringt?«

»Diese Frage«, erwiderte Shanton achselzuckend, »muß dir derjenige beantworten, der den Befehl dazu erteilt hat.«

»Ren Dhark?«

»Ren Dhark.«

»Ich habe ihn als verantwortungsvollen Mann kennengelernt. Gerade deshalb überrascht mich seine Handlungsweise.«

»Für eine Überraschung«, bestätigte Shanton im Brustton der Überzeugung, »ist er immer gut. – Komm jetzt her, Jimmy! Hör auf, diesen Kasten dermaßen penetrant anzuhimmeln. Du kriegst einen Knochen, das muß genügen!«

Mit diesen Worten kletterte er durch die offene Luke in den Flash. Jimmy sprang aus dem Stand heraus hinterher und nahm auf dem zweiten Sitz Platz.

Wenig später verließ die 022 das galoanische Expeditionsschiff und setzte über zur POINT OF.

*

Lati Oshuta starrte in den Spiegel.

Er kannte das Gesicht, das ihm darin entgegenblickte. Fremd war ihm der hilflose Ausdruck der Augen, die ihm entgegenstarrten.

Langsam drehte er sich zu seinem Gast um.

»Der Nogksche Parafeldabschirmer hat versagt – auf ganzer Linie. Der Angriff aktivierte unser Zweites System, dennoch blieben wir handlungsunfähig.«

»Weil dem System der Input durch unser Bewußtsein fehlte«, bestätigte der andere Mann. Er war erst fünfundzwanzig Jahre alt und in Terras Alpen aufgewachsen. Vor seiner Konditionierung zum Cyborg hatte er keinerlei Ausbildung genossen. Als Bauer hatte er seinen Lebensunterhalt bestritten. Knapp 1,73 m groß, wirkte er durch seinen dunklen Teint, die lange Haarpracht und die wild-verwegene Physiognomie fast wie ein Zigeuner. Seine Stimme klang angenehm – obwohl er kein Mann der vielen Worte war. »Es hat uns alle überrascht – nicht nur die normale Besatzung.«

Die normale Besatzung.

Eine Weile dachte Lati Oshuta über diese Wortwahl nach. Er war nur unwesentlich älter und kleiner als sein Gast. Sein krauses dunkles Haar trug er kurz. Er hatte eine drahtige, durchtrainierte Figur. Momentan merkte man ihm nicht an, daß er im allgemeinen ein sonniges Gemüt besaß und Pessimismus mindestens so sehr verabscheute wie Waffen. Die jüngsten Ereignisse hatten selbst an seiner Stimmung gekratzt. »Sie hätten uns vernichten können. Warum haben sie es nicht getan?«

»Darauf ließe sich vielleicht eine Antwort finden – wenn wir wüßten, wer *sie* waren.«

»Oder hat uns tatsächlich der Checkmaster mit diesem ominösen Notprogramm gerettet?«

»Nicht der Checkmaster – die Automatik.« Sass lachte.

Oshuta wollte etwas erwidern, doch in diesem Moment erklang eine Stimme aus der Bordsprechanlage.

»Lati?«

»Commander?« Die Haltung des Japaners straffte sich augenblicklich.

»Ich brauche Sie – für einen riskanten Außeneinsatz.«

«Wann?«

»Sofort. – Ist zufällig Bram Sass bei Ihnen?«

»Woher...?«

Ren Dhark ging nicht darauf ein. »Bringen Sie ihn gleich mit. Sie werden den Einsatz gemeinsam bestreiten. Ich brauche zwei Männer, die aufeinander eingespielt sind. Freundschaft steht dem nicht im Wege, oder?«

»Nein, Sir.«

Lati Oshuta und Bram Sass lächelten einander zu. Offenbar war es dem Commander nicht entgangen, daß sie seit Expeditionsbeginn immer öfter die Köpfe zusammensteckten und ihre Freizeit miteinander verbrachten.

»Wir sind schon unterwegs«, erklärte Bram Sass aus dem Hintergrund.

Seine Miene verriet Neugier. Und Erleichterung.

Die Zeit des erzwungenen Nichtstuns war vorbei...

*

Flash 022 jagte der Dunkelwolke entgegen. Die POINT OF und die anderen Schiffes des Expeditionsverbandes fielen zurück. Die Enge innerhalb der nur zwei Sitzplätze fassenden Konstruktion beeinträchtigte weder Bram Sass noch Lati Oshuta, obwohl es diesmal noch weniger Bewegungsfreiheit als sonst gab.

Die von Shodonn und Shanton entworfenen Meßinstrumente umgaben die beiden Cyborgs wie ein bizarrer Kokon.

»Außengrenze der Wolke erreicht«, meldete Oshuta. Seine Stimme wurde via Dauerverbindung zur POINT OF übertragen. »Wir fliegen jetzt ein.«

»Umschalten auf Zweites System«, erinnerte die Stimme aus dem Bordfunk. Sie gehörte Ren Dhark.

Oshuta bestätigte.

Kurz darauf brach der Kontakt ab.

»Verdammt«, fluchte Bram Sass, der den Phant-Zustand wie Oshuta eingeleitet hatte. Das Programmgehirn lieferte erste Daten, während es der Reizstrahl ermöglichte, durch das aktivierte Intervallum hindurch Sicht- und Ortungskontakt zum Normaluniversum zu halten.

Die »Schale« aus Materiepartikeln war schnell durchquert. Dahinter öffnete sich ein Weltraum, der in gleißendes Licht getaucht war. Die enorme Sternendichte sorgte für eine Helligkeit, die Filter erforderlich machte, um die Augen vor Verletzungen zu schützen.

Bram Sass und Lati Oshuta hatten die Köpfe weit in den Nacken gelegt, um die Bildprojektion über ihren Köpfen zu studieren.

Die Zielkoordinaten waren bereits vor dem Start eingegeben worden. Die Gedankensteuerung griff wie ein Autopilot darauf zurück, was Oshuta zu der Bemerkung hinriß: »Eigentlich hätte man auf uns verzichten können. Eine entsprechend umfassende Programmierung hätte auch genügt, um die erforderlichen Daten einzusammeln.«

»Nicht ganz«, wehrte Sass ab. »Immerhin geht es darum, die Einflüsse dieser Zone auf lebende Körper zu ermitteln. Wie, bitteschön, sollte der Flash das ohne Besatzung schaffen?«

Oshuta brummte etwas in seinen Bart.

Der Flug verlief ohne Zwischenfälle. Das aktivierte Zweite System versetzte die Cyborgs in einen schizoiden Zustand, mit dem sie aber umzugehen gelernt hatten.

Dann passierte es.

Oshuta und Sass sanken ohnmächtig in ihre Sitze, ohne daß sie einen Gegner bemerkt hätten, der sich ihnen näherte. Doch im Gegensatz zum ersten Mal übernahmen die bereits aktivierten Programmhirne fast übergangslos die Kontrolle über Körper und Flash. Als der erste todbringende Strahl auf den »Blitz« zuraste, leitete die Gedankensteuerung nicht von sich aus ein Ausweichmanöver ein, sondern wurde von Sass und Oshuta instruiert.

Währenddessen tickten unaufhörlich die Zusatzaggregate, zeichneten alles auf, was aufzuzeichnen war.

Auch Form und Anzahl der gegnerischen Schiffe wurde erfaßt.

Hatte man den Flash anfänglich noch für leichte Beute gehalten und mit einem einzigen, gezielten Schuß zur Strecke bringen wollen, änderte sich diese Einschätzung aufgrund des Ausweichmanövers offenbar komplett.

Als die erste Salve aus mehreren Schiffen lichtschnell auf den Flash zujagte, mußten die Cyborgs bereits ihr ganzes Können aufbieten, um den Strahlbahnen und katapultartig geschleuderten Mikro-Wurmlöchern zu entkommen.

Nur ihre Wendigkeit bewahrte sie vor der Vernichtung.

Kurz darauf beschleunigte der Flash mit Extremwerten und floh, wie zuvor schon der Expeditionsverband, mit Maximalwerten aus der Pseudowolke.

Lichtjahre entfernt, in ruhigerem Fahrwasser, wurden seine Insassen bereits erwartet.

*

»Kontakt wieder da!«

Kurz nach dieser Nachricht, die von allen mit Erleichterung aufgenommen wurde, kehrte die 022 unversehrt ins Depot der POINT OF zurück.

Oshuta und Sass wurden medizinisch versorgt. Ihre Gehirne hatten unter der neuerlichen Paraattacke gelitten, ihre auf reine Logik aufgebauten Programmgehirne hingegen nicht.

Deren Beobachtungen und die Aufzeichnungen der mitgeführten Geräte waren die Grundlage, auf der Shodonn im Zusammenspiel mit dem Checkmaster und einigen terranischen und galoanischen Experten aufbaute.

»Bringt uns das weiter?« zeigte Ren Dhark schon Stunden später wenig Geduld. »Was haben die Messungen ergeben – außer daß wir jetzt wissen, daß wir es mit annähernd hammerförmigen Schiffen zu tun haben?«

»Wenn du Wunder erwartest, muß ich dich enttäuschen«, erwiderte der Weise schroff. »Es wird noch Stunden, vielleicht Tage dauern, bis wir die bereits vorhandene Paraabschirmung eurer Schiffe auf die neuen Erfordernisse abgestimmt haben. Die Sicherheit der Besatzungen sollte dir dies wert sein.«

»Ich benötige vorerst nur ein Schiff, das auf die neuen Erfordernisse eingestellt ist«, sagte Dhark. »Die POINT OF. Die anderen können nach unserem Aufbruch modifiziert werden.«

»Du willst nur mit einem Schiff zu den Rahim zurückkehren?«

»Du meinst also, es handelt sich bei den Angreifern um die von uns Gesuchten?«

»Es ist höchstwahrscheinlich. Und deshalb ist auch höchste Vorsicht und Sorgfalt geboten. Es wäre ein vielleicht nicht mehr korrigierbarer Fehler, die Dinge jetzt zu überstürzen.«

»Gib mir einen realistischen Zeitwert. Wann ist ein neuerlicher Einflug unter verbesserten Bedingungen möglich?«

»Wir tun unser Bestes. Was ich jetzt aber schon sagen kann, ist, daß ich den Flug an Bord deines Schiffes mitmachen will. – Bist du einverstanden?«

»Ich hätte dich ohnehin darum gebeten.«

Und während Shodonn seine »Fahrkarte« auf der POINT OF löste, besuchte Ren Dhark Joan Gipsy, um ihr persönlich zu sagen, daß ihm das bevorstehende Unternehmen zu riskant war, um sie, die Zivilistin, daran teilnehmen zu lassen.

Dieses Mal ging er jedoch mit etwas mehr Diplomatie zu Werke. Dan und Anja Riker wären stolz auf ihn gewesen…

4.

Bernd Eylers, Chef der Galaktischen Sicherheitsorganisation, schaltete mit einem Fingerdruck die Transparenz eines Teiles der Außenwand ab. Ab sofort war von der Skyline Alamo Gordos nichts mehr zu sehen. Der Blick auf die Stielbauten mit ihren riesigen, langsam rotierenden Wohnkugeln, jede eine Stadt in der Stadt und notfalls völlig autark, konnte nicht mehr vom Gespräch ablenken.

Aus dem Büro im 42. Stock des anachronistischen, quaderförmigen Hochhauses, das als Regierungsgebäude errichtet worden war, hatte man einen weit über das Land reichenden Ausblick. In der Ferne die altbackenen Wolkenkratzer von World City, der einstigen Regierungshauptstadt, die nach der Invasion der Giants nie wieder hatte werden können, was sie einstmals war; das hypermoderne Alamo Gordo stand für einen totalen Neuanfang. Und in der anderen Richtung Cent Field, größter Raumhafen Terras, mit einem Areal von vielen hundert Quadratkilometern und immer noch nicht groß genug. Als winzige Punkte Hunderte, vielleicht Tausende von eng geparkten Ringraumern, funktionsunfähig seit jenem verhängnisvollen Hyperraumblitz, der eine galaktische Katastrophe ausgelöst und jegliche auf subatomarer Basis arbeitende und nicht von Intervallfeldern geschützte Mysterioustechnik lahmgelegt hatte. Dazwischen Kugelraumer, die als Plastikstahlgebirge bis zu 400 Meter in die Höhe ragten, und die ersten tofiritrot leuchtenden Iko-Raumer aus den Wallis-Werften.

Eylers wollte sich nicht ablenken lassen.

Er hatte Jos Aachten van Haag zu sich in sein Büro gerufen, einen seiner besten und erfolgreichsten Agenten und zugleich seine rechte Hand in vielen Belangen der GSO... ein Vergleich, bei dem Eylers unwillkürlich ins Schmunzeln geriet, weil seine linke Hand eine Prothese war, mitsamt dem Unterarm. Eylers hätte sich problemlos in der Cyborg-Station im Brana-Tal einen neuen Unterarm samt Hand nachwachsen lassen können. Aber er lehnte das ab. Nicht, weil er es vielleicht für unnatürlich hielte, sondern weil er sich in all den langen Jahren an die optisch nicht von einem normalen Arm zu unterscheidende Prothese gewöhnt hatte – und weil er der darin eingebauten Gaswaffe mehrfach sein Leben verdankte.

Jos Aachten van Haag zeigte sich wieder mal von seiner saloppen Seite. »Was liegt an, Chef?« fragte er, vergaß munter die Bürotür hinter sich zu schließen und marschierte direkt auf die versteckte kleine Bar zu, in der er die Cognacflasche wußte, die Eylers dort für besondere Gelegenheiten bunkerte. Während er Selbstbedienungsladen spielte, schloß Eylers' Vorzimmerdrache die Zwischentür.

»Nicht saufen, sondern setzen und sehen!« fuhr Eylers den drahtigen, schwarzhaarigen Agenten an. Der war damit nicht zu beleidigen. Jos vertrug Unmengen an Alkohol, aber er war alles andere als ein Säufer. Betrunken hatte ihn noch nie jemand erlebt.

Er nahm Flasche und Glas gleich mit zum Besuchersessel. »Und welches Theaterstück wird heute gegeben? ›Terra den Robonen‹, vierter Akt, zweiter Vorhang, in Scholfs unlizensierter Neuinszenierung?«

»Blödmann!« entfuhr es Eylers, was Jos den spöttischen Kommentar abnötigte: »Hatten Sie in letzter Zeit mal wieder mit Chris Shanton zu tun, Bernd? Seinen klassischen Wortschatz haben Sie schon perfekt drauf...«

Eylers deutete auf die Wandfläche, die sonst Fenster war. »Das ist John Brown«, sagte er.

Ein erneuter Knopfdruck machte das Wandstück zur Projektionsfläche. Das Bild zeigte einen Mann von mittlerem Alter, mittlerer Größe und mittlerem Gewicht. Sein Gesicht wurde herangezoomt. Unauffällig, sympathisch wirkend. Im Hintergrund ragten Pyramidenbauten auf.

»Mann, ist der aber alt geworden«, knurrte Jos.

Eylers zuckte regelrecht zusammen. »Sie kennen diesen Mann?«

»Nein. Aber ich kannte mal einen John Brown, nur war der bestimmt fünfzehn Jahre jünger und entschieden schlanker. Jetzt ist er noch ein bißchen schlanker, sofern die Würmer noch was von seinen Gebeinen übriggelassen haben. Der Mann stand in der Dewitt-Krise auf der falschen Seite des Zaunes und wurde erschossen.«

»Dieser John Brown«, sagte Eylers, »tauchte auf Babylon auf.«

»Nett von ihm, sofern er für die Anreise bezahlt hat... aber um mir das zu erzählen, haben Sie mich doch nicht hergerufen, Chef.«

Eylers betätigte weitere Schalter. Fünf Holo-Projektionen entstanden nebeneinander aus dem Nichts. Jos kannte die fünf Männer – es handelte sich um die GSO-Chefs aller fünf Kontinente.

»Wenn die alle zugeschaltet sind, was soll ich dann hier?« flüsterte Jos seinem Chef zu.

Der gab ebenso leise zurück: »Uns allen beim Denken helfen!«

»Da hätten Sie lieber ein Pferd einladen sollen... das hat 'nen größeren Kopf«, kalauerte Jos, der die Cognacflasche blitzschnell unter seinem Sessel hatte verschwinden lassen, als die Konferenzschaltung aufgebaut wurde. Vorurteile mußte man ja nicht unbedingt noch schüren... »Bernd, das einzige, was meinen Denkapparat derzeit beschäftigt, ist das Robonenproblem! Dieser Brown ist aber keiner...«

»Woher wollen Sie das wissen?«

Jos tippte mit dem Zeigefinger auf seine Nase.

Eylers straffte sich. »Herrschaften, was Sie jetzt in Ihren Büros auf den Projektionsflächen sehen, ist ein Mann, der sich John Brown nennt. Mir liegt ein Bericht eines unserer Verbindungsleute auf dem Planeten Babylon vor. Dieser Mann, dessen Aussehen übrigens ein wenig täuscht, ist... hat...« Eylers unterbrach sich und suchte nach Worten.

So hatte Jos ihn noch nie erlebt.

»Ich fange mal anders an«, setzte Eylers erneut an. »Dem Bericht unseres Agenten zufolge deutet alles darauf hin, daß nicht alle von Menschen entdeckten Ringraumer der Regierung zur Verfügung stehen.«

»Ups«, machte Jos.

»Was wollen Sie damit andeuten, Mister Eylers?« fragte der Bereichsleiter Australien.

»Und was heißt, daß das Aussehen des Mannes ein wenig täuscht?« wollte der Leiter Asien wissen.

»Sehen Sie sich ihn genau an«, verlangte Eylers. »Und dann sagen Sie mir, auf welches Gewicht Sie ihn schätzen.«

»Etwa 75 Kilo«, überlegte Jos und erhielt Zustimmung von den anderen Konferenzteilnehmern.

»Er bringt ein Drittel mehr auf die Waage«, erklärte Eylers. »Es gibt einen entsprechenden Krankenhausbericht. Es stimmt noch einiges mehr an ihm nicht. Er wurde von einem Gleiterbus schwer verletzt. Minuten später war von den Verletzungen praktisch nichts mehr festzustellen.«

»Macht ihn das schon zu einem Fall für die GSO?« fragte der Asiate.

»Sie sagten eben etwas von Ringraumern«, erinnerte der Australier.

»Dazu komme ich gleich. ›John Brown‹ ist offensichtlich ein Tarnname, denn niemand dieses Namens hat jemals Babylon betreten – zumindest nicht offiziell. Er wird in keiner Einwandererliste geführt, er erscheint auf keiner Passagierliste eines Kolonisten- oder Reiseraumers. John Brown gibt es nicht. Dennoch befand er sich auf Babylon und…«

»Befand?«

»… hat den Planeten mit einem Ringraumer wieder verlassen. Nur gehörte dieser Ringraumer nicht zur Terranischen Flotte!«

»Das gibt's nicht!« behauptete der Regionalleiter Afrika.

»›Gibt's nicht‹, gibt's nicht«, korrigierte Jos Aachten van Haag trocken. »Darf ich uns alle daran erinnern, daß wir Terraner nicht die einzigen in der Galaxis sind, die nach Mysteriousrelikten suchten und suchen und dabei auch fündig geworden sind. Die Tel haben in der Sternenbrücke, die nun ja leider die längste Zeit als solche existiert hat, damals einen M-Planeten in Besitz genommen, sie waren vor uns auf Dockyard, sie benutzten die Transmitterstraßen der Mysterious und sie besitzen einen ganzen Haufen Xe-Flash – immerhin noch 63 Prachtexemplare, wenn ich richtig informiert bin.«

»Bei John Brown handelt es sich nicht um einen Tel.«

Jos grinste und zog die rechte Augenbraue hoch. »Ganz sicher?

Mit den Jungs haben wir doch schon die nettesten Überraschungen erlebt, und daß der Vank Bündnistreue geschworen hat, bedeutet noch längst nicht, daß alle tel'schen Agenten von terranischen Welten abgezogen werden. Unsere Leute sind doch auch auf Cromar aktiv…«

»Jos«, bremste Eylers. »Wir *sind ganz* sicher.«

»Kolossal beruhigend. Wir haben es Ihrer Meinung nach also mit einer Art Glücksritter zu tun, der irgendwo einen noch funktionsfähigen Ringraumer gefunden und zu fliegen gelernt hat…?«

»Nicht nur das«, sagte Eylers grimmig. »Der Bursche muß außerdem eine komplette Einrichtung der Mysterious entdeckt und für sich behalten haben.«

»Ein zweites Hope? Mit Industriedom und Ringraumerhöhle?« Jos klang etwas spöttisch.

»Warum nicht?« fuhr Eylers ihn an. »Wenn Ren Dhark den Industriedom und die POINT OF finden konnte, warum soll so etwas nicht auch einem anderen gelingen?«

»Weil es sich dabei um ein so elementares, historisch wichtiges Ereignis handelt, daß die Summe aller Zufälle im Universum nicht ausreicht, um es zu wiederholen«, behauptete Jos. »Ich glaub' nicht dran…«

»Und wie erklären Sie sich dann, daß dieser John Brown auf Babylon mit verblüffendem M-Wissen aufwartete, das er nur durch die Einnahme von Mentcaps erworben haben kann? Er hat im Sockel des Goldenen Menschen an M-Geräten herumgeschaltet, daß es eine wahre Pracht gewesen sein muß, er fragte nach speziellen M-Werkzeugen, die kaum ein Mensch kennt, der nicht an M-Technik ausgebildet wurde. Oder wissen Sie auf Anhieb, was ein Roda-Drill ist, Jos?«

»Ich tippe mal auf ein spezielles Schleifer-Verfahren, mit dem größenwahnsinnige Sergeanten Mysterious-Raumsoldaten drillen…«, winkte Jos sarkastisch ab.

»Ein Roda-Drill«, erklärte Eylers geduldig, »ist ein Werkzeug zum Lösen von M-Adhesives. Weiß ich auch erst, seit ich den Bericht gelesen habe, den auch Henk de Groot abgezeichnet hat.«

»Henk de Groot? Ist das nicht der Heini, der Babylon vor dem Angriff der Grakos gerettet hat?«

»Genau der ist es, und der Mann ist ein Held, Jos, und keiner, der abfällige Bemerkungen verdient.«

»Auch nur so'n blöder Holländer wie der dusselige van Haag«, brummte Jos.

Eylers fuhr fort: »De Groot verschaffte dem angeblich arbeitslosen John Brown einen Job in seinem Team. Daraufhin gab es ein paar wesentliche neue Entdeckungen, aber auch einiges an Chaos, und zum Schluß verschwand dieser Brown mit einem Ringraumer.«

»Mit unbekanntem Ziel, wie ich vermute.«

»Sie vermuten richtig, Jos. Frage: Woher hat dieser Mann sein umfangreiches Wissen? Er war nachweislich nie auf Hope, hatte also auch nie Zugriff zum Mentcap-Archiv in der Ringraumerhöhle. In den Ringraumern selbst – nicht einmal in der POINT OF – gibt es aber keine Mentcaps. Und andere Archive sind uns nicht bekannt. Daraus schließe ich, daß dieser Mann uns nicht nur einen Ringraumer vorenthält, was ja unter weitester Auslegung der Gesetze noch halbwegs toleriert werden könnte –, sondern daß er der Regierung auch den Fund einer nach wie vor funktionierenden M-Einrichtung verheimlicht.«

»Gibt es keine andere Möglichkeit, M-Wissen zu erwerben?« fragte der Australier. »Vielleicht hat er in der Flotte gedient und einiges aufgeschnappt...«

»Für dieses Spezialwissen müßte er schon auf der POINT OF Dienst getan haben«, wehrte Eylers die Vermutung ab. »Er muß also irgendwie an Mentcaps gelangt sein.«

Jos fühlte sich zunehmend unwohl. Mysterioustechnologie in privater Hand – das war eine gefährliche Sache. Zu leicht konnte damit Unfug getrieben werden. M-Technik verlieh auch Macht, und Macht verleitet nur zu schnell zum Mißbrauch.

Ein Mentcap-Archiv – von der Gefahr des Mißbrauchs einmal ganz abgesehen, war schon die Vorstellung erregend, daß die Mysterious irgendwo in der Galaxis neben Hope noch eine weitere Anlage dieser Art geschaffen haben könnten. Das Archiv auf Hope galt als einmalig. (Daß es im blaßblauen Universum Erron-3 gab, eine gigantische Anlage, die praktisch alles Wissen der Geheimnisvollen beinhaltete, darüber waren nur Commander Ren Dhark und ein paar seiner engsten Vertrauten informiert. Aber seit der Galaktischen Katastrophe gab es ohnehin keinen Zugang mehr zu Erron-3; der eigens dafür auf Planet 1 im Zwitt-System in der Sternenbrücke befindliche Materiesender funktionierte nicht mehr.

Damals, als Dhark mit der POINT OF aus dem Blaßblauen zurückkehrte, hatte er mit jeweils einer ganz besonderen Mentcap fast allen Besatzungsangehörigen die Erinnerung an diesen Ausflug in ein anderes Universum genommen, weil er einen Mißbrauch des immensen Archivwissens befürchtete.)

Denn es war recht einfach, sich M-Wissen anzueignen!

Man konzentrierte sich auf ein M-Thema, über das man etwas erfahren wollte, und das Archiv warf eine Plastikscheibe aus, in welcher sich die Mentcap befand. Man schluckte sie – und das war schon fast alles.

Nur Sekunden später war das erwünschte Wissen im Gehirn vorhanden!

Es war eine Form der Informationsübertragung, an der terranische Wissenschaftler bereits seit dem letzten Drittel des vergangenen Jahrhunderts arbeiteten und mit der sie in Tierversuchen bereits rudimentäre Erfolge erzielt hatten – aber einen wirklichen Durchbruch gab es bis heute nicht. Die Mysterious dagegen hatten diese Wissensübertragung bis zur Perfektion vervollkommnet.

Natürlich mußte jeder, der eine Mentcap geschluckt hatte, sich das so erworbene Wissen auch sichern, indem er damit arbeitete und es in seinem Gedächtnis vertiefte – sonst verschwand es nach ein paar Wochen so rasch wieder, wie es erworben worden war. Eine Sicherheitsmaßnahme der Mysterious, die verschiedene Deutungen zuließ: Sollte jemand, der die Mentcaps eher wahllos schluckte, die Speicherfähigkeit seines Gehirns nicht überfordern, oder war den Mysterious an einem Heer von Spezialisten gelegen, die schließlich nur Informationen über Dinge behielten, mit denen sie sich intensiv befaßten?

»Fest steht«, faßte Eylers zusammen, »daß es jemanden gibt, der illegal über M-Technik in breitester Auslegung verfügt. Per Gesetz ist jeder verpflichtet, sämtliche Funde umgehend zu melden, da die Regierung einen gesetzlichen Anspruch auf alle M-Hinterlassenschaften hat.«

»Das Gesetz ist mir neu!« entfuhr es Jos. »Gibt es das wirklich, Chef?«

»Ja«, bestätigte der knapp. »Wenn Sie's nachlesen möchten... bitte«, und auf einem weiteren Monitor rief er den entsprechenden Text aus der Datenbank ab.

»Ich glaub's auch so«, seufzte der Agent. »Im Klartext soll das nun also heißen, daß unser unbekannter Ringraumerbesitzer sich strafbar gemacht hat?«

»Bingo. Er hätte den Fund melden müssen. Der Raumer und die Basis wären in terranischen Staatsbesitz übergegangen...«

»Enteignung!« kritisierte Jos scharf.

»Eben nicht, weil die Funde mit Staatsschuldverschreibungen als Finderlohn abgegolten werden.«

»Und wenn dieser John Brown davon nichts wußte? Weder von der Existenz des Gesetzes noch von dem kärglichen Finderlöhnchen? Ich hab' bis eben auch nichts davon gewußt, und ich habe immerhin oft genug mit M-Technik zu tun gehabt, als ich mit Shanton und Tschobe die Transmitterstraßen erkundete...«

»Dann haben Sie hoffentlich nicht ein paar *unbedeutende Kleinigkeiten* beiseitegeschafft, um im Rentenalter ein gemütliches Leben zu führen, Jos!«

Der erhob sich.

»Eylers, ich lasse mir eine Menge Frechheiten gefallen, weil ich auch gern selbst mit Frechheiten um mich werfe, aber daß Sie mir *coram publico*«, er deutete auf die Holo-Projektionen der GSO-Bereichsleiter, »vorwerfen, Funde zu unterschlagen oder mich zu bereichern, ist das letzte, was ich mir bieten lassen muß. Ich erwarte Ihre Entschuldigung oder eine großzügige Abfindung, weil ich unter diesen Bedingungen meine Kündigung einreichen muß. Verstanden, Mister Eylers?«

Der war blaß geworden.

Und machte die Rolle rückwärts!

»Mister van Haag, ich habe Sie falsch eingeschätzt und war der Ansicht, daß mein Scherz als solcher erkannt würde. Offenbar war meine Ausdrucksweise dafür zu unklar. Es liegt mir fern, Sie solcher Vergehen zu beschuldigen. Ich habe mich wohl dazu hinreißen lassen... hm... eine etwas unangemessene Form der Artikulation zu benutzen.«

Jos grinste. »Akzeptiert, Bernd, auch wenn Sie aus Ihrer halben Entschuldigung schon wieder einen halben Vorwurf gemacht haben, aber dafür schulden Sie mir jetzt noch einen Cognac!« Damit setzte er sich wieder, holte die Flasche aus ihrem Versteck unter dem Sessel hervor und schenkte sich das Glas erneut ein, und zwar sehr kräftig.

»Sie bringen mich noch ins Grab, Jos«, seufzte Eylers.

»Aber Ihr Schnapshändler verdient sich an meinen Besuchen in Ihrem Büro dumm und dämlich«, konterte Jos. »Dabei dürfte er für das Schweinegeld, das er aus Ihrem Reptilienfonds für das Gesöff kriegt, ruhig mal bessere Qualität liefern... okay, können wir dann wieder zur Sache kommen?«

Eylers nickte.

»Nach John Brown, oder wie auch immer er heißen mag, ist verstärkt zu fahnden. Die Robonenaktion darf davon allerdings nicht beeinträchtigt werden.«

»Sie gehen davon aus, daß Brown nach Babylon die Erde anfliegt?«

»Oder eine der Kolonien, die schon von mir entsprechend instruiert wurden«, sagte Eylers. Er hatte sich wieder gefaßt. »Daß Brown sich wirklich hier sehen läßt, glaube ich zwar nicht, aber ich will keine Möglichkeit außer acht lassen. Wenn er irgendwo auftaucht, ist er unverzüglich und unter Einsatz aller nichttödlichen Mittel zu verhaften. Anschließend sofortige Überstellung nach Alamo Gordo. Wir müssen Terras gesetzlichen Anspruch auf M-Artefakte kompromißlos durchsetzen. Weniger weil sonst vielleicht irgendwelche anderen Weltraumtramps und Glücksritter ebenfalls versuchen, sich in den Privatbesitz von M-Technik zu setzen, sondern um zu verhindern, daß auch die Kolonien künftig Ansprüche auf derlei Funde erheben. M-Technik gehört Terra, so sagt es das Gesetz. Außerdem sind funktionierende M-Hinterlassenschaften nach dem galaktischen Blitz für uns wertvoller denn je. Noch Fragen?«

»Ja«, sagte der Afrikaner. »Wozu die ganze Aufregung hier auf Terra, wenn Sie sowieso nicht damit rechnen, daß dieser Brown hierher kommt, Sir? Was er ja wohl auch nicht einmal kann, denn wie will er ohne Kennsignal durch den erdumspannenden Nogk-Schirm kommen? Der ist bekanntlich auch für die Intervallfelder der Ringraumer undurchdringlich und fängt Transitionen ebenfalls ab.«

»Ich möchte, daß wir für alle Fälle gewappnet sind«, sagte Eylers und beendete die Holo-Konferenz.

*

»Und nun zu unserem anderen kleinen Problemchen, den Robonen«, sagte Eylers. »Wie steht es mit dem Fortgang unserer Operation in Frankreich?«*

Jos seufzte.

»Ich wußte, daß Sie das fragen würden, Chef. Wenn Sie mich nicht hierher zitiert hätten, wären wir bestimmt schon fertig. Schließlich bin ich in Le Puy Tag und Nacht im Einsatz.«

»Vor allem nachts«, vermutete Eylers. »Wieviel Zeit verbringen Sie eigentlich mit Veronique de Brun?«

»Jetzt geht das schon wieder los«, brummte Jos kopfschüttelnd. »Bernd, können Sie sich vorstellen, daß ich zwischendurch auch mal an andere Dinge denke als an Cognac und Frauen? Daß Dr. Seigle sein Wasser nach zwei Seiten getragen hat, wissen wir nun, die Produktion des von ihm entwickelten und von anderen Experten überprüften Robonenspürers läuft auf vollen Touren, und wir versuchen die Geräte so flächendeckend wie möglich zu installieren – aber alles das kostet Geld, und unsere Anforderungen werden nur sehr zögerlich bearbeitet. Sie stehen gerade so sympathisch nahe beim Vipho, Chef – vielleicht könnten Sie den Finanzminister mal eben verbal in den anatomischen Südpol treten und ihm begreiflich machen, daß er das Geld, das er jetzt zu sparen versucht, später doppelt und dreifach für von robonischen Terroristen hervorgerufene Schäden flüssigmachen muß!«

»Bisher haben die bereits installierten Robonenspürer allerdings noch keinen Erfolg gezeitigt«, wandte Eylers ein. »Das ist auch

---

* siehe Sonderband 13: »Dreizehn«

etwas, woran nicht nur Minister Lamont denkt, wenn die Firma Biotechnologique wieder mal horrende Summen anfordert!«

»Wir stehen erst am Anfang«, sagte Jos. »Sie sollten aus eigener Erfahrung wissen, daß man keine Bewegung nachweisen kann, wenn keine stattfindet. Vielleicht verhalten die Robonen sich ausgerechnet jetzt ganz still und brav! Oder sie riechen den Braten und weichen aus. Wir haben zigtausend Raumhäfen, Transmitterstationen, Schiffs- und Bahnhöfe, wir haben Hunderttausende von Verleihfirmen für Schweber, wir haben... was weiß ich nicht alles! Eine vollständige Kontrolle können wir überhaupt nicht erreichen. Chef, Terroristen haben Zeit. Sie sind nicht auf einen schnellen Sieg angewiesen. Sie können warten, bis wir uns sicherfühlen. Vielleicht kriechen sie erst in ein paar Jahren wieder aus ihren Löchern, und in der Zwischenzeit amüsieren sie sich köstlich darüber, welche finanziellen, personellen und logistischen Anstrengungen wir unternehmen, um sie zu erwischen!«

»Trotzdem wäre es recht hilfreich, endlich Erfolge vorweisen zu können«, sagte Eylers. »Jos, nicht der Finanzminister steht unter Druck, sondern wir, die GSO, und nebenbei auch der Innen- und der Justizminister. Die Sternverwaltung will Erfolge sehen und keine Versprechungen. Wir müssen sicher sein, daß die Robonenspürer wirklich funktionieren!«

»Darauf können Sie Gift nehmen«, knurrte Jos böse. »Wir tun, was wir können, aber mehr als arbeiten können wir auch nicht. Wir sind keine Zauberer, die Wunder vollbringen!«

5.

Wer Dro Cimc, der Vertreter des Telin-Imperiums an Bord der POINT OF, dachte ein paar Momente lang an seine ferne Heimat: Wie mochte dort die aktuelle Lage sein? Bedauerlicherweise hatte die MAYHEM keine Nachrichten von Cromar »im Gepäck« gehabt. Ihre Mission hatte allein darin bestanden, die POINT OF »vollzutanken«. Mit Tofirit. Seither durchkreuzte der erste von Terranern jemals entdeckte Ringraumer das All mit einem Vielfachen seiner früheren Leistungsfähigkeit. Seine ohnehin beeindrukkenden Möglichkeiten waren damit förmlich multipliziert worden – und nun war noch einmal neue Ausrüstung hinzugekommen. Denn Shodonn, der galoanische Weise, und Chris Shanton, das terranische Allzwecktalent, hatten – basierend auf den von Lati Oshuta und Bram Sass gesammelten Daten – Gerätschaften entwickelt, die sich als überlebenswichtig erweisen konnten beim abermaligen Einflug der POINT OF in die Dunkelwolke.

Sie mußten mit einem weiteren Angriff rechnen – nein, mehr noch: Sie mußten davon ausgehen, daß sie bereits erwartet wurden!

Wie beim ersten Mal…

Dro Cimc hatte Ren Dhark diesen Verdacht vorgetragen. Und der Commander hatte zugestimmt.

Sie waren, als sie im Verband mit der MAYHEM und der H'LAYV in die Wolke vorstießen, aller Wahrscheinlichkeit nach von Anfang an manipuliert worden. Einzig Shodonn, dessen Person in so vielem die Ausnahme bildete, war möglicherweise immun gegen sämtliche Hirngespinste gewesen, die den anderen Expeditionsteilnehmern vorgegaukelt hatten, in toten Raum einzudringen. Zumindest funktechnisch toten Raum.

Hätte der Weise den Betrug also erkannt, wenn er sich mit seinem Wirt Rhaklan persönlich vor ein Peilgerät gesetzt und versucht hätte, die Behauptungen des Checkmasters zu überprüfen? fragte sich Dro Cimc.

Doch es war sinnlos, sämtliche Wenn und Aber durchzuspielen. Er wandte sich dem aktuellen Geschehen zu. Hörte, wie Ren Dhark den Befehl zum Start gab. Und sah in der Bildkugel, wie sich die POINT OF aus dem bisherigen Verband herauslöste und vom zweiten Ringschiff sowie von dem galoanischen Zylinder-Laborraumer entfernte.

Eingehüllt in sein Doppelintervallum, beschleunigte das Führungsschiff der Expedition wenig später mit Fabelwerten.

Es war entschieden: Sie würden die Rückkehr in die Wolke wagen.

Und Dro Cimc ahnte, daß bei diesem zweiten Vorstoß nichts so sein würde wie beim ersten Mal. Mit einer Ausnahme allerdings: Sie mußten damit rechnen, diesmal schon sehr viel früher attakkiert zu werden.

Von den – noch – Unbekannten in ihren Hammerschiffen...!

*

Shodonns Wirt Rhaklan setzte sich auf den Platz, der ihm angeboten wurde. Der Terraner Dan Riker stand auf und machte eine Geste, die der Weise als Einladung deutete.

»Danke«, sagte Shodonn – womit für Rhaklan klar wurde, daß das Angebot angenommen war.

Der Nareidums-Angehörige richtete seine kybernetischen Sinne auf die Umgebung, die ihn faszinierte, weil sie sich sehr vom Inneren seines eigenen Schiffes unterschied. Es verblüffte ihn, wie viele Terraner die Zentrale besetzten und offenbar Anteil an der Navigation und Sicherheit hatten – obwohl der sogenannte Checkmaster bewiesen hatte, daß er eigentlich in der Lage war, den stählernen Ring ohne jegliche Unterstützung auf Kurs zu bringen und zu halten.

»Was wird uns erwarten?« fragte der Mann, der die Expedition aus der anderen Galaxis leitete und den Shodonn schätzen gelernt hatte.

»Eine schwere Prüfung«, erwiderte der Weise, an Ren Dhark gewandt, der in einer artgleichen Sitzkonstruktion neben ihm Platz genommen hatte und den Blick auf die Holodarstellung des Weltraums richtete.

Technisch aufbereitet hob sich die Dunkelwolke dort klar gegen den Hintergrund der Drakhon-Sterne ab.

Und kein Uneingeweihter hätte vermutet, welche Sonnenfeuer auch darin brannten.

»Ja«, sagte Ren Dhark, dessen Worte ebenso ins Galoanische übersetzt wurden, wie Shodonns Äußerungen in die Sprache der Terraner, die sich Angloter nannte. »Wie auch immer sie aussehen wird, hoffen wir, daß wir sie bestehen.«

»Sie wird«, erwiderte Shodonn, »zunächst die Sprache des Konflikts sprechen. Hüten wir uns davor, uns in falscher Hoffnung zu wiegen. Die bisherigen Angriffe geben keinen Grund zum Optimismus: Sowohl unser Verband als auch das Aufklärungsboot wurden ohne vorherige Warnung oder Ansprache sofort attakkiert.«

»Vielleicht haben wir die Kontaktversuche einfach nicht bemerkt... wie die Flash-Kundschafter bestätigten, ist die Wolke mit Paraenergie buchstäblich gesättigt. Unsere Wahrnehmung wurde davon manipuliert – aber letztlich wissen wir nicht sicher, ob dies ein vorsätzlich herbeigeführter Effekt war oder...«

»Du denkst, daß auch die Möglichkeit bestünde, es mit einem natürlichen Phänomen zu tun zu haben – und daß die fremden Schiffe uns nur angriffen, weil wir nicht in der Lage waren, auf ihre vorherigen Kontaktversuche zu reagieren?«

»Wäre das möglich?«

»Nein«, sagte Shodonn, wovon er zutiefst überzeugt war. »Ich habe die Meßwerte öfter studiert als jeder andere an Bord meines Schiffes. Es gibt keine natürliche Quelle, der Paraenergie solcher Potenz entströmen könnte. In all den Jahrhunderten, die wir diese Galaxis nun schon erforschen, ist uns dergleichen nie begegnet. Die Kraft, die so vielen Völkern hier in mannigfacher Variation innewohnt, ist immer biologischen Ursprungs. Was aber nicht ausschließt, daß es irgendwo eine Rasse gibt, die in der Lage ist, Paraschwingungen auch künstlich zu erzeugen und für sich einzusetzen. Ein solcher Fall, daran gibt es für mich keinen Zweifel, liegt in der Dunkelwolke vor. Die Rahim oder ein anderes Volk haben ihr Zuhause offenbar mit gewaltigem Aufwand gesichert – erstens vor Entdeckung generell und zweitens, falls doch jemand in ihr Territorium vordringt, durch ein permanent aktives System, das Besucher auf Mentalebene täuscht, ihnen falsche Bedingungen innerhalb der Wolke vorgaukelt, bis...«

»Bis?«

»... die Exekutive eintrifft: Schiffe, die jeden Eindringling erbarmungslos vernichten.«

*

Ren Dhark lauschte Shodonns Worten nach. Und mußte sich eingestehen: *Er hat recht. Machen wir uns nichts vor. Die Bewohner der Wolke sind uns nicht freundlich gesinnt. Sie werden wieder versuchen, uns zu vernichten. Die Kunst wird darin bestehen, ihrem Erstschlag zu entgehen – und es irgendwie zu schaffen, doch einen Kontakt zu ihnen herzustellen.*

Ihnen.

Den Rahim –

– oder den Mysterious?

Er ging in sich und versuchte, herauszufinden, ob er wirklich noch daran glaubte, daß die Rahim identisch mit den Geheimnisvollen sein konnten, die in der Milchstraße so viele Artefakte hinterlassen hatten – Zeugnisse einer Technik, die auch aus heutiger Sicht noch jener der meisten Zivilisationen überlegen war, denen man inzwischen im Dschungel der Sterne begegnet war.

Aber das Aussehen der Schiffe, mit denen sie in der Wolke konfrontiert worden waren, irritierte: Es handelte sich um keine majestätisch anmutenden Ringkonstruktionen, sondern um fast martialisch wirkende Formen, die so völlig dem widersprachen, was die Menschen an Hinterlassenschaften der Mysterious in der heimatlichen Galaxis gefunden hatten.

Allerdings gab es da noch den Zeitfaktor.

Die jüngsten M-Artefakte in der Milchstraße waren rund tausend Jahre alt. Es gab keine neueren Beispiele der Leistungsfähigkeit dieses vielleicht längst ausgestorbenen Volkes. Und Kulturen entwickelten sich. Tausend Jahre entsprachen einer kleinen Ewigkeit in Hinblick darauf, was an Fortschritt möglich war. Wer wollte sagen, ob es für die Mysterious nicht triftige Gründe zur Abkehr von der einstmals bevorzugten Ringform gab?

Nein, hielt sich Dhark einen winzigen Hoffnungsspalt offen, die Hammerform der Angreiferschiffe verneint die Möglichkeit nicht wirklich, es mit Nachkommen jener Mysterious zu tun haben zu können, deren Erbe wir in der Milchstraße verwalten.

Die Galoaner jedenfalls kannten die Hammerschiffe so wenig wie die Terraner. Die Wahrscheinlichkeit war also groß, es mit den Rahim oder einem in deren Diensten stehenden Volk zu tun zu haben.

Rahim... Mysterious... Dhark gestand sich ein, daß alle Spekulation müßig war – solange ihnen der Kontakt und damit der Informationsaustausch mit den Bewohnern der Dunkelwolke versagt blieb.

»Wie lange noch?« wandte er sich an seinen Zweiten Offizier Leon Bebir, der neben Tino Grappa an den Ortungsinstrumenten Platz genommen hatte.

Bebir antwortete wie aus der Pistole geschossen: »Bei gleichbleibender Geschwindigkeit erreichen wir die Grenze der Dunkelwolke in dreizehn Minuten. Wir werden die ›Schale‹ wie besprochen mit gedrosselter Geschwindigkeit, aber immer noch im Überlichtbereich, durchqueren. Das wird schätzungsweise noch einmal zwei Minuten beanspruchen. In einer Viertelstunde also werden wir wieder in die uns bekannte Zone mit der hohen Sternendichte eintreten...«

Dhark nickte und verzichtete darauf, den Denkfehler seines Zweiten zu korrigieren.

Er war sicher, daß sie nicht in die ihnen bekannte Zone vorstoßen würden.

Etwas ganz anderes würde sie erwarten – etwas, über dessen Beschaffenheit er noch nicht das geringste sagen konnte. So wenig wie irgendein anderer an Bord.

Aber es beunruhigte ihn. Trotz modifizierter Parafeldabschirmung, trotz Intervallschutz und vollen Konverterbänken, deren

Energie auch für die Offensivkraft des Schiffes ganz neue Perspektiven eröffnete, konnte er nicht völlig ausschließen, daß hinter der dunklen Wand, auf die sie zuhielten, keine Hilfe auf sie wartete, sondern das Ende.

Die totale Vernichtung durch einen überlegenen Gegner...

*

»Eine Flut!« stöhnte Glenn Morris, der sich aus der Funk-Z gemeldet hatte, kaum daß die POINT OF den offenen Raum jenseits der Wolken»hülle« erreichte.

Wie beim ersten Einflug des Ringraumers und auch dem Vorstoß des Erkundungsflash hatte das Intervallum problemlos dem Ansturm kleinster Partikel getrotzt, aus denen sich die knapp ein Lichtjahr dicke »Schale« rund um das Sternenversteck zusammensetzte.

Während die anderen Plätze und Stationen ihre ersten Meßergebnisse durchgaben, fragte Dan Riker, der neben den Kommandositz getreten war: »Was meinen Sie mit Flut, Glenn?«

»Der Äther!« antwortete Morris mit sich fast überschlagender Stimme. »Wir werden auf etlichen Frequenzen fast erschlagen von Funkaktivität!«

Dhark nickte und kam seinem Freund mit der Frage zuvor: »Irgendein Spruch, der an uns gerichtet wäre?«

»Nein, Sir!«

»Weitersuchen!« ordnete Dhark an. »Sind die Sendungen verschlüsselt?«

»Nein, Commander. Aber in einer völlig unbekannten Sprache abgefaßt. Sowohl unser eigener Translator als auch die Übersetzungsgeräte, die wir von den Galoanern erhalten haben, können damit nichts anfangen.«

»Dann macht es wohl auch keinen Sinn, die Signale durch den Checkmaster laufen zu lassen...« murmelte Riker.

Offenbar hatte Morris das gehört, denn er sagte: »Ist trotzdem bereits veranlaßt.«

»Legen Sie die Stichproben, von denen Sie sprachen, auch auf meine Konsole!«

»Ja, Sir!«

Wenige Sekunden später erklangen gutturale Laute aus einem verborgenen Lautsprecher.

»Können Sie damit etwas anfangen, Shodonn?«

»Unbekannt«, erwiderte der Weise. »Kein in Drakhon gebräuchliches Idiom.«

»Die Rahim...?«

»Das kann ich nicht ausschließen.«

Natürlich nicht, dachte Dhark.

Kurz darauf lagen die ersten Ergebnisse der Fernaufklärung vor.

Sie bewiesen, daß sie das Innere der Wolke nun tatsächlich mit anderen Augen sahen – auch mit anderen Ohren hörten – als beim ersten Mal.

Mit gänzlich anderen, nun offenen Sinnen...

6.

Rhaklan krümmte sich.

Sofort blickte Ren Dhark zu ihm hinüber und fragte alarmiert: »Probleme?«

Auch Shodonn wandte sich an seinen Wirt – allerdings auf Galoanisch, was der Translator erst übersetzen mußte: »Was ist mit dir, Rhaklan?«

Rhaklans Antwort erfolgte ebenfalls im sonoren Idiom des Drakhon-Volkes: »Ich spüre eine Beeinträchtigung meines Wohlbefindens. Schmerzen im... Gehirn. Relativ... starke Schmerzen...«

»Ein Angriff?« fragte Dhark.

»Gibt es dafür sonstige Anzeichen?« Shodonn klang völlig beherrscht, obwohl er durchaus in der Lage war, seiner künstlichen Stimme Ausdruck zu verleihen.

Dhark leitete die Frage an sämtliche Schiffssektionen weiter, während die »langsame« Sternensog-Fahrt weiterging und eine Unmenge von eingehenden Meßdaten ausgewertet wurden.

»Keine Fremdschiffe in unmittelbarer Nähe«, meldete Bebir.

»Das haben wir beim ersten Besuch auch geglaubt«, unkte Dan Riker.

Offenbar fühlte sich Leon Bebir persönlich angegriffen, denn er konterte: »Bei unserem ersten Besuch haben wir überhaupt keine Schiffsbewegungen orten können – das ist jetzt anders. Unsere Fernsensoren registrieren regen Verkehr innerhalb des 83 Lichtjahre durchmessenden inneren Raums. So wie wir beim ersten Mal offenbar taub und unfähig waren, das enorme Spektrum an Funkverkehr zu erkennen, waren wir auch blind. Wir sahen nur, was man uns sehen lassen wollte: Sterne... andere Himmelskörper... aber alles schien unbelebt. Wie sehr wir getäuscht wurden, merken wir jetzt. – Nein, in unserer Nähe befindet sich kein anderes Schiff. Es sei denn, es verfügt über eine Tarnvorrichtung, die alles in den Schatten stellt, was wir auf diesem Gebiet je kennengelernt haben!«

»Könnte es mit der permanenten Hintergrundstrahlung zu tun haben?« meldete sich Dro Cimc aus dem Hintergrund. Er legte schon geraume Zeit eine extreme, von ihm so eigentlich nicht gewohnte Zurückhaltung an den Tag. »Dieser psionischen Sättigung, von der der Checkmaster nach Auswertung der Flash-Erkundung sprach?«

»Das ist auch mein Verdacht«, bestätigte Shodonn. »Offenbar sind wir Galoaner besonders anfällig für diese Schwingungen.« Er beriet sich kurz mit Rhaklan, dann erklärte er: »Die Schmerzen scheinen auf einem gleichbleibenden Niveau zu bleiben. Sie sind unangenehm, aber Rhaklan wird damit zurechtkommen. Wie sieht es mit den anderen Lebewesen an Bord aus?«

Die Frage war berechtigt, und kurze Zeit später stand fest, daß es auch unter den Terranern etliche gab, die über Kopfschmerzen klagten, seit die »Schale« der Dunkelwolke durchdrungen war und man sich wieder in dem sternenreichen Raum aufhielt, der davon geschützt wurde und alles andere als dunkel war.

»Chris«, rief Ren Dhark den »Miterfinder« der Zusatzaggregate zu sich, »könnten das Anzeichen dafür sein, daß die erhoffte Optimierung und Anpassung des Nogk-Schirms doch nicht gelungen ist?«

Chris Shanton balancierte sein Schwergewicht auf den Platz des Kommandanten zu, begleitet von Jimmy, seinem Robot-Faktotum. »Brikett auf vier Beinen« nannte Shanton seinen Pseudo-Terrier selbst »liebevoll«. Dabei war Jimmy sehr viel mehr als die bloße Spielerei eines Technikverrückten. Der schwarz befellte Robothund verfügte über eine Reihe höchst nützlicher Extras, die seinem Herrchen schon aus manch mißlicher Lage herausgeholfen hatten.

Shanton schüttelte den massigen Schädel. Obwohl feinste Schweißtröpfen seine Stirnglatze überzogen, wirkte er souverän, als er erwiderte: »Wenn sie mißlungen wäre, sähen wir jetzt nicht das wahre Gesicht unserer Umgebung, Commander. Ich habe selbst leichte Kopfschmerzen – ein Hinweis darauf, daß sich die

Einflüsse dieser Sphäre nicht völlig neutralisieren lassen. Aber es gibt momentan keine Anhaltspunkte dafür, daß die Störung unserer Befindlichkeit den jetzigen Grad noch übersteigt.«

»Ihr Wort in Gottes Ohr.«

Shanton lächelte verschmitzt, blickte dann zu Rhaklan – beziehungsweise auf den faustgroßen Chip vor dessen Brust – und sagte: »Shodonn, alter Kumpel, wie würdest du unsere Gemeinschaftsarbeit bewerten? Ist darauf Verlaß?«

»Unbedingt«, erwiderte der galoanische Weise, ohne sich von der plump-vertraulichen Anrede aus der Fassung bringen zu lassen.

»Dann bin ich ja beruhigt«, seufzte Dhark. Wenig später nahmen sie unbehelligt Kurs auf die Koordinaten, die sie schon einmal aufgesucht hatten.

Dort war das größte Aufkommen von Funkverkehr in der ganzen Wolke zu registrieren – offenbar ein Ort von zentraler Bedeutung.

Kein leerer Raum, wie ihnen beim ersten Mal vorgegaukelt worden war, sondern das System einer roten Sonne, die – falls die Fernortung nicht trog – über insgesamt elf Planeten verfügte.

Lebten dort die Rahim?

Oder war es doch nur eine geschickt aufgestellte Falle, die dieses Mal mit vernichtender Wucht zuschnappen und die Drakhon-Mission jäh und brutal beenden würde…?

*

»Wir gehen von mehreren hunderttausend Sonnen aus«, sagte Jens Lionel. »Das entspricht der Sternendichte eines Kugelsternhaufens. Über Planeten wissen wir noch nicht viel. Aber schon jetzt läßt sich sagen, daß fast jede Sonne über Umläufer verfügt. Ob diese nach unseren Kriterien Leben ermöglichen, läßt sich – auch im Falle des gerade angesteuerten – Systems jedoch erst aus unmittelbarer Nähe beantworten.«

»Danke, Jens.« Dhark wandte sich an Tino Grappa: »Registrieren Sie immer noch keine Annäherung fremder Schiffe?«

»Nein, Sir.«

Dhark nickte, aber die Art und Weise, wie er es tat, verriet, daß er diesem Frieden mißtraute.

»Sie müssen uns längst ebenfalls geortet haben«, sagte er.

»Davon ist auszugehen«, stimmte Grappa zu.

»Als ob sie wüßten, daß wir diesmal besser gewappnet sind...«

»Sind wir das?« warf Dan Riker mit unverhohlener Skepsis ein. »Daß wir dieses Mal sehenden Auges ins Verderben fliegen, dürfte am Ergebnis wenig ändern.«

»Was meinst du mit Ergebnis?«

»Sie werden es wieder versuchen, uns unschädlich zu machen.«

»Wie würden wir reagieren, wenn ein absolut fremdes Schiff ungebeten in unser Territorium eindringen würde?«

»Anders – und das weißt du.«

Dhark erwiderte nichts.

»Außerdem«, fügte Dan Riker nach einer Weile hinzu, »müßten sie uns kennen – wenn sie die wären, für die einige von uns sie halten.«

»Du meinst die Mysterious?«

»Wie oft haben wir darüber spekuliert?«

»Ja...« Dhark blickte auf die Bildkugel – und die sich darauf abzeichnenden Details des sternendichten Weltraums draußen. Schließlich sagte er nach einiger Überlegung: »Wäre es nicht denkbar, daß sie uns genau deswegen so unerbittlich attackieren?«

»Weswegen?«

»Weil sie ihr Schiff von einst erkannt haben – und wir für sie nichts anderes als Diebe und Piraten sein können, die es sich widerrechtlich angeeignet haben.«

Dan Riker blickte verstört. Schüttelte den Kopf. »Auch dann hätten sie wenigstens den Versuch einer Kontaktaufnahme machen können!«

Er hat recht, dachte Dhark. *Sterne und Boliden, natürlich hat er recht!*

Die POINT OF hielt weiter auf das Elf-Planeten-System zu, und das Unbehagen wuchs...

*

Er betrat die Kabine.

Sein Freund hatte ihn nur kopfschüttelnd angesehen, als er ihm erklärt hatte, sich noch einmal kurz zurückziehen zu müssen – sich aber spätestens mit Erreichen der Zielkoordinaten wieder in der Zentrale einzufinden.

Dan Riker hatte trotz des Versprechens keinen Zweifel an seinem Unverständnis für dieses Verhalten gelassen.

War es ihm zu verdenken?

Ren Dhark wartete, bis sich das Trennschott wieder hinter ihm geschlossen hatte. Dann erst trat er tiefer in seinen privaten Bereich auf dem Schiff – das Refugium, das er sich zuletzt mit Joan geteilt hatte.

Er lauschte in sich, ob er sie vermißte – oder froh darüber war, sie in Sicherheit auf der MAYHEM zu wissen.

Irritierenderweise war es vordergründig nichts von beidem. Dabei hatten sie sich doch versöhnt, bevor die POINT OF ohne die Begleitung der anderen Schiffe gestartet war.

Er nahm sich vor, seine Gefühle bei allernächster Gelegenheit einer genaueren Prüfung zu unterziehen. Möglicherweise – aber er war nicht gewillt, darüber jetzt nachzudenken – waren Joan und er doch zu verschieden in ihren Ansichten und Bedürfnissen, als daß eine dauerhafte Beziehung möglich war...

Er durchquerte den Raum und öffnete den Schrank, in dem er seine Kleidung aufbewahrte. Mit sicherem Griff nahm er die Uniform heraus, die er noch nie zuvor getragen hatte, aber schon eine Weile besaß. Er hatte sie nach seinen Wünschen schneidern lassen. Für den besonderen Anlaß einer Begegnung, wie sie nun vielleicht unmittelbar bevorstand.

Die Uniform entsprach nicht den Vorschriften der Terranischen Flotte, eigentlich war sie ein Phantasiegebilde. Aber auch keine Paradeuniform, die vor lauter Pomp schon wieder peinlich wirkte. Das Gewebe war von exakt derselben Farbe, wie sie dem Unitall der POINT OF zu eigen war. Der Ton stimmte bis in die letzte Nuance. Die einzige Verzierung bestand aus einem dezenten Emblem auf der linken Brustseite, das das stilisierte Sol-System darstellte.

Und dennoch wiesen sowohl die Hose als auch die Uniformjacke noch eine Besonderheit auf. Einen Clou, der aus eingewebten Syntaxfäden bestand, die eine Zeitlang der neueste Modeschrei auf Terra gewesen, recht bald aber wieder von anderen Zeitgeist-Errungenschaften verdrängt worden waren. Die Syntaxfäden reagierten sowohl auf gesprochene Worte als auch auf reine Geräusche. Jeder Klang löste einen Effekt aus, der den Anschein erweckte, über das Material der so präparierten Kleidung liefen Wellen.

Da die Syntaxfäden selbst auf leiseste Töne ansprachen, nannte Ren Dhark diese Uniform für sich auch den »Anzug der Stille«.

Nur in absoluter Stille präsentierte sich seine Oberfläche völlig glatt. Aber eine solche Ruhe war an Bord nirgends zu finden, nicht einmal im Privatbereich. Auch jetzt kräuselte sich die Oberfläche des federleichten Stoffes wie ein Meeresspiegel, über den eine sanfte Brise hinwegfuhr.

Dhark kleidete sich ohne übertriebene Hast um. Er wußte, daß er informiert werden würde, sobald die POINT OF ihr vorläufiges Zielgebiet erreichte.

Und gerade als er wieder in seine bequemen Schuhe schlüpfte, erreichte ihn dann auch Dan Rikers Ruf über Bordsprech.

»Falls der werte Herr nun genügend in sich gegangen ist... drei Minuten, dann Rückfall auf SLE!«

»Ich komme«, erwiderte Dhark, ohne auf die Anspielung einzugehen.

Er schloß den Schrank.

Und während er die Kabine verließ, fragte er sich, ob er sich nicht zum kompletten Narren machen würde.

Er hatte die Uniform für den Tag zurückbehalten, an dem er den Mysterious gegenübertreten wollte.

Die Begegnung mit den Rahim – selbst, wenn sie nicht mit den geheimnisvollen Erbauern der Erron-Stationen und anderen Artefakte in der Milchstraße identisch sein sollten – schien ihm ein adäquater Anlaß, sie hervorzuholen.

Der Gedanke, in dieser Uniform sterben zu können, kam ihm nicht.

Keine Sekunde lang.

Er hatte auch jetzt grenzenloses Vertrauen in Schiff und Mannschaft.

Ohne dieses Vertrauen, das wurde ihm gleichzeitig deutlich,

hätte er nie auch nur das geringste erreicht. Weder die Giants besiegt noch die G'Loorn-Gefahr abgewendet...

Er schaffte es paßgenau zurück in die Zentrale. Als sich das Schott fauchend vor ihm öffnete, fiel die POINT OF wie auf Stichwort von Sternensog auf SLE zurück und bremste mit enormen Werten ab.

Körperlich nicht spürbar für die Besatzung.

Die Andruckneutralisatoren leisteten gewohnt gute Arbeit.

Was für ein Schiff, dachte Dhark.

Und dann ein Gedanke, der ihn entgegen aller Bemühungen, Ruhe und Souveränität zu wahren, bis in den Kern erschütterte: *Falls die Rahim aber doch die Mysterious sind – wie lange wird uns dieses einzigartige Schiff dann noch gehören...?*

7.

Jim Smith hatte das Mädchen in ein unscheinbares Motel am nördlichen Stadtrand mitgenommen. Sie bezogen ein kleines Zimmer mit Bad, und Smith schickte Juanita erst einmal unter die Dusche. Als sie wieder aus der Kabine herauskam, trug sie zwar wieder ihr zerlumptes, hoffnungslos verschmutztes Kleid, aber das war jetzt wenigstens das einzige, das noch nach Slum stank. Sogar Juanitas Haar glänzte jetzt nicht mehr von Fett und Schmutz, sondern aufgrund seiner natürlichen Färbung.

Als nächstes stand eine anständige Mahlzeit auf dem Programm. Ein paar Touristen, die sich ebenfalls gerade jetzt im kleinen Restaurant der Anlage eingefunden hatten, rümpften die Nase angesichts des abgerissen gekleideten Mädchens, aber ein scharfer Rundblick des hochgewachsenen 100-Kilo-Mannes erstickte jede Bemerkung bereits in der Kehle.

Juanita schaufelte das Essen in sich hinein, als gäbe es morgen nichts mehr. Beinahe hätte sie weit mehr gegessen, als ihr guttat, aber Smith bremste sie rechtzeitig. »Laß den Fliegen und dem Hofhund auch noch was übrig«, lächelte er. »Du wirst nie wieder hungern, und du wirst dein Essen nie wieder stehlen müssen.«

»Warum tust du das, Jim Smith?« fragte sie und sah ihn nachdenklich an. Er kannte sich mit Kindern nicht aus, aber er hatte den Eindruck, daß die Waise für ihr Alter schon viel zu erwachsen war, zumindest, was die geistige Reife anging.

Nun, andere Kinder mußten sicher auch nicht jeden Tag um ihre Existenz kämpfen.

»Weil ich dir helfen möchte, Juanita Gonzales«, erwiderte er.

»Und warum hilfst du mir und nicht einem der anderen?«

»Du bist vielleicht etwas Besonderes«, sagte er. Und er meinte das auch so.

»Du willst etwas von mir«, vermutete sie. »Aber was ist, wenn ich es dir nicht geben kann oder will?«

»Dann läßt du es eben«, gab er zurück. »Du bist zu mißtrauisch. Aber du kannst mir wirklich vertrauen.«

»Du bist ein Tourist.«

»Nicht in dem Sinn, wie du es verstehst«, sagte er. »Ich komme von sehr weit her, das stimmt, aber ich bin nicht aus dem gleichen Grund hier wie die anderen.«

»Aus welchem Grund dann?«

Er lachte leise. »Ich möchte diese Welt kennenlernen. Ich möchte die Menschen kennenlernen. Ich will lernen. So viel wie möglich. Und du kannst mir dabei vielleicht helfen. Hilf mir beim Lernen, willst du?«

»Ich verstehe dich nicht. Andere Männer holen Mädchen von der Straße, um schlimme Dinge mit ihnen zu tun.«

»Das sind böse Männer«, sagte er. »Ich will kein böser Mann sein. Ich will, daß du lächelst, wenn du dich eines fernen Tages an mich erinnerst, wenn ich längst wieder fort bin. Wenn du an mich denkst, sollst du lächeln, nicht weinen.«

»Woher kommst du, Jim Smith?«

»Von sehr, sehr weit her.«

»Woher?« drängte sie.

»Aus einem fernen Land jenseits deiner Träume.«

»Kann ich dieses Land besuchen?«

Er schüttelte langsam den Kopf.

»Vielleicht...«, sagte er langsam, so als erinnere er sich an etwas, das selbst für ihn viel zu weit fort war, »vielleicht gibt es das, was ich einst meine Heimat nannte, schon längst nicht mehr. Nicht... in meinem Herzen«, fügte er nach einer kurzen Pause hinzu.

Sie fragte ihn nie wieder danach, aber in seinen Augen sah sie Sterne, so fremd und so weit fort wie das Ende des Universums, und mit seinen Sternenaugen sah er in ihr eine Neugier, die niemals gestillt werden würde.

*

Wahrscheinlich war es das erste Mal, daß Juanita in einem richtigen, sauberen Bett schlief. Dennoch war sie unruhig. Smith beobachtete sie, während sie schlief. Manchmal gab sie unverständliche Laute von sich. Sie hatte ihr Kleid anbehalten und sich zusammengerollt. Hin und wieder schreckte sie auf und schlug um sich, ohne dabei aufzuwachen.

Sie muß Schlimmes erlebt haben, dachte Smith.

Lange Zeit dachte er über sie nach, über seine Pläne, und fragte sich, ob er das richtige tat. Zum ersten Mal hatte er es mit einem Kind zu tun. Diese Seele war so viel einfacher, aber auch so viel komplizierter als die eines ausgewachsenen Menschen, und darüber hinaus ungleich verletzbarer, aber auch unglaublich schöner.

Irgendwann schlief er selbst ein.

*

Sie rüttelte ihn wach. »He, aufstehen! Das Bad ist jetzt frei, ich habe Hunger, und du stinkst nach Tourist!«

Er lachte leise, war sofort hellwach. Ihr Haar war feucht, sie roch nach Seife – offenbar hatte sie die Annehmlichkeiten der Zivilisation, namentlich der Dusche, sehr schnell akzeptiert.

Nach einem sehr ausgiebigen Frühstück, bei dem sie wieder zugelangt hatte, als sei es die letzte Mahlzeit ihres Lebens, saß er ihr im Motelzimmer gegenüber. Er hatte den kleinen Tisch und die beiden Stühle so gruppiert, daß sie sich in die Augen sehen konnten, wenn sie miteinander sprachen.

Er nahm eines der kleinen Geräte aus der Tasche, die unter dem Hemd vor seiner Brust hing.

»Was ist das?« fragte Juanita. Ihr Mißtrauen erwachte erneut. Vor allem als aus der ihr zugewandten Seite drei kleine, spiralförmig gewundene Antennen hervorzuckten, obgleich die eigentlich aus den winzigen Öffnungen gar nicht herausgekonnt hätten.

»Ein medizinisches Gerät«, sagte er.

»So etwas habe ich noch nie gesehen. Was macht man damit?«

»Damit kann ich deine Gehirnwellenmuster lesen«, sagte er. »Das ist nichts Schlimmes, Juanita. Es tut nicht weh.«

»Wenn es weh tut, töte ich dich«, drohte sie.

In ihren Augen las er, daß es nur eine leere Drohung war. Sie konnte nicht töten. Sie hatte Angst vorm Sterben und Angst vorm Töten. Viele Menschen waren so. Trotzdem hatten sie bis heute überlebt und waren dabei, ein Sternenreich zu erschaffen. Ein neues Reich, das sich zwischen den anderen etablieren konnte, wenn…

… wenn nicht vorher zwei Galaxien starben.

Smith berührte einige Sensorflächen des kleinen Gerätes, das eines von vielen war, das er bei sich trug. Die Hülle schimmerte mattgrau, die Spiralantennen waren blauviolett. Für einen Moment erschien auf der mattgrauen Oberfläche eine farbige Anzeige mit bunten Mustern. Smith tippte kurz darauf.

Sofort klappte ein Display auf, Teil des Gerätes und zuvor fugenlos und unerkennbar in der Hülle verborgen. Das Display zeigte wirre, gezackte Linien.

Smith drehte das Gerät so, daß Juanita die Anzeige sehen konnte.

»Schau hier«, sagte er. »Das ist dein Gehirnstrommuster.«

Sie betrachtete die Linien stumm.

»Jeder Mensch«, sagte er, »jedes Lebewesen, hat ein ganz eigenes Muster. Es ist noch viel unverwechselbarer als Fingerabdrücke. Es ist… etwa so unverwechselbar wie der genetische Kode, aber mit einem Enzephalographen viel einfacher und schneller zu ermitteln. Verstehst du, was ich meine?«

»Ich bin ja nicht doof!« sagte sie gekränkt und verschränkte die Arme vor der Brust. »Habe ich dir gestern schon gesagt, Jim Smith.«

»Ja, das hast du. Vielleicht bin ich es, der dumm ist, weil ich es vergaß. Schau hier… die Gehirnwellen der meisten Menschen sind hier relativ flach. Deine aber zeigen spitze Zacken nach oben.«

»Was heißt das?«

»Das heißt, daß du etwas Besonderes bist«, sagte er. »Du hast eine sehr seltene Gabe. Hast du dich noch nie gefragt, warum du nie erwischt wirst, wenn du irgendwo klaust?«

»Ich bin eben besser als die anderen. Ich lasse mich nicht erwischen. Ich bin weg, bevor einer was merkt. Woher willst du überhaupt wissen, daß ich klaue, Jim Smith?«

»Ich habe dich einige Tage lang beobachtet.«

»Pah«, machte sie.

Nach einer kurzen Pause fuhr Smith fort: »Du bist nicht besser als die anderen. Du bist nur anders. Du bist unsichtbar.«

*

Juanita starrte ihn fassungslos an. »Unsichtbar? Ich? Du bist verrückt, Jim Smith.«

Sie sprang auf. »Wie soll ich denn unsichtbar sein? Du siehst mich, Felipos Bande hat mich gesehen, die Leute im Hotel sehen mich, meine Eltern haben mich gesehen!« Sie stockte kurz. »Also kann ich gar nicht unsichtbar sein!«

Smith verzog die Mundwinkel, so daß sich ein Lächeln auf seinem Gesicht zeigte. Für einen kurzen Moment schien es, als habe er Schwierigkeiten, den richtigen Ausdruck zu finden.

»Felipos Bande«, sagte er dann, »das waren die Lümmel, die dich verprügeln und erstechen wollten, ja? Du hättest unsichtbar sein können, wenn du nicht so voller Angst gewesen wärest. Wenn du deine Gabe benutzt hättest, hätten sie dich nicht mehr sehen können.«

»So ein Quatsch!« Sie stemmte die kleinen Fäuste gegen die schmalen Hüften. »Kein Mensch kann unsichtbar sein!«

»Ich sagte doch schon, daß du etwas Besonderes bist. Es gibt nur ganz wenige Geschöpfe im ganzen Universum, die über eine solche fantastische Gabe verfügen. Du gehörst zu ihnen. Du bist kein normaler Mensch, du bist...«

»Supergirl oder Wonder-Woman?« fragte sie spöttisch. »Oder She-Hulk?« Vor einiger Zeit hatte sie als Beute ein paar buntbebilderte Hefte mitgenommen. Die mußten uralt sein, und der geschriebene Text erinnerte ein wenig an Angloter, aber damals beherrschte sie diese aus dem Englischen abgeleitete Weltsprache noch nicht so gut wie heute und hatte die Hefte weggeworfen. Sicher, die Zeichnungen sprachen für sich und die Handlung erklärte sich von selbst, aber was sollte sie mit diesem buntbedruckten Papier? Essen konnte man es nicht.

Wochen später hatte ihr dann einer der Straßenjungen erzählt, daß manche Leute sehr viel Geld für solche bunten Hefte bezahlten, weil die sehr alt seien.

»Ich kenne diese Leute nicht«, gestand Smith. »Aber ich weiß, daß du dich unsichtbar machen kannst. Hier, diese Linien und Zacken verraten es. Natürlich ist es keine wirkliche Unsichtbarkeit…«

»Aha!« triumphierte sie mit blitzenden Augen.

»… aber du kannst dafür sorgen, daß dich niemand sieht. Du kannst direkt neben einem anderen Menschen stehen, und er merkt das nicht.«

»Natürlich nicht, weil ich mich ganz leise anschleiche.«

»Er könnte dich trotzdem hören – oder riechen…«

»Willst du damit sagen, daß ich stinke?« fauchte sie empört.

Er winkte ab. »Hör mit bitte gefälligst erst mal zu! Wenn du etwas stehlen willst, dann willst du dabei nicht erwischt werden. Du konzentrierst dich darauf, du sagst dir: *Niemand soll mich sehen, niemand darf mich sehen…* und das funktioniert. Dein Unterbewußtsein…«

»He! So was Unanständiges habe ich gar nicht!«

»… sorgt dafür, daß du tatsächlich nicht gesehen wirst. Du kannst das und wirst deshalb nie erwischt. Die anderen können es nicht, und deshalb fängt man sie manchmal.«

Sie schüttelte den Kopf. »Du bist verrückt, Jim Smith«, wiederholte sie. »So etwas gibt es gar nicht, weil so etwas gar nicht geht. Du willst mich doch nur dummreden.«

»Doch, du kannst das«, sagte er eindringlich. »Du hast diese Gabe, ob du es nun glauben willst oder nicht.«

»Wirkt es bei dir auch?« fragte sie.

»Vielleicht. Ich weiß es nicht.«

Sie nagte an ihrer Unterlippe. Plötzlich begann sie zu flüstern. »Du siehst mich nicht, du siehst mich nicht, du siehst mich nicht…« Und dabei bewegte sie sich überraschend schnell auf ihn zu, griff in seine Tasche, fühlte ein seltsames kleines Gerät zwischen ihren Fingern…

Und eine Hand, die blitzschnell zupackte und ihr Handgelenk umschloß, ihren Arm bedächtig zurückdrängte.

»So«, sagte Smith, »funktioniert es natürlich nicht.«

»Pah!« machte sie. »Alles Schwindel.«

Er hielt ihr Handgelenk immer noch fest, gerade so, daß er ihr dabei nicht weh tat. »Macht es dir eigentlich nichts aus, andere zu bestehlen?« fragte er. »Hast du dabei kein schlechtes Gewissen?«

»Ich stehle nicht«, parierte sie seinen Vorwurf. »Ich nehme mir nur, was mir eigentlich gehört.«

»Und du glaubst, dieses Gerät«, er schob es wieder in die Tasche zurück, »gehört dir?«

»Na ja, das vielleicht nicht«, wand sie sich. »Aber wenn einer zwei Orangen hat und kann aber nur eine essen, und ich habe keine und hungere, und er will mir seine zweite nicht geben, dann nehme ich sie mir eben. Das ist nur gerecht. Denn er ist ja von einer schon satt!«

Smith nickte bedächtig.

»Das klingt logisch«, sagte er. »Dennoch hat es mit Gerechtigkeit nichts zu tun. Denn vielleicht hat er hart dafür gearbeitet und will sie morgen essen, um dabei von seiner Arbeit ausruhen zu können. Schon mal darüber nachgedacht?«

»Schon mal darüber nachgedacht«, fragte sie bissig zurück, »daß ich vielleicht morgen auch nichts zu essen habe und dann schon den zweiten Tag hungern muß, während er an beiden Tagen satt ist?«

Er begriff, daß er über diese Dinge mit dem Mädchen nicht reden konnte. Juanita Gonzales lebte in einer Welt, die ihr keine Chance geben wollte. Sie war hier so aufgewachsen, und es war nicht seine Aufgabe, sie zu läutern.

»Wir gehen jetzt erst mal einkaufen«, schlug er vor.

*

Der Besitzer des Modegeschäftes runzelte die Stirn, als das ungleiche Paar eintrat. Smith wies auf Juanita, die in ihrem fadenscheinigen, zerlumpten Kleid nicht gerade einen vertrauenerweckenden Eindruck machte. »Die Senhorita möchte sich neu einkleiden«, sagte Smith.

»Aber nicht hier! Verschwinden Sie. Sie vergraulen mir ja die Kundschaft.«

»Welche Kundschaft?« fragte Smith trocken. Er sah sich um. »Derzeit sind wir die Kundschaft, oder sehen Sie noch jemanden in diesem Laden, den Sie dumm anpflaumen können?«

»Meine Kundschaft suche ich mir immer noch selbst aus! Und dieses Pack«, er schoß einen giftigen Blick auf Juanita ab, »gehört nicht dazu! Einkleiden? Klauen ist das treffendere Wort, und jetzt 'raus hier, beide, ehe ich die *Policía* rufe.«

Smith zog ein dickes Bündel Papier aus der Tasche und legte es neben die vorsintflutliche Kasse auf den Tisch. »Bares ist Wahres«, sagte er trocken. »Reicht das, um Ihren verdammten Laden zu kaufen?«

Der Ladenbesitzer starrte das umfangreiche Geldscheinbündel an. Auch im Zeitalter elektronischer Geldtransfers hatte Bargeld seinen Reiz längst noch nicht verloren und als Zahlungsmittel noch lange nicht ausgedient. Vor allem, wenn man dem Electronic Cash nicht so ganz über den Weg traute…

Die Dollarscheine gaben einfach das Gefühl, Geld zur Verfügung zu haben. Sie vermittelten den Wert immer noch besser als ein paar Zahlen auf dem Kontobeleg. Und sie ließen sich leichter vor dem Finanzamt verbergen.

Der Mann fuhr sich mit der Zunge über die trocken gewordenen Lippen. Vorsichtig, als könnten die Scheine ihn beißen, griff er danach, zupfte einige aus dem Bündel und prüfte sie auf ihre Echtheit. Derweil war Juanita ziemlich blaß geworden; so viel Geld auf einem Haufen hatte sie in den zehn Jahren ihres freudlosen Lebens noch nie gesehen.

Sie glaubte, mit dieser Menge müsse man ganz Rio de Janeiro kaufen können, nicht nur dieses teuer und nobel aussehende Geschäft.

»Noch irgendwelche künstlichen Problemchen?« fragte Smith grimmig.

Der Ladenbesitzer winkte einer Verkäuferin zu. »Kümmern Sie sich sofort um diese junge Dame«, befahl er und ließ das komplette Dollarpaket in seiner Jackentasche verschwinden. Dann verschwand er selbst durch eine halb versteckte Tür in seinem Büro.

Smith folgte ihm prompt.

»Was ich noch sagen wollte, Senhor – was von dem Geld die

Summe unseres Einkaufs übersteigt, spenden Sie freundlicherweise einer Hilfsinitiative gegen Armut und Hunger. Ich prüfe das nach, mein Bester. Sollten Sie sich unkooperativ zeigen, lernen Sie mich von meiner weniger großzügigen Seite kennen.«

Eine halbe Stunde später war Juanita kaum wiederzuerkennen. Sie hatte sich wie durch Zauberei aus dem Aschenputtel in eine kleine Prinzessin verwandelt. Sie war komplett ausgestattet worden – mehrere Kleider, Blusen, Röcke, Hosen, Jacken, Schuhe und einen Haufen Unterwäsche. Und zu allem hatte die Verkäuferin auch noch einen großen Koffer besorgt, in dem die gekauften Sachen Platz fanden. John Smith mußte ihn tragen.

»Das ist das erste Mal, daß mich jemand eine junge Dame genannt hat«, sagte die Zehnjährige halb verträumt. »Bist du sehr reich, Jim Smith?«

»Nein. Wie kommst du darauf?«

»Weil du dem Mann so viel Geld gegeben hast. Ich hätte die Sachen doch auch einfach so nehmen können.«

»Nein«, sagte er entschieden. »Du wärest nicht mal auf die Idee gekommen. Weil du glaubst, damit unter den anderen Straßenkindern zu sehr aufzufallen. Aber du wirst künftig anders leben können als bisher, und es wird dich noch sehr oft jemand ›junge Dame‹ nennen.«

»Woher hast du das viele Geld? Hast du es auch anderen weggenommen?«

»Nein«, sagte er. »Es ist *mein* Geld.«

»Aber so viel?« staunte Juanita.

»Es ist doch nur bedrucktes Papier«, erwiderte er.

Und er hatte genug davon… aus einer unerschöpflichen Quelle…

*

In der Folgezeit begann Smith, Juanitas eigentümliche Para-Gabe zu trainieren. Kaum merklich und behutsam zunächst, später schon deutlich konzentrierter. Er überzeugte sie von ihrem Talent, und er brachte sie allmählich so weit, daß sie ihn »mitnehmen« konnte.

Ihm selbst wurde klar, daß er anfangs den falschen Begriff gewählt hatte. Natürlich hatte es mit Unsichtbarkeit nichts zu tun – es handelte sich eher um Unauffälligkeit. Irgendwie brachte es das Mädchen fertig, keine Aufmerksamkeit zu erregen.

Zunächst glaubte sie ihm nicht. Aber er zeigte ihr, daß er recht hatte. Daß sie noch besser werden konnte, als sie ohnehin schon war. Und er zeigte ihr auch, wie sie ihre Angst überwinden konnte. Er nahm sie ihr nicht – »Jeder Mensch braucht Angst, um sich selbst zu erkennen, und es gibt niemanden, der keine Angst hat« – aber er lehrte sie, Ängste zu akzeptieren, damit umzugehen, damit zu arbeiten.

Angst mußte beherrscht werden, durfte nicht selbst die Herrschaft über den Geist erhalten.

Smith führte Juanita zurück in die Slums. Er führte sie direkt zu Felipos Bande, und sie hatte eine Heidenangst, daß die *Malandros* wieder über sie herfielen und das vollendeten, woran Smith sie damals gehindert hatte. Er half ihr nicht, er war plötzlich verschwunden!

Aber sie schaffte es.

Sie hatte ihre Panik unter Kontrolle, und es kam zu keiner Konfrontation, zu keiner Pöbelei, zu keiner Verfolgung. Sie ging an den Halbwüchsigen vorbei, ohne daß die ihr auch nur einen Blick schenkten, und sie zwang sich, nicht in Laufschritt zu verfallen, ehe sie außer Sichtweite der Bande war.

»Glaubst du es jetzt, daß niemand dich sieht, wenn du nicht gesehen werden willst?« fragte Jim Smith, als er ihr unvermittelt wieder in den Weg trat. »Nicht etwa, weil du glaubst, besser zu sein als die anderen. Du bist nicht besser, du bist als Diebin sogar schlechter, aber du bist anders, und das macht dich überlegen.«

Er brachte sie in Hochform. Aus einem Schweber der *Policía* stahl sie unter den Augen der Beamten den Zündchip der Maschine, und genau so brachte sie ihn wieder zurück.

An diesem Tag zeigte sie ihm das Grab ihres Vaters.

Ihr Verhältnis zu ihm hatte sich geändert. Ganz langsam legte sie ihre Reserviertheit ihm gegenüber ab, ihr Mißtrauen, ihre Ablehnung. Sie begann in ihm jemanden zu sehen, der sie beschützte, der ihr einen festen Halt gab. Zuerst war er ein Fremder gewesen, dann ein Freund, schließlich ein großer Bruder – vielleicht sogar ein Ersatzvater.

Am Grab ihres richtigen Vaters sprach sie zu Jim Smith über diesen Teil ihrer Ängste, über ihre Sehnsucht nach ein wenig Geborgenheit. Und sie sprach über ihre Mutter, an deren Tod die Schatten die Schuld trugen.

»Die Schatten«, murmelte Jim Smith ein verwehendes Echo, und zum ersten Mal hörte Juanita den Begriff *Grakos* bewußt. Ein hartes Wort, ein böser Klang. Grakos, die Geißel der Galaxis.

»Nach tausend Jahren sind sie wieder aus ihren Löchern gekrochen, diese Kriegsdiener… es muß ein Ende finden, nie wieder dürfen sie…« Er verstummte jäh.

»Was hast du?« fragte Juanita. »Was wolltest du sagen? Warum sprichst du nicht weiter, Jim Smith?«

Er antwortete nicht.

»Ist es etwas, wovor du Angst hast?« fragte sie. »Ist es eine Angst, die auch du nicht beherrschen kannst?«

»Die Grakos, die Schatten – sie sind etwas, vor dem jeder Angst haben muß«, sagte er.

Juanita führte ihn dorthin, wo seinerzeit das Schattenschiff abgestürzt und im Strahlfeuer terranischer Abfangjäger explodiert war. Mehrere tiefe Krater, graue Asche, die aufwirbelte, wenn man sie durchschritt, und die dennoch nicht vom Wind verweht wurde. Es war, als ginge ein böses Flüstern und Raunen von diesem verwunschenen Ort aus, das von den Stümpfen und schwarzen Ästen verbrannter Bäume aufgenommen und zurückgeschleudert wurde, um nie mehr zu verstummen. Satanische Gesänge von Rache und Vergeltung.

Smith fror angesichts dieses Anblicks. Ja, das Mädchen hatte ihn durchschaut. Dies war eine seiner Ängste.

Und einer der Gründe, weshalb er hier war. Hier, fernab seiner Heimat, die ihn nicht mehr dulden wollte. *Fern von Epoy, fern von Orn*. Jenseits von Eden…

Er schüttelte die düsteren Gedanken ab. Er hatte sich eine Aufgabe gestellt, und die wollte er erfüllen.

*

Zwischendurch verschwand Jim Smith immer wieder mal für Stunden, ohne Juanita zu verraten, wohin. Von einem dieser Ausflüge brachte er Ausweiskarten mit. Sie wirkten absolut echt, obgleich sie nicht echt sein konnten.

»Woher hast du die Fälschungen?« fragte Juanita.

Das verriet er ihr nicht.

Immerhin zeigten die falschen Papiere sie beide als Vater und Tochter. Jim und Juanita Smith. Paßbild, Fingerabdrücke und Gehirnstrommuster waren ebenso vorhanden wie die persönliche Unterschrift. Juanita fragte sich, wie er das alles zustande bekommen hatte, und er stieg in ihrer Bewunderung gleich noch ein paar Stufen auf der nach oben offenen Skala hinauf.

Die Ausweiskarten waren mit dem bloßen Auge keinesfalls als Fälschungen zu entlarven.

»Wofür hast du sie beschafft?« wollte Juanita wissen. »Wozu brauchen wir sie?«

»Wir werden nicht mehr lange in diesem Motel bleiben«, antwortete er. »Wir sind schon viel zu lange hier.«

»Und wo werden wir dann wohnen?« In ihr Slumviertel wollte sie nicht zurück. Es war nicht länger ihre Heimat.

»Komm mit und laß dich überraschen«, schlug er vor.

Inzwischen liebte sie Überraschungen.

*

Sie bezogen Quartier im exklusivsten und teuersten Hotel der Stadt, an der Avenida Atlantica gelegen, einer der drei parallel verlaufenden Hauptstraßen, aus denen Copacabana bestand. Hier wohnten die Schönen und die Reichen, nur wenige hundert Meter von den Favelas entfernt, den Hütten der Armen, die Juanita nur zu gut kannte.

Hier lernte die Zehnjährige »a ciudade Maravilhosa«, wie die *Cariocas*, die Einwohner Rio de Janeiros, ihre Stadt seit jeher nennen, von einer ganz anderen Seite kennen.

Hierher hatte sie sich nie getraut, und als sie die Polizisten sah, die eigens dafür abkommandiert waren, die im Grün versteckten

Luxusvillen und Paläste der Reichen und die palmenumsäumten Hotels frei von *Malandros* zu halten – von »bösen Menschen«, Taschendieben, kleinen Gaunern, Räubern – eben von jenen Leuten, zu denen auch Juanita bis vor kurzem gehört hatte, ahnte sie, daß ihr wohl *die* Herausforderung ihres jungen Lebens entgangen war – und vielleicht auch die Niederlage ihres Lebens. Obgleich Jim Smith sie geschult hatte, ihre Gabe zu perfektionieren, traute sie sich nicht so recht, sie ausgerechnet *hier* anzuwenden.

Allerdings hatte sie das auch gar nicht mehr nötig...

Sie bekam und hatte alles, was sie sich nur wünschen konnte: zu essen, saubere Kleidung, ein bequemes Bett und einen väterlichen Freund. Wenn sie etwas benötigte – er bestellte es, er kaufte es, er winkte mit Dollarscheinen. Er war doch reich, fand sie, reicher als jeder Mensch, von dem sie jemals gehört hatte. Nur Gott konnte noch reicher sein.

Jim Smith hatte eine Suite angemietet, mit eigenen Schlafräumen für ihn und seine vorgebliche »Tochter«. Juanita war fassungslos – allein in ihr Zimmer hätte die Hütte ihrer Eltern fast zweimal hineingepaßt. Und sie hatte es ganz für sich allein!

Hatte sie schon in dem Motel anfangs gestaunt, so glaubte sie, daß der Luxus sich jetzt mehr weiter steigern ließ. Hier wurde für Kleinigkeiten Geld ausgegeben, für das sie in den Favelas eine Woche oder länger hätte leben können. Manchmal sogar für Selbstverständlichkeiten wie für das Aufhalten einer Tür, für das Herbeirufen eines Schwebertaxis, für das Tragen einer Einkaufstasche. »Trinkgeld« nannte Jim das.

»Warum«, wollte Juanita wissen, »gibt man diesen Leuten auch noch extra Geld fürs Trinken? Die werden doch sowieso bezahlt für das, was sie tun!«

»Es ist eben so«, sagte Jim Smith geduldig. »Gib einem Menschen etwas zusätzliches Geld, und er ist gleich viel freundlicher zu dir.«

Freundlich waren sie tatsächlich. Juanita wurde von Menschen bedient, die sie früher mit barschen Worten oder Schlägen davongejagt hätten, alles war so unglaublich sauber und ruhig... aber außerhalb der Zimmer war von Ruhe nichts mehr zu spüren, da pulsierte das Leben, strömte durch das Gebäude, durch die Straßen, zum Strand hinaus. Und abends, wenn es doch Zeit war, schlafen zu gehen, ging es erst richtig los!

Überall war Musik, überall wurde getanzt, gelacht, getrunken. Hier und da knutschten sie sich ab, die fettbäuchigen Touristen in geschmacklos bunten Hemden und die schönen *Gatinhas* in winzigen Tangas oder mit noch weniger am Leib. *Wenn ich groß bin, will ich auch so schön sein,* wünschte Juanita sich, aber ob sie dann auch so fast oder ganz nackt am Strand herumlaufen würde, das konnte sie sich nicht vorstellen – und sie hatte auch ein bißchen Angst davor. Sich von dicken Männern begrabschen zu lassen, nein, das war ganz bestimmt nicht gut! Und die jüngeren, mit ihren starken Muskeln – ach, das waren doch nur Angeber! Und doof waren die, die merkten gar nicht, wenn man sie bestahl. Davon war Juanita überzeugt.

Aber ihr blieb ja noch viel Zeit. Fünf, sieben Jahre noch, und dann…

Tänzerin in einer Sambaschule! Das wäre toll, das war seit Jahren ihr Traum. Aber es war auch teuer. Man mußte viel Geld dafür bezahlen. Geld, das ihre Eltern niemals zusammenbekommen hätten. Aber Jim Smith hatte doch ganz viel Geld. Irgendwann würde sie ihn bitten, daß er ihr einen Platz in einer Sambaschule kaufte. Das würde er bestimmt tun. Er war doch ihr bester Freund!

Vorerst schleppte er sie aber durch diverse Lokale. An Hunger mußte sie ganz bestimmt nicht mehr leiden; manchmal war sie so satt, daß ihr das leckerste Essen nicht mehr schmecken wollte. *Lieber Gott, gib, daß dies kein Traum ist und ich nicht gleich in unserer kleinen Hütte aufwachen muß!*

Gestern »moqueca de peixe«, eine Mischung der unterschiedlichsten Saucen und Gewürze und verschiedener Fischsorten, heute »Linguaggio«, Seezungenfilets, morgen »Cozida«, eine Art Tellerfleisch mit Kartoffeln und verschiedenen Gemüsen, und übermorgen ein Besuch in einem der »Churrascariacs«, wo alle Arten von Fleisch vom Holzgrill serviert wurden. Und am Samstag die »Feijoda«, ein Bohneneintopf mit verschiedenen Gewürzen und Fleischsorten, der traditionell am Samstag gegessen wurde, da man den ganzen Nachmittag dazu brauchte, ihn zu verdauen, so fett war er. Und ihr war stundenlang schlecht…

Sie stellte fest, daß sie allmählich an Gewicht zunahm, daß sie runder wurde. Nicht mehr so dürr, daß sie sich hinter einem Laternenpfahl hätte verstecken können. Sie gefiel sich so auch viel besser. Jim sorgte dafür, daß es ihr gutging, immer besser ging, und sie dankte es ihm, indem sie ihm aufmerksam zuhörte und tat, was er von ihr verlangte.

»Benimmregeln«, nannte er das, was er ihr als nächstes beibrachte. Man bohrte nicht mit dem Finger in der Nase, wenn andere Menschen das sehen konnten, man aß nicht mit den Fingern, sondern furchtbar umständlich mit Messer und Gabel, und man wischte sich auch die fettigen Finger nicht einfach am Kleid oder am Tischtuch ab, sondern tauchte sie in die Wasserschale und trocknete sie dann mit einem Tüchlein oder allenfalls der Serviette. Man schlürfte nicht beim Trinken, man fluchte nicht und man sagte nicht »Scheiße«, sondern »Stoffwechselendprodukt«, weil das gebildeter klang.

Und vor allem starrte man andere Leute nicht staunend an, auch wenn man sich fragte, wieso ein schulterfreies und vorn und hinten bis zum Bauchnabel und zum Po ausgeschnittenes Kleid nicht einfach ins Rutschen kam. Genauso wenig klebte man Kaugummireste unter Tischplatten oder in die Kartenschlitze der Türöffner oder auf die Objektive von Überwachungskameras.

Ein bißchen gemein war das schon.

Aber man konnte sich daran gewöhnen.

Und immer wieder fragte sie sich bange, womit sie es verdient hatte, so von Jim Smith verwöhnt zu werden, und ob es nicht doch nur ein schöner Traum war, dem ein böses Erwachen folgte.

*

Irgendwann tauchte er mit zwei Flugtickets nach Alamo Gordo auf. »Was wollen wir dort?« fragte Juanita erstaunt. Sie wußte zwar, daß das die Hauptstadt der Erde war, aber warum sollte sie dorthin? In dem Nobelhotel in Rio gefiel es ihr doch blendend!

»Ich habe dort etwas Wichtiges zu erledigen, und ich bitte dich, mir dabei zu helfen«, sagte er.

»Wenn ich das kann, warum nicht? Aber wir kommen doch

wieder hierher zurück, ja?«

»In Alamo Gordo ist es noch viel schöner als hier«, behauptete Jim Smith.

»Aber nur hier gibt es Sambaschulen!«

»Du möchtest Tänzerin werden?« Das erstaunte ihn wirklich. »Damit kannst du aber nicht viel Geld verdienen. Du verschwendest dein Talent.«

»Geld ist doch nur bedrucktes Papier«, benutzte sie seine eigenen Worte von früher. »Aber wenn ich für eine der großen Sambaschulen tanze und auf dem Festwagen im Karneval mitfahre, dann werden mich alle bewundern! Das ist viel mehr wert als Geld.«

Er sah sie lange und nachdenklich an. Offenbar hatte sie sich nicht blenden lassen von der Welt der Reichen und Schönen. Sie hatte einen Traum, den sie nicht verlieren wollte.

»Später«, wich er aus. »Wir reden später darüber, ja? Jetzt müssen wir aber erst einmal nach Alamo Gordo.«

*

Am Jettport Galeao setzte Juanita ihre Gabe ein und sorgte dafür, daß sie beide unbehelligt die Kontrollen passieren konnten. Unter normalen Umständen hätten die gefälschten Ausweise gereicht, aber derzeit wurde extrem scharf kontrolliert. Irgend etwas mußte geschehen sein, worüber die Medien nicht berichteten, aber alles, was Uniform oder Sichtkartenausweis trug, wieselte nervös herum wie Ameisen, vor deren Bau unversehens ein Bagger aufgetaucht war.

Juanita sorgte für Unauffälligkeit. Während andere Passagiere gründlich überprüft wurden, kümmerte sich niemand um »Vater und Tochter«. Sie durchschritten die Sperren unmittelbar hinter jemandem, der gerade kontrolliert worden war, und keiner achtete auf sie. Nicht einmal der folgende Passagier, der nun wirklich allen Grund gehabt hätte, zu protestieren.

Sie bestiegen den Jett und hatten reservierte Fensterplätze in der ersten Klasse. Als die große Maschine startete und zunächst in Richtung Atlantik flog, genoß Juanita die herrliche Aussicht auf die wundervolle Baia di Cuanabara. Damit hatte es aber schon bald ein Ende; der Jett schlug die Flugroute nach Nordosten ein, über Teile des brasilianischen Dschungels hinweg, später über die Karibik und den Golf von Mexiko, zwischen San Antonio und El Paso hindurch nach Alamo Gordo.

Juanita fühlte sich ein wenig verloren. Zehntausend Kilometer von der Heimat entfernt… aber war Rio überhaupt noch ihre Heimat?

Doch! Von dort kam sie, aus Schmutz und Dunkelheit in Glanz und Licht gebracht. Was auch immer auf sie wartete – ihre Herkunft würde sie niemals vergessen.

Und dann – Alamo Gordo!

Die Hauptstadt der Welt, die Hauptstadt eines aufstrebenden interstellaren Reiches. Großzügige Grünflächen inmitten einer Wüstenlandschaft, große Häuser und Villen, breite Straßen am Boden, noch breitere Hochstraßen, die sich über Häuserblocks erstreckten, wie Juanita sie von Rio her kannte, und – die riesigen Kugeln, die auf hohen Türmen saßen und sich langsam drehten. Sie wagte sich nicht vorzustellen, wie viele Menschen dort wohnen konnten. Alles war so gigantisch.

Zum Schluß noch einmal Kontrollen auf dem Jettport, aber auch die umschifften sie dank Juanitas besonderer Fähigkeit unangefochten. Ein Schwebertaxi brachte sie zu einem Apartment in einem der Stielbauten, das Jim Smith schon vorher angemietet hatte. Sicher, es war nicht ganz so luxuriös wie das Hotel in Rio, aber auch viel moderner eingerichtet, mit allen technischen Raffinessen, die das Leben erleichterten, und darauf, ständig bedient zu werden und dafür Trinkgelder zu geben, konnte Juanita gern verzichten. Es war fast erholsam, zwischendurch auch mal wieder etwas selbst machen zu können. Wie zum Beispiel Koffer tragen und auspacken, ein Bad einlassen – und die Aussicht über die Stadt und das Umland war einfach phänomenal.

Wenn man so viel bedrucktes Papier – Geld – besaß wie Jim Smith, konnte man hier sicher gut leben. Juanita sah die Zukunft plötzlich in einem rosigen Licht.

*

Ein besonders großes Bauwerk fiel ihr auf, als die große Wohnkugel mit den unzähligen Apartments und Geschäften sich so gedreht hatte, daß dieses Gebäude ins Blickfeld geriet. Es war ein mächtiger Klotz, ein riesiger, hochaufragender Quader von orbitanter Häßlichkeit. Schmuckloser, grauer Beton bildete die Fassade zusammen mit spiegelnden Fenstern, die im Licht der Abendsonne rot glühten wie zehrendes Feuer. Auf der Dachplattform ein Landeplatz für Jetts und daneben bizarre Antennenkonstruktionen. Das Bauwerk paßte überhaupt nicht in die Architektur der Stadt, die mit ihrer hypermodernen Gestaltung das alte Los Alamos der beiden früheren Jahrhunderte einschloß, ohne dabei Disharmonie zu erzeugen. Nur dieser Wolkenkratzer war ein Fremdkörper. »Was ist das für ein Haus, Jim?« fragte Juanita.

Smith sah aus dem Fenster. Er betrachtete die oberen Etagen des Quaders, und ihm war für einen Moment, als sähe ihn von dort aus jemand an. Was natürlich völliger Unsinn war; die Bauwerke waren zu weit voneinander entfernt, als daß jemand einen Menschen hinter einem Fenster des anderen Gebäudes beobachten konnte.

»Das«, sagte Smith, »ist das Regierungsgebäude. Das am besten bewachte Haus dieser Galaxis, glaube ich. Darin residiert der Herrscher von Terra, darin regiert die Sternverwaltung, und darin befinden sich die Büros der GSO.«

»GSO? Was ist das?« fragte Juanita.

»Galaktische Sicherheitsorganisation«, und als er merkte, daß sie sich darunter nichts vorstellen konnte, sagte er in ihrer regionalen Muttersprache: »Serviço Secreto.«

Geheimdienst.

Damit wollte sie nun wirklich nichts zu tun haben, und plötzlich machte ihr der graue Wolkenkratzer sogar ein wenig Angst.

8.

Noch während Astronomie und Astrophysik damit beschäftigt waren, die elf Planeten des Systems, an dessen Grenzen die POINT OF auf 0,1 Prozent der Lichtgeschwindigkeit zurückgefallen war, zu klassifizieren, meldete der Checkmaster: »Elf Objekte im Anflug aus Blau Delta, dreiunddreißig Grad Nord!«

Gleichzeitig schrillte ein Alarmton durch alle Schiffsdecks.

»Tino?«

Ren Dharks Aufforderung an seinen Ortungsspezialisten kam postwendend.

»Hab' sie, Sir!« meldete Tino Grappa.

»Entfernung?«

»Rund drei Millionen Kilometer. Sie nähern sich uns mit hoher Geschwindigkeit aus dem System heraus. Ihr Kurs läßt sich auf den dritten Planeten zurückverfolgen!«

Der dritte Planet...

... die Heimat der Rahim?

»Schiff klar zum Gefecht!« wandte sich Dhark an die Waffensektionen West und Ost. Bud Clifton und Jean Rochard bestätigten emotionslos.

»Sämtliche entbehrlichen Energien auf das Doppelintervallum!«

»Schon veranlaßt!« klang die Stimme von Miles Congollon, dem Eurasier, aus dem Bordsprech. Dhark sah den kleinen, ewig lächelnden Chefingenieur der POINT OF bildlich vor sich, wie er seine »Babys«, die Aggregate des Maschinenraums, mit seinen feinnervigen Händen tätschelte, als handele es sich dabei um tatsächliche Sprößlinge, die seines Zuspruchs bedurften.

»Die fremde Flotte anfunken!« Ren Dhark ließ sich in seinen Kommandositz fallen. »Der vorbereitete Spruch auf Galoanisch!«

Schon vor der Rückkehr in die Dunkelwolke – noch während

Chris Shanton und Shodonn mit seinem Stab von Wissenschaftlern an der Verbesserung des Parafeldabschirmers gearbeitet hatten – war ein Funkspruch für den Fall der Fälle vorbereitet worden. Ren Dhark erklärte darin den unbekannten Bewohnern der versteckten Zone, daß die POINT OF in friedlicher Mission zu ihnen gekommen war – und er forderte die mutmaßlichen Rahim auf, die Waffen schweigen zu lassen und in Kontakt mit den Besuchern aus der anderen Galaxis zu treten.

Die Sendung war durch den Translator gegangen und Dhark hatte sich für jene Sprache entschieden, von der er überzeugt war, daß die Bewohner der Wolke sie kennen mußten.

Falls es sich bei ihnen um die einstigen Herren Drakhons handelte…

Rhaklan hatte den Platz neben dem Kommandanten geräumt und sich auf einen der Besuchersitze unterhalb der Galerie zurückgezogen, wo auch Dro Cimc zu finden war. Statt seiner war Dan Riker wieder auf seinen angestammten Platz neben seinem engsten Freund zurückgekehrt.

»Es wird ernst«, sagte er.

»Ja«, erwiderte Dhark einsilbig.

»Haben wir eine Chance?«

»Das sage ich dir, wenn alles vorbei ist.«

»Deinen Humor hast du jedenfalls noch nicht verloren.«

Aus der Funk-Z posaunte Glenn Morris: »Bislang keine Antwort, Sir. Die Sendung läuft im Endlosmodus.«

»Wäre auch zu schön gewesen«, kommentierte Riker zerknirscht. Sein Blick hing an dem Segment der Bildkugel, in dem der Checkmaster gerade die herannahenden Schiffe der als feindlich einzustufenden Flotte hochzuvergrößern begann.

Im Gegensatz zu der vergleichsweise schwachen Bildqualität, die der Flash von seinem Erkundungsflug mitgebracht hatte, sprangen die Objekte den Betrachter in der Zentrale der POINT OF förmlich an.

Die Schärfe und Detailfreude der Wiedergabe veranlaßte Dharks Gehirn zu vermehrter Adrenalinausschüttung.

Als hätte es dieses »Dopings« noch bedurft!

»Hast du so etwas jemals zuvor gesehen?«

Eigentlich war das keine Frage, sondern entsprang dem Bedürfnis, irgend etwas zu sagen, ganz egal was.

Die heranjagenden Schiffe symbolisierten eine Bedrohung, wie sie vergleichbar höchstens noch von den Schattenstationen der Grakos ausging – und das, obwohl diese Gebilde sich hinter keinem spukhaften Tarnschirm verschanzten, sondern ganz offen auftraten.

»Sie sind – gigantisch«, stöhnte Riker, als die ersten Werte eingeblendet wurden. »1 200 Meter lang... Der Hammerkopf 500 Meter breit, der stärkste Stieldurchmesser rund 300 Meter... Allmächtiger, und das elfmal!«

Zum Vergleich: Der äußere Durchmesser der stolzen POINT OF betrug gerade einmal 180 Meter, der innere 110. Der Ringkörper besaß eine Stärke von 35 Meter!

Ein Zwerg im Vergleich zu diesen Riesen.

Ein David gegen elf Goliaths!

»Es könnten die Mysterious sein«, murmelte Dhark, mehr zu sich selbst. »An Gigantomanie hatten auch sie ihre Freude. Man denke nur an die Erron-Stationen....«

Doch dann schüttelte er den Kopf. »Diese Einheiten sind sehr viel größer als die, die den Flash angegriffen haben. Offenbar hat man sich einiges vorgenommen – und ich fürchte, was immer es ist, es bedeutet für uns nichts Gu-« Er kam nicht dazu, das Wort und damit den Satz zu Ende zu sprechen.

»Achtung! Sie eröffnen das Feuer!« schrie Hen Falluta.

Und dann raste es auch schon auf die POINT OF zu.

Es...

Bis Ren Dhark oder irgendein anderer an Bord erkannte, worum es sich dabei handelte, schlug es bereits ein.

*

»Ein überlichtschneller Kampfstrahl mit Wurmlochcharakteristik!«

Er war auf die POINT OF zugerast – schneller als das menschliche Auge, das menschliche Hirn zu folgen vermochten. Für einen Moment hatte Ren Dhark das Gefühl, tief in seinen Sitz gestoßen zu werden. Von einer überdimensionalen, knöchernen Faust.

Dann meldete sein Erster Offizier Falluta zur Abwechslung etwas Positives: »Intervallfeldbelastung dank des neuen Vollbetriebsmodus bei nur 4,7 Prozent…!«

Noch während Ren Dhark den hinter ihm lautwerdenden Statusmeldungen und Ortungsresultaten lauschte – noch während er den Einschlag verdaute und sich daranmachte, Gegenmaßnahmen einzuleiten…

… wurde ihm das Heft der Handlung bereits aus der Hand genommen.

Wiederum vom Checkmaster, der die POINT OF einen Ausweichkurs ausführen ließ, der auch den Gegner beeindrucken mußte – falls dessen Mentalität sich überhaupt mit der terranischen vergleichen ließ.

Die Ringraumerzelle wurde unglaublicher Belastung unterzogen, als der radikale Richtungswechsel durch gezielten Einsatz der Flächenprojektoren stattfand. Für einen Moment hielten die Männer und Frauen an Bord den Atem an, schienen die Andruckneutralisatoren größte Mühe zu haben, die Idee des Superrechners, der auf von keiner Emotion getrübte Weise auf den Beschuß reagierte, zu verkraften.

Die Bildkugel zeigte den Pulk der Angreifer – und markierte jenes Schiff, von dem aus der Schuß abgegeben worden war.

»Wurmlochcharakteristik?« ächzte Dan Riker. »Was, zur Hölle, soll das heißen? Bewirft man uns jetzt schon mit Schwarzen Löchern…?«

Hen Falluta, der sich am Checkmaster-Terminal positioniert hatte, rief erregt: »Er reagiert nicht auf meine Eingaben! Aber – sehen Sie auf die Bildübertragung, Sir! Wir ziehen uns nicht einfach zurück, wie beim ersten Mal – wir…«

Ren Dhark erkannte den Grund für Fallutas Erregung, noch bevor der Erste Offizier zu Ende gesprochen hatte.

»… greifen an!«

Nein! Wie Falluta es bereits vergeblich über das Eingabeterminal versucht hatte, bemühte sich Dhark nun, mentalen Kontakt zum Checkmaster herzustellen. Via Gedankensteuerung auf die Schiffskontrolle zuzugreifen.

Sofort diesen Wahnsinn stoppen! Wir greifen nicht an, wir –

In diesem Moment verließ ein überlichtschneller, rosaroter Kampfstrahl eine der Geschützantennen von WS-West. Die stärkste Strahlwaffe der POINT OF schlug schon einen Augenblick später bei dem Hammerschiff ein.

Besser gesagt in dessen Schirm, der erst beim Kontakt mit dem gebündelten Strahl sichtbar wurde. Aber der Schild des gegnerischen Schiffes flackerte kaum unter der Wucht des Nadelstrahls, der jede bekannte Materie, sobald er auf sie traf, in pure Energie umwandelte.

Dennoch konnte dieser Schuß verheerende Folgen haben. Ren Dhark wußte, was auf dem Spiel stand.

Und während die Unbekannten nun ihrerseits reagierten, indem sie ihrem ersten Feuer weitere Kampfstrahlen folgen ließen, wandte sich Dhark noch einmal mit allem Nachdruck an die so rätselhafte wie eigenwillige Instanz Checkmaster und machte ihr deutlich, wer das Kommando über dieses Schiff innehatte – und befahl in seiner Eigenschaft als eben dieser Commander die sofortige Einstellung jeglicher Aggression gegen die Fremden.

Zunächst sah es nicht danach aus, als sei sein Appell auf fruchtbaren Boden gefallen. Die POINT OF fügte ein waghalsiges, materialbelastendes Manöver ans andere und sorgte so dafür, daß der Beschuß des Hammerschiffes entweder fehlging oder aber das Intervallum nur zu geringen Prozentsätzen prüfte.

Erstaunlicherweise griffen die anderen zehn Schiffe des »Begrüßungskommandos« nicht in die Kampfhandlungen ein.

Noch nicht?

In diesem Augenblick klang die »Stimme« des Checkmasters in Ren Dharks Hirn auf. Es war nur ein Wort, das sie übermittelte – aber ein Wort von weitreichender Bedeutung:

Übergebe…

*

Schmerz wucherte hinter Ren Dharks Stirn.

Er ahnte sofort, was dahintersteckte.

»Shodonn – Shanton!« rief er. »Können wir die Parafeldabschirmung noch effektiver machen? Wenn es an der Energiezufuhr liegt...«

»Läuft bereits auf Maximum«, erwiderte Chris Shanton und preßte sich die Knöchel seiner Fäuste gegen die Schläfen. Sein Gesicht war qualvoll verzerrt. »Verdammt – ich habe Kopfschmerzen, seit wir in die innere Zone der Wolke eingedrungen sind. Es war auszuhalten. Aber jetzt... es ist, als würde mir ein Stück Eisen ins Hirn gebohrt!«

So schlimm war es bei Ren Dhark nicht. Aber andere in seiner Nähe stöhnten. Jemand fiel zu Boden. Das Geräusch war unverkennbar. Zu seiner Bestürzung sah Dhark, daß es sich um Rhaklan handelte, der ebenfalls seit Durchstoßen des lichtjahrdicken Staubmantels über Schmerzen klagte.

Offenbar nahm der Mentaldruck von außen zu, wurde die Paraattacke auf die POINT OF verstärkt! Und ebenso offenbar war auch die neue Abschirmung alles andere als perfekt.

Der Gegner beschränkte sich nicht auf herkömmlichen Beschuß. Er...

»Wir müssen etwas tun!« keuchte auch Dan Riker, der sich ebenfalls krümmte. »Sie werden uns die Gehirne ausbrennen, wenn wir nicht auf der Stelle verschwinden!«

Obwohl auch Dhark unter dem unheilvollen Einfluß litt, schüttelte er den Kopf.

»Glenn?« wandte er sich an die Funk-Z. »Läuft unser Spruch noch?«

Es dauerte Sekunden bis Morris antwortete. Er lallte wie ein Betrunkener und schien größte Mühe zu haben, seine Zunge zu bändigen. »Pau-sen-los... Sir...!«

»Wer ist bei Ihnen?«

»E-lis... Yo-gan.«

»Wie ist sein Zustand?«

»Es... geht. Bes-ser als mei-ner...«

»Begeben Sie sich umgehend zur Krankenstation«, entschied Dhark und schaltete auf offene Phase, die überall an Bord gehört wurde: »Achtung, das gilt für alle extrem vom Psi-Sturm auf unser Schiff Betroffenen: Begeben Sie sich umgehend in ärztliche Obhut. Man wird Ihnen helfen!«

Es war kaum mehr als Wunschdenken.

Glenn Morris jedenfalls bestätigte, dann meldete sich Yogan. »Übernehme, Sir.«

Dieses *Übernehme!* erinnerte Dhark daran, daß der Checkmaster ihm wieder volle Verfügungsgewalt über das Schiff eingeräumt und das Feuer auf den Gegner eingestellt hatte.

Gleichzeitig sah er, wie sich Dro Cimc um den Galoaner Rhaklan bemühte, und hörte, wie Shodonn mit einer Stimme, die noch nie so »dünn« geklungen hatte, ausrief: »Er stirbt! Nach dem ersten Überfall habe ich meine Kontrollmöglichkeiten erweitert. Ich bin jetzt jederzeit über die körperliche Befindlichkeit meines Wirts informiert. Und sie ist verheerend! – Wenn kein Wunder geschieht...«

Das Wunder geschah.

Übergangslos verschwand der schmerzhafte Druck aus Ren Dharks Kopf, und auch in seiner Umgebung wurde Erleichterung laut.

»Es... hat aufgehört!«

Kein anderer als Dan Riker sprach aus, was jeder an Bord in diesem Moment dachte.

Wohl auch Rhaklan, der kurzzeitig das Bewußtsein verloren hatte und sich nun wieder mit Dro Cimcs Hilfe aufrappelte.

Nur Sekunden später meldete Elis Yogan: »Wir bekommen einen Spruch herein. Ich... ich lege ihn auf Ihre Konsole, Commander!«

Dhark richtete sich auf und versuchte, die Beklemmung als Nachwirkung der Paraattacke abzustreifen. Wenige Sensorbefehle genügten, die Sendung auf die Bildkugel zu leiten und dort ein Fenster zu öffnen, aus dem unerwartete Bilder die Besatzung der POINT OF zu erreichen begannen.

Von einem Herzschlag zum anderen wurde es so still, daß man in der Zentrale eine Stecknadel hätte zu Boden fallen hören können.

Dann sagte der Fremde, dessen eindrucksvolle Gestalt sich bildhaft manifestiert hatte: »Mein Name ist Golaschonn Annkromb ugemplik Rannahaar. Ich bin überrascht über eure Kampfkraft. Offenbar seid ihr würdig, mit uns in Kontakt zu treten. Aber täuscht euch nicht. Wir werden euch beim geringsten Anzeichen, daß ihr in arglistiger Absicht gekommen seid, erbarmungslos vernichten!«

*

Ren Dhark lauschte der Übersetzung des zwischengeschalteten Translators nach. Ein Blick auf die Konsole bestätigte ihm, daß das götzenhaft bedrohlich wirkende Fremdwesen sich des Galoanischen bedient hatte.

Man hatte die Dauersendung der POINT OF also aufgefangen und verstanden – aber offenbar hatte sie allein nicht ausgereicht, das »Eis« zu brechen.

Letztlich hat ihnen offenbar unsere Schlagkraft imponiert, nichts anderes, dachte Dhark und gestand sich ein, daß dies keine sehr zuversichtlich stimmende Grundlage für weitere Gespräche war.

»Mein Name ist Ren Dhark«, wandte er sich an den Fremden, der in Großaufnahme vor ihm zu schweben schien. Allem Anschein nach handelte es sich um einen wahren Koloß, auch wenn die Möglichkeit zum Größenvergleich in Bezug auf vertraute Gegenstände noch fehlte. Der Hintergrund, vor dem sich die Gestalt abbildete, war offenbar absichtlich unkenntlich gemacht worden. Die Körperform war humanoid, die Haut wirkte anthrazitfarben – wie Gestein, das von einer Laune der Natur geschmeidig gemacht worden war. Das Gesicht war unkenntlich gemacht, offenbar auch durch einen technischen Trick. Ähnlich wie bei Ren Dharks Uniform schienen Wellen darüberzulaufen. Für den Betrachter war es, als versuchte er, einen Blick darauf durch eine windgekräuselte Wasseroberfläche zu erhaschen. Die Verzerrung war jedoch so extrem und willkürlich in ihrer Bewegung, daß nicht einmal zu ahnen war, wie die Physiognomie dahinter aussah.

Warum? Die Frage geisterte zwischen seinen Sätzen durch sein Gehirn. *Was haben sie zu verbergen?* Gleichzeitig fielen ihm die goldenen Statuen auf Babylon und anderen Welten der Milchstraße ein. Auch ihr auffälligstes Merkmal war die Gesichtslosigkeit…

»Wir kommen aus der Nachbargalaxis«, hörte er sich sagen und die Frage hinzufügen, »aus der... auch ihr ursprünglich stammt...?«

Dhark glaubte, an den Händen des Fremden jeweils sechs Fingerglieder zu zählen, wobei die jeweils äußeren stärker ausgebildet schienen – als hätte jede Hand zwei Daumen... sicher war er sich jedoch nicht, da Golaschonn Annkromb ugemplik Rannahaar sie überwiegend hinter seinem Körper verborgen hielt.

»Wir?« erwiderte der Fremde, scheinbar ehrlich erstaunt, obwohl er seine Mimik verbarg. »Was glaubst du über uns zu wissen, Ren Dhark? Erkläre dich!« Er schwieg kurz, wartete aber nicht ab, bis Ren Dhark antwortete, sondern fügte hinzu: »Offenbar sind in eurer Rasse kurze Namen üblich. Du darfst mich Gola nennen, wenn es dir hilft.«

»Sehr«, versicherte Dhark – und hoffte, daß der Translator nicht auch die beißende Ironie übersetzte, mit der er dieses Wort betonte. »Ich danke dir, Gola. Bist du ein Rahim?«

Statt einer Antwort die Gegenfrage, herrisch hervorgestoßen wie jede der bisherigen Äußerungen: »Wie nennt man dein Volk, Wesen?«

»Wir nennen uns Terraner.«

»Was wollt ihr von uns?«

»Hilfe. Unterstützung. Es gilt, die Katastrophe einzudämmen...«

»Katastrophe?«

»Eure Galaxis wurde von irgendwoher in die Nähe unserer Milchstraße versetzt – soviel ist sicher. Nur die Ursache kennen wir noch nicht. Oder den Verursacher. Dieses Rätsel zu lösen ist Kern unserer Mission. Denn nur der Verursacher ist wahrscheinlich in der Lage, den Untergang unserer beider Galaxien noch zu verhindern... eine Spezies, die dazu fähig wäre, verfügte über Möglichkeiten, die unseren weit überlegen sind.«

»Ein solches Volk«, erwiderte Gola, »das euch überlegen ist, habt ihr zweifelsfrei gefunden. Und dennoch: Solltest du glauben, wir Rahim hätten den Transfer der Sternenmassen verschuldet, muß ich dich enttäuschen. Wir wurden davon ebenso überrascht wie die niederen Völker Drakhons.« Wieder machte er eine Pause, ehe er fragte: »Milchstraße... heißt eure Galaxis so?«

»Ja«, antwortete er. »Wir Terraner nennen sie so. Aber auch wir sind nur Abgesandte, die stellvertretend für alle bedrohten Völker der Milchstraße nach Drakhon gekommen sind – in der Hoffnung, der Gefahr mit Hilfe der hiesigen Zivilisationen begegnen zu können.«

Die nächste Erwiderung Golas hieb in dieselbe Kerbe wie schon seine Bemerkung über die »niederen« Völker: »Zivilisationen?« fragte der Rahim, und selbst in der Übersetzung klang es verächtlich. »Wir sind die einzige Spezies in Drakhon, die das Attribut ›zivilisiert‹ verdient.« Er hielt kurz inne und bestätigte mit seinen nächsten Worten, daß die Ton-Bild-Kommunikation es ihm ermöglichte, weite Teile der POINT OF-Zentrale einzusehen, denn er sagte. »Daß ihr euch mit solchen abgebt, wirft nicht das beste Licht auf euch. Es war mit ein Grund, euch zunächst als unwürdig einzustufen. Ihr benutzt die Sprache der Unwürdigen und zwingt uns, uns ihrer ebenfalls zu bedienen…«

Ren Dhark ahnte, daß Gola auf Rhaklan anspielte, der offenbar im Erfassungsbereich der Bildübertragung saß. Auf Rhaklan und die Galoaner ganz generell.

Dennoch vergewisserte er sich: »Du meinst unsere Freunde aus dem galoanischen Netzwerk?«

»Freunde? Ihr gebt euch mit Niederen ab?«

»Sie waren neben den Shirs die ersten, die uns unterstützten.«

Die Erwähnung der Shirs schien leichte Unruhe bei Gola aufkommen zu lassen – oder täuschte die sich straffende Haltung?

»Wie viele Unwürdige befinden sich an Bord eures Schiffes?« wollte der Rahim wissen.

»Nur einer«, erwiderte Dhark, den zweiten Galoaner, Shodonn, bewußt unterschlagend. Für ihn blieb es unklar, wie detailliert die Rahim über die Gepflogenheiten der Galoaner Bescheid wußten. Daß die Bewohner der Wolke die hochentwickelten Bewohner des Netzwerks als primitiv einstuften, war ein Widerspruch in sich.

»Wann war der letzte Kontakt der Rahim mit Galoanern?« fragte er deshalb frei heraus.

»Das tut nichts zur Sache«, wehrte Gola ab.

»Für uns schon. Du beleidigst Freunde, die wir schätzen. Freunde, die ebenso ›würdig‹ sind, die Rahim zu besuchen wie wir Menschen von Terra.«

Nach dieser Feststellung erwartete er scharfen Widerspruch von Gola. Doch der Gesichtslose entgegnete nur relativ gemäßigt: »Das ist eine völlig falsche Einschätzung. Aber kommen wir zum Wesentlichen zurück: Dem Grund eures Vordringens nach Kurnuk. Die ›Katastrophe‹, vor der ihr euch fürchtet.«

Kurnuk, dachte Dhark. *So also nennen sie ihr verborgenes Reich.* Gleichzeitig spürte er eine plötzliche Enge in seiner Kehle. Die Mischung aus Überheblichkeit, Sturheit und Geringschätzigkeit, die der Rahim an den Tag legte, war ihm zutiefst zuwider. In diesem Moment wünschte er sich fast, daß die Rahim nicht die Mysterious waren.

Und wenig, sehr wenig sprach auch tatsächlich noch dafür…

9.

Golaschonn Annkromb ugemplik Rannahaar...

Auf welchem der elf Schiffe, die sich der POINT OF entgegengestellt hatten, mochte er sich wohl aufhalten? Oder befand er sich überhaupt nicht an Bord eines der Giganten?

Erstaunlicherweise war es bislang nicht gelungen, den Ausgangspunkt jenes Signals ausfindig zu machen, das die POINT OF seit geraumer Zeit erreichte. Und das, obwohl der Peilungsversuch mit allen zur Verfügung stehenden Mitteln lief.

»Warum verhüllst du dein Gesicht?«

»Nenne es Mißtrauen«, bot Gola freimütig an. »Wir haben uns nicht grundlos von der galaktischen Bühne zurückgezogen.«

»Darf man etwas über diese Gründe erfahren?«

»Später vielleicht. Es gibt wichtigere Dinge zu besprechen, wenn ich dich richtig verstanden habe.«

»Die drohende kosmische Katastrophe«, bestätigte Dhark. »Ist es möglich, deshalb bei der Regierung der Rahim vorstellig zu werden?«

»Es ist möglich«, erwiderte Gola. Offenbar besaß er ausreichende Vollmachten, um eine solche Zusage zu machen, ohne noch einmal Rücksprache mit anderen Stellen nehmen zu müssen.

War er am Ende selbst ein Mitglied der Rahim-Führung?

Dhark hielt es für sogar wahrscheinlich. »Das freut mich. Wo kann eine Begegnung stattfinden?«

»Auf Rah.«

Rah wie – Rahim?

»Ist das eure Zentralwelt?«

Gola wirkte amüsiert, als er entgegnete: »Wir haben uns von solchen Begrifflichkeiten vor langer Zeit verabschiedet.«

»Wo liegt Rah?«

»In dem System, an dessen Grenzen ihr euch befindet. Es trägt den Name Ruh. Ihr werdet mit einem Peilstrahl zu einem Landeplatz gelotst. Sofort nach der Landung werde ich euch ein Fahrzeug schicken, das euch zu mir bringt.«

Dhark sah seinen Verdacht bestätigt. »Du befindest dich nicht an Bord eines der Schiffe, die sich uns entgegenstellten?«

»Wer weiß? Jedenfalls teile ich nicht die Ansicht meines Kollegen Kalnekseldon Haritrantor fordenben Isakamoff, der auf einer Machtdemonstration bestand. Kalnek neigt leicht zu voreiligen Entschlüssen…«

Dhark ließ sich seine Verblüffung nicht anmerken. Der Translator übersetzte das Wort, das Gola in Bezug auf jenen Kalnek gebrauchte, tatsächlich mit »Kollege«.

»Da du glücklicherweise nicht zu voreiligen Schlüssen und Vorverurteilungen neigst«, wandte er sich an den Rahim-Sprecher, »und in Anbetracht der Tatsache, daß ihr uns bei unserer ersten Ankunft in Kurnuk mit euren Parakräften in den sicheren Tod getrieben hättet, wäre uns nicht noch die Flucht gelungen, wirst du verstehen, wenn wir ein wenig in Sorge um unsere Sicherheit sind.«

Gola erwiderte nichts. Die optischen Verzerrungen, die sein Gesicht unkenntlich machten, schienen jedoch zuzunehmen, so als würden sie vom Grad seiner Erregung gesteuert.

»Erlaube mir deshalb einen Gegenvorschlag.«

»Sprich.« Gola unternahm nicht einmal den Versuch, den Vorwurf der versuchten Tötung zu entkräften.

»Ich möchte, eure Erlaubnis vorausgesetzt, unser Schwesterschiff zu uns rufen.« Ren Dhark log bewußt, indem er die MAYHEM als Schwesterschiff ausgab, da er davon ausging, sich mit der POINT OF einigen Respekt verschafft zu haben – und davon, daß es letztlich dieser Respekt war, der die Rahim zur Waffenruhe oder, wie sich jetzt andeutete, sogar zur Gesprächsbereitschaft bewogen hatte.

»Eure Ringschiffe sind erstaunlich«, sagte Gola. »Dergleichen ist uns noch nie begegnet. In unserer Galaxis gibt es kein Volk, das sich dieser Geometrie beim Bau seiner Schiffe bedient.«

Dhark dachte über Golas Behauptung nach. Falls sie stimmte,

konnte die Expedition sich endgültig von der Idee verabschieden, daß Rahim und Mysterious ein und dieselbe Spezies waren.

»Danke«, sagte er. »Und wie lautet deine Antwort?«

»Ich bin einverstanden.«

»Du sprichst für die Rahim?«

»Natürlich.«

»Auch für deinen zu voreiligen Schlüssen und Handlungen neigenden Kollegen…«, er setzte eine gezielte Pause, um anschließend Kalneks vollen Namen fehlerfrei aus dem Gedächtnis wiederzugeben »… Kalnekseldon Haritrantor fordenben Isakamoff?«

Gola zeigte sich beeindruckt. »Ich freue mich auf unsere Begegnung. Wie willst du das andere Schiff rufen?«

»Ich hatte gehofft, mit unserem Hypersender bei entsprechender Sendeleistung auch gegen die speziellen Verhältnisse und Störfaktoren, die in Kurnuk herrschen, ankommen zu können.«

Gola erwiderte: »Ich werde dafür sorgen, daß es gelingt.«

Was immer er darunter verstand, Dhark nahm es hin – und bat Dan Riker, sich in die Funk-Z zu begeben und dort persönlich dafür zu sorgen, daß die MAYHEM entsprechend instruiert wurde.

Sein Freund schien froh zu sein, endlich selbst aktiv ins Geschehen einzugreifen zu dürfen. Während sich Dhark wieder an Gola wandte, verließ er bereits die Zentrale.

»Wenn nichts dagegen spricht, werden wir die Ankunft unseres Schwesterschiffes im Orbit über Rah abwarten. Wer wird uns nach unserer Landung empfangen? Wie viele Mitglieder umfaßt die Regierung der Rahim?«

»Deine Fragen werden Gehör finden«, versicherte Gola. »Du mußt dich aber noch bis zu unserem persönlichen Zusammentreffen gedulden.«

»Wenn ich das muß«, erwiderte Ren Dhark, »werde ich mich dem natürlich fügen.«

Was er wirklich dachte, ließ er unausgesprochen.

*

»Ich traue ihm nicht!« Dan Riker machte nach seiner Rückkehr aus der Funk-Z keinen Hehl aus seinem Mißtrauen, das sich nicht allein auf Gola bezog, sondern auf die Rahim generell. »Das war wieder ein voller Schlag ins Wasser – zumindest was unseren Irrglauben angeht, diese Burschen könnten mit den Mysterious identisch sein!«

»Diese Burschen, wie du sie nennst«, sagte Ren Dhark, der sich mit Dro Cimc, Shodonn/Rhaklan, den beiden Offizieren Falluta und Bebir sowie seinem Freund Dan in einen Konferenzraum zurückgezogen hatte, um die Lage zu analysieren, »mögen nicht die Mysterious sein… da widerspreche ich dir gar nicht. Dennoch verfügen sie zweifelsfrei nicht nur über eine sehr von sich selbst eingenommene Art, die es offenbar beinhaltet, andere Völker zu diskriminieren, sondern auch über ein technisches Instrumentarium, das sie zu einem wertvollen Verbündeten machen könnte. Ganz abgesehen von ihrem möglichen Wissen über die Hintergründe des Drakhon-Transfers…«

»Und ganz abgesehen von ihrer unglaublichen Parakraft«, warf Shodonn aus dem Chip ein.

Dan Riker schüttelte mürrisch den Kopf. »Wenn ich schon höre, wie sie über die Galoaner reden: *Niedere!* Welches raumfahrende Volk mit Verstand tituliert und diskriminiert andere Intelligenzen auf solche Weise?«

»Nun, wir Menschen wurden auch als ›die Verdammten‹ abgestempelt, und das ist noch gar nicht so lange her«, hielt Dhark dagegen.

»Aber sie vermitteln den Eindruck«, meldete sich Dro Cimc zu Wort, »als wüßten sie selbst nichts über die Hintergründe der sich anbahnenden Katastrophe. Schlimmer noch: Sie wirken auf mich, als würde sie die drohende Apokalypse, obwohl auch sie darin untergehen würden, nicht sonderlich interessieren. Das ist absurd! Sie können nicht ernsthaft glauben, in dieser selbstgeschaffenen Enklave sicher zu sein. Nichts kann dem Untergangsszenario zweier kollidierender Galaxien entrinnen!«

Ren Dhark nickte. »Wir wissen noch gar nichts über sie – schlichtweg überhaupt nichts. Wir sollten uns von Golas Auftritt nicht ins Bockshorn jagen lassen. Ich bin sicher, daß die Rahim mehr als Muskel- und Psychospielchen zu bieten haben. Zumindest hoffe ich es…«

»Mit Hoffnung allein wird es nicht getan sein«, seufzte Dan Riker. »Ich frage mich, warum sie so schnell eingelenkt haben, und wer dieser Gola ist. Welche Funktion hat er inne? Es irritiert mich auch, daß der Translator das Wort ›Kollege‹ für diesen Kalnek benutzte… alles höchst eigenartig, wenn ihr mich fragt.«

Niemand widersprach.

»Wenn es ›Kollegen‹ in unserem Wortsinn sind«, meinte Hen Falluta schließlich, »heißt das dann, daß sie auch gleichberechtigt sind? Offen gestanden hoffe ich das nicht, denn dann könnte dieser Kalnek jederzeit wieder zu einem Problem werden. Womit ich nicht sagen will, daß ich Gola mehr vertraue…«

»Gibt es bereits Erkenntnisse über den dritten Planeten Rah, den wir ansteuern?« hakte Dhark bei Leon Bebir nach.

Die POINT OF näherte sich der Treffpunktwelt mit langsamer Unterlichtgeschwindigkeit, eskortiert von den elf Rahim-Raumern.

Der Zweite Offizier schüttelte bedauernd den Kopf. »Normalerweise müßten wir auf diese geringe Entfernung bereits verläßliche Daten besitzen. Aber ganz offensichtlich ist hier nichts wirklich normal.«

Dro Cimc hieb in die gleiche Kerbe. »Ich erinnere nur, daß Gola bezüglich unseres Wunsches, die MAYHEM via Hyperfunk herbeizurufen, sagte: ›Ich werde dafür sorgen, daß es gelingt‹. Gehen wir also ruhig davon aus, daß die Rahim vieles innerhalb ihres Reiches, das sie Kurnuk nennen, steuern können.«

»Sie hätten uns vernichten können«, drückte Shodonn seine Überzeugung aus. »Ich bin sicher, daß wir bei einem ernsthaften und gebündelten Angriff aller elf Schiffe keine Chance gehabt hätten. Die Frage, die sich mir stellt, ist: Warum haben sie darauf verzichtet, obwohl dies doch ganz offenbar ihre ursprüngliche Absicht war? Hält es irgend jemand hier im Raum für glaubhaft, daß sie sich wirklich nur von unserer Kampfkraft beeindrucken ließen?«

»Warum nicht?« fragte Dan Riker. »Immerhin sind auch die Nomaden hinter der POINT OF her wie der Teufel hinter der armen Seele.«

Niemand außer Shodonn und Rhaklan wußte, was der Translator aus der von Riker gewählten Redewendung machte. Jedenfalls erwiderte der Weise des Nareidums: »Du kannst Rahim und diese Piraten nicht ernsthaft gleichstellen. Wenn wir Galoaner schon ›Niedere‹ für die einstigen Beherrscher meiner Galaxis sind, wie würden sie dann wohl erst die Nomaden einstufen?«

»Man ist im Leben vor schmerzlichen Überraschungen niemals sicher.« Dan Riker nickte grimmig. »Vielleicht würden wir unser blaues Wunder erleben. Möglicherweise stehen sie ja auf Aggression. Ihr eigenes Verhalten könnte durchaus darauf hindeuten...«

»Beenden wir die fruchtlosen Spekulationen und halten wir uns an die Fakten«, griff Ren Dhark ein. »Ihr kennt meinen Plan. Um ihn in die Tat umsetzen, fehlt nur noch die MAYHEM, die – wenn sie nicht behindert wird – in Kürze eintreffen müßte.«

Er blickte in die Gesichter, die ihm im Laufe einer langen Zeit vertraut geworden waren – und selbst bei Rhaklan, dem Galoaner, hatte er inzwischen das Gefühl, einem Freund gegenüberzusitzen.

Doch dies änderte nichts an der Tatsache, daß sie sich in großer, kaum zu überblickender Gefahr befanden. Denn es gab Wesen, die ihr Gesicht nicht zeigten.

Konnte man ihnen trauen? Ren Dhark wünschte, er hätte die Frage mit einem uneingeschränkten Ja beantworten können. Doch dem war nicht so. Nicht einmal annähernd...

*

Ralf Larsen war schon in leitender Position auf der legendären GALAXIS mitgeflogen, als Erster Offizier. Nun bekleidete er den Posten des Kapitäns auf der MAYHEM. Und er mißtraute der Nachricht, die ihn via Hyperfunk erreichte, zunächst extrem. Denn Kontakt zur POINT OF war seit deren Rückkehr in die Dunkelwolke nicht mehr möglich gewesen. Die dortigen Bedingungen erlaubten offenbar keine so weitreichende Kommunikation, obwohl Larsen es sich gewünscht hätte, sich permanent mit Ren Dhark austauschen zu können.

Doch nun behauptete der Funker der MAYHEM, er empfange einen Richtspruch mit Absender Dan Riker!

Und Dan Riker befand sich mit der POINT OF innerhalb der Dunkelwolke, die als Heimat der Rahim betrachtet wurde!

Ralf Larsen begab sich höchstpersönlich in die Funk-Z seines Ringraumers. »Wie ist der genaue Wortlaut der Nachricht?« wandte er sich an Curd Asher, den Offizier, der ihn über den Eingang der Sendung informiert hatte.

Asher händigte ihm die Folie aus, auf der der Spruch schriftlich fixiert war. Auch er schien Zweifel an der Authentizität zu hegen.

Larsen überflog den kurzen Text. »Haben Kontakt zu den Rahim hergestellt«, stand auf dem Ausdruck. »Benötigen dringend die Anwesenheit und Unterstützung der MAYHEM. Alles weitere bei Ihrer Ankunft. Begeben Sie sich schnellstens zu den nachfolgend genannten Koordinaten. Wir erwarten Sie dort. Beeilen Sie sich. Wenn die Rahim ihr gegebenes Versprechen einhalten, werden Sie unbehelligt zu uns vordringen können. gez. Dan Riker«

Nach den Datenkolonnen, die die exakte Position der POINT OF nannten, folgte noch eine letzte Instruktion, die Dan Riker offenbar im Namen des Commanders erteilte.

Als Ralf Larsen sie las, wußte er, daß Ärger vorprogrammiert war.

»Wie groß ist die Wahrscheinlichkeit, daß dieser Spruch auch tatsächlich von der POINT OF stammt – und nicht von einem der Hammerschiffe, die uns anlocken wollen?« wandte er sich an seinen Offizier.

»Die Chiffrierung entspricht unserem aktuell gebräuchlichen Kode. Es gibt keinerlei Anhaltspunkte für eine Fälschung.«

Außerdem, dachte Larsen, *enthält gerade der Nachsatz der Sendung soviel Insiderwissen, wie es die Rahim kaum besitzen dürften.*

Er zögerte kurz. Irrte er da nicht? *Immerhin,* machte er sich klar, *haben sie bei unserem ersten Einflug in unseren Hirnen rumgepfuscht. Wer weiß, was sie alles zu Tage förderten – und nun gegen uns verwenden…*

Er beschloß, das Risiko einzugehen und nahm Kontakt zur H'LAYV auf, um die Galoaner auf den Gast vorzubereiten, den sie laut Ren Dharks Bitte und Shodonns Befehl aufnehmen sollten.

Erst danach begab er sich zur Unterkunft von Joan Gipsy, um sie über ihren neuerlichen Umzug zu informieren…

*

Auch als sie nur noch knappe 300 000 Kilometer – die ungefähre Entfernung Terra-Luna – von Rah entfernt waren, hatte der Schleier, der die Bordinstrumente einschränkte, Bestand.

Oder wurde doch nur wieder die Wahrnehmungsfähigkeit der Mannschaft genarrt? Ren Dhark war sich nicht hundertprozentig sicher, ob die Bemühungen Shodonns und Shantons in dem von allen erhofften Maß fruchteten.

Vielleicht werden unsere Gehirne längst wieder manipuliert, dachte er. *Vielleicht stecken wir schon immer mitten in einem Gefängnis der Illusionen…*

Um sicherzugehen, daß Gola und die anderen Rahim keine diesbezügliche Hinterlist im Schilde führten, war Shodonn schon seit dem Anflug auf Rah damit beschäftigt, die Bild- und Ortungssysteme persönlich mit zu überwachen. Der Weise schien der einzige zu sein, der definitiv unantastbar für Paraattacken war, die darauf abzielten, den Geist zu manipulieren.

Und der Nareidums-Angehörige gab Entwarnung: Auch er vermochte die Instrumente nicht effektiver zu lesen als die angestammten Experten. Demnach mußte die Verschleierung Rahs auf technische Einflüsse zurückgehen.

»Eine Art Tarnschirm«, spekulierte Shanton, unterstützt von Jimmy, der jedes Wort seines Erbauers mit beifalligem Kläffen honorierte.

»Wenn Sie das nicht abstellen«, drohte Dhark, »werde ich den Rahim Ihr Brikett auf vier Pfoten als Gastgeschenk auf einem Silbertablett überreichen.«

Shanton sah ihn empört an. »Wollen Sie einen Krieg provozieren?«

»Zwischen uns beiden – oder zwischen zwei Galaxien?« konterte Dhark trocken.

Nur ein Blitzen in seinen Augen verriet, wie es auch um die Ernsthaftigkeit dieser Gegenfrage bestellt war.

In diesem Augenblick rief Tino Grappa: »Endlich!«

»Endlich was?«

»Die Störfelder sind erloschen, Commander. Ich leite die ersten verläßlichen Daten in die Kugel…«

»Sieh dir das an«, machte Dan Riker seiner Überraschung Luft. »Daß der Planet in etwa erdgroß ist, haben wir schon vorher geahnt – aber er ist auch sonst sehr erdähnlich: große Meere, die – wie die Landmassen – anders strukturiert und verteilt sind, aber ansonsten…«

Aus der Astronomie kamen erste topographische Details: »Der Planet hat einen Durchmesser von rund 12 500 Kilometern, die Gebirge erreichen eine maximale Höhe von fünftausend Metern. Wir erkennen keine Wüsten oder versteppten Gebiete. Dafür ein grandioses Geflecht von Wasserläufen, das die Landflächen durchzieht… fast zu gleichmäßig, um natürlich entstanden zu sein. Rah sieht aus wie ein Garten Eden. Das Klima ist um den ganzen Globus herum als gemäßigt zu bezeichnen und erinnert ansatzweise an Cromar, wo die Tel eine Einheitstemperatur installiert haben…«

Bei dieser Bemerkung kreuzte sich Dharks Blick kurz mit dem von Dro Cimc, dem die Erwähnung seiner Heimatwelt erkennbar zusetzte.

Wir sind weit weg von zu Hause, dachte Dhark.

Nicht einmal seine Vorstellungskraft reichte aus, sich die Kluft realitätsgetreu vor Augen zu halten, den Abgrund, der zwischen Kurnuk und dem Tel-Imperium oder dem Sol-System klaffte.

»Ganz so aberwitzig konstant ist das Klima aber auf Rah nicht«, fuhr Sheffield fort. »Es sind auch keine größeren urbanen Komplexe zu erkennen. Die Natur wirkt fast unangetastet. Ein Rah-Tag entspricht mit 23 Stunden und 49 Minuten fast genau einem Terra-Tag. Das Rah-Jahr differiert stärker: Der Planet umläuft sein Zentralgestirn in 378 Erdtagen. Die Atmosphäre ist für unsere Anforderungen tauglich, der Sauerstoffanteil sogar etwas höher als nötig. Über eventuelle schädliche Keime kann erst geurteilt werden, sobald erste Proben vorliegen.«

Keine Städte, dachte Dhark und ließ die POINT OF in einen Orbit einschwenken, der den Ringraumer einmal pro Stunde in fünfhundert Kilometern Höhe um den Planeten herumführen würde. *Oder gibt es unterirdische Lebensräume? Wenn ja, stellt sich die Frage, warum sich die Rahim von der Oberfläche zurückgezogen haben sollten. Besitzen sie etwa doch Feinde, die sie selbst innerhalb Kurnuks gefährden?*

Niemand hinderte die POINT OF daran, Rah aus unmittelbarer Nähe zu erforschen. Die Begleitschiffe verteilten sich um den Planeten wie Elektronen um einen Atomkern. Mit einer Ausnahme: Eine der hammerförmigen Konstruktionen tauchte in die Atmosphäre ein und landete auf einem der großen Kontinente in Küstennähe.

Kurz darauf erreichte die POINT OF von exakt dieser Position ein Leitstrahl, der sich sogar um die Planetenkrümmung herumbog – also permanent Bestand hatte.

»Ein bemerkenswertes Völkchen«, brummte Chris Shanton – trotz seines unüberhörbaren Spotts ließ er keinen Zweifel daran, daß ihn die Rahim-Technologie faszinierte. Und das, obwohl sie bislang erst einen Bruchteil davon hatten bestaunen können.

»Ausschnittvergrößerung des Landepunkts!« befahl Ren Dhark.

In der Bildkugel öffnete sich ein neues holographisches Fenster und ermöglichte den Blick hinab auf den Planeten Rah.

Die Verblüffung verschlug Ren Dhark sekundenlang die Sprache.

Aber nicht das bodennah inmitten einer Parklandschaft schwebende Raumschiff war die Ursache dafür, sondern…

… das ebenfalls sichtbare prunkvolle Schloß auf dem Hügel daneben…!

*

»Keine Städte, keine Dörfer«, staunte auch Dan Riker nicht schlecht, als er die Bildübertragung kommentierte, »dafür ein Schlößchen, als wären alle Rahim verkappte Monarchen…! Ob es echt ist?«

Ren Dhark lugte fragend zu seinem Freund hinüber. »Wie meinst du das?«

»Nun, es könnte sich doch auch um eine Attrappe handeln – um uns zu täuschen, zu verunsichern. Erinnere dich an die Traumsequenzen, die auf uns einhagelten, während wir –«

»Da befanden wir uns noch in der Rolle ungebetener Eindringlinge.«

»Hat sich daran wirklich soviel geändert?« Der Argwohn stand Riker ins Gesicht geschrieben. »Wie hoch würdest du den Prozentsatz veranschlagen, daß wir uns auf gegebene Zusagen von diesem Gola auch tatsächlich verlassen dürfen?«

»Wie soll ich das beantworten?«

»Eben! Haben wir mit den Aggressionen angefangen oder sie?«

Dhark zuckte die Schultern. »Wie schon einmal gesagt: Ich bin mir keineswegs sicher, wie wir handeln würden, lebten wir seit Jahrhunderten in freiwilliger Isolation, und dann tauchten urplötzlich Fremde in unserer sorgsam gehüteten Enklave auf.«

Auf Dan Rikers Kinn erschien der bei Erregung obligatorische rote Fleck. »Oh, wir würden anders handeln, dessen bin ich mir sehr sicher! Hast du schon völlig verdrängt, worauf die Paraträume abzielten? Wenn das automatische Fluchtprogramm uns nicht ganz, ganz schnell aus dem Einflußbereich der Rahim-Attacke gebracht hätte, wäre die Hinterlist wahrscheinlich aufgegangen und du hättest die reale Selbstzerstörung befohlen! Dann hätte die POINT OF auch die MAYHEM und die H'LAYV mit ins sichere Verderben gerissen. – Und unter diesem Aspekt, muß ich sagen, verdienen die Rahim bislang noch nicht ein Fünkchen Vertrauensvorschuß – nicht bevor sie uns nicht auch ihre unkriegerische Seite glaubhaft demonstriert haben. Oder ihre brutale Attacke nachträglich mit einer nachvollziehbaren Begründung ›legitimieren‹.«

»Wir werden sehen«, wiegelte Dhark ab. Ihm war bewußt, daß er insgeheim fast genauso dachte wie sein Freund. Nicht umsonst hatte er auf Rückendeckung durch die MAYHEM bestanden – und dies gegenüber Gola auch unmißverständlich klargemacht.

Der sich in diesem Augenblick wie auf Stichwort meldete.

»Ich bin beeindruckt«, sagte er. »Euer Schwesterschiff wurde geortet. Es hat die Grenze Kurnuks bereits weit hinter sich gelassen und müßte, wenn es seine unglaubliche Geschwindigkeit beibehält, in Kürze eintreffen.«

Unglaubliche Geschwindigkeit, hallte es in Dhark nach. Und noch während er den Worten Golas nachhing, fragte dieser unverblümt: »Worauf basiert dieser Antrieb? Wir kennen keine raumfahrende Rasse, die ein vergleichbares Verfahren beherrscht.«

Aber immerhin könnt ihr uns orten – was den Galoanern bei Sternensog-Geschwindigkeit nicht gelang.

Er sprach den Gedanken nicht aus, sondern antwortete mit einem originalgetreuen Zitat: »Deine Fragen werden Gehör finden. Du mußt dich aber noch bis zu unserem persönlichen Zusammentreffen gedulden.«

Daß der Rahim Wert darauf legte, stets das letzte Wort zu haben, bewies er mit einer so nicht erwarteten, geradezu launigen Erwiderung: »Wenn ich das muß, Bittsteller aus der Galaxis Milchstraße, werde ich mich dem natürlich fügen…«

10.

Bernd Eylers stand am Fenster seines Büros – es war wieder auf Transparenz geschaltet – und sah über die Stadt hinweg. Einer der Stielbauten war direkt in seinem Blickfeld, und für einen winzigen Augenblick hatte der GSO-Chef das seltsame Gefühl, beobachtet zu werden. So, als stehe hinter einem der Fenster in der langsam rotierenden Wohnkugel, jemand, der in dieser Sekunde in dieses Büro schaute.

Das war natürlich völliger Blödsinn.

Das Vipho summte.

Fast widerwillig kehrte Eylers hinter seinen Schreibtisch zurück und nahm das Gespräch entgegen.

Es ging um die Robonenspürer.

Inzwischen waren Tausende dieser von der in Frankreich ansässigen Firma Biotechnologique entwickelten Anlagen überall auf der Welt installiert worden. Überall, wo es Raumhäfen gab, Flughäfen, Bahn- und Transmitterstationen. Die GSO mußte wissen, wohin sich die auf Terra lebenden Robonen bewegten, um neuen Terroranschlägen der Gruppe Scholf zuvorkommen zu können. Aber es gab noch längst nicht genug dieser Geräte. Es war eine Kostenfrage und auch eine der Produktionskapazität. Bisher hatten nur Verkehrsknotenpunkte in den Ballungsgebieten und an besonders sicherheitsrelevanten Punkten versorgt werden können.

Eylers hatte die Robonenspürer zur Chefsache gemacht. Er und Jos Aachten van Haag waren die Ansprechpartner für jeden, der irgendwie mit diesem Projekt zu tun hatte.

Jos war gerade mal wieder in Sachen Robonen irgendwo auf Terra unterwegs, also landete der Anruf in Eylers' Büro.

»Sir«, berichtete ein Agent, dem man die jahrelange Bürotätigkeit deutlich ansah, »wir haben von zwei der Robonenspürer sehr seltsame Daten erhalten. Die Geräte scheinen noch ziemlich fehlerhaft zu arbeiten.«

»Was bedeutet das? Was sind das für Daten?«

»Keine robonischen, Sir«, erklärte der Schreibtischtäter. »Das steht zweifelsfrei fest. Dabei dürften die Geräte doch nur dann ansprechen, wenn sie wirklich Robonen anmessen! Aber in beiden Fällen war das nicht so…«

»Absolut sicher? Mehrfach geprüft?« fragte Eylers schnell nach.

»Absolut sicher, Sir. Hinzu kommt, daß die Daten, die die beiden Robonenspürer aufzeichneten, absoluter Müll sind. Völlig unsinnige Werte, die auf kein einziges uns bekanntes Volk dieser Galaxis schließen lassen. Solche Muster werden von der Natur überhaupt nicht erzeugt.«

»Kommen Sie mal auf den Teppich, mein Bester«, mahnte Eylers. »Was die Natur alles erzeugen kann, werden wir vermutlich in tausend Jahren noch nicht wissen. Überspielen Sie mir die entsprechenden Meßwerte.«

»Sofort, Sir. Sie werden staunen.«

Und Bernd Eylers staunte.

Die Meßdiagramme beider Geräte zeigten völlig sinnlose Werte. Zwei Personen waren von Rio de Janeiro nach Alamo Gordo gereist, und beide Male waren die Robonenspürer aktiv geworden, nur waren die Resultate unauswertbar. Ein Datenchaos, das in sich unlogisch war.

Die Bildaufzeichnung zeigte einen Mann und ein etwa zehnjähriges Mädchen. Ganz normal waren die beiden durch die Kontrollen gekommen.

»Danke«, sagte Eylers. »Vermutlich sind die beiden Geräte tatsächlich defekt. Ich veranlasse, daß ein Technikerteam von Biotechnologique sich darum kümmert. Ich denke mal, daß die Geräte ausgetauscht werden müssen.«

Zusätzliche Kosten. Und immer wieder die Unsicherheit, wann die Robonen wieder zuschlugen.

An etwas anderes dachte Eylers in diesem Fall nicht.

Robonen waren die erklärten Feinde der Menschen. Sie agierten als Terroristen. Aber sie versteckten sich nicht hinter Kindern. So tief war noch keiner von ihnen gesunken.

*

Juanita wollte Alamo Gordo näher kennenlernen, mehr über die Stadt erfahren. Sie hatte das andere Rio erst durch ihre Bekanntschaft mit Jim Smith erlebt, und sie wollte jetzt auch das ganze Alamo Gordo kennenlernen. Wenn dies doch die Hauptstadt der Erde war... aber es stellte sich heraus, daß auch der große Jim nicht allwissend war und sich hier so gut wie nicht auskannte. Aber er nahm sie mit auf eine Tour durch die Stadt.

Manche Dinge blieben dem Mädchen unverständlich, andere waren erschreckend. Sie sah *den Alamo*, jene uralte Missionsstation, in der einst *Tejanos* gegen *Mexicanos* gekämpft hatten und bis zum letzten Mann niedergemetzelt worden waren. Sie wußte weder, was Texaner oder Mexikaner waren, noch was eine Missionsstation war, aber sie begriff, daß *der Alamo* so etwas wie ein Heiligtum für die Einheimischen war. Was sie nicht begriff, war, warum anscheinend Menschen gegen Menschen gekämpft hatten.

Daß Menschen gegen Grakos kämpften, oder auch gegen Giants oder sonstwen, das war ihr noch begreiflich. Aber Menschen gegen Menschen? Unvorstellbar und völlig verrückt.

»So verrückt wie Felipos *Malandros*, die dich verprügeln oder sogar umbringen wollten«, sagte Smith.

»Das ist etwas ganz anderes!« fuhr Juanita auf, aber noch während sie es aussprach, wußte sie, daß Jim wieder einmal recht hatte. Es war in Wirklichkeit gar nichts anderes.

»Wenn du mehr erfahren willst«, schlug Smith vor, »sollten wir eines der öffentlichen Archive der Regierung aufsuchen und es befragen. Dort gibt es auf jede Frage eine Antwort.«

Also suchten sie ein solches Archiv auf.

Smith half dem Mädchen, das Suprasensorterminal zu bedienen und dabei die richtigen Fragen zu formulieren, deren Antworten ihren Wissensdurst stillen konnten. Irgendwann ließ ihre Konzentrationsfähigkeit nach – sie war ein Mensch, kein Cyborg, und sie mußte die Flut von Informationen, welche sie aufgenommen hatte, erst einmal in Ruhe verarbeiten.

In Rio hatte sie in einer Wüste gelebt.

Hier geriet sie in ein Paradies. Aber es war alles zuviel. Viel zu viel, um damit schnell fertig zu werden.

»Ruh dich ein wenig aus«, bat Smith. »Und – kannst du mir dabei trotzdem ein wenig helfen?«

»Was hast du vor, Jim?«

»Ich möchte auch ein wenig an diesem Terminal arbeiten«, sagte er. »Aber ich möchte dabei auch nicht unbedingt bemerkt werden. – Es ist nichts Schlimmes, falls du das denkst«, fügte er rasch hinzu. »Ich möchte diese Computerprogramme nur ein wenig – verbessern.«

»Und dabei willst du nicht gesehen werden? Du könntest berühmt werden«, sagte sie. »Die Menschen würden dich bewundern.«

»Ich will nicht bewundert werden«, sagte er. »Daran liegt mir nichts.«

»Und Geld ist nur bedrucktes Papier… ja, mach ruhig. Ich sorge dafür, daß uns niemand bemerkt. Das schaffe ich doch mit links!«

Und so bekam niemand mit, was Jim Smith tat…

*

Hin und wieder sah Juanita ihrem großen Freund über die Schulter, aber sie begriff nicht, was er da machte, und er erklärte es ihr auch nicht. Sie wagte nicht, ihn darauf anzusprechen, weil sie sah, mit welcher Konzentration er arbeitete. Alles an ihm signalisierte ständig: nicht stören!

Er rief keine Daten ab. Das würde das Programm für ihn tun, das er jetzt schrieb.

Es war relativ kompliziert. Er kannte die Programmbefehle, die er schreiben mußte, aber er war unsicher, weil er es zum ersten Mal in der Praxis ausführte, und weil er es mit Suprasensoren zu tun hatte, deren Arbeitsbasis er nicht kannte. Aber er fragte den Quelltext des Betriebssystems ab, las ihn aus und stimmte sein eigenes Programm exakt darauf ab.

Dann startete er es.

Es war nichts anderes als ein Virus. Ein »Trojaner«, wie man es um die Jahrhundertwende genannt hatte, und doch noch etwas anders. Das Virus war, was seine Verbreitung anging, außerordentlich aggressiv und breitete sich, kaum daß ea sich im Archiv-Suprasensor etabliert hatte, rasend schnell über das gesamte globale Netz aus.

Es war nicht bösartig.

Es zerstörte keine Datenbanken. Es machte nichts unbrauchbar.

Es sammelte nur.

Um schließlich, wenn es keinen weiteren Daten-Input mehr gab, dieses gesammelte Wissen zu versenden.

An einen Rechner, dessen Speicherfähigkeit unschätzbar höher war als die des globalen Netzes der Erde. An einen Rechner, der nicht von Menschenhand konstruiert worden war…

Endlich löschte Smith das Datenprotokoll seiner Eingaben und hoffte, daß wirklich keine verräterischen Spuren zurückblieben. In diesem Fall mußte er den Löschprogrammen der relativ simpel konstruierten Suprasensoren vertrauen. Ein intensiverer, für ihn selbst sicherer Eingriff in das Betriebssystem konnte Schäden hervorrufen, die Smith keinesfalls anrichten wollte.

»Gehen wir«, sagte er und nahm Juanita bei der Hand. »Was möchtest du als nächstes sehen oder erfahren?«

*

Als die dritte Beschwerde hereinkam, wurde Don Blackbird, Systemadministrator von Terranet, hellhörig. Da stimmte doch etwas nicht!

Er rief nacheinander sieben weitere Terminalnutzer an.

Deren Suprasensoren arbeiteten plötzlich auch so verflixt langsam!

Sein eigener ebenfalls. Einfache Routineoperationen dauerten plötzlich um ein Drittel länger.

Blackbird, der Volksgruppe der Cheyenne-Indianer entstammend, startete ein Testprogramm. Damit konnte er exakt feststellen, *wie* langsam der Suprasensor geworden war.

Und mindestens zehn weitere ebenfalls.

Was verlangsamte die Arbeitsgeschwindigkeit der Supra-Prozessoren derartig enorm?

Ein Gerätefehler schied aus. Die installierten Rechner, die von der Verlangsamung betroffen waren, stammten von verschiedenen Herstellern, und außerdem hätte ein so eklatanter Fehler schon viel früher festgestellt werden müssen!

Blackbird tauchte ins globale Terranet ein und war nicht einmal mehr wirklich überrascht, als er feststellen mußte, daß nicht nur das Staatsarchiv in Alamo Gordo betroffen war, sondern auch Universitäten, Mediendatenbanken und sogar die Suprasensornetzwerke von Firmen!

Es war kein lokales Phänomen, sondern ein globales!

Plötzlich entdeckte Blackbird ein unscheinbares, kleines Programm, das ihm noch nie über den Weg gelaufen war. Aber so klein es auch war – es war unwahrscheinlich aktiv!

»Du verdammtes Mistding bremst unsere Rechner auf Schneckentempo 'runter«, erkannte der Systemadministrator verblüfft. »Wo zum Teufel kommst du her?«

Das Programm gehörte keinesfalls zu denen, die zur Kontrolle des Netzwerks erforderlich waren, und es war auch keines, das von Nutzern des Terranet verwendet werden durfte. »Da hat uns doch jemand ein gewaltiges Kuckucksei ins Nest gelegt…«

Seine Finger tanzten über die Sensorflächen und Tasten seines Controller-Terminals. Er versuchte das Programm zu kopieren und per Wechseldatenträger auf einen »Inselrechner« zu überspielen, um es dort in aller Ruhe untersuchen zu können, nur sperrte sich ein unlöschbarer Kopierschutz gegen diese Attacke. Statt dessen bemerkte Blackbird, daß jenes Programm seine eigenen Kopier- und Löschbefehle kopierte und in ein neu erzeugtes Datenpaket komprimierte, das Augenblicke später verschoben wurde – versendet irgendwohin.

Und noch etwas registrierte der Systemadministrator: Das kleine Fremdprogramm replizierte sich permanent und sandte seine eigenen Kopien ebenfalls durch das Terranet, um es auf bisher noch nicht betroffenen Suprasensoren zu etablieren!

Je weiter es sich verbreitete, um so langsamer wurde nun auch das Netzwerk insgesamt, weil immer mehr Datenpakete durch die Leitungen geschickt wurden und diese entsprechend auslasteten. Die von dem heimtückischen Miniprogramm verschickten Daten versahen sich selbst auch noch zusätzlich mit höchster Dringlichkeitsstufe!

Blackbird brauchte keinen Suprasensor, um sich auszurechnen, wann das Terranet komplett lahmliegen würde, wenn das Fremdprogramm sich weiter mit dieser Geschwindigkeit ausbreitete.

Was zur Hölle war das für ein Programm?

Sollte es sich um einen jener legendären Computerviren handeln, die um die Jahrhundertwende herum Computer und Netzwerke beschädigt oder ganz lahmgelegt und dabei Schäden in Milliardenhöhe angerichtet hatten?

Seit der Giantinvasion hatte es keine Computerviren mehr gegeben. Scheinbar hatte die Szene, aus der die Virenprogramme kamen, das Interesse daran verloren. Und in der schnellebigen heutigen Zeit waren die Viren sehr rasch in Vergessenheit geraten.

Deswegen brauchte es auch einige Zeit, bis Don Blackbird auf den richtigen Gedanken kam.

Dieses Virenprogramm zu stoppen, überstieg seine Fähigkeiten, dessen war er sich bewußt. Das war etwas für Spezialisten.

Und die gab es bei der GSO.

Blackbird griff zum Vipho.

*

William C. Siccine, dem man seine 49 Jahre nicht ansah, hatte seine Karriere in der GSO nicht dem Umstand zu verdanken, daß er ein Freund von Jos Aachten van Haag war, aber Jos war es, der Bernd Eylers empfahl, Siccine auf die Computervirus-Sache anzusetzen. Der machte gleich einem ganzen Rudel von Suprasensor-Experten Dampf. »Arbeiten Sie mit Don Blackbird vom Regierungsarchiv zusammen, und killen Sie diesen verdammten Virus, ehe der das ganze Terranet lahmlegt! Außerdem will ich, daß Sie herausfinden, wohin die Datenpakete verschoben werden, die dieses Virusprogramm offenbar sammelt wie Menschen Bierdeckel oder Geldscheine!«

Siccine klinkte sich selbst ebenfalls ins Netz ein, das praktisch jeden Rechner, der irgendwo auf Terra stand, mit jedem anderen Suprasensor verbinden konnte. Hunderttausende von Servern weltweit sorgten dafür, daß das Netz ständig funktionierte und Ausfälle einzelner Computer rasch ausgeglichen werden konnten.

Hier aber fielen nicht nur einzelne Rechner aus. Hier erwischte es einen nach dem anderen. Dabei funktionierten die Geräte weiter, nur wurden sie immer langsamer, was sich in einem schleichenden, aber sich immer mehr beschleunigenden Vorgang auf das gesamte Terranet auswirkte.

Siccine hatte sich mit Mysteriousmathematik befaßt, ehe er in die Computerszene wechselte, Logistikspezialist wurde und schließlich bei der GSO landete, weil die ihm einen krisensicheren Job bot. Er war nach der Invasion einer der ersten gewesen, die sich in Anja Rikers Vorlesungen einschrieben, die damals noch die einzige Expertin für M-Mathematik war und die auch erst die Grundlagen dafür geschaffen hatte, diese Supermathematik begreifen und anwenden zu können. Mit diesen Voraussetzungen betrachtete Siccine das Problem von einer anderen Warte als die »Nur-Informatiker«.

Mit Blackbird stand er in permanenter Viphoverbindung und dachte schon gar nicht mehr daran, daß er seinem Team die Anweisung gegeben hatte, mit dem Systemadministrator zusammenzuarbeiten – denn das klappte nicht, weil Siccine die einzige Viphophase zu Blackbird ständig frequentierte.

Er ließ sich von Blackbird an das Virenprogramm heranführen, das scheinbar gerade jetzt mit seiner Arbeit im Regierungsarchiv fertig war – und sich eben selbst versenden wollte!

»Hiergeblieben, du Miststück«, knurrte Siccine und sperrte die Datenleitung mit einem Vorrangbefehl, um zu sehen, wie der Virus einen anderen Weg einschlug und im Netz verschwand.

Siccine folgte ihm!

Das Virus flitzte per Terranet um den halben Erdball, um doch wieder in Alamo Gordo zu landen, aber diesmal im Hauptrechner der großen Hyperfunkstation. Kaum etabliert, erschien ein zweites Viruspaket.

Es überschrieb nicht das erste, trotz gleichen Dateinamens, sondern löschte sich einfach aus!

Siccine versuchte diesen Löschvorgang sofort zu rekonstruieren, aber es gelang ihm nicht. Dieses verdammte Virus hatte zugleich auch die Protokolldatei manipuliert, die nicht nur die Ankunft der Virusdatei verzeichnete, sondern auch die Löschung, mit allen entsprechenden Unterinformationen.

»Das Miststück ist perfekt auf das Betriebssystem abgestimmt worden«, stöhnte Blackbird, der Siccines Versuch verfolgt hatte. »Im Grunde müßten wir das Netz komplett abschalten, ein verändertes Betriebssystem auf allen Servern installieren und dann hoffen, daß das Virus sich nicht einfach anpassen kann.«

Im gleichen Moment meldete über ein Zweitgerät einer von Siccines Leuten: »Wir haben das Virus auch bei uns im GSO-Intranet!«

Siccine schaltete alle Datenverbindungen nach draußen ab!

Von diesem Moment an war die GSO-Zentrale zu einer unerreichbaren Insel im Datenozean geworden.

Nichts kam mehr herein. Und nichts ging mehr hinaus.

Auch keine komprimierten Datenpakete, die das Virus auf eine Reise durchs Terranet nach irgendwohin schickte!

Drei Minuten später stand Bernd Eylers höchstpersönlich in Siccines Büro.

Er brüllte!

»Sind Sie wahnsinnig geworden, Siccine? Sie haben die GSO-Zentrale komplett von der Außenwelt abgeschottet! Ist Ihnen klar, was Sie damit anrichten? Vielleicht kostet das ein paar Dutzend unserer Agenten das Leben, vielleicht kostet es uns einen Informationsvorsprung, den wir in hundert Jahren nicht mehr wieder aufholen können, und gerade Sie müßten das doch am besten wissen!«

Einen vor Wut brüllenden Eylers hatte die Welt noch nicht erlebt. Bisher war der Mann, der zum engsten Freundeskreis um Commander Ren Dhark gehörte und mit diesem einst auf Hope durch dick und dünn gegangen war, selbst in kritischster Lage stets ruhig und beherrscht gewesen.

»Siccine, die Abschaltung überschreitet Ihre Kompetenz und wird für Sie ein böses Nachspiel haben! Schalten Sie uns unverzüglich wieder ins Netz!«

»Stören Sie mich nicht bei meiner Arbeit«, knurrte Siccine. »Raus hier, Chef...!«

Der schnippte mit den Fingern. Zwei GSO-Beamte, die an der Tür gewartet hatten, traten ein. In den Händen hielten sie Paraschocker, die auf Siccine gerichtet waren.

»Sie sind festgenommen...«

»Und Sie ein Idiot, und jetzt stören Sie mich nicht länger!« Siccine ignorierte die Schocker und widmete sich wieder seinem Suprasensor-Zugriff.

So lange, bis einer der bewaffneten Beamten ihn an der Schulter berührte.

Im nächsten Moment lag er schreiend am Boden, hielt sich den ausgekugelten Arm, und der zweite Beamte wagte nicht zu schießen, weil er seinen Chef mit erwischt hätte. Siccine saß schon wieder an seinem Terminal, als sei überhaupt nichts geschehen.

»Stop!« warnte Eylers plötzlich, als der Mann mit dem Schocker seine Position ändern wollte, um Siccine paralysieren zu können, ohne daß er seinem Chef dabei einen Streifschuß verpaßte. »Kümmern Sie sich um Ihren Kollegen!«

Von einem Moment zum anderen war Eylers wieder die Ruhe selbst. Siccine hatte ihn einen Idioten genannt, aber davon fühlte der GSO-Chef sich nicht beleidigt, sondern war nur nachdenklich geworden, weil Siccine sich nur auf seine Arbeit konzentrierte und sich von Drohungen seines Chefs nicht beeindrucken ließ.

Siccine isolierte eines der Datenpakete, das von dem Virus zwar angelegt worden war, aber jetzt nicht mehr auf die Reise durchs Terranet geschickt werden konnte. Nach wie vor sammelte das Virus weitere Daten, die sich im Ausgang zu stauen begannen.

Über Vipho meldete sich Blackbird aus dem Archiv. »Siccine, seit diese Virusdatei bei uns verschwunden ist, laufen die Archivrechner bei uns wieder mit normalem Tempo!«

Siccine achtete nicht darauf. Er versuchte, eines der komprimierten Pakete zu öffnen.

»Heilige Affenkacke, was ist denn das für ein Packer-Algorithmus?« entfuhr es ihm. »So was habe ich ja noch nie gesehen...«

Ein paar Minuten später revidierte er seine Ansicht. »Doch, so was muß ich schon mal gesehen haben, aber nicht bei Datenkompression...«

Eylers wollte sich nicht schon wieder einen Idioten nennen lassen und hielt den Mund, aber die Neugier in ihm wurde immer größer.

»M?« hörte er Siccine sinnend fragen.

Ein Buchstabe nur, aber eine brisante Abkürzung: Mysterious!

»Verdammt, das ist M-Mathematik!« platzte es da auch schon aus Siccine heraus. »Das Packerprogramm ist mit M-Algorithmen geschrieben!«

»Das Virus auch?« Jetzt verzichtete Eylers doch nicht mehr auf eine Frage.

»Weiß ich noch nicht... das Miststück muß ich erst noch knakken!«

»Aber ein bißchen plötzlich, Siccine!« verlangte Eylers. »Für uns zählt jede Sekunde, die wir vom weltweiten Datennetz abgeschnitten sind!«

»Ja, Mann, *Wissen ist Macht*, aber nun halten Sie sich endlich aus meiner Arbeit 'raus, sonst dauert's noch länger...«

Eylers nickte. Er hatte verstanden, warum Siccine das GSO-Intranet vom Terranet hatte trennen müssen.

M-Mathematik, dachte er. *Warum benutzt jemand M-Mathematik, die er erst umständlich auf das wesentlich primitivere terranische Betriebssystem umstellen muß?*

*

Dadurch, daß Siccine die GSO-Zentrale vom Terranet abgekoppelt hatte, flog er natürlich selbst auch aus dem Netz, in welchem er den Weg der Virusdatei bis in den Suprasensor der Hyperfunkstation verfolgt hatte. Don Blackbird klinkte sich an seiner Stelle ein und erkannte, was geplant war.

Immer mehr Datenpakete trafen ein. Weitere Viruskopien ebenfalls. Sobald sie feststellten, daß ihr Original bereits vorhanden war, löschten sie sich.

Blackbird wechselte in einen anderen befallenen Rechner. Dabei bekam er mit, daß ein solcher Löschvorgang auch stattfand, als eine neu hinzu stoßende, irgendwo replizierte Virusdatei feststellte, daß hier schon ein »Kollege« am Werk war. Kein Überschreiben, sondern eine Totallöschung, die nicht protokolliert wurde…

Blackbird folgte einer Eingebung und prüfte den Archivrechner. Genau in diesem Moment wollte sich eine weitere Virusdatei etablieren – und löschte sich prompt selbst!

Das Virus konnte also feststellen, daß hier seine Arbeit bereits getan worden war!

Über Vipho informierte Blackbird Siccine, aber der reagierte nicht auf die Meldung. Dafür wurde ein anderer munter, als der Cheyenne seinen Verdacht äußerte, den er vor ein paar Minuten geschöpft hatte.

Bernd Eylers, der sich immer noch in Siccines Büro aufhielt, hatte mitgehört und schaltete sich ein!

»Was behaupten Sie da, Blackbird? Sind Sie ganz sicher?«

Noch sicherer konnte man gar nicht sein. »Mister Eylers, in ein paar Minuten wird die Hyperfunkstation der terranischen Regierung die gesammelten komprimierten Datenpakete senden! Irgendwohin, zu jemandem in Weltraumtiefen…«

»Ist das Ziel feststellbar?«

»Nein… das Virus hat den Suprasensor, der den Hypersender steuert, unter Kontrolle!«

»Moment.« Bernd Eylers ließ die Verbindung offen. Über sein Armband-Spezialvipho rief er den Regierungssender an.

»Wieso interessiert sich die GSO für eine kleine Panne im laufenden Betrieb?« kam es erstaunt zurück. Von einem Virus hatten die Männer und Frauen in der Funkstation noch nichts mitbekommen. Sie wunderten sich nur, daß sie seit ein paar Minuten die große Sendeantenne nicht mehr steuern konnten.

»Aber das kriegen wir in ein paar Minuten wieder in den Griff und…«

Eylers widersprach. »Ein Computervirus hat bei Ihnen die Kontrolle übernommen. Wir arbeiten schon dran, aber vorsichtshalber sollten Sie die Sendeanlage vorübergehend abschalten…«

»Wozu denn das?«

»Weil die GSO es anordnet«, erwiderte Eylers schroff. Er konnte den Leuten doch nicht einfach sagen, daß das Virus drauf und dran war, das gesamte tronisch gespeicherte Wissen der Menschheit nach seiner weltweiten Sammlungsaktion per Hyperfunk an einen unbekannten Empfänger zu senden!

Das hätte nur für Verunsicherung und vielleicht sogar für Panik gesorgt. Auf jeden Fall war das eine Angelegenheit der planetaren Sicherheit.

»Wir können doch nicht einfach abschalten…«

»Sie können!« befahl Eylers. »Und zwar sofort!«

»Und Sie können freundlicherweise mal ein bißchen leiser sein«, beschwerte sich derweil Siccine. »Wie soll ich mich bei dem Krach, den Sie machen, auf meine Arbeit konzentrieren?«

In der Sendestation wurde immer noch gegen die GSO-Order protestiert, aber dann versuchte der Schichtleiter doch, den Sender abzuschalten.

Er konnte nicht!

Das Virus hatte auch diesen Bereich unter seine Kontrolle gebracht!

Der Sendeanlage den Strom zu nehmen, war ebenfalls unmöglich, weil hier jede Kleinigkeit von Suprasensoren gesteuert wurde. Man hätte schon das hauseigene Minikraftwerk stillegen müssen, aber das war ein Ding der Unmöglichkeit in der noch zur Verfügung stehenden Zeit.

Das Kraftwerk sauber herunterzufahren, dauerte über eine Stunde.

Und bei einer Notabschaltung hätte sich automatisch die Notfall-Energieversorgung aktiviert. Ein neues Programm zu schreiben, das dies verhinderte, hätte mehrere Stunden gedauert.

Bis dahin war die Hyperfunkstation nach wie vor sendeklar!

Und jeden Moment konnte das Ding loslegen!

Bernd Eylers traf eine einsame Entscheidung.

*

Ein GSO-Jett startete vom Dachlandeplatz des Regierungsgebäudes und flog die Sendestation an. Permanent sendete der Jett seine Kennung, um nicht von Pol-Jetts gestoppt zu werden, die das Überflugverbot über dem Bereich der Sternverwaltung mitunter recht radikal durchzusetzen pflegte.

Unterdessen versuchte Eylers die Luftüberwachung der örtlichen

Polizei von Alamo Gordo zu erreichen, um sie auf die gerade stattfindende Blitzaktion hinzuweisen.

Der Weg durch die Polizeihierarchie war lang. Die Stadtpolizei sah in der GSO einen Staat im Staat und einen Konkurrenten; man mochte sich gegenseitig nicht. Das zeigte sich hier wieder.

Als der GSO-Jett das Feuer eröffnete, stiegen prompt fünf Pol-Jetts auf und versuchten die Maschine zur sofortigen Landung zu zwingen. »Andernfalls schießen wir Sie ab«, hieß es in dem per Funk übermittelten Ultimatum.

Da hatte der Jett seinen Auftrag allerdings bereits erledigt und sämtliche Hyperfunkantennen der großen Sendestation abgesägt.

Brennenden und schmelzenden Schrott gab es zwar noch zu bewundern, aber für die nächsten Tage sendete diese Anlage keinen einzigen Piepton mehr.

Inzwischen war Eylers endlich zum Einsatzleiter der polizeilichen Luftüberwachung vorgedrungen, und der pfiff nun recht widerwillig seine Jetts zurück. »Trotzdem wird das ein Nachspiel haben, Mister Eylers«, blaffte er. »Wir sind hier nicht im wilden Westen, wo Verrückte herumballern können, wie es ihnen gefällt! Alamo Gordo repräsentiert die Spitze menschlicher Zivilisation und...«

»Hoffentlich wissen Sie noch, wie man das Wort schreibt, Sir«, beendete Eylers das Gespräch.

Es gab Tage, an denen fühlte er sich einfach nur müde. Ganz müde...

*

Don Blackbird, der weiterhin seine von Siccine kurzerhand zu Beginn der Aktion erweiterten Zugriffsmöglichkeiten auf das Terranet nutzte, gab die nächste Hiobsbotschaft durch: »Das Virus wechselt seine Operationsbasis – irgendwie muß es herausgefunden haben, daß es von Alamo Gordo aus nicht mehr senden kann. Jetzt scheint es auf der Suche im Netz nach einem anderen Sender zu sein...«

»Hat es dabei Zugriff auf die gesammelten Daten?« wollte Eylers wissen.

»Sie meinen, ob es eines der Datenpakete öffnet und abfragt, Sir?«

»Eines oder alle.«

»Nein, Sir. Und das wäre wohl auch ein zu großer Aufwand für das Virus...«

Dessen war Eylers sich gar nicht mehr so sicher, seit Siccine festgestellt hatte, daß das Komprimierungsprogramm mittels M-Mathematik geschrieben worden war. Was die Wissenschaft der Mysterious alles ermöglichte, hatte er schon oft genug erleben müssen.

Er wandte sich wieder Siccine zu. »Wie kommen Sie voran?«

»Überhaupt nicht, wenn Sie mich dauernd stören!«

»Machen Sie schneller«, verlangte Eylers. Jeden Moment konnte das verdammte Virus die nächste Hyperfunkstation erwischen – Cent Field lag nicht nur geographisch ganz in der Nähe – und zu senden beginnen. Dann landete das gesamte Wissen der Menschheit in irgendeinem fremden Datenspeicher, es gab keine Geheimnisse mehr...

Und Eylers konnte nicht einfach jeden Hyperfunksender der Erde gewaltsam lahmlegen! Schon gar nicht Cent Field. Das Chaos war jetzt schon groß genug...

Aber wer steckte dahinter?

Wer benutzte M-Technik?

Auf Anhieb fielen ihm nur die Tel ein, aber aus keinem Bericht seiner Agenten ging hervor, daß die Tel über die Nutzung aufgefundener M-Relikte hinaus auch die Supermathematik der Mysterious anwandten. In diesem Punkt waren die Terraner ihnen dank Anja Rikers Arbeit erheblich voraus.

»Gotcha!« stieß Siccine plötzlich hervor.

Eylers sah ihn fragend an.

»Ich hab' dich, du verdammtes Virus«, übersetzte Siccine. »Das Miststück ist ebenfalls von jemandem geschrieben worden, der sich mit M-Mathematik bestens auskennt! Jetzt müßte Anja Riker hier sein, die hätte ihre helle Freude daran...«

»Die ist an Bord der POINT OF in Drakhon unterwegs«, sagte Eylers. »Wollen Sie andeuten, Siccine, daß Sie mit dem Virus nicht fertig werden?«

»Nein – aber mit Rikers Hilfe ginge es schneller und besser! Ich bin doch nur ein kleiner Zauberlehrling, mehr nicht...«

»Reden Sie nicht – zaubern Sie!«

*

Und Siccine zauberte!

Er benutzte M-Mathematik, um ein Antivirus-Programm zu schreiben. Alles andere als einfach, weil er sich mit diesen Dingen nie richtig befaßt hatte. Aber er kannte jetzt die Struktur des Virus, seinen Aufbau und seine komplexen Funktionen. Es war erschrekkend, wozu dieses Virus mit nur geringen Abänderungen fähig sein mußte. Immerhin – es war nicht »selbstlernend«, konnte sich also nicht selbst verändern.

Aber etwas zu erkennen und nachzuvollziehen, oder etwas Gegenteiliges zu erarbeiten, das waren zwei verschiedene Paar Schuhe. So einfach, wie sich Bernd Eylers das Schaffen eines Antivirus vorstellte, war es nun doch nicht. Es brauchte seine Zeit – Zeit, die sie alle nicht mehr hatten.

In diesem Punkt konnte Siccine nicht auf die Unterstützung seines Teams bauen. Keiner der Leute war mit M-Mathematik vertraut. Sie alle konnten nur versuchen, den Überblick zu behalten und rechtzeitig Hypersender vom Netz zu schalten, wenn sich ein theoretisches Ziel abzeichnete – und zwar, bevor das Virus sich dort im Suprasensor etablierte!

Den Antivirus mußte Siccine selbst programmieren. Dabei konnte ihm keiner helfen.

*

Verdammt, Leute, tut doch was! dachte Don Blackbird. Auf seinem Monitor verfolgte er den Weg des Virus durchs Netz.

Cent Field!

Ausgerechnet!

»Mister Eylers, das Virus etabliert sich im Hauptrechner des Großsenders von Cent Field«, keuchte er ins Vipho. »Konnte nicht mehr rechtzeitig eingreifen. Das Biest scheint intelligent zu sein und Sperren geradezu zu riechen!«

Eylers rief Cent Field an.

»Sender abschalten, schnell – Alpha-Order GSO!«

Bei der TF war man alles andere als schnell. Man wollte erst mal wissen, was überhaupt los war. Als der Sender dann tatsächlich vorübergehend stillgelegt werden sollte, ging das nicht mehr, wie es vorher auch beim Regierungssender in Alamo Gordo der Fall gewesen war.

Hier ließen sich aber auch nicht einfach die Antennen wegblastern! Cent Field hielt Kontakt mit Hunderten von terranischen Raumschiffen, die im Sternendschungel unterwegs waren, Cent Field war erster Ansprechpartner auch für verbündete Fremdvölker. Und Cent Field sendete die Zeitwelle – die Orientierungshilfe für alle Raumschiffe, deren Borduhren damit automatisch korrigiert wurden, um ständig die aktuell gültige Terra-Standardzeit anzuzeigen. Nicht unwichtig angesichts der Tatsache, daß im unterlichtschnellen Flug fast immer mehr oder weniger starke Dilatationseffekte auftraten und damit die Borduhren der Raumer ständig geringfügig voneinander und von der auf Terra gültigen Standardzeit, die sich an der geographischen Lage Cent Fields orientierte, abwichen.

Aber dort hatte man inzwischen die Kontrolle über die Hyperfunkanlage verloren!

Nichts ließ sich mehr abschalten!

»Sender eingeschaltet – Feinjustierung der Antenne auf Ziel wird eingeleitet...«

Eylers schüttelte den Kopf.

Sie hatten das Rennen verloren.

Der unbekannte Gegenspieler hatte es geschafft...

*

»Geschafft!« Siccine riß beide Arme hoch, ließ sie sofort wieder fallen und hämmerte einen Befehl in die Tastatur. »Und – *GO!*«

Sein Antivirus war unterwegs ins Terranet!

Die GSO-Zentrale war wieder online! Siccine achtete nicht mehr auf die Monitoranzeigen; er sprang auf und vollführte einen Indianertanz, oder was auch immer, in seinem Büro. Aber ebenso schnell fing er sich wieder, fiel in seinen Kontursessel zurück und benutzte das Vipho.

»Blackbird – wie sieht's in Cent Field aus?«

Zunächst blieb die Antwort aus. Dann, nach über einer Minute, meldete Blackbird: »Sendung fand nicht statt. Virus gelöscht, Datenpakete isoliert.«

»Die löschen wir auch noch, sobald wir wissen, daß die Originaldateien unbeschädigt sind«, triumphierte Siccine. Aber das würde Arbeit für seine Leute sein. Den Entpacker hatte er mit seinem Antivirus gleich mitgeliefert, und er war der Ansicht, damit fürs erste genug getan zu haben.

»Kann ich mich dann jetzt endlich ausklinken?« fragte Blackbird.

»Ja, und danke, Sir. Ende!« Siccine schaltete mit einer lässigen Bewegung das Vipho aus. Dann sah er seinen Chef Eylers an.

»Wollten Sie mich nicht verhaften, weil ich meine Kompetenzen überschritten und die GSO-Zentrale vorübergehend aus dem Netz genommen habe?«

»Sie können sich ja selbst Handschellen anlegen, wenn Sie darauf bestehen. Aber glauben Sie nur nicht, Sie könnten jetzt wie dieser Blackbird einfach Feierabend machen! Sie protokollieren den Gesamtvorgang und auch das Entstehen des Antivirus, und Sie finden heraus, an welchen Hyperfunkempfänger die Daten geschickt werden sollten.«

Fassungslos starrte Siccine ihn an.

Eylers zuckte mit den Schultern. »Haben Sie gedacht, ein Job bei der GSO wäre ein Ruhekissen?«

»Arschgeige«, brummte Siccine.

Aber auch diesmal fühlte Bernd Eylers sich nicht beleidigt. Er grinste Siccine nur an und verließ endlich dessen Büro.

*

In einer ruhigen Minute, als ihn weder Juanita Gonzales noch sonst jemand beobachten konnte, nahm Jim Smith eines der kleinen Geräte zur Hand, die er in der vor seiner Brust hängenden Tasche bei sich trug.

Er aktivierte das Gerät und nahm Kontakt mit seinem Raumer auf.

Kein Datentransfer.

Da wußte er, daß sein Virusprogramm entdeckt worden war. Die Terraner waren schlauer, als er gedacht hatte. Er hatte sie unterschätzt.

Das war aber nicht weiter tragisch. Er hatte noch einen anderen Plan.

11.

Ralf Larsen näherte den S-Kreuzer MAYHEM der POINT OF bis auf wenige Kilometer an – obwohl er die fremdartigen Schiffe, die sich sonst noch im Planetenorbit aufhielten, mit Skepsis betrachtete.

Doch schon wenige Minuten nach seiner Ankunft in dem fremden System, das seiner Wahrnehmung beim ersten Einflug in die »Dunkelwolke« komplett entzogen gewesen war, wurde der Bordtransmitter aktiviert, und nacheinander traten Ren Dhark, Chris Shanton, Rhaklan/Shodonn, Manu Tschobe, Arc Doorn, Anja Riker und Bram Sass daraus hervor.

Larsen begrüßte die Ankömmlinge, als hätte er sie seit Monaten nicht mehr gesehen. Die Freude darüber, daß es ihnen gutging, war unübersehbar. Rasch bewegte er sich auf Ren Dhark zu und schüttelte ihm die Hand.

Und dann fragte Larsen, dessen Uniform eigentlich nie richtig saß, obwohl er es sich längst hätte leisten können, sich seine Kleidung maßschneidern zu lassen: »Netter Auftritt, Commander. Wird das die neue Farbe der Flotte?«

Dhark strich sich lächelnd über seine unitallfarbene Phantasieuniform, die er anbehalten hatte, obwohl mittlerweile ausgeschlossen werden konnte, daß es sich bei den Rahim um die lange gesuchten Mysterious handelte. »Nur dann«, erwiderte er, »wenn sie sich bewährt.«

»Was steht an? Ihre Nachricht war nicht unbedingt erschöpfend in ihrem Informationsgehalt.«

»Haben Sie dennoch alle Weisungen befolgt?«

Larsen begriff sofort, worauf sich die Anspielung bezog. »Wir haben keine Zivilisten mehr an Bord, Sir.«

»Ausgezeichnet. Denn wir wissen nicht, wie das Kräftemessen

mit den Rahim ausgehen wird.«

»Kräftemessen, Sir?«

»Sie haben uns eingeladen, auf ihrem schönen Planeten zu landen, um mit ihnen ins Gespräch zu treten…« Dhark schilderte in knappen Sätzen, was sich seit Erreichen dieser Koordinaten ereignet hatte. »Wie Sie verstehen werden, wollte ich der Einladung nach allem, was ihr vorausging, nicht ohne Rückendeckung Folge leisten.«

»Die MAYHEM soll also Schutzdienste leisten?«

Dhark schüttelte den Kopf. »Nein, das übernimmt die POINT OF, die unter Dan Rikers Kommando im Orbit bleiben wird, während wir mit Ihrem stolzen Schiff auf dem Planeten landen.«

Larsen stellte keine unnötigen Fragen. Er nickte nur. »Wann?«

»Sofort nachdem Sie den Leitstrahl angemessen haben, der uns von Rah aus geschickt wird.«

*

Shodonn verfolgte die Landung über das chipeigene optische System.

Die MAYHEM tauchte in die obersten Atmosphäreschichten des kobaltblauen Planeten ein, und sofort setzten Untersuchungen ein, um die Luft auf etwaige Krankheitserreger zu überprüfen.

Es wurden keine gefunden – was auch dem Bild einer sorgsam gepflegten Idylle widersprochen hätte. Aber eine absolute Garantie gab es in solchen Dingen nie, da für Rahim harmlose Keime oder Viren für eine andere Spezies durchaus fatale Folgen hätten nach sich ziehen können – und wer wollte im jetzigen Stadium schon sagen, ob die Rahim eine Sorgfaltspflicht gegen andere entwickelten? Nahm man ihr bisheriges Auftreten – vor allem das von Gola – als Maßstab, war man eher geneigt, dies als nicht gegeben anzunehmen.

Die MAYHEM sank, dem Leitstrahl folgend, den Koordinaten des Landefeldes entgegen. Wenige Minuten nach Beginn des Manövers setzte sie auf ihren Antigravpolstern in Sichtweite jenes Hammerschiffes auf, mit dem sich möglicherweise Gola vom Rest des Verbandes abgesetzt hatte.

Auch das Rahim-Schiff schwebte über dem parkähnlichen Gelände, das keine betonierten Pisten besaß. Alles war naturbelassen. Selbst der schloßähnliche Gebäudekomplex auf dem Hügel fügte sich harmonisch in die Landschaft ein.

Shodonn war fasziniert. Aber auch gekränkt.

Er konnte die herabwürdigenden Äußerungen Golas über die Völker Drakhons weder vergessen noch nachvollziehen und dachte nur: *Wenn alle Rahim so sind, war es ein glücklicher Tag, als sie beschlossen, sich ins selbstgewählte Exil zurückzuziehen.*

Darüber hinaus machte er sich Sorgen über die Zukunft.

Selbst wenn die Rahim zunächst eingelenkt zu haben schienen und ihre Waffen schweigen ließen, war es fraglich, wie sie reagieren würden, wenn die beiden Ringschiffe die Pseudo-Dunkelwolke wieder verlassen wollten.

Kurnuk war zweifellos ein sorgsam gehütetes Geheimnis, und es war unwahrscheinlich, daß die Rahim sich auf das bloße Versprechen von Fremden (oder *Niederen*) verlassen würden, das Geheimnis auch weiter zu wahren.

Von sich selbst wußte er, daß er ein solches Versprechen gar nicht leisten konnte. Immerhin war er nur winziger Teil eines großen Ganzen – des Nareidums. Und dem Auditorium der Seelen würde er nach seiner Rückkehr in den Bund keine Informationen vorenthalten können…

Spätestens sobald auch die Rahim dies begreifen, dachte er, *werden sie ihr wahres Gesicht zeigen. So gesehen, bin ich eine Gefahr für die ganze Expedition geworden.*

Er hatte dies gegenüber Ren Dhark anklingen lassen – und war überrascht gewesen, als dieser dennoch darauf bestanden hatte, daß Shodonn sich mit seinem Wirt Rhaklan nicht zum Besten aller zurückhielt und an Bord der POINT OF blieb.

»Wenn die Rahim über die Bedeutung des Chips an Rhaklans Brust informiert sind«, waren seine Argumente gewesen, »ist die von dir befürchtete Bedrohung schon jetzt gegeben. – Wann wurde das Nareidum gegründet?«

Shodonn hatte geahnt, auf was der Terraner hinauswollte. »Viele Jahre nach dem Rückzug der Rahim.«

»Dann besteht berechtigte Hoffnung, daß sie von den Galoanern noch immer das Bild aus der Zeit besitzen, als dein Volk noch von einer lebenden Regierung geführt wurde. Wir werden ihnen das Gerät, das Rhaklan trägt, so lange wie möglich als hochintelligenten Kleinstrechner verkaufen.«

»Die Rahim mögen sich damals aus unserem Blickfeld verabschiedet haben«, hatte Shodonn dagegen gehalten, »aber das heißt nicht zwangsläufig, daß sie auch aufgehört haben, die Völker Drakhons permanent auszuspionieren.«

»Lassen wir es darauf ankommen.«

»Ich hoffe, wir müssen es nicht bereuen.«

»Was haben wir zu verlieren?«

Shodonns Antwort hatte die Diskussion beendet: »Etwas, was ich in dieser Form nicht mehr besitze. Euer Leben…«

*

»Hat Gola uns eigentlich wissen lassen, wie es nach der Landung weitergehen soll?« fragte Anja Riker, die zu der Delegation gehörte, die Ren Dhark zusammengestellt hatte. Sie hatte sich freiwillig gemeldet – was ihrem Mann Dan »oben« in der POINT OF einige Bauchschmerzen bereitete. »Es wird dich hoffentlich motivieren, die Augen weit offenzuhalten«, hatte sie auf seine Besorgnis reagiert.

Und inzwischen kannte er sie gut genug, um zu wissen, daß ihr nur schwerlich etwas auszureden war, was sie sich einmal in den hübschen Kopf gesetzt hatte.

»Nicht im Detail«, verneinte Ren Dhark, der, während die MAYHEM lautlos über dem metallisch schimmernden Gras Rahs schwebte, mit allen Beteiligten noch einmal die Verhaltensweise gegenüber den Rahim durchsprach. Das Paraabschirmungsfeld des Ringraumers war ebenso aktiviert wie das der POINT OF, die jetzt einen fixen Orbit genau senkrecht über dem Landepunkt des S-Kreuzers bezogen hatte. Die von Shodonn und Shanton angepaßte und in ihrer Leistung verstärkte Sphäre, die verläßlicher vor Psi-Beeinflussungen schützte als die Abschirmungsreifen der Nogk, war keine undurchdringliche Wand, sondern hüllte die Schiffe »sanft« ein. Das hieß, Personen oder Objekte konnten den Schirm verlassen oder in ihn eindringen, ohne daß Strukturlücken gebildet werden mußten oder man ihn völlig abschaltete. Allerdings existierte noch ein zweiter, undurchlässiger »Riegel«, der die Sicherheit der Schiffsbesatzungen garantierte: das Intervallum.

Ren Dhark tastete nach dem winzigen Gerät, das hinter seinem linken Ohr befestigt war. Es war gewöhnungsbedürftig, stellte aber für ihn und alle anderen Delegationsteilnehmer eine weitere Absicherung dar, für die er sich entschieden hatte. Es handelte sich um münzgroße Enzephalographen, die die Hirnwellen und Vitalwerte ihrer Träger permanent sowohl an die MAYHEM als auch an die POINT OF übertrugen, wo darüber gewacht wurde, daß die Rahim nicht versuchten, ihre Gäste zu versklaven.

Dhark hatte sich dafür entschieden, auf die sonst in Drakhon gebräuchlichen Abschirmungsreifen ganz zu verzichten, da sie gegen die Paragiganten Kurnuks ohnehin nicht zu helfen schienen.

»Es scheint, als käme Bewegung ins Spiel«, meinte Ralf Larsen, der sein Augenmerk auf die Umgebung gerichtet hatte.

Das Hammerschiff ruhte weiter unverändert in einer Entfernung von rund einem Kilometer – aber von dem märchenhaften Schloß näherte sich plötzlich ein Fahrzeug.

»Was ist denn das für eine Kiste?« ächzte Chris Shanton, der die schlichteren Formen bevorzugte.

Die »Kiste«, wie er es genannt hatte, war ein prunkvoller, rundum geschlossener Gleiter, über und über mit funkelnden Edelsteinen bedeckt.

»Wenn ich das richtig sehe, befinden sich auch echte Muun-Kristalle darunter«, entfuhr es Shodonn, der sonst nicht so leicht aus der Fassung zu bringen war, ungläubig.

Muun-Kristalle waren das wertvollste Handelsgut in ganz Drakhon – sie waren überaus selten, aber auch unerläßlich, um funktionstüchtige Wurmlochgeneratoren zu bauen. Vor Jahrhunderten, als schlagartig alle Transitionstriebwerke in Drakhon versagten, hatten erst diese Kristalle den Durchbruch bei der Suche nach einer alternativen überlichtschnellen Antriebsart gebracht.

»Wer weiß«, sagte Arc Doorn, dessen intuitives Verständnis außerirdischer Technologie Ren Dhark auch bei dem Besuch der Rahim für unverzichtbar erachtete, »vielleicht haben unsere neuen

›Freunde‹ Möglichkeiten entwickelt, die Kristalle synthetisch herzustellen. Haben die Galoaner oder andere Völker das nie versucht, Shodonn?«

»Doch. Aber der Aufwand steht in keinem Verhältnis zum Nutzen.«

»Wahrscheinlich hängt es davon ab, wie ausgefeilt die zur Anwendung gebrachte Technologie ist«, hielt Doorn dagegen.

»Vielleicht«, erwiderte Shodonn mit dünner Stimme aus dem Chip heraus. »Immerhin sind wir ja die *Niederen*...«

Doorn erkannte das Fettnäpfchen, in das er getreten war. Doch bevor er etwas hinzufügen konnte, landete der gut fünfzig Meter lange Gleiter genau an der Grenze des Intervallums. Eine Luke öffnete sich in dem Fahrzeug, und dann stieg eine Gestalt über eine unsichtbare Rampe aus.

»Gola«, tippte Ren Dhark.

Er mußte raten, denn der Rahim wirkte im Arrangement mit seiner Umgebung zwar noch eindrucksvoller als über die Holobilder, die die POINT OF erreicht hatten, aber im Gegensatz zu der Übertragung zeigte er nun »Flagge«.

Das Verzerrungsfeld vor seinem Gesicht war verschwunden.

Zum ersten Mal sahen die Besatzungen beider Ringschiffe einen Rahim unmaskiert...

*

Das Intervallum erlosch.

Ren Dhark trat mitsamt seinem sechsköpfigen Gefolge aus dem unsichtbaren Paraabschirmungsfeld und schritt an der Spitze der Delegation auf den Rahim zu, von dem er annahm, daß es Gola war. Der Rahim war mehr als einen ganzen Kopf größer als ein Durchschnittsterraner, gut 2,20 Meter. Er trug farbenprächtige, die kraftstrotzende Figur betonende Kleidung, und das Gesicht wirkte auch nach Verlöschen der Maskierung seltsam konturlos, wurde geprägt von kleinen Augenschlitzen, einer flachen Nase, einem lippenlosen Mund und seitlichen Gehöröffnungen, die keine Ohrmuscheln besaßen.

Hinter der Delegation wurde das Intervallfeld wieder aktiviert.

Dhark hob die Hand zum Gruß. Dabei musterte er die hünenhafte Gestalt des Rahim unaufdringlich – überzeugt, daß es umgekehrt ebenso der Fall war. Nur mit dem Unterschied, daß sein Gegenüber insgesamt sieben Personen hatte, denen er seine Aufmerksamkeit widmen mußte.

Der Rahim sagte etwas in gutturalem Ton, was die Translatoren mit den Worten übersetzten: »Ich bin Gola. Wenn ich euch in mein bescheidenes Domizil bitten dürfte...« Er machte mit seiner sechsgliedrigen Hand, an der jetzt deutlich zwei Daumen zu erkennen waren, eine Geste in Richtung des Schlosses, aus dem er gekommen war. »Wir werden –«

Seine Worte brachen ab.

So jäh und unvermittelt, daß Dhark alarmiert zusammenzuckte.

Und dann bestätigten sich seine schlimmsten Befürchtungen, als Gola einen wütenden Schrei ausstieß, an dem die Übersetzungsgeräte zunächst scheiterten – eher er hinzufügte: »Wie könnt ihr es wagen...?!«

In derselben Sekunde brach Rhaklan, der mit Shodonn das Schlußlicht der Delegation bildete, auch schon jäh zusammen und blieb wie tot im knöchelhohen Gras liegen.

*

Ren Dhark eilte sofort auf den gestürzten Galoaner zu, ohne sich um Golas weitere Reaktion zu kümmern. Der Rest der Gruppe stand wie vom Donner gerührt da. Als Dhark den Galoaner erreichte und neben ihm niederkniete, meldete sich Dan Riker über das Armbandvipho: »Ren? Was ist passiert? Rhaklans Enzephalo meldet den völligen Bewußtseinszusammenbruch nach einer heftigen Paraattacke! Soll ich –?«

»Nein! Ruhe bewahren!« Dhark winkelte den Arm an und flüsterte so leise in das Vipho, daß der Translator nicht ansprach. »Er lebt, ist aber bewußtlos. Die Attacke galt nur ihm. Ich ahne auch, warum... ich werde das von hier aus zu klären versuchen. Sollte ich allerdings keinen Erfolg haben...«

Er ließ den Rest des Satzes unausgesprochen, widmete sich Rhaklan. Nach einer Weile richtete er sich auf und wandte sich mit steinernem Gesicht an Gola.

»Beweist man so seine Verhandlungsbereitschaft?«

Der Rahim stand stolz noch an derselben Stelle wie bei der Begrüßung. »Das sollte ich euch fragen.«

»Wie meinst du das?«

»Der Niedere ist nicht befugt, diesen Planeten zu betreten. Hätte ich geahnt, daß ihr ihn mitbringt, wäre ich gar nicht erschienen. Es ist völlig indiskutabel, daß er an unserer Begegnung teilnimmt.«

Während sich Manu Tschobe um Rhaklan zu bemühen begann, schüttelte Dhark den Kopf. »Du irrst. Entweder sind alle, die du hier siehst, deine Gäste – oder keiner. Ich dachte, ich hätte es deutlich gemacht, daß wir die Einschätzung der Rahim, was die anderen Drakhon-Völker angeht, nicht teilen. Die Galoaner sind unsere Freunde. Und Rhaklan«, er wies auf den Bewußtlosen, »im Besonderen. Sie haben uns unschätzbare Dienste bei der Suche nach euch geleistet. Und sie sind weder primitiv noch unwürdig – was immer Rahim unter diesen Begriffen auch verstehen mögen.«

Gola stand da wie ein Fels in der Brandung.

Dhark hatte das ungute Gefühl, daß der dringende Appell ungehört an ihm zerschellen würde.

Doch plötzlich machte der Rahim einen Schritt auf ihn zu und sagte: »Ihr würdet wirklich darauf verzichten, in näheren Kontakt mit uns zu treten, nur weil wir unsere eigenen Auffassungen von niederen Existenzen haben…?«

»Ja! Denn dein Verhalten, so es stellvertretend für die Denkweise deines Volkes ist, zeigt, daß ihr nicht die seid, die wir suchten.«

»Wir sind die Rahim.«

»Du willst offenbar nicht verstehen, was ich meine…« Dhark gab seinen Begleitern einen Wink und sagte: »Bram Sass – heben Sie Rhaklan vorsichtig auf. Wir kehren an Bord zurück.«

»Halt!«

»Halt?« Dhark wandte sich Gola zu, der mit weit ausgreifenden Schritten an ihm vorbei auf den Bewußtlosen zustürmte und vor ihm stehenblieb. Noch immer aufs äußerste angespannt, beobachtete Dhark, wie sich die Augen des Rahim noch mehr verengten. Dann kam auch schon Bewegung in Rhaklan. Seine Arme und

Beine zuckten. Er richtete sich auf, ergriff die von Manu Tschobe gereichte Hand, während sich Gola bereits wieder von ihm entfernte, als widerstrebe es ihm, sich dem Anblick eines »Niederen« länger als nötig auszusetzen.

»Nachdem das geklärt ist«, sagte er, »steht dem Besuch meines Schlosses hoffentlich nichts mehr im Weg.«

»Nur wenn du mir zusicherst, daß es zu keinem vergleichbaren Vorfall und Angriff auf unseren Freund mehr kommt«, erklärte Dhark, der froh darüber war, daß sich Shodonn jeglichen Kommentars enthalten hatte.

Offenbar wußte Gola mit dem Chip an Rhaklans Kleidung nichts zu verbinden, was ihm die wahre Bedeutung dieses Geräts verraten hätte.

Einstweilen, entschied Dhark, sollte es auch dabei bleiben.

»Ich garantiere es«, akzeptierte Gola auch diese Bedingung.

Dhark hoffte, daß er es allein deshalb tat, weil er die Tragweite eines Bündnisses mit den Delegierten der anderen Galaxis überschauen konnte. Und daß er realisierte, was davon abhing, daß die Bewohner beider Sterneninseln mit- statt gegeneinander arbeiteten.

Aber sicher war er sich nicht.

*

Mit Betreten des Schlosses öffnete sich den Besuchern eine Welt, wie sie sie bis dahin nur aus überlieferten Schriften oder Filmmaterial gekannt hatten: Das Terra der Gegenwart kannte keinen übertriebenen Pomp und Luxus mehr, wie Golas Heim sie zur Schau stellte.

Der Gleiter landete auf einem Innenhof, von dem aus die Besucher in einen prunkvollen Saal geleitet wurden, in dem bereits ein Bankett wartete.

Ein Bankett und eine große Zahl von anderen Rahim, die sich lautstark bis zu dem Moment unterhielten, da Gola mit seinen Gästen eintrat.

Dann aber wurde es schlagartig still, und alle Augen richteten sich neugierig auf die Besucher.

Gola stellte nur Ren Dhark den Versammelten namentlich vor – und verzichtete im Gegenzug auch darauf, den Terranern und Rhaklan die Namen der Feiernden zu nennen.

In einem unbemerkten Moment nahm Anja Dhark beiseite und flüsterte ihm zu: »Ist dir aufgefallen, wie unglaublich ähnlich sie einander sehen?«

Dhark nickte. »Für unsere Augen ja«, gab er ebenso leise zurück. »Wahrscheinlich müssen wir uns erst etwas an sie gewöhnen, um die kleinen Unterschiede zu erkennen.«

»Gewöhnen?« Anja verzog das Gesicht. »Ich fürchte, dazu ist mir schon ihre Einstellung zu sehr zuwider...«

»Versuche, es dir nicht anzumerken zu lassen.«

»Das sagt der Mann, der diesem Gola vorhin gehörig den Marsch geblasen hat!«

»Hoffen wir, daß es seine Wirkung auch auf die anderen Rahim überträgt...«

Ihre Unterhaltung wurde unterbrochen, weil Gola Dhark zu sich winkte und ihn an einen Tisch führte, der offenbar für die Besucher und ihn selbst freigehalten worden war.

Überall zwischen den gedeckten Tafeln schwirrten Roboter auf Antigravpolstern umher, die köstlich duftende, aber gewöhnungsbedürftig aussehende Speisen verteilten.

Die Terraner und Rhaklan nahmen Platz, nachdem sich Ren Dhark ans Stirnende des Tisches neben Gola gesetzt hatte.

»Das Fest ist euch zu Ehren«, sagte der Rahim. »Greift bedenkenlos zu, was Essen und Trinken angeht. Es handelt sich um neutrale Speisen, die euch bekommen werden.«

»Neutrale Speisen?« fragte Dhark, den Blick schweifen lassend. »Es riecht sehr appetitlich, deshalb denke ich nicht, daß ihr unter neutral geschmacklos versteht...?«

»Es drückt lediglich aus, daß sie jedem humanoiden Wesen bekommen«, antwortete Rahim.

»Woher wollt ihr das wissen? Ihr kennt unsere Physiologie nicht. Wir stammen aus einer anderen Galaxis – vielleicht einem anderen Universum. Wenn du erlaubst, lasse ich die Mahlzeiten erst prüfen, bevor –«

»Natürlich«, fiel Gola ihm ins Wort und beobachtete anschließend, wie Manu Tschobe die aufgetischten Speisen mit einem stiftgroßen Analysator testete.

Das Ergebnis entsprach Golas Versprechen: »Unbedenklich«, faßte Tschobe es zusammen. »Bei Rhaklan bin ich mir allerdings unsicher.«

»Der Galoaner hat noch nie etwas Köstlicheres gegessen«, konnte sich Gola einen erneuten Seitenhieb nicht verkneifen. »Schon gut«, lenkte er jedoch sofort ein. »Das war nur ein Scherz – Terraner besitzen doch Sinn für Humor?«

»Das solltest du eher den Galoaner am Tisch fragen«, erwiderte Dhark kühl. »Wann können wir reden?«

»Bald. Zuerst sollten wir uns in zwangloser Atmosphäre ein wenig näherkommen.«

Dhark zuckte mit den Schultern und griff nach einer ihm unbekannten Frucht. Als er vorsichtig hineinbiß, war er sofort von ihrem Aroma begeistert. Es erinnerte an eine Mischung aus Apfel und Kirsche. Das Fruchtfleisch war fest. Kauen war Pflicht.

Zumindest bei ihm.

Mit Abscheu beobachtete er hingegen, wie auch Gola unmittelbar nach ihm mit bloßen Händen zugriff und sich etwas Gebratenes von undefinierbarer Konsistenz in den Rachen stopfte – um es, obwohl faustgroß, in einem Stück hinunterzuschlucken.

Der Vorgang wiederholte sich noch mehrere Male, nicht nur bei ihm, sondern auch bei den Rahim an den Nachbartischen.

Ihre Essensweise wirkte zunehmend unappetitlich auf die Gäste, die jedoch versuchten, sich dies nicht anmerken zu lassen.

Dhark probierte ebenso wie seine Begleiter noch verschiedene andere Speisen. Eßbestecke gab es nicht. Dafür gab es Tischmulden an jedem Platz, in die man die Finger tauchen konnte, die daraufhin von einem Ultraschallstrom gereinigt wurden.

Nachdem alle Anwesenden gesättigt schienen, zerstreute sich die versammelte Menge relativ schnell, bis nur noch Gola mit seinen Besuchern übrig war.

Die anderen Rahim hatten während des ganzen Zusammenseins keine große Notiz von den Gästen genommen.

»Ruht euch ein wenig aus«, sagte Gola. »Ich werde den Rat über unser Kommen informieren und bald zurück sein, um euch zu ihm

zu bringen.«
»Der Rat?« fragte Dhark. »Gehörst du ihm an?«
»Nein.«
»Und wo tagt er, wenn nicht hier?«
»An einem Ort, nur einen Schritt entfernt.«
Ein Schritt… meinte er die Fortbewegung mittels eines Transmitters?
»Mir ist aufgefallen«, sagte Dhark, bevor auch Gola den Festsaal verließ, »daß keine weiblichen Rahim unter den Gästen zu finden waren. Haben Frauen in eurer Kultur keinen gesellschaftlichen Rang inne?«
»Du irrst«, erwiderte Gola kurz angebunden. »Offenbar ist es euch noch nicht möglich, männliche von weiblichen Rahim zu unterscheiden. Für euch mögen sie fast identisch aussehen. – Bitte entschuldigt mich jetzt. Ich bin in Kürze zurück. Die Diener werden euch jeden Wunsch nach Getränken oder anderen Annehmlichkeiten erfüllen. Scheut euch nicht, sie mit euren Wünschen zu konfrontieren. Sie sind in der Lage, euch zu verstehen. Bei ausgefalleneren Wünschen müßt ihr sie nur detailliert genug beschreiben. Wenn sich die Sache in unseren Datenbänken befindet, steht ihrer Generierung nichts im Weg.«
»Generierung?«
Gola war bereits auf dem Weg zum großen Portal des Raumes. Entweder er tat so, oder er hatte Dharks Frage wirklich nicht mehr gehört.
Sekunden später waren die Besucher allein.

*

»Sie sehen einander ähnlich wie eineiige Mehrlinge. Oder wie Klone.«
Es war Bram Sass, der dies sagte.
Er saß gemeinsam mit Ren Dhark, Manu Tschobe und Anja Riker am Tisch, während Rhaklan/Shodonn und Chris Shanton, der den Eindruck erweckte, als habe er den galoanischen Weisen zu Jimmys Ersatz erkoren, sich etwas *umsahen* – wie sie es nannten.
»Wer weiß«, rätselte Tschobe, dessen Haut fast so dunkel war

wie die der Rahim, »vielleicht sind sie das ja tatsächlich.«

»Auch ich zweifele an Golas Erklärung, daß wir die Unterschiede zwischen ihnen einfach noch nicht bemerken«, räumte Ren Dhark ein. »Ich habe lange und genau hingesehen – aber selbst da fiel mir noch nicht die klitzekleinste Diskrepanz zwischen ihnen auf. Alle sehen wie die absoluten Ebenbilder Golas aus! Sehr merkwürdig… dann seine Behauptung, auf dem Fest hätten sich männliche und weibliche Rahim getummelt. Wenn schon alle Rahim, die uns seit der Landung begegneten, absolut identisch von ihrem Erscheinungsbild auf uns gewirkt haben – wie sollten sich dann Männlein und Weiblein noch voneinander abgrenzen? Helft mir, aber ich erinnere mich nicht, jemals einer Spezies begegnet zu sein, bei der die Geschlechter sich nicht auch optisch erkennbar voneinander abhoben.«

»Es gibt hermaphrodite Wesen«, sagte Manu Tschobe, der dies in seiner Doppelfunktion als Arzt und Funkspezialist wahrscheinlich am ehesten einschätzen konnte. »Zwitter – aber ich bezweifle, daß es sich bei den Rahim um solche handelt. Warum sollten sie es uns verschweigen?«

»Ja, warum?« Dhark winkte einen der geschäftig im Saal umhereilenden Robots zu sich. Sie besaßen eine ähnliche Grundform wie die Raumschiffe der Rahim, verfügten aber darüber hinaus noch über vielgliedrige Extremitäten aus einem unbekannten Kunststoff, mit dem sie in der Lage waren, Geschirr aufzunehmen, Essensreste zusammenzuklauben und sonstige Arbeiten mit erstaunlichem Geschick zu verrichten.

Der Diener jagte sofort auf Dhark zu und stoppte unmittelbar neben ihm ab. »Was ist Euer Wunsch, Herr?«

»Wie ich Shanton kenne«, flachste Anja, »wird er eines dieser Dinger mitgehen lassen, um Jimmy später zu demonstrieren, was Höflichkeit und Gehorsam sind.«

»Mir wäre lieber, er ließe die Konservendose da, wo sie hingehört«, lächelte Bram Sass. »Ich traue diesen Biestern so wenig wie ihren Erbauern.«

Das »Biest« wartete indes geduldig, daß Ren Dhark ihm antwortete.

Und als er es tat, staunten die anderen am Tisch nicht schlecht über den ausgefallenen Wunsch ihres Commanders: In aller Detailfreude beschrieb Dhark dem Robotdiener das Objekt seiner Begierde.

Die Maschine verschwand so blitzartig, wie sie gekommen war. Durch eine Nebentür verließ sie den Saal – kehrte aber schon Sekunden später wieder mit einem hölzernen Kästchen zurück.

Das Kästchen war voll.

»Unglaublich!« entfuhr es Chris Shanton, der an der Seite des Galoaners gerade an den Tisch zurückkehrte und sich sofort bediente. Fast andächtig führte er die Zigarre an die Nase und schnupperte daran. »Wo kommen die denn her?«

Dhark gab die Frage an den Roboter weiter.

»Die Beschreibung deckte sich mit Informationen, die in unseren Datenbanken hinterlegt sind«, erwiderte dieser bereitwillig. »Ich gab sofort eine kleine Menge owidischer Zigarren in Auftrag, und sie wurde generiert.«

»Generiert?«

Schon wieder dieses Wort, das den Besuchern bislang nur in anderem Zusammenhang bekannt war.

»Synthetisch hergestellt«, sagte der Diener.

Nicht nur Shanton, auch Dhark, der auf die Idee gekommen war, die Fähigkeiten der Rahim-Robots zu testen, und Manu Tschobe griffen zu und ließen sich Feuer geben.

Wenig später pafften sie in Richtung derer, die beim Anblick der Zigarren nur das Gesicht verzogen hatten.

»Wenn das Nachahmungen sind«, schwärmte Shanton, »sind sie mindestens so gut wie die Originale! Ob ich mir wohl auch einen echt irischen Whiskey, Single Malt, ordern könnte…?«

Bevor er die Chance beim Schopf packen konnte, es auszuprobieren, kam es zu einem Zwischenfall, der die Rahim-Gesellschaft neuerlich in ein wenig vorteilhaftes Licht rückte: Das große Portal, durch das auch Gola verschwunden war, flog knallend auf, und eine sonderbare Gestalt taumelte in den Saal!

Ein nackter Zwerg – einem Menschen nur knapp bis über die Knie reichend, dabei jedoch mit überproportional großem Schädel und Augen, die – nach terranischem Maßstab – ebenfalls eine abnorme Größe aufwiesen. Mund-, Nasen- und Ohröffnungen waren

so wenig markant gestaltet wie die der Rahim. Im Vergleich zu der traurigen Gestalt hier aber waren die einstigen Beherrscher Drakhons perfekt proportionierte Riesen.

Ein Bild des Jammers, dachte Dhark mitleidig. *Es wirkt wie ein – Tier. Ein gehetztes Wild...*

Er erhob sich von der Sitzbank und sprach beruhigend auf das total verängstigte Wesen ein.

»Du brauchst dich nicht zu fürchten. Wir tun dir nichts. Kannst du uns verstehen? Wer bist du und woher kommst du? Bist du –?«

In diesem Moment brach die kleinwüchsige Gestalt vor ihren Augen zusammen.

Mit Dhark eilte auch Manu Tschobe auf das Geschöpf zu.

»Lassen Sie mich nach ihm sehen...«

Dhark nickte und sah zu, wie sich Tschobe um das extragalaktische Wesen kümmerte –

– aber schon nach kurzer Zeit resigniert aufgab.

»Es ist tot.«

»Tot?« echote Anja, die ihnen gefolgt war. Um im nächsten Moment auszurufen: »Es... es ist offenbar weiblich...!«

Tschobe wirkte gedanklich abwesend, als er sich aufrichtete und sagte: »Sie haben recht. Es ist ein humanoides Weibchen – welcher Gattung auch immer. Seine...« er stockte.

»Ja?« drängte Dhark.

»Nun, die Verletzungen, denen es erlegen ist, befinden sich – soweit ich es hier überblicken kann – ausnahmslos im Bereich seiner... Unterleibsorgane.«

Anja sog hörbar den Atem ein. »Sie meinen, es wurde mißhandelt und ist daran gestorben...?«

»Alles deutet auf ein... Sexualdelikt hin«, bestätigte Tschobe mit rauher Stimme – und faltete die Hände ineinander, als wollte er für das unbekannte Wesen beten.

*

Ren Dhark wartete ungeduldig auf Golas Rückkehr. Die relativ gelöste Stimmung, wie sie während und unmittelbar nach Ende des Festes vorgeherrscht hatte, war einer tiefen Traurigkeit gewichen. Tschobes Worte hatten in allen Beteiligten Bilder heraufbeschworen, die nun wie greifbare Gewichte auf ihnen lasteten.

»Gola wird uns einiges erklären müssen«, schnaubte selbst der äußerlich so robust wirkende Shanton.

Doch Gola erschien – und erklärte nichts.

Nicht wirklich jedenfalls.

Als er die tote Gestalt entdeckte, kam seine selbstbewußte Gangart zwar ins Stocken. Doch anstatt die Gedanken, die hinter seiner Stirn tobten, auch öffentlich zu machen, befahl er den ringsum beschäftigten Robotern lediglich auf gefühllose Weise: »Räumt das weg! Sofort!«

Und erst auf Dharks aufgebrachte Intervention hin bequemte er sich zu der verschwommenen Erklärung, daß das Tier seinem Käfig entlaufen und einem bedauerlichen Unglück zum Opfer gefallen sei.

»Tier?« hakte Dhark nach. »Bist du sicher, daß es sich um ein Tier handelt?«

Er hatte nur eine Sekunde lang in die Augen des bedauernswerten Geschöpfes blicken können – aber daraus hatten ihn soviel Verzweiflung und Begreifen seiner Situation entgegengestarrt, daß es ihm schwerfiel, ein nur instinktgeleitetes Wesen darin zu sehen.

Gola überging den Einwand völlig. »Ich habe mit dem Rat gesprochen und ihm euer Anliegen vorgetragen«, sagte er. »Ich werde euch jetzt Unterkünfte zuweisen. Für morgen früh habe ich die Erlaubnis, euch dem Hohen Rat vorzuführen.«

Vorzuführen, dachte Dhark, *klingt, als sähest du uns am liebsten auch in der Rolle von willenlosen Kreaturen, die du hinter Gittern gefangen halten kannst.*

Nachdem sich die Lage kurzzeitig entspannt hatte, kehrte die Abneigung gegen das arrogante Auftreten der Rahim noch vehementer zurück als zuvor.

Wir werden wohl keine Freunde werden. Vielleicht kann man sich an die lebensverachtende Sichtweise der Rahim gewöhnen – aber respektieren werde ich sie nie. Was mag passiert sein, daß sie so geworden sind? Oder waren sie es schon immer?

»Ich würde es vorziehen, auf unserem Schiff zu übernachten«, sagte er.

Gola ließ es nicht gelten. »Es ist besser, ihr seid sofort verfügbar, sobald der Ruf ergeht. Der Rat schätzt es nicht, wenn man ihn warten läßt.«

»Interessiert den Rat auch, was wir schätzen?«

Gola preßte beide Hände gegeneinander – was auch immer dies bedeuten mochte. »Das hängt von eurer Überzeugungskraft ab«, sagte er. »Ich persönlich gebe zu, daß ihr mir für Vertreter eines Fremdvolkes außerordentlich gut gefallt – aber ich kann mich nicht dafür verbürgen, daß der Rat dies ebenso empfindet. Wählt eure Worte mit Bedacht. Der Rat ist Gesetz. An ihm kommt niemand vorbei, der tatsächlich Unterstützung oder auch nur Verständnis von den einzigartigen Rahim erwartet.«

Den einzigartigen Rahim…

»Es geht um die Zukunft auch eurer Galaxis, eurer Spezies!« erwiderte Ren Dhark, ohne auf Golas Narzißmus einzugehen.

»So magst du es sehen. Es ist bezeichnend, daß du und dein Volk ein Ereignis von kosmischer Bedeutung fürchten. Wir Rahim sind über das Stadium solch niederer Ängste längst hinaus…«

*

Die Quartiere, die Gola ihnen zuwies, lagen in einem Seitenflügel des Schlosses und waren mit erstaunlichem Feingefühl nicht nur für die individuellen Bedürfnisse der Gäste, sondern auch für deren individuelle Vorlieben eingerichtet.

Falls Gola erneut seine Parakräfte bemüht hatte, um sich diesbezüglich kundig zu machen, hatte er es zumindest so schwach dosiert getan, daß die Geräte zur Mentalkontrolle nicht darauf angeschlagen hatten.

Der Rahim verabschiedete sich, und die Delegationsangehörigen besprachen sich noch kurz auf dem Flur, ehe sie sich in ihre jeweiligen Quartiere zurückzogen.

»Hoffentlich können wir dem Kerl trauen«, brachte Chris Shanton seine nach wie vor vorhandene Skepsis zum Ausdruck. »Nicht daß ich mich allein auf einem Zimmer fürchte – aber diesen Typen traue ich jede Teufelei zu. Meine Sympathie für sie hält sich in Grenzen, ›großmächtige Rahim‹ hin oder her.«

Die anderen äußerten sich ähnlich.

Ren Dhark zeigte Verständnis für das speziell durch den Vorfall im Saal wiedererwachte Mißtrauen. Dennoch sagte er: »Auch wenn sich Gola nicht als perfekter Gastgeber verhalten hat, möchte ich, daß wir uns als perfekte Gäste präsentieren. Ruhen wir uns aus…« Er zeigte auf die offenen Türen. »Die Betten sehen annehmbar aus. Ich fürchte, es wird unsere einzige einigermaßen ruhige Nacht auf Rah bleiben. Nutzen wir sie, um uns auf die morgige Begegnung vorzubereiten. Falls Gola ein typisches Exemplar seiner Spezies ist, können wir uns auf einige Überraschungen gefaßt machen. Falls jemand etwas Verdächtiges bemerkt, das zur Sorge um unsere Sicherheit hier Anlaß gibt, verständigt er umgehend alle anderen.«

Mit diesen Worten zog sich Dhark in seine Unterkunft zurück.

Kurz darauf klopfte es an die Tür. Dhark öffnete. »Ah, Shodonn, Rhaklan, tretet ein.«

»Danke«, sagte Shodonn.

»Was führt euch zu mir?«

»Ich möchte dir nur noch einmal versichern, daß die Abneigung der Rahim gegen Angehörige meines Volkes kein Grund sein sollte, nicht alles zu versuchen, sie zur Kooperation zu gewinnen.«

»Du bist sehr nachsichtig.«

»Vielleicht liegt es an meinem Alter«, kokettierte der Weise.

»Wie ist deine bisherige Einschätzung der Rahim?«

»Falls sie nur annähernd so genial und überlegen wie arrogant und selbstherrlich sind, können wir mit ihrer Hilfe Galaxien versetzen…« Er schwieg kurz, um hinzuzufügen: »Und wäre das nicht genau die Art von Hilfe, die wir dringend bräuchten?«

»Ich wußte gar nicht, daß du über einen solch ausgeprägten Sinn für Humor verfügst.«

»Auch die Terraner besitzen Facetten, die mich immer wieder erstaunen.«

»Ich nehme das als Kompliment.«

»Durchaus. Aber du wirst dich ausruhen wollen. Was zu sagen war, ist gesagt. Bis morgen.«

Der Galoaner wandte sich zur Tür.

»Bis morgen«, sagte Dhark.

*

Ren Dhark erwachte durch eine Stimme, die sagte: »Es ist soweit. Wir werden erwartet. Ich hole euch in Kürze ab…«

Die Stimme gehörte Gola, und sie kam aus einem verborgenen Lautsprechersystem.

Dhark, der in voller Montur geschlafen hatte, schwang sich von dem bequemen Bett und unterzog sich einer Reinigungsprozedur in der zugehörigen Naßzelle, die so ähnlich in jedem besseren Hotel auf Terra hätte stehen können.

Als er wenig später auf den Flur trat, wurde er bereits von den anderen erwartet, die offenbar den selben Weckruf erhalten hatten.

Auch Gola erschien bald darauf. Nach einer für seine Verhältnisse fast höflichen Begrüßung führte er seine Gäste in einen nahegelegenen Raum, dessen Sinn und Zweck erst klar wurde, nachdem Arc Doorn fast euphorisch ausgerufen hatte: »Sagt, daß ich träume!«

Seine Begeisterung bezog sich auf den einzigen ›Gegenstand‹ innerhalb des Raumes. Wobei Gegenstand der falsche Begriff war.

Das Gebilde, das sich im Zentrum manifestierte, hatte eine düstere, bedrohliche Ausstrahlung. Es erinnerte an eine schwarze Kugel, die ständiger Kontraktion unterworfen war – regelrecht pulsierte.

»Klären Sie uns auf, Arc«, wandte sich Ren Dhark an Arc Doorn statt an Gola. »Wenn Sie wissen, was das ist, sagen Sie es uns.«

»Ich kann auch nur raten«, erwiderte der Sibirier und schielte zu Gola, der die Reaktionen der Besucher amüsiert zur Kenntnis zu nehmen schien. »Für mich sieht es aus wie ein winziges…«

»… Wurmloch«, kam ihm Manu Tschobe zuvor. »Unglaublich!«

Er erntete einen mißmutigen Blick Doorns, während Ren Dhark sich bereits an Gola wandte: »Ist das wahr? Wenn ja: Wie hoch ist die Gefahr für uns? Schwarze Löcher setzen harte Strahlung frei und –«

»Es besteht kein Grund zur Sorge«, fiel ihm der Rahim ins Wort. »Es handelt sich, wie ihr euch denken könnt, um ein synthetisches Wurmloch. Es gibt keine nachteiligen Auswirkungen.«

»Wozu dient es? Zur Energiegewinnung?«

Gola verneinte. »Es dient demselben Zweck wie die Transmitter niederer Wesen. Der schnellen Distanzüberbrückung. – Wenn ihr mir nun folgen wollt?«

*

Niemand, bei dem die ungewohnte Passage kein ungutes Gefühl hinterließ...

Ren Dhark taumelte regelrecht aus der ›Gegenstation‹. Er hatte sich erst zum Durchgang bereiterklärt, nachdem Gola die Garantie gegeben hatte, daß sie den Planeten nicht verlassen würden.

Der Raum auf der anderen Seite sah fast identisch aus – mit dem einzigen Unterschied, daß sie bereits von einer kleineren Rahim-Abordnung erwartet wurden, die Gola äußerst knapp begrüßte und seine Begleiter sogar völlig ignorierte.

»Sind das deine Kollegen?« scheute sich Dhark nicht zu fragen. Er empfand den Empfang als mehr als kühl.

»Nein. Es sind normale Rahim, wie ihr sie auch schon auf dem Fest kennenlernen konntet. Besucher sind für sie ungewohnt. Und nur wenige sind überhaupt an Kontakten zur Außenwelt interessiert. Die Jahrhunderte der selbstgewählten Isolation haben ihre Spuren hinterlassen.«

»Ich hoffe, du bist nicht die einzige rühmliche Ausnahme«, erwiderte Dhark. »Sonst ist unsere Mission schon im Vorfeld gescheitert.«

»Wie ich schon sagte, es kommt auf eure Überzeugungskraft an.«

Mit Gola an der Spitze folgten sie dem reserviert auftretenden Empfangskomitee in einen nahen Saal – der kein Saal im herkömmlichen Sinn war. Als sie die Türschwelle übertraten, verschwanden die eben noch sichtbaren Wände, selbst die Decke löste sich optisch auf und wurde von freiem Himmel ersetzt, der über freier Landschaft thronte.

Dhark und seine Begleiter erkannten sofort, daß es sich um ein holographisch erzeugtes Phänomen handelte.

Elf Rahim saßen in kreisförmiger Anordnung auf elf Stühlen,

die scheinbar auf einer Wiese aufgestellt waren. Eine zwölfte Sitzgelegenheit war leer – bis sich Gola zielstrebig darauf zubewegte und Platz nahm.

Anschließend forderte er die Besucher auf, in den Kreis zu treten.

Während die Delegation der Aufforderung nachkam, bemerkte Dhark mit Unbehagen, wie gelangweilt die Ratsmitglieder wirkten. Um diesen Eindruck zu gewinnen, bedurfte es keiner grundlegenden Kenntnisse der Rahim-Mentalität. Die Räte strömten ihre Lethargie regelrecht aus. Der einzige, der auch jetzt reges Interesse am Fortgang der Ereignisse spüren ließ, war Gola.

Der jedoch schwieg.

Statt dessen richtete ein anderer, identisch aussehender Rahim das Wort an die Besucher, und er begann gleich mit einer Frage, die im Ton einer Anklage vorgebracht wurde. Eine Frage, die nicht nur Ren Dhark innerlich zur Weißglut brachte.

»Ich bin Biko. Könnt ihr eure ungeheuerlich klingenden Behauptungen auch beweisen?«

*

Wie lange mochte die hermetische Abgeschiedenheit, das freiwillig gewählte Exil der Rahim schon andauern?

Und: War es vorstellbar, daß sie noch gar nicht wußten, wovor die Besucher aus der anderen Galaxis sie warnen wollten?

Die Fragestellung des Rates deutete darauf hin.

Oder wollte man nur den Kenntnisstand der Delegation testen?

Ren Dhark hatte Gola offen mitgeteilt, welche Gefahr der Milchstraße und Drakhon drohte. Er ging davon aus, daß der Rahim die anderen Räte zumindest darüber unterrichtet hatte.

»Was an unseren Behauptungen soll ungeheuerlich sein?« fragte er. »Bei allem Respekt, wollt ihr uns ernsthaft glauben machen, ihr würdet das Ausmaß der drohenden Katastrophe nicht kennen?«

Der Rahim namens Biko sagte: »Könnt ihr eure Behauptungen belegen, daß unsere beiden Galaxien Gefahr laufen, miteinander zu kollidieren?«

»Das können wir – wenn ihr nicht in der Lage seid, es mit eigenen Mitteln zu erkennen.«

Es war eine bewußt gesetzte Spitze. Wie, fragte sich Dhark, konnte eine Rasse auf der einen Seite solche Arroganz gegenüber anderen Spezies an den Tag legen – und gleichzeitig so desinformiert sein, wie Biko es zu sein vorgab?

Das paßte nicht zusammen. Die Rahim stellten sich bislang als ein durch und durch widersprüchliches Volk dar. Sie beanspruchten für sich, etwas ›Besseres‹ als die anderen Drakhon-Völker zu sein. Dhark attestierte ihnen bislang lediglich Abgehobenheit. Für eine wirklich höhere Reife gab es bislang keinen Hinweis.

Offenbar fußte ihre Überheblichkeit zu einem Großteil auf ihrer enormen Parakraft, und vielleicht hatten sie damit vor Jahrhunderten in dieser Sterneninsel eine Ausnahmestellung eingenommen, die ihnen den Ruf der legendären »Herren von Drakhon« eingebracht hatte.

Gegenwärtig jedoch wirkten sie in ihren Handlungen und Äußerungen eher wie verwöhnte Kinder auf Dhark. Er glaubte Anzeichen von Dekadenz zu bemerken. All das sprach eher für den Niedergang dieses einst stolzen und inzwischen scheinbar nur noch selbstgefälligen Volkes.

Seine Bemerkung jedenfalls sorgte erstmals für Unruhe unter den Räten. Offenbar waren sie weder Besucher gewohnt, noch versteckte Seitenhiebe, wie Dhark gerade einen geführt hatte.

»Gola«, wandte sich Biko an den Rahim, der auf Dhark mittlerweile – wenn auch mit Einschränkungen – noch am ehesten für Argumente zugänglich wirkte, »du hast dich für sie verbürgt. Kalnek sprach sich dagegen aus, ihnen Redezeit vor dem Rat zu gewähren. Ich fürchte, es war eine Fehleinschätzung von dir. Diese... Fremden sind Provokateure. Ich spreche für die Mehrheit, wenn ich sage, daß ihr respektloses Verhalten es verbietet, ihnen länger Gehör zu...«

»Im Gegenteil«, verteidigte Gola sich (und die Besucher), »ich hielte es für beispiellose Ignoranz, wenn wir uns den Darlegungen verschließen würden. Die Fremden besitzen eine hochwertige Technologie. Und auch ihr bisheriges Auftreten mir gegenüber spricht für einen Entwicklungsstand, der ihnen das Recht einräumen muß, mit uns in einen Dialog zu treten. Wer von uns will ausschließen, daß sie nicht doch die Wahrheit sagen? Wir könnten sie ignorieren – aber nicht eine Gefahr, die auch uns betrifft.«

Ren Dhark tauschte Blicke mit seinen Begleitern. Er war erstaunt über das leidenschaftliche Plädoyer, das Gola für sie hielt. Hatte er wirklich als einziger und schon durch wenige Erklärungsansätze verstanden, worum es ging?

»Sie können keine Beweise haben«, meldete sich ein anderer Rat. »Weil sie von einer völligen Unmöglichkeit phantasieren.«

Gola gab sich unbeeindruckt. »Daß ein solcher Einwand von dir kommen muß, Kalnek«, sagte er, »ist klar. Aber nicht einmal du kannst die Augen vor Fakten verschließen.«

»Welche Fakten?« höhnte der Rahim, der den ersten Angriff auf die Besucher der Pseudo-Dunkelwolke geführt hatte.

»Laßt uns darüber abstimmen. Wer den Fremden Gehör schenken will, senke das Haupt«, entschied Biko, der sich immer mehr als Sprecher des Rats herauskristallisierte.

Acht von zwölf Köpfen senkten sich.

»Es sei«, erklärte Biko, der aufrecht geblieben war.

Wie Kalnek und zwei weitere Rahim.

»Legt uns eure Beweise vor, Fremde. Überzeugt uns von der Gefahr, die kein Rahim zu kennen scheint. Für Unkenntnis gäbe es zwei mögliche Erklärungen: Sie könnte auf unserem Rückzug von der galaktischen Bühne basieren – oder darauf, daß ihr lügt. In letzterem Fall würdet ihr, und das ist ein Versprechen, Rah nicht wieder verlassen…«

12.

Bernd Eylers grübelte. Gedanken, die er während der Krise verdrängt hatte, kehrten zurück.

Mysteriousmathematik...

Zu Spionagezwecken gegen Terra verwendet!

John Brown fiel ihm wieder ein, der geheimnisvolle Unbekannte, der auf Babylon agiert hatte und ganz offensichtlich über M-Wissen und auch einen Ringraumer verfügte.

Gab es hier eine Verbindung?

Befand sich Brown entgegen der menschlichen Logik doch auf Terra, und hatte er dieses M-Virus ins Terranet geschleust?

Aber warum?

Was wollte er mit diesem Wissenspool, den sein Virus gesammelt hatte? Als Terraner hatte er doch so oder so Zugriff auf alle entsprechenden Dateien, und selbst vom entlegensten Kolonialplaneten aus konnte er jederzeit alles benötigte Wissen abfragen, sofern er über einen Suprasensor und Hyperfunk verfügte!

War er etwa kein Mensch?

Aber wer oder was dann? Robone mit absoluter Sicherheit nicht!

Ein Salter konnte er auch nicht sein, weil die letzten dieses Volkes vor einem halben Jahr auf Terra gestorben waren.

Und weitere vollhumanoide Völker waren nicht bekannt.

Eines der Viphos summte.

»Ja«, sagte der GSO-Chef und aktivierte das Gerät damit über die Sprachsteuerung, um den Anruf entgegenzunehmen.

Die Überprüfung der Robonenspürer war abgeschlossen, die im Falle eines Erwachsenen und eines Kindes absonderliche Werte angezeigt hatten. »Beide Geräte sind völlig in Ordnung, Sir, sowohl in Rio als auch in Alamo Gordo!«

»Und wie erklären Sie sich dann dieses Datenchaos?« wollte

Eylers wissen.

»Dafür gibt es keine Erklärung, Sir.«

Damit hatte er sich zufriedenzugeben, aber dann wollte er doch noch die Bildaufzeichnungen sehen, die gemacht worden waren.

Sie waren noch nicht gelöscht, der bislang laufenden Überprüfung wegen, und wurden in Eylers' Büro überspielt. Wieder wurde das Fenster zur Projektionsfläche und zeigte zwei Menschen, die in Rio de Janeiro den versteckt angebrachten Robonenspürer passierten, und dann noch einmal die gleiche Szene in Alamo Gordo.

Ein etwa zehnjähriges Mädchen und ein Mann mittleren Alters.

»Persönliche Daten«, verlangte Eylers.

Die lagen nicht vor!

Die Paßkontrolle, eingeführt, um robonische Agenten ausfiltern zu können, hatte in diesem Fall zweimal versagt, in beiden Städten!

Also doch Robonen, die außerdem in der Lage waren, die Spürer auszutricksen?

»Zoom!«

Der Schirm zeigte ihm den Mann und das Mädchen in Großaufnahme. Eylers betrachtete den Mann und glaubte an jemanden erinnert zu werden.

Er schaltete ein anderes Bild hinzu. Mit eingeblendet, führte er das von Babylon stammende Bild an das dieses Mannes heran, zoomte es entsprechend und schuf eine Überdeckung, die aber nicht stimmte, so daß er die Bilder wieder trennte.

Trotzdem...

Zwischen John Brown und diesem Mann gab es eine frappierende Ähnlichkeit!

Eylers benutzte wieder sein Vipho. Er rief Colonello Rivera an, den Polizeichef von Rio, und bat um dringende Amtshilfe.

Rivera beauftragte Capitano Esteban Dalmao mit der Aufgabe, herauszufinden, ob ein Mann und ein Mädchen, die den Personen auf dem Holobild der Robonenspürer-Videokontrolle glichen, irgendwo in Rio aufgetaucht waren und ihre Namen verraten hatten.

Capitano Dalmao, dessen Name Eylers seit dem Vorfall mit dem abgeschossenen Grakoschiff und dem Versuch der Grakos, das Kraftwerk nahe der Stadt zu sprengen, von dem aus der nogksche

Schutzschirm um Terra mit Energie versorgt wurde, bestens bekannt war, brauchte nur einen halben Tag, um fündig zu werden.

Jim und Juanita Smith hatten sich für eine Weile in einem Luxushotel an der Copacabana einquartiert.

Und jetzt waren beide in Alamo Gordo!

Wieder verglich Eylers die Bilder der beiden Männer.

Smith war etwas massiger als Brown, er besaß hellere Haut, helleres Haar und eine andere Frisur. Aber Eylers wußte durch das Beispiel seiner derzeitigen Lebensabschnittsgefährtin, wie einfach man solche Merkmale verändern konnte, und um etwas massiger zu wirken, brauchte er nur etwas kräftiger gegessen zu haben – oder mit seiner Kleidung Masse vorzutäuschen.

Aus seiner Untergrundarbeit gegen Rocco auf Hope kannte Eylers diese Tricks doch nur zu gut!

Smith und Brown – zwei Namen, eine Person? Der Verdacht lag nahe, zumal beides Allerweltsnamen waren, die schon immer gern für Pseudonyme verwendet worden waren.

Die interstellare Fahndung nach John Brown lief noch.

Auf Terra wurde sie jetzt konkretisiert. Es gab ein neues Fahndungsbild und einen neuen Namen: Jim Smith!

*

Weder in Rio noch in Alamo Gordo war dieser Jim Smith gemeldet, auch nicht sonstwo auf der Welt. Auch von dem Mädchen gab es keine Daten – Juanita Smith war nirgendwo registriert. Das war zwar nicht unbedingt von Bedeutung, weil auch ein halbes Jahrzehnt nach der Giantherrschaft noch längst nicht wieder überall »zivilisierte« Verhältnisse eingekehrt waren – schon gar nicht in Regionen, die auch vorher schon seit einer Ewigkeit Probleme damit hatten.

Dennoch erschien es Eylers mehr als seltsam, daß zwei nachweislich intakte Robonenspürer auf zumindest eine der fraglichen Personen reagiert hatten, ohne sie aber als Robone zu identifizieren, und daß sich auch keiner der Kontrolleure an den beiden Jettports an diese beiden erinnern konnte!

Eylers setzte Jim Smith auf den ersten Platz der Fahndungsliste, noch über den Robonenführer Scholf, was Jos Aachten van Haag zunächst zu kopfschüttelnder Kritik veranlaßte.

»Bernd, Sie schmeißen alles über den Haufen, worauf wir seit Wochen und Monaten hinarbeiten… sind Sie wirklich sicher, daß Sie wissen, was Sie da tun?«

»Jos, dieser Mann ist eine Gefahr für die innere Sicherheit Terras und der Kolonien! Wir wissen inzwischen, daß das Sammel-Virus hier in Alamo Gordo ins Terranet eingespeist worden ist, nur einen Tag, nachdem Jim Smith und seine kindliche Begleiterin eintrafen! Wenn er tatsächlich dieser Sternentramp ist, der irgendwo in Weltraumtiefen eine noch funktionierende Basis der Mysterious gefunden hat, dann zeigte er sich auf Babylon noch als menschenfreundlicher Helfer, aber was er hier auf Terra getan hat, ist unter aller Kanone!«

»Und staatsfeindlich, wie?«

Eylers nickte.

»Ich bin sicher, daß er noch in der Stadt ist«, sagte er. »Wir müssen ihn finden – und dann fragen, was er eigentlich plant. Dieser Datendiebstahl paßt nicht zu einem normalen Menschen.«

»Ihre Ansicht, Ihr Problem, Bernd«, sagte Jos trocken, der diesmal nicht einen einzigen Cognac genassauert hatte. »Jagen Sie Jim Smith. Ich jage weiterhin Scholf. Für mich stellt dieser Terrorist eine weitaus größere Bedrohung dar als ein kleiner Eierdieb – sorry, wollte sagen, gar erschröcklichstens schlimmlicher Ringraumer- und Datenräuber.«

Zu diesem Zeitpunkt war Eylers über Jos' Standpunkt nur sauer. Er ahnte nicht, wie recht Jos in seiner Einschätzung des Robonenführers Scholf hatte…*

*

»Wohin gehen wir jetzt?« wollte Juanita wissen. »Fliegen wir zurück nach Rio?«

»Wie kommst du darauf?« fragte Jim Smith.

---

* siehe Sonderband 13: »Dreizehn«

»Du triffst Reisevorbereitungen«, sagte sie.

Er nickte verblüfft. Er hatte sie wohl ebenso unterschätzt wie die Terraner, die sein Datensuchprogramm entdeckt und zerstört hatten.

»Und wohin fliegen wir?« fragte sie. »He, Jim, Großer – es gefällt mir hier. Das ist eine viel sauberere Stadt als Rio. Aber wenn wir nach Rio heimkehren, habe ich nichts dagegen.«

Heimkehren.

Wohin soll ich heimkehren? dachte er. *Sie hat eine Heimat. Aber meine Heimat – sie will mich doch nicht mehr...*

»He, was ist los?« Sie knuffte ihn. »Willst du mir nicht antworten?«

»Wir werden nicht direkt nach Rio fliegen«, sagte er. Sie schlenderten durch einen Park, schnupperten an Pflanzen, bestaunten farbenprächtige Blumen. Juanita war völlig entspannt, Jim weniger, aber er versuchte, es sich nicht anmerken zu lassen. Vor einer Stunde hatten sie das Apartment verlassen und strolchten durch die Gegend.

Er brauchte Zeit, sich die Wortwahl zurechtzulegen, mit der er ihr das neue Ziel schmackhaft machen konnte, ohne zuviel über seinen Plan zu verraten.

»Und wohin dann?« Sie klang enttäuscht.

Das war es, womit er leben mußte, seit er sich des Mädchens angenommen hatte. Der Preis, den er zahlen mußte... der Preis einer ganz bestimmten Form von Macht...

Noch bevor er antworten konnte, veränderte sich ihre Haltung.

»Paß auf!« stieß sie hervor. »Gefahr!«

Er fragte nicht, woher sie es wußte. Es mußte mit ihrer besonderen Gabe zusammenhängen.

Er sah die Männer auch schon, die ihm und Juanita in den Weg traten. Als er sich umwandte, sah er die anderen.

Sie gingen kein Risiko ein. Sie waren acht bewaffnete Agenten.

»Mister Jim Smith?« sagte einer von ihnen. »Miß Juanita Smith? Galaktische Sicherheitsorganisation. Sie sind verhaftet.«

*

»Sie irren sich«, sagte Smith ruhig. Die Schnelligkeit seiner Bewegungen paßte absolut nicht zu seinen ruhigen Worten. Plötzlich hielt er einen Blaster in der Hand – und schoß ohne Vorwarnung.

Lautlos zuckte paralysierende Energie aus der Mündung, eine rasende Folge leuchtender Punkte und Striche, die trichterförmig auseinanderfächerten. Zwei der GSO-Leute brachen wie vom Blitz gefällt zusammen.

Die anderen erwiderten das Feuer aus ihren Paraschockern.

Smith griff nach dem Mädchen, versuchte Juanita beiseitezureißen, aus der Schußlinie der GSO-Agenten zu bringen. Aber hierbei war er nicht schnell genug.

Juanita wurde von einem Paralysestrahl getroffen und sank in sich zusammen.

Wenige Sekunden lang tobte ein kleines Gewitter aus fauchenden Strahlen, in denen Menschen stürzten und vergeblich versuchten, der betäubenden Energie auszuweichen. Einen nach dem anderen schaltete Smith aus.

Der Kampf war ebenso schnell beendet wie er begonnen hatte.

Äußerlich gelassen steckte Jim Smith seinen Blaster wieder ein. Er selbst hatte ebenfalls einige Treffer hinnehmen müssen. Aber er war nach wie vor handlungsfähig.

Er sah sich um. Andere Menschen waren nicht zu sehen. Die GSO-Agenten hatten einen Moment abgewartet, in dem sich niemand sonst in diesem Teil der Parkanlage aufhielt, und hatten gehofft, die Festnahme unauffällig durchführen zu können.

Damit war jetzt natürlich nichts mehr. Garantiert würden in Kürze wieder Spaziergänger hier auftauchen und die paralysierten Agenten finden. Acht bewaffnete Männer – das war ein gefundenes Fressen für die Medien.

Smith wußte zwar nicht, wie sie ihm auf die Spur gekommen waren, aber ihm war klar, daß er und Juanita jetzt nicht mehr in das Stielbau-Apartment zurück konnten. Überhaupt war es besser, wenn sie sich in Alamo Gordo nicht mehr blicken ließen.

Vorsichtig hob er das bewußtlose Mädchen vom Boden auf und trug es auf seinen Armen davon. Das Gewicht schien ihn nicht zu ermüden. Er schlug einen Weg quer durch die Baum- und Strauchgruppen ein, abseits der Spazierpfade, um möglichst niemandem zu begegnen. Schließlich erreichte er den Rand der Parkanlage und entdeckte einen dort abgestellten Schweber. Das Fahrzeug war nicht verriegelt. Entschlossen plazierte Smith das Mädchen auf einem der Sitze, nahm selbst hinter der Steuerung Platz und startete die Maschine.

Als der Eigentümer des Schwebers auftauchte und sein Fahrzeug vermißte, war Jim Smith schon über alle Berge.

*

»Dieser Brown oder Smith oder wie immer er sich nennen mag ist kein normaler Mensch«, behauptete einer der GSO-Agenten ein paar Stunden später. »Er wurde von mehreren Paralysetreffern erwischt und blieb trotzdem auf den Beinen, hat uns der Reihe nach fertiggemacht. Ist das eine Art Roboter oder was?«

Bernd Eylers, der den Bericht selbst entgegennahm, weil er die Jagd auf Smith alias Brown zur Chefsache gemacht hatte, dachte an Cyborgs!

Auf die Idee konnten diese Agenten nicht kommen, weil aus Sicherheitsgründen nicht jedem Menschen auf Terra bekannt war, daß es diese mit technischen und biologischen Implantaten ausgestatteten »Supermenschen« gab. Außerdem war die Idee falsch; wenn Smith wirklich ein Cyborg wäre, hätte es im Brana-Tal Unterlagen über ihn gegeben. Und es war derzeit auch kein Cyborg als unklar gemeldet. Die ersten und letzten, die unklar geworden waren – und das durch Manipulationen der nicht mehr existierenden Crekker-Tel – waren die Cyborgs Mildan und Dordig gewesen. Seither hatte C. S. Houston, der Einsatzchef der Cyborgs, seine Schäflein wieder alle unter Kontrolle.

Und dem Bericht des Verbindungsmannes von Babylon zufolge hatte Brown dort nicht einmal gewußt, was ein Cyborg war.

Diese Möglichkeit schied also aus, obgleich nur Cyborgs immun gegen Schockstrahlen waren.

»Die Waffe, die Smith benutzte, ist übrigens unbekannter Art«, berichtete der Agent weiter. »Sie ähnelt zwar dem M-Blaster, den der Commander der Planeten besitzt, aber wenn es eine M-Waffe ist, dann ist sie erheblich moderner als Dharks Waffe. Und die

Strahlen, die Smith damit verschossen hat, hatten eine leichte Ähnlichkeit mit den Strichpunktstrahlen, die die POINT OF und die Flash einsetzen, sind aber trotzdem in Farbwert und energetischer Struktur völlig anders.«

»Ach«, sagte Eylers spöttisch. »Sie waren nicht in der Lage, Smith festzunehmen oder zu paralysieren, konnten aber in aller Ruhe Waffenkunde betreiben? Vielleicht hat er Ihnen auch noch die Bedienungsanleitung gezeigt?«

»Ich bin Waffenexperte«, protestierte der Agent beleidigt. »Möchten Sie die genaue Typenbezeichnung und Seriennummer des Gaswerfers in Ihrer Unterarmprothese hören, Sir? Wenn ich eine Waffe und ihre Strahlenemission sehe, weiß ich, was ich da vor mir habe!«

»Na schön, Mister Waffenexperte. Dann versuchen Sie mal herauszufinden, was das für eine Energie war und wo die Unterschiede zu den Strichpunktstrahlen der POINT OF liegen. Rekonstruieren Sie ein Phantombild der Waffe, soweit Sie sich noch an das Aussehen erinnern, dann sehen wir weiter.«

Viel Hoffnung, auf diese Weise dem Geheimnis John Browns näherzukommen, hatte er allerdings nicht.

*

Juanita erwachte. »Ich habe Kopfschmerzen«, klagte sie. Eine typische Nachwirkung der Paralysestrahlen. Smith nahm ein Gerät aus seiner Brusttasche und führte es über die Schläfen des Mädchens. Fast schlagartig entspannte sich Juanita.

Sie sah ihn dankbar an.

»Vorhin, als du mich beiseitegerissen hast«, sagte sie plötzlich, »da bist du getroffen worden. Du bist aber nicht umgefallen. War das eines von deinen kleinen Geräten? Hat es dich geschützt?«

Er ging nicht darauf ein. »Wir müssen fort von hier«, sagte er. »Hier sind wir nicht mehr sicher. Wir müssen zum Amazonas. Du mußt mir helfen, dorthin zu kommen.«

Amazonas! Wieder ein kleines Stück in Richtung Rio zurück, zu den Sambaschulen! Ihre Augen funkelten. »Sicher helfe ich dir, das weißt du doch. Wo sind wir hier überhaupt?«

»In einem kleinen Wald südlich der Stadt«, sagte er. Über den Baumwipfeln waren in der Ferne die Wohnkugeln der Stielbauten zu sehen. Durch seine Besichtigungstour mit Juanita wußte Smith, daß diese Landschaft früher reine Wüste gewesen war, teilweise lebensfeindlich. Dennoch hatten sich hier Menschen angesiedelt; später war es ein militärisches Testgelände geworden, und dann, nach der Invasion, als Alamo Gordo Hauptstadt wurde, hatte man einen Teil der einstigen Wüstenfläche bewässert und begrünt. Die riesige Metropole brauchte diesen ausgedehnten Grüngürtel; die Chaparal-Kaktuswälder und die Alamo-Palmen an den wenigen Feuchtgebieten reichten nicht aus, der weiten Landschaft das Trostlose ihres Anblicks zu nehmen.

Erst in der beginnenden Abenddämmerung kehrten sie in die Stadt zurück. Smith suchte eine Gleitervermietung auf. »Du mußt dafür sorgen, daß niemand auf uns aufmerksam wird«, bat er.

»Was hast du vor? Willst du einen Gleiter stehlen?«

Er schüttelte den Kopf. »Ich will nur vermeiden, daß jemand uns erkennt und gleich verfolgt.«

Auf dem Hof der Firma standen mehrere Maschinen. Smith wählte die aus, die am schnellsten aussah. Dann betrat er mit Juanita das kleine Büro. Der Türmelder schlug an, und eine ältere Frau, die hinter dem Schreibtisch in einer elektronischen Zeitung las, sah kurz auf, sah sich irritiert um und widmete sich dann wieder ihrer Zeitung.

Smith trat an den Schreibtisch heran. Während er am Suprasensor vorsichtig und leise die Sensortasten berührte und ein Mietformular ausfüllte, warf er einen Blick auf die Zeitungsfolie. Er sah zwei nebeneinander abgebildete Porträts seiner selbst – einmal, wie er auf Babylon ausgesehen hatte, und einmal mit seinem jetzigen Aussehen. Auch ein Foto von Juanita gab es, nur war sie darauf nicht sehr gut zu erkennen.

Die Bevölkerung Terras wurde gebeten, bei der Suche nach Jim Smith mitzuhelfen!

Der gab in dem Formular einen falschen Namen und ein falsches Ziel an, sicherte es und führte eine Schlüsselkarte in den entsprechenden Schlitz des Suprasensors ein. Sekunden später wurde die Karte wieder ausgeworfen und war jetzt mit den Daten des von

Smith ausgewählten Gleiters versehen.

Die Bar-Kasse stand offen; mit einem Überfall schien die Lady wohl nicht zu rechnen. Wenn Juanita hier hätte stehlen wollen – noch leichter hätte sie es überhaupt nicht haben können.

Aber sie stand nur in der Nähe der Tür und konzentrierte sich auf die Frau. Smith bemerkte die steile Falte, die sich auf Juanitas Stirn gebildet hatte. Es schien sie gewaltig anzustrengen, nicht nur sich, sondern vor allem auch Smith »unsichtbar« zu machen, zumal über einen so langen Zeitraum und in unmittelbarer Nähe der Frau.

Als Smith einen Bargeldbetrag in die Kasse legte, der der Mietgebühr entsprach – alles sollte seine Richtigkeit haben, um keinen Verdacht zu erregen, sah die Frau auf. Smith bewegte sich seitwärts, damit sie sein Gesicht nicht gleich erkannte. Das Rascheln der Geldscheine unmittelbar neben ihr hatte sie aufmerksam gemacht.

»Vielen Dank, ich komme schon klar«, sagte Smith freundlich und strebte dem Ausgang zu. Die Frau sah nur noch seinen Rükken. Er winkte mit der Schlüsselkarte und ging. Juanita folgte ihm. Sie war von der Frau nicht wahrgenommen worden.

Während Smith draußen den Gleiter öffnete und startete, prüfte die Frau drinnen das Geld und verglich es mit den Eintragungen im neuesten Mietformular. Alles stimmte, nur hatte der Kunde vergessen, eine Vertragskopie mitzunehmen. Die Frau wollte sie ihm ausdrucken, aber da startete die Maschine bereits.

»Dann eben nicht«, murmelte sie. »Manche Leute haben es einfach viel zu eilig! Dabei steht die Welt morgen auch noch.«

Irgendwie konnte sie sich nicht richtig an den Kunden erinnern. Aber irgendwie war das auch nicht wichtig. Die Zeitung, vor allem die Suchmeldung, war viel interessanter.

*

Smith beschleunigte den Gleiter, fädelte ihn in einen der Leitstrahlen ein und lehnte sich dann zurück, ließ für eine Weile die Automatik fliegen.

»Warum hast du Geld in die Kasse getan?« fragte Juanita vorwurfsvoll. »Das wäre beinahe schiefgegangen. Ich mußte dich loslassen, die Frau war stärker! Dabei hättest du den Gleiter doch auch so nehmen können!«

»Aber das wäre dann aufgefallen«, sagte er. »So, wie ich es gemacht habe, stimmt alles. Es gibt einen ordentlichen Mietvertrag, es gibt Geld, und niemand wird sich dabei etwas denken. Wenn ich den Gleiter so genommen hätte, hätte die Frau ›Haltet den Dieb‹ geschrien, und schon hätte die Polizei nach dieser Maschine gesucht. So aber wird sie nicht vermißt – und da ich eine Einwegmiete bezahlt habe, brauche ich sie nicht einmal zurückzubringen.«

»Ach so«, sagte Juanita.

Sie fragte nicht einmal, warum Smith der Polizei auswich, was er zu verbergen hatte. Für sie mit ihrer Lebensgeschichte war es normal, Polizisten so weit wie möglich aus dem Weg zu gehen. Konnte man das nicht, gab es grundsätzlich immer eine Menge Ärger. Die Polizisten fanden immer einen Grund, Ärger zu machen.

Juanita kannte eben nur die korrupte Truppe des Colonello Rivera. Anständigen Vertretern dieser Zunft war sie in den Favelas von Rio nie begegnet...

Irgendwann klinkte Smith den Gleiter wieder aus dem Leitstrahl aus und nahm Kurs auf Corpus Christi, die texanische Hafenstadt am Golf von Mexiko.

Kurz vor Mitternacht kamen sie an.

*

Sie übernachteten diesmal nicht in einem Luxushotel, sondern in einer billigen Absteige, in der niemand Fragen stellte, sondern nur das Geld einstrich und den Zimmerschlüssel herausrückte. Immerhin: Das Zimmer war immer noch besser, als in den Slums von Rio in heißen Wellblechhütten mit morschen Holz- oder Pappdächern zu leben, oder in Steinbauten, von deren Wänden die Farbe blätterte und aus deren Fugen der Mörtel bröckelte. Juanita war ziemlich enttäuscht, aber sie begann sich damit abzufinden, daß die Zeit des Luxuslebens erst einmal vorüber war.

In den Vormittagsstunden mietete Smith ein Boot.

Die Aktion lief ähnlich ab wie bei der Gleitervermietung in Alamo Gordo. Wieder sorgte Juanita dafür, daß sie unerkannt und unbemerkt blieben. Diesmal war keine Einwegmiete möglich, aber Smith schloß einen Vertrag über mehrere Wochen ab, so daß auch hier niemand zu früh zu suchen begann. Auch hier gab es Geld und einen ordentlichen Mietvertrag, der auf einen Fantasienamen lautete. Aber wahrscheinlich hätte der Bootsverleiher sich auch ohne Juanitas Anstrengung später nicht mehr an Smith und das Kind erinnern können; er trug schon am frühen Vormittag die Nationalfahne einer großen Whiskybrennerei vor sich her und benutzte den billigen Fusel vermutlich sogar zum Zähneputzen – sofern er in seinem Zustand überhaupt mit einer Zahnbürste zurechtkam. Sicher war es ein erhebliches Risiko, in seiner Nähe mit einem Zündholz oder Feuerzeug zu hantieren – der ganze Mann war alkoholdurchtränkt und hochexplosiv.

Wie sollte er da noch merken, ob ihm eines seiner Boote fehlte, oder gar eine brauchbare Personenbeschreibung abgeben?

*

Die Stimmung, die von Anfang an nicht gut gewesen war, hatte sich rapide verschlechtert.

Ren Dhark wußte, daß – wie Gola bereits angedeutet hatte – nun Überzeugungskraft gefragt war. Mit diplomatischem Geplänkel hatte dies nichts mehr zu tun. Harte Fakten mußten auf den Tisch.

Er holte aus und erklärte zunächst wortgewandt, zu welchen katastrophalen Sternkollisionen es im Randbereich beider Galaxien bereits gekommen war. Ein Inferno, das durch die letzte Transition Drakhons ausgelöst worden war.

»Wir gehen davon aus, daß es solche Transitionen schon früher gab – immer wenn das Energieniveau eurer Galaxis so aufgeladen war, daß es eine Initialzündung auslöste. Unsere führenden Wissenschaftler sind jedoch zu der Überzeugung gelangt, daß uns keine lange Schonfrist mehr bleibt. Schon die nächste Transition könnte dazu führen, daß Drakhon deckungsgleich zur Milchstraße materialisiert! Was das hieße, kann sich jeder Laie ausrechnen:

Die völlige Vernichtung wäre vorprogrammiert. Zwei Spiralgalaxien würden sich gegenseitig vernichten und alles, was sich darin befindet, alles Leben, ob hoch oder niedrig entwickelt, verschlingen!«

»Das klingt äußerst dramatisch«, sagte einer der Räte, die noch nicht gesprochen hatten. »Gibt es für deine Behauptungen auch Aufzeichnungen? Bilder, die zeigen, daß sich unsere Galaxien bereits berühren?«

»Die gibt es – an Bord unseres gelandeten Schiffes.«

»Bilder können manipuliert werden«, urteilte Kalnek.

»Wir werden sie uns zur besseren Meinungsbildung ansehen«, entschied Biko. »Vorher möchte ich aber wissen, was ihr Besucher aus der anderen Galaxis von uns erwartet? Wenn diese sich anbahnende Katastrophe den realen Verhältnissen draußen entspräche, könnten nicht einmal wir Rahim sie aufhalten.«

»Ursprünglich trieb uns die Hoffnung nach Drakhon«, gestand Dhark ein, »hier vielleicht sogar die Verursacher der Bedrohung zu finden. Davon sind wir inzwischen abgekommen. Ich sehe den einzigen machbaren Weg, vielleicht doch noch einen Weg aus der Misere zu finden, darin, daß sich die Völker unserer Milchstraße und die Drakhons zu einer Allianz gegen das Unheil zusammenschließen – die Rahim eingeschlossen.«

Den Grund für den Sturm der Entrüstung, den seine Worte auslösten, verstand er nicht auf Anhieb. Es war Gola, der aufstand und ihn mitsamt seiner Begleiter aus dem Raum trieb.

»Wir vertagen uns«, sagte er. »Ich werde versuchen, euren Strandpunkt zunächst ohne euch zu vertreten. Bis die anderen wieder bereit sind, euch anzuhören.«

»Was habe ich denn Schlimmes verbrochen?«

Gola blieb stehen. »Für einen Rahim ist es traditionell unvorstellbar, seine Machtmittel mit niederen Wesen zu teilen – und nichts anderes hast du gerade indirekt von uns verlangt.«

*

Auf Golas Schloß angekommen, erklärte der Rahim weiter: »Der eigentliche Grund, weshalb wir uns vor 600 Jahren nach

Kurnuk zurückzogen und hier völlig von der Außenwelt abschotteten, ist, daß uns die Gesellschaft der Niederen langweilte. Ihre Gegenwart wurde zur Belästigung, zur Beleidigung unseres Verständnisses von Intelligenz und Ästhetik. Wir...«

»Hoppla, jetzt reicht's!« polterte Arc Doorn los, ehe Dhark ihn bremsen konnte. »Ihr aufgeblasenen Kerle prahlt unentwegt von euren ach so besonderen ›Machtmitteln‹ – nur gesehen haben wir davon auf Rah noch herzlich wenig! Diese auf Holotechnik beruhenden Mätzchen, mit denen ihr eure Behausungen schmückt, sind höchstens auf einen flüchtigen Blick beeindruckend. Ihr habt eure Welt in eine wunderschöne Parklandschaft verwandelt – aber mit ein paar angeberischen Landschaftsgärtnern und Frühruheständlern werden wir die nächste Transition ohnehin nicht verhindern können. Ihr habt euch offenbar so weit von den Realitäten entfernt, daß ihr tatsächlich besser unter euch bleibt. Unsere Chancen«, er nickte Dhark grimmig zu, »steigen wahrscheinlich beträchtlich, wenn die Rahim dem angestrebten Bündnis nicht beitreten!«

Selten erlebte man Arc Doorn so in Rage. Dhark dachte jedoch nicht daran, ihn zu rügen. Im Gegenteil, er unterstützte Doorns Ansichten – und ließ daran gegenüber Gola nicht den leisesten Zweifel.

Doch der Rahim lachte nur – und öffnete ihnen die Augen über die wahre Leistungsfähigkeit seines Volkes.

Ohne sich langatmig zu äußern, ließ er Tatsachen für sich sprechen...

... und führte seine Gäste in die Unterwelt Rahs...

*

Gola schleuste sie durch ein planetenumspannendes unterirdisches Verkehrssystem, das sie in immer wieder anders geartete Kavernen führte. Diese von Kunstsonnen erhellten und temperierten Hohlräume lagen bis zu fünf Kilometern tief unter der Oberfläche. Ihre Größe variierte bis hin zu Ausmaßen, wie sie von Deluge auf dem Planeten Col und dem dortigen Industriedom bekannt waren. Die Delegation lernte unterirdische Plantagen und gigantische Industriekomplexe kennen, die eindrucksvoll demonstrierten, welch emsiges Treiben sich hinter der Fassade eines vermeintlich naturbelassenen Paradiesplaneten verbarg.

Aber nicht alles, was glänzte, war Gold.

»Sie benutzen kaum Roboter…«

Ren Dhark nickte auf die von Anja zugeraunte Bemerkung.

Auch ihm war aufgefallen, daß die Rahim Fremdrassen für sich arbeiten ließen. Besonders deutlich wurde dies auf den weitläufigen Plantagen, wo die Arbeiter Tätigkeiten verrichteten, die mindestens ebenso effektiv von Maschinen hätten erledigt werden können.

Darauf angesprochen, erklärte Gola von oben herab: »Sklaven sind billiger.«

»Sklaven?«

»Es sind Niedere. Sie leben seit Generationen bei uns, erhalten alles, was sie zum Leben brauchen. Sie empfinden ihr Los als angenehm. Dort, wo sie herkommen, war ihre Lebenserwartung nicht halb so lang wie in Kurnuk.«

»Dann gibt es also noch mehr Welten, auf denen ihr Sklaven haltet?«

»Es ist normal«, erwiderte Gola in scharfem Ton. Natürlich entging ihm nicht, daß die Besucher ein weiteres Detail gefunden hatten, das ihnen mißfiel. »Ist euch das so fremd?«

»Nein«, räumte Dhark ein. »Auch dort, wo wir herkommen, gab es die Sklaverei. Aber nur solange, bis sich das Verständnis durchsetzte, daß kein Mensch des anderen Besitzer sein darf.«

»Du langweilst mich mit deiner Moral.«

»Und du schockierst mich.«

»Das ist lächerlich!«

Dhark erkannte, daß Golas Glaube in das von den Rahim praktizierte System unerschütterlich war.

»Laß uns umkehren«, sagte er.

»Wollt ihr nicht die Werften sehen, auf denen unsere Schiffe entstehen?«

Dhark schüttelte den Kopf. Er hatte genug gesehen, um daran zu zweifeln, daß Rah ein lohnenswertes Ziel gewesen war. In seiner Vorstellung fühlte er sich schon in die nahe Zukunft versetzt, da sie Drakhon wieder verlassen würden. Ohne Lösung für das existentielle Problem, das ihrer aller Leben bedrohte.

Und mit völlig leeren Händen…

*

Wieder in Golas Schloß angelangt, sagte der Rahim: »Ich werde eine erneute Anhörung vor meinen Kollegen beantragen – falls ihr nicht schon fest entschlossen seid, uns als hoffnungslose Ignoranten einzustufen.«

»Wenn du glaubst, es hat Sinn«, erwiderte Dhark zurückhaltend, »versuche es. Ich werde mich in der Zwischenzeit mit meinen Begleitern beraten.«

»So sei es.«

Gola ging, und Dhark zog sich mit den anderen in die ihm zur Verfügung gestellte Unterkunft zurück.

»Eure Meinung?«

Shodonn fühlte sich als erster veranlaßt, etwas zu sagen. »Es war abzusehen, daß die Rahim ›schwierig‹ sein würden. Und auch wenn sie zu lange in der selbstgewählten Isolation leben, um an die sich anbahnende Katastrophe sofort zu glauben oder gar etwas über ihre Ursache und Bekämpfung zu wissen, besitzen sie unzweifelhaft ein intellektuelles Niveau, das bei der Lösungssuche von großem Nutzen sein könnte.«

»Intellektuelles Niveau… das sagt ausgerechnet der, dem selbiges am drastischsten von diesen selbstherrlichen Typen abgesprochen wird«, knurrte Arc Doorn, der seiner Aussage zum Trotz noch immer leuchtende Augen vom gerade Gesehenen hatte.

»Die Meinung der Rahim über die Völker Drakhons – und damit auch über mein Volk – trifft mich nicht«, versicherte Shodonn. »Ich bin vielmehr überzeugt, daß gerade eine Kooperation zu einem Meinungswechsel hinführen würde.«

»Ich teile Shodonns Ansicht«, nickte Dhark, »daß die rein intellektuellen Fähigkeiten der Rahim sicher von enormem Nutzen wären – allerdings dreht sich mir der Magen herum, wenn ich sehe, wie sie sich kaltblütig über etwas hinwegsetzen, was ich die ›universelle Moral‹ nenne. Sklaverei ist für ein vorgeblich so hochstehendes Volk eine Schande, an der es nichts schönzureden gibt! Ihr habt es alle gesehen: Sie unterdrücken die Angehörigen anderer Drakhon-Völker mittels ihrer Parakraft und mißbrauchen sie als billige Arbeitskräfte… unter diesen Umständen fällt es mir schwer, mir eine Kooperation mit den Rahim auszumalen.«

Es war Manu Tschobe, der zu bedenken gab: »Ich glaube, ich kann von uns allen am ehesten nachvollziehen, was Sklaverei für die Betroffenen wirklich bedeutet. Viele meiner direkten Vorfahren waren Sklaven. Ursprünglich stammten sie vom afrikanischen Kontinent. Was ich sagen will: Auf Terra gab es dieses System der gedankenlosen Unterdrückung bis weit in die vermeintlich aufgeklärte Zeit hinein. Erst vor etwa anderthalb Jahrhunderten wurde die Sklaverei offiziell abgeschafft. Aber versteckte Formen und Rassendiskriminierungen gab es noch lange danach. Selbst heute soll die Sklaverei im Orient noch nicht völlig ausgerottet sein. Wenn wir über die Rahim urteilen, sollten wir unsere eigenen Wurzeln und unser Fehlverhalten der Vergangenheit nicht vergessen. Ich glaube im Gegensatz zu Ihnen, Commander, nicht, daß die Rahim unbelehrbar sind. Sie leben innerhalb Kurnuks in einer Extremsituation, und ich schließe nicht aus, daß gerade diese Situation es verhindert, daß sie bislang selbst erkannt haben, wie verwerflich die Knechtung anderer Intelligenzen ist. Außerdem…«

»Ja?« fragte Dhark.

»… heiligt der Zweck zwar nicht alle Mittel, wie das Sprichwort sagt, aber in Anbetracht dessen, was auf dem Spiel steht, sollten wir bereit sein, unsere ureigene Moralauffassung nicht als das Maß aller Dinge zu betrachten. Es geht um den Fortbestand unserer beider Galaxien.«

»Dafür gibt es aber auch mit den Rahim keine Garantie.«

»Nein, aber eine deutlich größere Chance.«

Dhark sah in die Runde, las Zustimmung auf vielen Gesichtern, hie und da aber auch ähnliche Skepsis, wie sie ihn selbst erfüllte.

»In Ordnung«, sagte er schließlich. »Warten wir zunächst ab, wie sich der Rat entscheidet. Vielleicht erübrigt sich ja jedes Entgegenkommen von unserer Seite, indem die Rahim ihre Vogel-Strauß-Politik fortführen und uns mit einem Tritt aus Kurnuk hinausbefördern…«

*

Dazu kam es nicht. Gola kehrte zurück.

»Der Rat hat auf mein Geheiß hin einen Aufklärer entsandt«, sagte er.

»Einen Aufklärer?« fragte Ren Dhark.

»Ja. Er soll eure Angaben überprüfen.«

»Das ist euer gutes Recht. Wann ist mit ersten Ergebnissen zu rechnen?«

»Bald«, wich Gola aus. »Aber das ist noch nicht alles. Ich habe erwirkt, daß euch Zugang zu unseren Wissenshorten gewährt wird.«

»Wissenshorte? Meinst du eine Art... Bibliothek?« Dhark beschrieb Gola, was er darunter verstand.

»Korrekt«, bestätigte Gola.

»Ich kann mir vorstellen, daß nicht vielen Fremden diese Ehre bislang zuteil wurde«, sagte Dhark und breitete in einer Geste des Dankes die Hände aus. »Ich verstehe dieses plötzliche Entgegenkommen nur nicht ganz. Einleuchtender wäre es für mich gewesen, wenn wir wenigstens die Bestätigung unserer Aussagen durch euren Aufklärer hätten abwarten müssen...«

Gola stand still wie ein Monument unter ihnen. Nur sein Mund bewegte sich, und der Translator übersetzte simultan seinen fremden Zungenschlag: »Es war nicht schwer, die anderen Räte davon zu überzeugen. Ihr werdet Kurnuk vor der Rückkehr des Aufklärers nicht verlassen. Wenn sich eure Angaben bestätigen, wird es noch zu weiterem Informationsaustausch kommen. Wenn nicht – das heißt, falls ihr gelogen habt – werdet ihr Kurnuk nie wieder verlassen. Dafür ist Sorge getragen...«

*

Sie hatten gewußt, worauf sie sich einließen, als sie zum zweiten Mal in die Pseudowolke eingedrungen waren und den Kontakt zu den Parariesen gesucht hatten.

Ren Dhark zweifelte keine Sekunde an der Entschlossenheit der Rahim, die beiden Ringschiffe samt ihren Besatzungen an einer

Rückkehr in den offenen Raum zu hindern. Wie ihre Bestrafung im Falle des erwiesenen Betrugs aussehen sollte, konnte nur erahnt werden. Die Palette reichte von der sofortigen Tötung bis hin zur Versklavung.

Vielleicht würden wir ähnlich enden wie die, die wir auf den Plantagen gesehen haben, dachte Dhark. Obwohl er überzeugt war, daß der von Gola erwähnte Aufklärer nichts anderes als eine Bestätigung ihrer Aussagen bezüglich der begonnenen galaktischen Katastrophe nach Rah bringen würde, überlief es ihn bei der bloßen Vorstellung eiskalt.

Unter Golas Führung verließen sie das Quartier und begaben sich erneut durch das bereits bekannte stationäre Wurmloch, das dieses Mal jedoch an einen anderen Zielort führte: den von Gola erwähnten Wissenshort.

*

Das Gebäude erinnerte an ein Mausoleum. Mit einer Bibliothek terranischer Prägung hatte es nicht die geringste Ähnlichkeit. Es gab weder Tische noch Stühle, an die man sich mit einem Buch zurückziehen konnte. Es gab nicht einmal Bücher. Statt dessen schwebten kristallartige Strukturen in der Luft. Sie schienen in chaotischer Bewegung, aber kein Teil kollidierte jemals mit einem anderen. Die Kristalle waren von unterschiedlicher Größe und Färbung. Manche erzeugten Töne. Auf anderen spiegelten sich Szenen, die definitiv keine Reflexionen der Umgebung waren. Offenbar zeigten sie Segmente ihres Speicherinhalts.

Atemlos ließen die Besucher die sakrale Atmosphäre auf sich wirken.

»Allein dieser Ort«, sagte Gola mit hallender Stimme, »wäre für die Niederen unter Umständen Anlaß genug, Kurnuk zu ihrer Wallfahrtsstätte zu erklären. Sie würden einiges riskieren, um in den Besitz dieser Speicherkristalle zu gelangen – sogar einen aussichtslosen Krieg gegen einen überlegenen Gegner wie die Rahim führen.«

»Warum sollten sie so töricht sein?« fragte Ren Dhark.

»Weil«, erwiderte Gola, »hier auch all das Wissen gelagert ist, das wir ihnen einst stahlen, als wir unseren lange vorbereiteten Rückzug dadurch besiegelten, daß wir alle Informationen, die andere über uns gesammelt hatten, aus deren Speicherbänken entführten.«

Ren Dhark schwieg zunächst. Dann sah er sich veranlaßt, erneut eine Lanze für die beiden »Niederen« in ihrer Begleitung zu brechen. Zugleich entschloß er sich, das Geheimnis um die Bedeutung der »Brosche« an Rhaklans Kleidung zu lüften.

»Du liegst falsch, wenn du den Galoanern oder irgendeinem anderen Volk unterstellst, sie wären bereit, einen Krieg anzuzetteln, um einen so weit in der Vergangenheit liegenden Diebstahl zu sühnen. Spielen wir mit offenen Karten, damit du allmählich einen Eindruck über die Fortschritte draußen erhältst: Siehst du dieses Schmuckstück an der Kleidung des Galoaners Rhaklan?«

Gola bejahte.

»Es ist kein Schmuckstück. Es ist ein hochentwickelter Chip. In ihm steckt das Bewußtsein, die Seele – oder wie auch immer man es nennen mag – eines zweiten Galoaners. Es handelt sich um den Weisen Shodonn. Er kann alles sehen und hören, was hier geschieht.« Als Gola nicht reagierte, fuhr Dhark fort: »Du kennst unsere Auffassung, was die sogenannten ›Niederen‹ angeht. Dieser Chip…« er tippte sanft mit der Fingerspitze dagegen, ohne daß Rhaklan reagierte »… führt den Begriff allein schon ad absurdum.«

Endlich erwiderte Gola: »Dieser ›Weise‹ – er kann sich… artikulieren?«

»Jederzeit. Shodonn verzichtete bislang jedoch aus begreiflichen Gründen darauf.«

»Es könnte auch ein simples, rechnergesteuertes Spielzeug sein.«

»Weshalb sollte ich dich mit einem Spielzeug provozieren wollen, von dem ich behaupte, es handele sich um einen Galoaner?«

»Ich weiß es nicht.«

»Shodonn…?«

Shodonn meldete sich zu Wort: »Es ist, wie der Terraner sagt: Ich bin ein Mitglied des Nareidums, der galoanischen Regierung, die ausnahmslos aus Körperlosen wie mir besteht.«

»Das ist…« setzte Gola an.

»… nicht wahr?« erriet Shodonn den Einwand. Und räumte ihn sogleich aus dem Weg. »Vor sechshundert Jahren, als ihr verschwandet, gab es das Nareidum noch nicht. Ihr habt viel versäumt. Ich war zur Zeit eures Rückzugs noch nicht geboren. Als ich lebte, wart ihr bereits Legende.«

»Wenn das wahr wäre…«

Wieder wurde Gola unterbrochen. Diesmal durch Dhark. »Schickt einen Aufklärer«, riet er mit beißendem Spott. »Schickt eure Kundschafter am besten in alle Bereiche dieser Galaxis, aus denen ihr euch damals verabschiedet habt. Ihr werdet erkennen, daß nicht nur die Galoaner von heute eurer Vorstellung von ›Niederen‹ widersprechen.«

»Du riskierst viel«, sagte Gola. Es klang nicht wirklich drohend.

»Bei unserer kurzen Besprechung mit dem Rat hatte ich den Eindruck, daß du… uns glaubst. Uns sogar gegen die anderen, die vorgefaßtere Meinungen als du zu besitzen scheinen, verteidigst.«

»Aber du hast auch erlebt, wie ich über die Niederen denke.«

»Aus Mangel an Wissen«, nickte Dhark. »Aber dieser Mangel kann behoben werden.«

»Später«, erwiderte Gola. »Zunächst widmen wir uns eurem Mangel an Wissen.«

Er zog einen stiftartigen Gegenstand aus seinem Gürtel und zielte damit auf die Decke des Raumes, die aus einem reflektierenden Material bestand.

Augenblicklich löste sich einer der Kristalle aus dem chaotischen Durcheinander, schwebte gegen die Spitze des Stiftes und veränderte dort seine Form.

Eine Art Holographie, die an die Perfektion der Bildkugel in der POINT OF erinnerte, stabilisierte sich vor den Augen der verblüfften Besucher. Und nicht nur deren Blicke, auch ihre Gedanken schienen in die Kugel hineingezogen zu werden…

*

Eine Stimme, die nicht Gola, sondern dem Kristall selbst zu gehören schien, sagte: »Das Ereignis trat ohne Vorwarnung ein. Eine

Art Blitz durchdrang Kurnuk. Technik, die bis dahin fehlerfrei gearbeitet hatte, versagte von einem Augenblick auf den anderen. Die Sprungtriebwerke unserer Schiffe, die in Kurnuk operierten, versagten. Doch es erwies sich als unschätzbarer Vorteil, daß wir uns schon Jahrhunderte vorher hierher zurückgezogen hatten. Die von uns besiedelten Welten lagen so nahe zusammen, daß es zu keinem völligen Zusammenbruch der Verbindungen kam, wie es draußen – bei den Niederen – zwangsläufig der Fall sein mußte. Falls das Phänomen auch sie betraf. Um das zu erfahren, mußten wir unsere Antriebstechnik umstellen. Wir entwickelten binnen kürzester Zeit die Wurmlochtechnik, deren Effizienz von der Kontinuumsveränderung nicht beeinträchtigt wurde. Forschungen ergaben in der Folge, daß unsere gesamte Galaxis ihre Position verändert hatte. Die bekannten umliegenden Cluster waren verschwunden und durch neue ersetzt worden. Auch die Auswertung der Kontinuumsveränderung bestätigte, daß im Zuge des Blitzes unsere gesamte Sterneninsel in ein paralleles Universum geschleudert worden sein mußte. Die mit der Raumzeit und Gravitation verknüpften Eigenschaften des ursprünglichen Kosmos ›bissen‹ sich plötzlich mit den einströmenden Einflüssen des neuen. Diese ›Vermischung‹ verhindert seit damals Transitionen über weitere Strecken…«

Der Kommentar war sehr viel knapper und unspektakulärer gefaßt als die Bilder und bewegten Simulationen, die in den Köpfen der Besucher entstanden.

Gola beendete schließlich den kurzen Exkurs. »Ich habe euch sicher keine völlig neuen Aspekte gezeigt. Ich wollte euch nur bestätigen, daß wir um die kosmische Versetzung unserer Galaxis wissen.«

»Dann müßtet ihr doch auch von der sich anbahnenden Katastrophe wissen«, warf Arc Doorn ein. »Die letzte Transition eurer Galaxis ging mit einem neuerlichen Blitz einher, der auch in Kurnuk bemerkt worden sein muß – wenn ihr den anderen mitbekommen habt.«

»Der letzte Blitz liegt noch nicht lange zurück. Bisher haben wir keine Notwendigkeit dazu gesehen, unsere Heimstatt zu verlassen«, erklärte Gola. »Auch von hier aus konnten wir feststellen, daß sich die physikalischen Bedingungen nicht neuerlich verändert haben. Daraus schließen wir, daß es zu keiner Rückkehr in den angestammten Kosmos kam.«

»Wer dir zuhört, könnte meinen, es interessiert euch wirklich nicht, was draußen vorgeht«, sagte Ren Dhark kopfschüttelnd. »Wie kann ein einerseits so hochstehendes Volk andererseits so ignorant sein? Was passiert, bedroht euch ebenso wie alle anderen Völker. Die Pseudowolke ist kein Schutzschild gegen die drohende Vernichtung!«

»Das habe ich verstanden.«

»Und die anderen Räte?«

»Es gibt Widerstände.«

»Gegen die Logik?«

»Nicht unbedingt. Die Einwände beruhen lediglich auf einer anderen Logik.«

Dhark schüttelte abermals und dieses Mal noch vehementer den Kopf. »Es gibt keinen einzigen vernünftigen Grund, der dafür sprechen würde, den Dingen ihren Lauf zu lassen – und damit auch die unaufhaltsam näherrückende Katastrophe einfach zu akzeptieren.«

»Bikos Argumente entbehren der von dir bestrittenen Logik nicht völlig.«

»Dann ist es also Biko, der querschießt?«

»Ja.«

»Mit welchen Argumenten?«

»Er vertritt eine Bewegung innerhalb unseres Volkes, für das der Rückzug nach Kurnuk nur der erste Schritt zur Vollendung war.«

»Was verstehst du unter ›Vollendung‹?«

»Wir Rahim sind alle daran interessiert, irgendwann die nächste Stufe auf der Evolutionsleiter zu erklimmen – nur in der Wahl der dazu notwendigen Mittel unterscheiden sich unsere Ansichten.«

»Welche Methode favorisiert Biko?«

»Ich sehe, du verstehst«, sagte Gola. »Offenbar nehmen er und seine Anhänger eure Ausführungen über die drohende Galaxienverschmelzung zum Anlaß, dieses Ereignis nicht zu fürchten, sondern im Gegenteil... zu begrüßen.«

»Zu begrüßen? Dann ist er völlig wahnsinnig! Dann...«

»Biko ist nicht wahnsinnig. Er ist lediglich der Überzeugung, daß die Katastrophe die noch fehlende Initialzündung sein könnte, die unser Volk von der körperlichen auf die nichtkörperliche, nächsthöhere Stufe heben kann. Und damit entfällt für ihn logischerweise die Notwendigkeit, versuchen zu müssen, sie zu verhindern…«

*

Nachdem Dhark sich wieder gefaßt hatte, fragte er: »Wie schwer wiegt Bikos Stimme innerhalb des Rates? Ich hatte den Eindruck, daß er eine Sonderstellung einnimmt…«

»Nein. Bikos Stimme wiegt so schwer oder leicht wie die eines beliebigen anderen Mitglieds«, erwiderte Gola.

»Warum beruhigt mich das nicht?« seufzte Dhark. »Auf welcher Grundlage trifft der Rat Entscheidungen? Müssen sie einstimmig sein? Oder genügt das Veto eines Einzelnen, um die grundsätzliche Bereitschaft von elf anderen zunichte zu machen?«

»Die Beschlußfindung ist nicht öffentlich – und erst recht keinen Fremden zugänglich. Ihr müßt hier warten. Der Rat tritt noch heute erneut zusammen. Dann wird sich zeigen, ob weitere Räte Bikos Überzeugung teilen oder nicht.«

*

Als Gola gegangen war, entbrannte eine heftige Diskussion, bei der Shodonn überraschenderweise Bikos Ansichten verteidigte. Als einziger. Allerdings schränkte er ein: »Ich bin jedoch nicht der Meinung, daß eine Vernichtungsorgie samt der dabei freigesetzten Energien unbedingt das Mittel ist, um die Tür zur nächsthöheren Existenzebene aufzuschließen. Auch Biko kann dafür keinen Beweis besitzen. Wahrscheinlich ist es mehr Wunschdenken, was ihn treibt. Ihr habt bemerkt, wie gelangweilt die Räte wirkten. Zur Langeweile paßt Unzufriedenheit. Mancher Rahim, der eine bessere Existenz anstrebt, mag die Katastrophe als Vorsehung betrachten. – So gesehen, hätten wir einen gewaltigen Fehler begangen, als wir Kurnuk aus seinem Dornröschenschlaf rüttelten…«

Als Gola Stunden später zurückkehrte, befürchtete Ren Dhark naturgemäß Schlimmstes. »Ist eine Entscheidung pro oder contra Katastrophe gefallen?« fragte er.

»Ja.«

»Dann spann uns nicht unnötig auf die Folter...«

»Biko«, sagte Gola, »konnte sich nicht durchsetzen. Die Rahim sind bereit, mit der anderen Galaxis und mit den Niederen, falls es erforderlich ist, zu kooperieren. Der Rat betrachtet es als Verbrechen, nichts gegen die Katastrophe, die durch den Transfer unserer Galaxis droht, zu unternehmen. Ich habe die Vollmacht, euch jede Unterstützung zu gewähren. Im Austausch mit eurem Wissen. Laßt uns jetzt an Bord eures Schiffes gehen und unverzüglich mit dem Datenabgleich beginnen...«

Ren Dhark zögerte keine Sekunde. Sein Nein kam wie aus der Pistole geschossen.

»Nein...?« echote der Rahim mit verzerrter Stimme.

Terraner und Tel hielten gleichermaßen den Atem an.

*

Dhark deutete auf die bügelartigen Geräte hinter ihren Ohren. »Du weißt, was das ist. Und du weißt auch, daß wir bereits gewaltige Risiken eingegangen sind, um euch zu demonstrieren, daß uns viel an einem Vertrauensverhältnis gelegen ist. Aber die Rahim hinterlassen, was ihre Bereitschaft angeht, nach wie vor einen höchst zwiespältigen Eindruck. Laß uns unseren Wissensaustausch deshalb auf andere Weise vollziehen – ohne daß uns das Gefühl gegeben wird, alles hänge vom guten Willen des Rates ab.«

»Ich verstehe nicht, worauf du hinauswillst, Terraner.«

»Ganz einfach: Sollten wir dir oder anderen Rahim Zugang zu unserem Schiff gewähren, würde der Schutz, den wir uns dort aufgebaut haben, hinfällig.«

»Du meinst den Schirm, den wir angemessen haben?«

»Exakt.«

»Wenn wir wollten, könnten wir ihn jederzeit durchdringen.«

»Das behauptest du.«

»Du zweifelst?«

»Meine Zweifel sollten dich nicht animieren, mir den Gegenbeweis anzutreten«, sagte Dhark.

»Ich habe dich auch an einen Ort geführt, der dir normalerweise nicht zugänglich wäre.«

»Der Wissenshort? Wenn uns dort überhaupt neue Fakten erwarteten, dann höchstens die endgültige Bestätigung, daß Drakhon aus einem anderen Universum und nicht nur aus einem fernen Winkel dieses Kosmos hierher geschleudert wurde. Eure wirklichen Geheimnisse haltet ihr ebenso sorgfältig verwahrt, wie wir es gerne – vorläufig zumindest – mit unseren tun würden.«

»Das ist inakzeptabel.«

»Sprichst du für dich oder für den Rat?«

»Für den Rat.«

»Hat er dir befohlen, auf das Betreten der POINT OF zu bestehen?«

»Nein.«

»Und könntest du damit leben, daß wir von hier aus einen permanenten Datenfluß und -austausch herstellten?«

»Du strapazierst mein Wohlwollen sehr«, sagte Gola grollend.

Dhark nickte. »Ich erinnere mich an einen Traum«, sagte er. »Wenn ich recht in der Annahme gehe, wurde er mir von deinem Kollegen Kalnek suggeriert. Darin sollte ich dazu gebracht werden, die Selbstvernichtungsanlage meines Schiffes auszulösen... im Hinblick darauf finde ich keineswegs, daß ich dein Wohlwollen zu sehr strapaziere. Es wäre eine weitere Möglichkeit für dich, dein Verständnis für unsere Lage zum Ausdruck zum bringen. Wie dir nicht verborgen geblieben sein dürfte, befinden wir uns generell in einer nachteiligen Situation, hier auf Rah wie überall in Kurnuk.«

»Du siehst aber ein, daß ich mir den Zugang jederzeit erzwingen könnte – und sei es mit so unschönen Mitteln wie Erpressung? Immerhin habe ich wertvolle Pfänder in meinen Händen...«

»Das«, erwiderte Dhark unbeeindruckt, »zeigt nur, daß du unsere unschönen Gegenmittel noch nicht kennst.«

»Genug!« meldete sich in diesem Augenblick Shodonns Stimmchen aus dem Chip. »Hört auf mit diesen sinnlosen Muskelspielchen. Laßt uns mit der Zusammenarbeit beginnen. Keiner weiß, wieviel Zeit uns wirklich noch zur Verfügung steht. Es wäre fahrlässig, auch nur einen Tag zu vergeuden!«

In Gola kam wieder Bewegung. Mit ausgestrecktem Arm wies er auf den Seelenchip und sagte: »Ich gebe einem Niederen ungern recht, aber in diesem Fall... ich bin einverstanden. Vorläufig. Kommt, ich führe euch in einen Bereich meines Schlosses, von dem aus der Datentransfer am effektivsten ist, und von wo aus wir auch mit den anderen Räten konferieren können, ohne sie persönlich aufzusuchen...«

*

»Du pokerst verdammt hoch«, flüsterte Anja Riker, als sie den mit Technik vollgestopften Raum betraten, der sofort das besondere Interesse vor allem von Arc Doorn erweckte.

»Manchmal ist es nötig, Standpunkte zu vertreten. Würdest du es riskieren wollen, daß die Rahim doch unversehens wieder ihre Sklavenhaltermentalität hervorkehren?«

»Nein, aber glaubst du wirklich, Golas Hinweis, sie könnten uns jederzeit überwältigen, so sie es darauf anlegten, war nur eine leere Drohung?«

»Nein. Ich fürchte, der modifizierte Schirm könnte einem gebündelten Angriff auch nicht standhalten – zumal die Rahim Zeit genug hatten, die Schirmstruktur zu ermitteln.«

»Dann sind wir also von ihrem Wohlwollen abhängig.«

»Das waren wir, seit wir nach Kurnuk kamen. Ihre Flotte besteht sicher aus mehr als dem Dutzend, das sie gegen uns aufboten. Einer größeren Übermacht, die noch dazu mit geballter Waffenkraft gegen uns vorginge, hätten wir nichts entgegenzusetzen.«

»Außer Flucht.«

»Falls uns dazu noch die Zeit bliebe...« Dhark nickte mit skeptischer Miene, worauf sich Anja nachdenklich abwandte.

Die nächsten Stunden verstrichen damit, daß eine Checkmasterverbindung hergestellt wurde und elementare Informationen von der POINT OF zu den Räten gelangten, die begierig alles Wissen aufsogen.

Es stellte sich heraus, daß sie das wahre Ausmaß der bereits eingetretenen Zerstörungen unterschätzt hatten. Und Ren Dhark tat sein Bestes, um auch weiterhin Öl ins Feuer ihrer stetig wachsenden Besorgnis zu gießen…

*

Bereits am darauffolgenden Tag – die Delegation genoß immer noch Gastrecht auf Golas Schloß – platzte eine Hiobsbotschaft in den regen Gedankenaustausch.

Gola überbrachte die Nachricht persönlich: »Etwas Ungeheuerliches ist passiert«, sagte er.

»Was meinst du?« fragte Dhark, dem bei dieser Eröffnung tausend Möglichkeiten durch den Sinn geisterten.

Gola erklärte: »Ich habe sichere Hinweise darauf erhalten, daß Anhänger Bikos in den Besitz von Informationen gelangten, die eigentlich nur den Räten zugänglich sein sollten.«

»Was für Informationen?«

»Alle Informationen, die galaktische Katastrophe betreffend.«

»Ist das so tragisch?« fragte Dhark verständnislos. »Eigentlich sehe ich darin einen eher positiven Effekt. Vielleicht wird dein Volk dadurch in seiner Gesamtheit wachgerüttelt und erkennt die Notwendigkeit des Handelns.«

»Sie haben bereits gehandelt«, erwiderte Gola düster. »Aber anders als euch und uns lieb sein kann.«

»Inwiefern?«

»Drei einflußreiche Rahim, die wie Biko die nächste Stufe der Evolution anstreben, haben Kurnuk mit ihren Schiffen verlassen.«

»Weiß man etwas über ihr Ziel?«

»Die Wahrscheinlichkeit«, sagte Gola, »ist hoch, daß sie die Nahtstelle zwischen unseren beiden Galaxien anfliegen wollen.«

»Um sich persönlich von der Richtigkeit unserer Angaben zu überzeugen?«

»Nein. Der Aufklärer, von dem ich euch erzählte, kehrte bereits zurück. Er bestätigte all eure Behauptungen.«

»Weshalb dann?«

»Ich… der Rat fürchtet, sie könnten versuchen, die gegenwärtige Aufladung unserer Galaxis zu beschleunigen, so daß die nächste

Transition sehr viel schneller erfolgt als erhofft.«

Dhark starrte Gola ungläubig an.

»Dazu wären sie fähig?«

Gola machte eine verzweifelte Geste. »Ich weiß es nicht. – Letztlich bedeutet diese unvorhersehbare Entwicklung aber, daß auch wir handeln müssen.«

»Richtig«, bestätigte Dhark. »Fliegt ihnen nach. Haltet diese Irren auf!«

»Ich wünschte, das wäre möglich.«

Dhark fragte nicht, warum es Golas Meinung nach unmöglich sein sollte, drei Rahim-Schiffe aufzuspüren und aufzuhalten.

»Ich halte es für höchst unwahrscheinlich, daß es möglich ist, die Aufheizung zu beschleunigen. Andererseits bestärkt mich dieser Vorfall in meiner Absicht, Kurnuk zu verlassen. – Willst du uns begleiten?«

»Wohin?«

»Zu einem Planeten, auf dem es die Hinterlassenschaften eines Volkes gibt, das vielleicht Entscheidendes über die Ursachen des Problems wußte, vor dem wir heute stehen.«

»Wie heißt dieses Volk? Wenn es aus dieser Galaxis stammt...«

»Es stammt aus meiner Galaxis«, sagte Dhark. Und dann begann er von den Saltern zu erzählen.

Die nicht die Mysterious gewesen waren – und ihnen dennoch sehr verbunden gewesen sein mußten. Er berichtete von ihrem Archiv und von dem vermutlich noch paramental unterstützen Verlangen der Shirs, ihre Welt zu verlassen, ohne das Archiv gründlich ausgewertet zu haben.

Am Ende sagte Gola: »Ich werde eine Flotte zusammenstellen, die euch nach Salteria begleitet. Neue Zeiten erfordern neues Handeln. Vielleicht finden sich in dem von dir erwähnten Archiv eines erloschenen Volkes tatsächlich Hinweise, wie wir der Bedrohung begegnen können. – Ich werde den Rat unverzüglich informieren.«

*

Tags darauf...

Kurnuk, das »Sternenversteck«, war also die Heimstatt der sagenumwobenen Rahim...

... von denen sich Ren Dhark so viel mehr versprochen hatte. Nicht zuletzt, daß sie identisch sein könnten mit den immer noch unauffindbaren, immer noch absolut rätselhaften Mysterious.

Doch dieser Traum war zerplatzt wie eine Seifenblase. Oder – wie schon einmal ein Traum zerplatzt war, vor noch gar nicht langer Zeit, auf dem Planeten Salteria im Shir-System.

Ironie des Schicksals, daß die POINT OF genau dorthin nun wieder aufbrechen würde. Weg von der Dunkelwolke, in der die Rahim ihr eigenes, abgeschottetes Reich gegründet hatten und in aller Zurückgezogenheit lebten. Freiwillig hatten sie sich schon vor Jahrhunderten von den anderen Völkern Drakhons isoliert – und vielleicht hatte schon damals dieser unselige Wunsch in ihnen gesteckt, die nächsthöhere Stufe auf der Evolutionsleiter zu erklimmen, ihre Körper ganz aufzugeben und als Geistwesen weiterzuexistieren, denen Zugänge zu Dimensionen offenstanden, die ein körpergebundenes Wesen wahrscheinlich nie betreten konnte.

»Unselig, ja!« murmelte Dhark.

Niemand hörte ihn. Er war allein. Seine Kabine auf der POINT OF war nicht größer als die anderer Besatzungsmitglieder, aber sie war dekoriert mit persönlichen Gegenständen. Erinnerungsstükken. Wann immer es ging und wann immer es die Lage erforderte, zog er sich hierher zurück. Nicht nur zum Schlafen, auch um seine Gedanken zu ordnen, wenn sie wieder einmal völlig konfus durch sein Gehirn sprangen.

Das Bild seines Vaters war eines der wichtigsten Dinge in der Kabine. Es zeigte ihn fast lebensecht: Sam Dhark, den Pionier. Sam Dhark, den Mann, dessen Haut von der Raumstrahlung gegerbt worden war, daß er fast wie ein Indianer aussah. Er hatte mehr Lebenszeit im All verbracht als auf der Erde – und das zu einer Zeit, als die Raumfahrt noch immer in den Kinderschuhen gesteckt hatte und mit Kinderkrankheiten behaftet gewesen war.

Zu Sam Dharks Zeit hatte noch niemand von all den fremden Intelligenzen gewußt, die die Milchstraße bevölkerten. Die Menschheit hatte gerade erst an der Schwelle gestanden, das Tor in die unendlichen Weiten vielleicht mal eben einen Spalt breit aufgestoßen – mehr nicht. Zu unausgegoren waren die Antriebssysteme gewesen – verhängnisvoll in ihrer Fehlerhaftigkeit – und dennoch hatten sie letztlich dafür gesorgt, daß Terra die Tür in den Kosmos weit, sperrangelweit hatte aufstoßen können.

Wäre die GALAXIS, das legendäre Kolonistenschiff unter der Führung Sam Dharks nicht durch einen Defekt des Time-Antriebs auf Hope gestrandet – die Menschheit würde noch heute unter dem Joch der Giants dahinvegetieren. Als willenlose Sklaven der All-Hüter!

Hätten wir auf Hope nicht die Ringraumerhöhle entdeckt, dachte Dhark und schloß kurz die Augen, um sich den Moment der Entdeckung noch einmal in seiner überwältigenden Kraft ins Gedächtnis zu rufen, *wäre nicht nur Terra verloren gewesen, sondern auch die winzige Kolonie auf Hope. Wir hätten uns nicht einmal dauerhaft gegen die Amphis behaupten können.*

Er öffnete wieder die Augen und blickte seinen Vater an.

Der dies alles nicht mehr hatte erleben dürfen.

Der für seine Ideale gestorben war – so wie sein Sohn bereit war, sein Leben für etwas zu opfern, das dem Fortbestand nicht nur der Menschheit, sondern aller galaktischer Völker diente.

Denn die Bedrohung für alles Leben in der heimatlichen Sternspirale wuchs von Tag zu Tag. Niemand konnte genau voraussagen, wann die endgültige Katastrophe eintreten würde – aber niemand zweifelte mehr daran, daß es geschehen würde.

Von den Rahim hatte man sich Abhilfe versprochen – eine rettende Idee.

Aber alles, was die Rahim hatten sagen können, war, daß Drakhon aus einem anderen Universum in die unmittelbare Nachbarschaft der Milchstraße geschleudert worden war.

Über die Ursache, das behauptete der Rat dieser Rasse zumindest, wußten sie so wenig wie jedes andere in Drakhon ansässige Volk, das von ihnen als »minderwertig« betrachtet wurde.

Oh ja, die Rahim, waren ein sehr stolzes Volk.

Sehr stolz und sehr arrogant.

Doch nun hatten sie sich angeboten, die Terraner und Galoaner nach Salteria zu begleiten – um mit ihnen gemeinsam das dortige Archiv der Salter auf der Heimatwelt der Shirs zu erforschen. In der Hoffnung, daß die Salter, die einmal für die Mysterious gehalten worden waren, ein Geheimwissen gehortet hatten, das vielleicht doch noch einen Ausweg aus dem tödlichen Dilemma aufzeigen konnte.

Wunschdenken!

Dhark ballte die Fäuste.

Er wollte glauben. Aber es fiel selbst ihm schwer, ihm, der sich anderen gegenüber gern als Querdenker und Optimist in den verzwicktesten Situationen verkaufte. Doch jetzt – nachdem wieder ein Traum geplatzt war – fühlte er sich tief im Inneren ähnlich ausgebrannt und ausgelaugt wie seinerzeit unmittelbar nach dem Auffinden der Salter. Und später noch einmal, als Olan in seinen Armen gestorben war.

Olan, der Unergründliche!

Wie oft, seit dieser Mann ihm die Große Lüge gebeichtet hatte, hatte Dhark sich gefragt, wer Olan wirklich gewesen war.

Ein altes terranisches Sprichwort sagte: *Wer einmal lügt, dem glaubt man nicht, selbst wenn er dann die Wahrheit spricht.*

Treffender ließ sich das, was Dhark seit jener Stunde in der Klinik von Cent Field immer wieder aufzuarbeiten versuchte, nicht ausdrücken.

Olan hatte sie belogen, was die Herkunft und Identität der letzten lebenden Salter auf dem Shir-Planeten anging.

Aber wo hatte er die Wahrheit gesagt?

Die Zeit hatte nicht mehr gereicht, all die brennenden Fragen zu klären. Wie Sand war sie zwischen Dharks Fingern zerronnen. Er war sicher, daß Olan vielleicht nicht alle, aber viele Antworten gekannt hatte.

Aber er hatte gelogen.

Auch was die Grakos anging.

Auch was Erron 2 betraf…

Ob es der Wahrheit entsprach, daß die Salter vom versunkenen Urkontinent Lemuria stammten, also so etwas wie eine »erste Menschheit« waren, ließ sich auch heute noch nicht mit Gewißheit sagen. Tatsächlich schien der ganze Zeitablauf hinten und vorn nicht zu stimmen. Entweder war die Geschichte so nicht richtig, oder das Puzzle wies noch erhebliche Lücken auf.

Es fehlten die handfesten Beweise.

Warteten sie auf Salteria?

Und – würden die Shirs es erlauben, das unterirdische Archiv zu sichten?

Das winzige Terminal der Bordsprecheinrichtung auf Dharks Schreibtisch summte.

»Ja?«

»Joan Gipsy ist gerade eingetroffen. Sie ist unterwegs zu Ihnen, Sir.«

Es war Hen Falluta, der 2. Offizier, der Dhark informierte.

»Danke«, erwiderte der Commander der Planeten einsilbig.

Die Verbindung erlosch.

Ren Dhark sah zum Türschott, das sich gleich öffnen würde.

Es war ihm selbst unangenehm, daß er nicht wußte, ob er sich über die Rückkehr seiner Freundin an Bord der POINT OF freuen sollte oder nicht…

13.

Sie fuhren an der Küste entlang in Richtung Süden. Hin und wieder kontrollierte Smith die Steuerung und korrigierte den Kurs, wo es sich als nötig erwies. Er hatte ein typisches Urlauberboot gewählt, nicht besonders schnell, aber dafür unauffällig; von dieser Art fuhren Tausende auf dem Golf. Niemand achtete auf ausgerechnet dieses Boot.

Jim Smith hing seinen Gedanken nach, die sich häufig um Juanita Gonzales drehten. Was sollte er mit ihr anfangen? Er konnte sie nicht mitnehmen, wenn er Terra wieder verließ, und sie kannte sein Aussehen, sie hatte eine Menge von ihm gelernt. Sie war zu lange in seiner Nähe gewesen. Ein geschickter Psychologe konnte ihr ein exaktes Profil ihres großen Gönners entlocken, bevor sie merkte, was geschah. Und genau das war das letzte, was er gebrauchen konnte. Er mußte damit rechnen, aufgrund dieses Psychoprofils sehr schnell auch auf anderen terranischen Planeten durchschaut und erkannt zu werden.

Was blieb ihm anderes übrig, als sie zu töten?

Er hatte einen Fehler gemacht, als er sich auf sie einließ. Natürlich brauchte er ihre besondere Gabe, damit hatte sie ihm geholfen, das Sammelvirus ins Terranet einzuschleusen. Ohne Juanitas Fähigkeit wäre es für ihn wesentlich schwieriger gewesen, seinen Plan zu verwirklichen.

Das hier war Terra, nicht Fande. Hier gab es eine lange gereifte Sicherheitsstruktur, die auf Fande – auf Babylon, korrigierte er sich – noch lange auf sich warten lassen würde. Die Kolonisten hatten anderes zu tun, als ein kompliziertes staatliches Überwachungssystem zu etablieren, das auf Terra hingegen dringend erforderlich war.

Ärgerlicherweise hatte es mit dem Datensammeln trotzdem nicht geklappt. Sie hatten es zu früh entdeckt, diese Hüter des Gesetzes, die er gewaltig unterschätzt hatte.

Die Datenpakete waren nicht in den Speichern seines Raumers angekommen, wie eine kurze Fernkontrolle ihm verraten hatte.

Einen zweiten Versuch konnte er sich sparen. Sie waren jetzt gewarnt. Er wußte immer noch nicht, wie sie ihn in Alamo Gordo aufgespürt hatten. Sie würden ihn auch anderswo erneut aufspüren, sobald er wieder Aktivität zeigte.

Deshalb mußte er Terra verlassen, so bald wie möglich.

Und er mußte sich des Klotzes an seinem Bein entledigen, der den Namen Juanita Gonzales trug.

Aber sie war doch nur ein Kind!

Sie war allerdings auch eine Gefahr.

Er beschloß, die Entscheidung noch hinauszuschieben. Vielleicht würde er ihre spezielle Fähigkeit ja noch einmal brauchen. Solange er sich noch auf Terra befand, bestand auch weiterhin das Risiko, entdeckt zu werden.

Während er versuchte, ihr aus dem Weg zu gehen, um die seltsame Beziehung zwischen ihnen nicht noch zusätzlich zu intensivieren, suchte sie seine Nähe. Natürlich – sie hatte ja sonst niemanden, mit dem sie reden oder spielen konnte. Und mit ihrem kindlichen Instinkt bemerkte sie auch, daß er versuchte, sich von ihr zurückzuziehen.

»Was ist los, Jim?« wollte sie von ihm wissen. »Habe ich irgend etwas getan, was dir nicht gefällt? Bist du wütend auf mich, oder warum willst du plötzlich nichts mehr von mir wissen?«

»Ich bin nicht böse auf dich«, sagte er nach einer Weile. »Ich bin nur – anders als du. Wir sind beide einsam, aber ich gehe anders mit meiner Einsamkeit um, ich brauche dafür eher Ruhe. Ich bin gern allein.«

Das begriff sie nicht so recht, aber sie fragte auch nicht weiter nach. Statt dessen wollte sie wissen, warum er einsam war.

»Ein großer Mann wie du, Jim, der so viele Dinge kann, der so viel Geld hat – wie kann der einsam sein? Und ich bin gar nicht einsam. In Rio sind mein Vater und meine Mutter…« Sie stutzte, unterbrach sich. Offenbar hatte sie bereits längere Zeit nicht mehr an ihre Eltern gedacht. »Nein, die sind ja tot«, flüsterte sie schließlich. »Sie sind nicht mehr da… aber das ist falsch, Jim. Sie sind trotzdem noch da, auch wenn sie tot sind! Sie sind hier drinnen!«

Dabei deutete sie auf ihre Brust, auf ihr Herz.

»Da leben sie immer noch. Wie kann ich da einsam sein?«

»Bei mir ist es anders«, sagte er.

»Sind deine Eltern auch tot?«

»Meine Eltern… ich weiß es nicht«, sagte er. »Ich bin schon sehr lange von zu Hause weg. Länger, als du es dir vorstellen kannst. Ich glaube, ich kenne sie schon längst nicht mehr, und sie mich auch nicht. Es spielt auch keine Rolle.«

»Woher kommst du eigentlich, Jim?«

Er sah zum Himmel hinauf.

»Von sehr, sehr weit. Weiter, als Menschen träumen.«

»Welcher von den Sternen da oben ist deiner?« fragte sie.

»Keiner, den du sehen kannst. Auch ich kann ihn nicht sehen, so weit ist er entfernt.«

»Dann«, sagte Juanita leise, »dann bist du wirklich sehr einsam.«

*

Ihre Worte hatten ihn tief getroffen. Ihm war beinahe, als hätte sie ihn durchschaut, als wisse sie jetzt, wer er war. Aber das konnte nicht sein.

In den nächsten Tagen redeten sie über alles Mögliche und Unmögliche. Und es fiel ihm immer schwerer, daran zu denken, daß er sie am Ende dieser Reise würde töten müssen, damit sie nichts über ihn verraten konnte.

Für jemanden wie ihn war es normal, keine Gedanken an das Leben anderer, ihm unterlegener Geschöpfe zu verschwenden. So hatte er es gelernt, in einer Welt der Unterdrückung, in einer Welt verkehrter Werte, an die er in dieser Form nicht mehr glauben konnte. Aber vielleicht war es genau das, was ihn jetzt zum Nachdenken zwang.

Oft verfiel sie ins Schwärmen. Sie plapperte von ihrer Zukunft, in der natürlich er, Jim Smith, eine Rolle spielte. Sie redete von den Sambaschulen, von Ruhm und Applaus, und er verstand kaum etwas von dem, was sie erzählte. Sie redete auch von ihren Eltern, und abends, wenn die Sonne unterging, kuschelte sie sich in seine Arme, wie sie es früher bei ihrem Vater getan hatte.

Er begriff, daß sie ihn als Vaterersatz angenommen hatte. Wenn sie über Jim sprach, war der gleiche Glanz in ihren Augen, als wenn sie über ihren Vater redete.

Sie verehrte ihn, sie liebte ihn, und damit machte sie es ihm immer schwerer. *Schon wieder ein Fehler,* dachte er. *Ich hätte sie erst gar nicht mit auf das Boot nehmen sollen. Oder sie kurz nach dem Verlassen des Hafens töten und über Bord werfen…*

Ganz egal, ob er ihre Fähigkeiten später noch einmal benötigte oder nicht.

Aber würde er es jetzt noch können?

Und er fiel doch immer wieder auf sie herein, auf ihr unschuldiges Lächeln, wenn sie vor ihn trat und etwas von ihm wollte, sich etwas erklären ließ oder ihm ihrerseits etwas zeigte oder erzählte.

Irgendwann geschah es, daß er ein wenig von sich zu erzählen begann, allerdings, ohne seine Geheimnisse zu verraten. Er berichtete von seinen Reisen zwischen den Sternen. Eigentlich wollte er sie damit erschrecken, so daß sie von selbst auf Distanz zu ihm ging. Er erzählte ihr von den Gefahren des Weltraums, von gefährlichen Planeten, und er versuchte dabei, sich selbst aus der Rolle des angehimmelten Helden in die des Bösen zu manövrieren, der erbarmungslos auf die Feuerknöpfe seiner Raumschiffsgeschütze drückte und der auf fremden Planeten Eingeborene niederschoß, wenn sie ihm im Weg standen.

Aber diese Brutalitäten glaubte sie ihm einfach nicht. Sie lachte ihn aus. »Du kannst gar nicht so böse sein, Jim Smith.«

Er erzählte ihr von anderen Planeten, die er besucht hatte. Von Babylon, von den Grakos, die auch dort angegriffen hatten, von seiner Arbeit im Goldenen Menschen. Von einem Planeten, der von einem einzigen Wesen bewohnt war, einem riesigen Pilz, dessen Wurzelfäden die ganze Welt umspannten und überall miteinander verbunden waren, so daß selbst das kleinste Pilzchen ein Teil dieses riesigen Wesens war. Er erzählte von den unendlichen Weiten des Weltraums, von der tödlichen Kälte zwischen den

Sternen und den unfaßbaren Entfernungen, von einer Welt, auf der es wunderschön duftende Blumen gab, aber auch fußballgroße, bösartige Fluginsekten, die auf den Duft reagierten, indem sie mit ihren riesigen Giftstacheln auf alles einstachen, was ihnen in die Quere kam. Von einem Planeten, auf dem es unsichtbare Riesenspinnen gab, die nur sichtbar wurden, wenn man sie berührte – und dann war es bereits zu spät…

»Ich will diese Planeten auch sehen. Die und andere, schönere«, verlangte Juanita.

»Ich dachte, du wolltest Tänzerin in einer Sambaschule werden«, sagte er stirnrunzelnd.

»Ach, das kann ich hinterher immer noch. Aber wenn ich den anderen Mädchen erzähle, was ich schon alles im Weltraum erlebt habe, werden sie neidisch!«

»Neid erzeugt Haß«, warnte er.

Doch damit konnte er sie nicht von ihrem neuen Plan abbringen. »Nimm mich mit«, bat sie und strich mit ihrem Kopf an seiner Brust hinauf, wie ein schnurrendes Schmusekätzchen. »Du hast doch ein großes, schnelles Raumschiff. Das mußt du mir zeigen, Jim. Ich will es sehen. Und ich will mitfliegen in den Weltraum, ich will die Sterne und Planeten sehen, von ganz nah!«

Auch das noch!

Er versuchte es ihr auszureden, erfolglos. (»Du bist dafür noch zu klein!« – »Ich bin schon zehn, und mein Vater hat immer gesagt, egal was man tut, man kann nie früh genug damit anfangen!«)

Und irgendwann hatte sie ihn soweit.

»Ich nehme dich mit«, versprach er. »Aber es kann sein, daß du dann nie wieder nach Terra zurückkannst. Dann wirst du Rio de Janeiro nie wiedersehen, das Grab deines Vaters, den Ort, an dem deine Mutter starb… und du wirst nie eine Sambaschule besuchen können.«

»Darüber denke ich nach, wenn es soweit ist!« sagte sie entschlossen.

14.

Einen Monat später näherten Jim Smith und Juanita Gonzales sich dem vorläufigen Ziel ihrer Reise. Das in Corpus Christi gemietete Boot, nach dem immer noch niemand suchte, schipperte den Amazonas flußaufwärts. In zehn Häfen hatte Smith zwischendurch angelegt und Treibstoff aufgenommen; er empfand es als lästig, daß diese Touristenboote noch wie in den Zeiten der Dinosaurier mit fossilen Brennstoffen befeuert wurden, statt moderne Hochenergieantriebe zu verwenden, deren Konverter vielleicht einmal in zehn Jahren neu beschickt werden mußten.

Allerdings nutzte er bei jedem dieser Aufenthalte auch die Gelegenheit, Proviant an Bord zu nehmen – und nachzuprüfen, ob es Verfolger gab.

Die Suche nach Jim Smith alias John Brown lief trotz der langen Zeit immer noch. Diese Terraner waren zu allen anderen Eigenschaften auch noch unangenehm zäh und ausdauernd. Sie gaben nicht auf.

Aber sie schienen immer noch nicht gemerkt zu haben, auf welche Weise er aus Alamo Gordo entkommen war. Sie suchten nach ihm, doch sie hatten seine Spur verloren.

Mochte es immer so bleiben!

Den Kompaß des Bootes benötigte er zur Orientierung nicht. Er setzte eines seiner geheimnisvollen Geräte ein. Farbwerte auf dem Display zeigten ihm an, ob er den richtigen Kurs gesetzt hatte, ob er sich seinem Ziel näherte – und wie weit es noch entfernt war.

Sicher hätte er es viel schneller erreichen könnten, wenn er den Gleiter behalten hätte. Aber die Terraner rechneten möglicherweise mit einer Flucht auf dem Luftweg. Also nahm er den Seeweg und jetzt den Fluß hinauf, der in seinem Mündungsbereich so ungeheuer ausgedehnt war, daß er als Fluß gar nicht mehr zu erkennen war, sondern eher als ein Teil des Ozeans, der ins Land hineinragte.

Der größte Fluß des Planeten Terra...

Das paßt zu mir, dachte der Mann, der sich Jim Smith nannte. *Größe symbolisiert Erhabenheit. Wie lange ist es her, daß wir auf dem Gipfel der Erhabenheit lebten...*

Sein Mini-Navigator verriet ihm, daß er sein Ziel fast erreicht hatte. Er steuerte das Boot ans Ufer.

»Jetzt schon eine Pause?« staunte Juanita. »Es dauert doch noch Stunden, bis es Abend wird. Wir könnten noch weiterfahren...«

»Wir verlassen das Boot«, sagte er.

Es gab nicht viel zu packen. Er nahm nicht einmal die Proviantreste mit, nur ein paar Wasserflaschen. Aber als er als erster von Bord ging, hielt er den Blaster schußbereit. Plötzlich feuerte er. Ein kaum erkennbarer, nicht mal fingerdicker Strahl, blaßrot, zuckte aus der Waffe. Ein am Ufer liegender morscher Baumstamm bellte heiser auf und entpuppte sich mit jäh klaffendem, zahnbewehrtem Rachen als ein über acht Meter langes, gewaltiges Krokodil, das hier geduldig auf Beute gelauert hatte. Innerhalb von Sekunden verwandelte es sich in strahlendes Feuer – und dann war nichts mehr von ihm zu sehen, als das Licht verflog. Es gab nicht einmal mehr Asche, aber es war sehr heiß geworden in der Umgebung und Dampfschwaden verrieten, daß auch das Wasser bis zum Siedepunkt aufgeheizt worden war.

»Was – was ist das denn für eine fürchterliche Waffe?« stöhnte Juanita. Es war derselbe Blaster, der Menschen nur betäubt hatte, aber dieses Krokodil war zu einer winzigen Sonne am Boden geworden, die ihre ganze Energie in einem einzigen Aufblitzen verstrahlt hatte. Nahestehende Bäume hatten ihr Laub verloren; es lag trocken raschelnd am Boden, die Stämme selbst waren verdorrt, als wären sie unwahrscheinlich hoher Hitze ausgesetzt worden, und der vorher weiche, feuchte Boden des Amazonasufers war jetzt steinhart, die Pflanzen verdorrt.

»Nadelstrahl«, sagte Jim Smith und ließ die Waffe wieder verschwinden. »Gehen wir.«

*

Etwa zwei Stunden später waren sie am Ziel.

Der Marsch durch den Dschungel war relativ einfach gewesen; mit dem Blaster hatte Smith eine Schneise geschaffen, durch die sie bequem gehen konnten und in der sie auch nicht von wilden Tieren bedroht wurden – die waren vor dem Strahlfeuer geflüchtet.

Smith hatte den Blaster neu eingestellt und die Feuerkraft erheblich reduziert. Als er auf das Krokodil schoß, hatte er die Nahwirkung des Nadelstrahls total unterschätzt, und wenn sich nicht eines seiner kleinen Spezialgeräte blitzschnell eingeschaltet hätte, wären sie beide nicht ohne erhebliche Verbrennungen davongekommen. So aber wurde ein schwaches Kraftfeld über das Ziel projiziert, das sowohl den Lichtdruck neutralisierte, der entstand, als ein nadeldünner Kanal durch den Körper des Krokodils komplett in Energie umgewandelt wurde, als auch den größten Teil der Hitze selbst. Dennoch war selbst vom verankerten Boot noch ein Teil der Farbe abgebrannt.

Ohne das Kraftfeld gäbe es hier vermutlich jetzt einen riesigen Krater von der Größe mehrerer Fußballfelder.*

Smith hoffte, daß die durch das Feld abgedämpfte Energieemission nicht geortet worden war. Was aber bei der verdammten Aufmerksamkeit der Terraner kaum zu erwarten war. Vermutlich würde in Kürze ein Patrouillenraumer über der Region auftauchen und die verwehenden Energiefahnen analysieren. Dabei würde er anhand des Energiespektrums feststellen, daß ein Nadelstrahl abgefeuert worden war.

Womit die Spur zu Jim Smith wieder brandheiß war...

Deshalb war es jetzt erst recht an der Zeit, von hier zu verschwinden.

Er verwünschte sich selbst; er machte Fehler, die vermeidbar gewesen wären. Wieder und wieder. Der Aufenthalt auf Terra tat ihm gar nicht gut.

---

* Materie ist Energie. Die allein in einem Blatt Papier vorhandene ruhende Energie reicht schon aus, bei völliger Freisetzung das Wasser eines mittleren Stausees restlos zu verdampfen. – Anm. d. Autors

»Wir sind da«, sagte er schließlich.

Sie standen auf einer kleinen Lichtung. Nichts deutete darauf hin, daß sich hier etwas anderes befand als Dschungelgewächse sowie abertausend von mehr oder weniger lästigen Insekten, Spinnen, Vögel, Schlangen und hier und da im Unterholz ein paar andere verängstigte Raubtiere.

Smith konzentrierte sich und sendete einen Gedankenbefehl.

Tief im Boden unter ihm erwachte eine Maschine.

*

Etwas stieg aus dem Boden empor, einer Luftblase gleich. Smith wich unwillkürlich ein paar Schritte zurück, drängte auch Juanita ab. Rund zehn Meter durchmaß die elliptische Blase, die aufstieg und unter der sich der Boden wieder schloß, als sei überhaupt nichts geschehen. Das Etwas war einfach hindurchgeflogen, ohne etwas zu beschädigen, so, als sei der Boden überhaupt nicht existent.

Doch, ein wenig Schaden gab es. Eine Art Röhre, gut einen Meter durchmessend, führte in die Tiefe. Sie strahlte Hitze aus, die sehr schnell verflog, aber dann rutschte der Boden nach, und die Röhre schloß sich wieder. Nur eine kleine Einbuchtung blieb übrig.

Im nächsten Moment erlosch die Ellipse und gab einen blauviolett schimmernden, zylindrischen Körper frei, der etwa fünf Meter lang war. Unter ihm glühte ein kleiner Lichtkreis, so groß wie die Röhre, aber blendend hell. Der Zylinder sank wieder herab, bis das grelle Leuchten den Boden fast berührte; dann klappten aus der gerade noch fugenlos dichten Hülle spinnenbeinartige Landebeine aus und berührten den Boden. Das Licht erlosch; der Zylinder wippte einmal kurz durch.

Das war alles.

Jim Smith hatte per Gedankensteuerung seinen Flash aus dem Versteck in der Tiefe geholt. Das Intervallfeld hatte ihn dort geschützt; dennoch hinterließ der Brennkreis beim Auftauchen ebenso seine Spur wie damals, als Smith sein Flugobjekt in der Tiefe verborgen hatte.

Juanita war fassungslos. »Was – was ist das?« stammelte sie. »Zauberei?«

»Überlegene Technik«, sagte er, und wieder benutzte er die Gedankensteuerung, um den Flash zu öffnen. »Steig ein!«

Die kleine Maschine bot Platz für zwei. Rücken an Rücken saßen sie, als sich die Luke wieder schloß. Zwischen den Sitzlehnen gab es ein wenig Stauraum für kleines Gepäck, aber davon trugen sie so gut wie nichts mit sich. Jim warf nur eine Tasche in den Flash, in der er eine Reihe von Datenträgern verstaut hatte. »Müssen... müssen wir nicht Raumanzüge anziehen?« fragte Juanita, die ahnte, daß sie in einem Miniraumschiff saß.

»Nicht nötig«, sagte Smith. »Das Intervallfeld schützt uns vor jedem Angriff.«

»Wer sollte uns denn angreifen?«

»Das weiß ich nicht«, sagte er. Tatsächlich wußte er das sehr genau: die Raumpatrouille der Terranischen Flotte, sobald sie den Flash ortete. Und das konnte sehr schnell geschehen. Er hatte mit dem unüberlegten Schuß auf das Krokodil eine Spur gelegt, die hierher führte.

Diesmal hatte er vielleicht nicht so viel Glück wie bei seiner Ankunft.

Von Babylon aus war er mit seinem Ringraumer direkt ins Sol-System geflogen. Das Schiff befand sich jetzt in einem engen, schnellen Orbit um die Sonne, wo es nicht zu orten war – die Energieemissionen und die gigantische Masse des Zentralgestirns überlagerten alles andere.

Mit dem Flash hatte Smith seinen Raumer dann verlassen und sich im antriebslosen Flug, durch das Intervallfeld geschützt, einem Großfrachter genähert, der Terra anflog. Er hatte seinen Flug, von Kurs bis Energieaufwand, vorher so exakt berechnet, daß er mit dem Intervallfeld in einen der Frachträume an der Außenhülle des Schiffes eindringen konnte. Bis zuletzt hatte er gehofft, daß der Frachter nicht eine plötzliche Kursänderung oder ein Brems- oder Beschleunigungsmanöver vornahm. Aber das war nicht geschehen. Der Flash war so sanft durch die äußere Hülle des Frachters geglitten, daß die dahinter befindliche Atmosphäre seinen Schleichflug durch den Luftwiderstand endgültig abbremste.

Knapp über dem Boden schwebend, war der Flash zum Stillstand gekommen. Antigrav hielt ihn in der Luft. Da der SLE-Antrieb nicht aktiviert war, hatte der Brennkreis, der außerhalb des Intervallfelds wirksam wurde, keine Zerstörungen anrichten können. Darauf legte Smith größten Wert – die Spuren, die der Brennkreis eines Flash oder eines Ringraumers hinterließ, waren so typisch, daß die Terraner sofort die richtigen Schlüsse hätten ziehen müssen – immerhin benutzten sie ja ebenfalls Ringraumer und Flash.

Der Frachter durchflog eine freigeschaltete Strukturlücke im nogkschen Schutzschirm um Terra und landete auf einem zivilen Frachthafen. Daß er ein Kuckucksei nach Terra gebracht hatte, ahnte niemand.

Smith war kurz ausgestiegen und hatte seine Muskeln angestrengt. Er schaffte es, der trägen Masse des schwebenden Flash einen Schubimpuls zu geben, der ihn in Richtung Außenhülle in Bewegung setzte. Dann klammerte er sich an den Druckkörper und bemühte sich, so rasch wie möglich einzusteigen.

Sein Ausstieg und das Festhalten hatten die Lage des Flash ebenfalls ein wenig verändert; die Maschine driftete jetzt abwärts, aber das spielte keine große Rolle mehr – Smith hatte seine Aktion vorher genau durchrechnen lassen, und er schaffte es gerade noch, den Einstieg zu schließen, bevor der plumpe Rumpf des Flash den Boden berührte. Über die Gedankensteuerung schaltete Smith das Intervallfeld sofort wieder ein. In dessen Schutz durchdrang der Flash im nächsten Moment bereits den Boden und die Wandung. Da das Intervallum ein eigenständiges, künstlich erzeugtes Mini-Universum war, hob es die Naturgesetze des Normalraums für sich einfach auf.

Kaum war der Flash aus dem Frachtraumer heraus, als Smith ihn im Tiefflug mit minimaler Energieabgabe durch die Nacht flog, fort von dem Frachthafen, hinaus in die Wildnis. Er fand einen Ort im Amazonasgebiet, wo er aussteigen, das Raumboot per Gedankensteuerung verriegeln und im Intervallschutz im Boden versenken konnte.

Niemand hatte ihn geortet.

Er hatte sich durch den Dschungel geschlagen, nach einer längeren Wanderung den Rand der Zivilisation erreicht und war dann mit öffentlichen Verkehrsmitteln nach Rio weitergereist. Geld besaß er genug – noch an Bord seines Raumschiffs hatte er eine Unmenge von Geldscheinen nach von Babylon stammenden Mustern gedruckt; die diversen Dollarscheine mit unterschiedlichen Seriennummern und Echtheitsholos waren somit zwar gefälscht, aber dennoch absolut echt, weil sie mit ihren Vorlagen hundertprozentig identisch waren. So wie die Kantine an Bord seines Raumers jede gewünschte Speise replizieren konnte, konnte die gleiche Technik auch das Geld replizieren...

Er hatte mehr Geld produziert, als er benötigt hatte – selbst jetzt war noch überreichlich davon vorhanden. Aber das spielte keine Rolle mehr. Er konnte es auch auf anderen terranischen Planeten weiterverwenden. Es war überall gültig.

Er schaltete die Ortungen ein und tastete die Umgebung ab. Noch gab es keine Gefahr... fast schon ein Wunder bei dem ständigen Mißtrauen der Terraner.

Diesmal ersparte Smith sich die umständliche Prozedur der Geheimhaltung. Er wartete, bis seine Ortung ein Schiff erfaßte, das vom Raumhafen Rio startete und in Richtung Weltraum aufstieg. Dann aktivierte er den SLE des Flash. Der »Sub-Licht-Effekt« jagte den Kleinstraumer mit geradezu aberwitziger Beschleunigung, von der im Innern nichts zu spüren war, hinter dem terranischen Raumer her und auf die Lücke im Schutzschirm zu, die geschaltet wurde, um das Schiff passieren zu lassen.

Er huschte zusammen mit dem Schiff durch die Lücke!

Augenblicke später schaltete er auf Sternensog um und jagte den Flash überlichtschnell in Richtung Sonne.

*

Der Alarmstart und die Flucht eines unbekannten Kleinstraumers blieben nicht unbemerkt. Im Zusammenhang mit einer erst vor Stunden georteten rätselhaften Energieentladung im Amazonasraum wurde Großalarm für die TF gegeben. Zwölf 200-Meter-Kugelraumer der Hunter-Klasse erhielten Startbefehl und den Auftrag, den unbekannten Raumer mit allen Mitteln zu stoppen.

Die GSO war informiert. Bernd Eylers ahnte, daß der rätselhafte Smith an Bord des Kleinraumers war.

Aber die sofort gestarteten Schiffe holten den Kleinraumer nicht mehr ein. Als Eylers verlangte, daß statt der »lahmen Schleicher«, als die er die Kugelschiffe der Terranischen Flotte bezeichnete, S-Kreuzer eingesetzt würden, war es zu spät.

Die Ortungen erfaßten nur noch einen unbekannten Ringraumer, der aus der Sonnenkorona auftauchte und mit unfaßbaren, nie beobachteten Beschleunigungswerten in Weltraumtiefen verschwand.

15.

Die POINT OF stieß bis in Höhe der vierten Planetenbahn mit Sternensog ins Tarrol-System vor und wechselte dann abrupt auf SLE.

Im Sprachgebrauch der Menschen hieß der vierte Systemplanet Lazarus. Er war eine erdgroße Sauerstoffwelt, von würfelähnlichen weißen Gebäuden ohne Fenster und Türen bedeckt. Jeder dieser Kuben besaß eine Kantenlänge von exakt 309 Metern. Laut Olan, dem Ältesten der letzten Salter, hatte es sich bei Lazarus um den Medo-Planeten seines Volkes gehandelt. Tatsächlich gab es klinische Einrichtungen, die in vielerlei Hinsicht den modernsten Standard auf Terra übertrafen, in ihrer Bedeutung aber größtenteils nicht hatten entschlüsselt werden können.

Auch der Zweck dieses planetenumspannenden Lazaretts war trotz Olans Aussagen immer noch rätselhaft.

Ren Dhark schloß die Augen und ließ noch einmal Revue passieren, was der von Olan erhaltene Datenspeicher über das vermeintliche Erron 2 vermittelt hatte. Der Wortlaut hatte sich ihm unauslöschbar wie so vieles eingeprägt:

50.002 der UUR

Die Gewalt kann ihren größten Triumph feiern, denn aufgrund ihrer Initiative ist ein Planet in der anderen Galaxis zu einer großen Klinik umgebaut worden. Allein 185 Transmitterstraßen enden dort. Selbst bei plötzlich aufflammenden Seuchen kann binnen fünf trib *ein Zwanzigstel aller Salter nach dort gebracht und behandelt werden.*

»Die Gewalt«, wußte Dhark, war einst die Bezeichnung für die Regierung der Salter gewesen, die Begriffe »der«, »UUR« und »trib« hingen mit ihrer Zeitrechnung zusammen, hatten aber bis heute nicht auf Terra-Norm übersetzt werden können.

Fragwürdig war indes generell geworden, was von Olans Aussagen zu halten war. Etliche seiner persönlichen Behauptungen hatten sich zwischenzeitlich als definitiv falsch herausgestellt. Ob davon auch die Inhalte der Kassette betroffen waren, die er Ren Dhark überlassen hatte, war ungeklärt.

Ein Klinikplanet war Lazarus zweifellos.

Aber nicht Erron 2.

Erron 2, das wußte man inzwischen, war die sogenannte *Wächterwelt*. Und auch wenn ihre galaktische Position weiterhin unbekannt war, schien festzustehen, daß die Mysterious mit Erron 2 eine Gigantstation vergleichbar Erron 1 hinterlassen hatten, besetzt mit Robotkolossen, denen offenbar die Bewußtseine zwangsrekrutierter Geschöpfe aus allen Teilen der Milchstraße innewohnten. Diese Roboter bestanden aus einer Tofiritlegierung mit biologischer Komponente und waren des Morphens fähig. Vonnock, der Amphi, hatte dies eindrucksvoll vorgeführt, als er unter Zuhilfenahme seiner speziellen Fähigkeiten einen S-Kreuzer entführte* und damit von Terra verschwand, ohne eine verfolgbare Spur zu hinterlassen...

Nur Sekunden hatte Dhark die Augen geschlossen. Als er sie wieder öffnete, stand Hen Falluta neben ihm. Er nickte in Richtung Bildkugel, in der sich Lazarus abzeichnete, gesäumt von eingeblendeten Werten, die über seine Topographie Auskunft gaben.

»Faszinierend, nicht wahr?« sagte der Mann, der Ralf Larsen als Ersten Offizier der POINT OF beerbt hatte. Und fügte dann mit gewohntem Sarkasmus hinzu: »Erinnert mich immer wieder frappierend an die ›Idylle‹ terranischer Sanatorien, in denen mißliebige Menschen weggesperrt wurden.«

»Sie meinen Nervenheilanstalten, Hen?«

Falluta nickte. »Diese parkähnlichen Grünstreifen zwischen den einzelnen Bauten. Als wir Lazarus besuchten, hatte ich immer das Gefühl, daß gleich ein Patient in Begleitung eines Pflegers um die nächste Ecke kommen müsse. Entmündigte Patienten, Sir...«

»So habe ich das nie gesehen«, erwiderte Dhark und fühlte, wie

---

* siehe Band 3 des Drakhon-Zyklus »Der letzte seines Volkes«

sich Unbehagen in ihm einnistete. »Aber konzentrieren wir uns auf unser eigentliches Ziel…«

Salteria.

Heimat der Shirs.

Und Exilwelt der letzten Salter, die so tragisch auf Terra gestorben waren…

Der dritte Planet rückte unaufhaltsam näher, eine Schaltung ersetzte Lazarus in der Bildkugel durch ihn, wie er sich majestätisch vor dem samtschwarzen Hintergrund des Alls drehte.

Sämtliche Schiffsstationen der POINT OF waren von Ren Dhark ersucht worden, mit Ankunft im Tarrol- (oder Shir-)System besondere Wachsamkeit walten zu lassen – und gleiches galt auch für die MAYHEM sowie die gerade aus dem Intervallschlepp entlassene H'LAYV.

Die Entfernung zur mondlosen Heimat der Shirs betrug gegenwärtig noch zwei Millionen Kilometer, mit stetig fallender Tendenz.

Von den fünf Rahim-Raumern gab es noch immer keine Spur im System, sie befanden sich offenkundig nach wie vor innerhalb ihrer künstlich generierten Wurmlochkorridore, deren Transfer wesentlich mehr Zeit beanspruchte als die Distanzüberbrückung via Sternensog. Ein Umstand, der das Interesse Golas an den Ringraumern begreiflich machte, zeigten sie sich doch antriebstechnisch selbst den Schiffen der so stolz-überheblichen Rahim überlegen…

»Kontaktaufnahme!« instruierte Dhark die Funk-Z, als nur noch wenige Lichtsekunden Distanz den Dreierverband von Salteria trennten.

»Spruch ist raus!« meldete Elis Yogan nur wenige Atemzüge später. »Wollen Sie die Antwort gleich oder sofort, Sir?«

»Wir haben bereits Antwort?«

»Sie kam postwendend, Commander.«

»Dann her damit!«

Auf dem Display von Ren Dharks Kommandositz zeichnete sich eine längst vertraut gewordene Physiognomie ab: Der flache, spatenförmige Kopf mit den drei Ohren und fünf Augen war absolut außergewöhnlich, und der ebenso bemerkenswerte Rest des kolossalen Körpers blieb unsichtbar.

Mit dem Anblick des Shirs gingen Erinnerungen einher, die Dharks Gedächtnis blitzlichtartig freisetzte, und die allesamt mit ihrem letzten Aufenthalt in diesem Planetensystem zusammenhingen. Erinnerungen an den beherzten Kampf gegen die Nomaden, die Salteria überfallen hatten, um diese Welt wie zahllose andere davor auszuplündern. Gegen die hundeähnlichen Nomaden waren die starken Parakräfte der Shirs nutzlos gewesen, da jene eine natürliche Immunität gegen jegliche psionische Beeinflussung besaßen und damit ein höchst unbequemer Gegner vor allem für Drakhon-Völker waren, von denen ein jedes sich mehr oder weniger auf das eigene Parapotential bei der Abwehr von Feinden stützte.

Hätten wir uns nicht an ihre Seite gestellt, dachte Dhark, *wären die Shirs entweder in der Versklavung gelandet oder skrupellos ausgerottet worden.*

Die Nomaden waren die Heimatlosen Drakhons, deren Leben zum großen Teil aus Kampf und Terror zu bestehen schien und die selbst keinen Heimatplaneten mehr besaßen. Von den Galoanern wußte man inzwischen, daß die Vernichtung der Urheimat dieser Spezies wahrscheinlich auf die Rahim zurückging. Von den Rahim selbst gab es dafür keine Bestätigung. Sie hielten sich, was die Preisgabe von Informationen über ihre Geschichte und Lebensweise anging, nach wie vor reichlich bedeckt.

Was andererseits nicht allzu sehr verwunderte, betrachtete man die Kürze des Kontaktes, der überdies nur mit viel Mühe zustande gekommen war...

»Ich grüße dich, Ren Dhark«, drang die Pseudostimme des Shirs aus dem kleinen Lautsprecher. Shirs waren Telepathen. Über Weltraumdistanzen hinweg bedienten sie sich translatorähnlicher Geräte, die ihre Gedanken in Sprache umwandelten – ähnlich den Kommunikationseinheiten der Nogk. Oder dem Chip, in dem Shodonn hauste. »Mein Name ist...«, es folgte, wie schon so oft, eine Anhäufung von Vokalen und Konsonanten, die sich ein menschliches Hirn kaum merken, geschweige denn eine menschliche Zunge wiedergeben konnte, »ich heiße euch in meiner Eigenschaft als Mitglied des Hohen Rats willkommen. Wir hatten gehofft, euch wohlbehalten wiederzusehen... seid ihr auf dem Rückweg in eure Heimatgalaxis? War eure Mission von Erfolg gekrönt? Wie ich sehe, befindet sich ein Schiff der friedliebenden Galoaner, die zu kontaktieren wir euch rieten, in eurer Begleitung...«

»Unsere Heimat muß noch etwas auf unsere Rückkehr warten«, erwiderte Dhark, darum bemüht, seine Worte mit Bedacht zu wählen und das fragile Gebilde von Vertrauen, das zwischen Shirs und Menschen entstanden war, nicht leichtfertig zu gefährden. »Wir sind auch nicht zu euch gekommen, um Lebewohl zu sagen...«

»Sondern?«

Es war schwer, überhaupt eine Regung vom Gesicht des elefantengroßen Wesens abzulesen, das auf einem ähnlich renaturierten Planeten beheimatet war wie die Rahim. Aus zurückliegenden Begegnungen und Gesprächen mit den Shirs wußte Dhark, daß Salteria auch einmal unter Umweltverschmutzung und Klimakatastrophen gelitten hatte – in der technologischen Frühzeit dieser Rasse. Sie hatten ähnliche Fehler begangen wie die Menschen, irgendwann aber auch begriffen, daß ihre eigene Zukunft eng mit einer gesunden Biosphäre verknüpft war. Daraufhin hatte sie wie auf Rah das industrielle Leben unter die Planetenoberfläche verlegt. Es gab gewaltige Höhlensysteme, die entfernt an den Industriedom auf Deluge erinnerten, jedoch bei aller Gigantomanie sehr viel spielerischer wirkten als die Hinterlassenschaften der Mysterious. Die Shirs legten Wert auf gestalterische Elemente, die sie beinahe als Schöngeister charakterisierten...

... was sie bei den ersten Zusammentreffen nicht daran gehindert hatte, ihren Lebensraum kompromißlos mit allen ihnen zur Verfügung stehenden Mitteln zu schützen und zu verteidigen.

»... und«, fuhr Dhark fort, ohne auf den Einwand einzugehen, »wir sind auch nicht nur in der Begleitung unserer galoanischen Freunde erschienen.«

»Ihr habt Vertreter auch anderer Völker dieser Galaxis an Bord? Warum?«

»Nicht an Bord«, korrigierte Dhark geduldig, »sie treffen in Kürze mit ihren eigenen Schiffen ein.«

»Um wen handelt es sich?«

»Um einen Mythos«, erwiderte Dhark betont pathetisch, »um eine Abordnung der Rahim...«

*

Der Shir ließ sich seine Verblüffung nicht anmerken – er mißtraute der in den Raum gestellten Behauptung aber offenbar keinen Moment lang. Erstaunlich genug…

»Dann seid ihr also, wie erwartet, erfolgreich gewesen«, sagte er.

»Wie erwartet?«

»Ihr habt uns mit eurer Zielstrebigkeit und Hartnäckigkeit überzeugt – glaubt ihr, wir hätten euer Anliegen sonst unterstützt?«

»Das dachte ich, ja. Zumal unser Anliegen auch das eure sein müßte.«

Der Shir schwieg dazu. Dann fragte er: »Können wir sicher sein, daß von den Rahim keine Bedrohung für unsere Welt ausgeht?«

»Dafür verbürge ich mich«, erwiderte Dhark, wobei er sich eines kurz aufflammenden Gefühls von Unbehagen nicht erwehren konnte.

»Im Ernstfall wäre diese Bürgschaft«, antwortete der Shir, »wertlos. Was könnten wir schon einfordern, wenn die Rahim uns feindlich gesinnt wären?«

»Unseren Beistand. Muß ich dich erinnern, daß wir schon einmal verhinderten, daß euch Schlimmstes geschah?«

»Nein, dieser Erinnerung bedarf es nicht. Aber muß ich dich an etwas erinnern, was du bei deiner Klugheit längst selbst erkannt haben mußt? Daß du die Nomaden nicht mit den Rahim vergleichen darfst…?«

»Wir haben den Respekt der Rahim erlangt – frage nicht, wie. Aber würden sie uns nicht als gleichwertige Partner anerkennen, wären sie sicher nicht unserem Vorschlag gefolgt, Salteria zu besuchen…«

»Woraus ergab sich die Notwendigkeit einer solchen Einladung auf eine Welt, die euch nicht gehört?«

»Die Notwendigkeit«, sagte Dhark bereitwillig, wobei er auch weiterhin beharrlich die zwiespältigen Eindrücke verschwieg, die er auf dem Planeten der Rahim über dieses Volk erlangt hatte, »ergab sich aus der Tatsache, daß auch die Rahim nichts über die

Ursache der Versetzung eurer Galaxis in unser Kontinuum wissen.«

»Euer Kontinuum? Du hältst es inzwischen für erwiesen, daß unsere Sterneninsel nicht nur aus einem weit entfernten Winkel des Universums hierher versetzt wurde, sondern definitiv aus einem anderen Kosmos als dem deinen stammt?«

»Ich bin fest davon überzeugt, denn nur dieser Umstand erklärt auf überzeugende Weise, warum wir ganz bestimmte Phänomene sowohl hier in Drakhon als auch außerhalb beobachten. Damit meine ich nicht nur die ›Transitionsbremse‹, sondern auch den Umstand, daß Drakhon offenbar eine eigene Sphäre besitzt, die aus dem Ursprungsuniversum mitgebracht wurde.«

»Wann werden die Rahim eintreffen?«

»Sie sind mit uns an den Grenzen Kurnuks gestartet. Gola machte keine genauen Angaben über die Geschwindigkeit, mit der sich die Rahim-Einheiten durch die Wurmlöcher hierher bewegen. Aber unsere Sensoren sind in der Lage, Schwerkraftkelche noch vor ihrem Entstehen zu orten. Wir werden euch rechtzeitig darauf hinweisen. Trefft jede Vorkehrung, die euch angebracht erscheint. Die Rahim waren einmal die Herren dieser Galaxis – ihr aber seid die Herren eurer Welt.«

»Das klingt nicht, als wurzele dein Vertrauen in die Rahim und ihre friedlichen Absichten tief. – Was bedeutet Kurnuk, wer ist Gola?«

»Ich habe gelernt, alle Eventualitäten in die Waagschale zu werfen«, ging Dhark ruhig auf den ersten Teil der Erwiderung ein. »Und das nicht erst hier in Drakhon.« Danach beantwortete er die Fragen des Shir so knapp wie möglich – und trug sein Anliegen vor, das ihn erneut hierher geführt hatte.

»Ihr seid willkommen«, sagte dieser. »Ob ihr das Archiv der Salter in Augenschein nehmen dürft, muß der Hohe Rat entscheiden. Ich werde ihm euer Anliegen unterbreiten. Landet bei den Koordinaten eures letzten Besuchs. Der Rat wird euch und die Rahim empfangen – sobald sie eingetroffen sind.«

*

»Noch immer keine Anzeichen für die Ankunft der Rahim?«

Tino Grappa, der die Ortungssysteme der gelandeten POINT OF im Auge behielt, schüttelte verneinend den Kopf. »Aber wir dürfen auch nicht vergessen, daß wir das neue Leistungsvermögen unseres Babys…« er tätschelte die Arbeitskonsole, vor der er saß, fast liebevoll mit der flachen Hand »… auch bis zum Anschlag ausgereizt haben, um schnellstmöglich bei den Shirs vorbeizuschauen.«

Was er mit »neuem Leistungsvermögen« meinte, stand außer Frage: Seit die MAYHEM die POINT OF im Sonnensystem der Owiden mit Tofirit betankt hatte, hatten sich deren Möglichkeiten potenziert. Nicht nur die Waffen- und Defensivsysteme waren stärker geworden, auch die maximale Beschleunigung war in vorher nicht für erreichbar gehaltene Bereiche vorgestoßen…

Während die MAYHEM und die H'LAYV im Orbit über Salteria ausharrten, war die POINT OF bei den Koordinaten gelandet, die der Shir genannt hatte. Aufgrund des weichen Bodens ruhte der Ringraumer auf seinen A-Gravpolstern – genau wie es auf Rah, der Heimatwelt der Rahim, der Fall gewesen war.

Während Ren Dhark seinem alten Weggefährten Grappa in Gedanken beipflichtete, betrachtete er die Bildkugel, in der die unmittelbare Umgebung des Schiffes wiedergegeben wurde. Und fast zwangsläufig beschlichen ihn die Erinnerungen an die noch nicht wirklich lange zurückliegende erste Landung auf Salteria – damals, kurz nachdem man Lazarus, das vermeintliche Erron-2 entdeckt hatte.

Wenn Dhark die Augen schloß, konnte er sich sogar gefühlsmäßig in jene ersten Stunden auf der Shir-Welt zurückversetzen, konnte er noch einmal durchleben, wie sie die elefantengroßen Ureinwohner zunächst völlig falsch eingeschätzt und unterschätzt hatten. Dann die Begegnung mit den Saltern, die ersten Gespräche mit Olan, der ihm eröffnet hatte, die Salter seien die lange gesuchten Mysterious und stammten – welch eine Ironie des Schicksals – ursprünglich von der Erde, vom untergegangenen Kontinent Lemuria…

»Ren?«

Es war Dan Rikers Stimme, die den nostalgischen Ausflug der

Gedanken stoppte.

»Ren, da tut sich etwas…«

Dhark öffnete die Augen, setzte sich gerade. Dann folgte sein Blick dem ausgestreckten Arm des Freundes.

In unmittelbarer Nähe der POINT OF lag ein Wäldchen, und aus dieser Ansammlung fremdartig wirkender Bäume näherte sich nun eine Gestalt, die ein spontanes Déja-vù in Dhark hervorrief – gerade weil diese Szene der ersten Begegnung mit einem Shir fast aufs i-Tüpfelchen glich.

»Wir bekommen Besuch.«

»Offenbar sieht man es nicht als zwingend an, auf das Eintreffen der Rahim zu warten«, sagte Shodonn, der noch in Kurnuk Ren Dharks Angebot angenommen hatte und auf die POINT OF übergewechselt war.

Als Dhark zu ihm blickte, hatte er zum ersten Mal den Eindruck, daß Rhaklan, Shodonns Wirt, übermüdet und erschöpft wirkte. Der Weise gönnte ihm wahrscheinlich weit weniger Ruhe und Erholung, als nötig gewesen wäre – aus Shodonns Sicht irgendwo verständlich, für Rhaklan jedoch eine prekäre Lage.

Der Shir näherte sich dem Ringraumer nur langsam, und so beschloß Dhark, die Gelegenheit beim Schopf zu packen. Er nahm Rhaklan beiseite und fragte ihn: »Geht es dir gut?«

Aus dem Chip, der an der tonnenartig gewölbten Brust des Galoaners befestigt war, drang Shodonns künstlich modulierte Stimme: »Wie sollte…«

Weiter kam er nicht, denn Dhark schnitt ihm das Wort ab. »Ich meine Rhaklan.« Er stellte sich vor den Galoaner und fragte: »Also…?«

Rhaklan wirkte irritiert, aber keineswegs eingeschüchtert. Dhark hatte ihn selten sprechen hören, aber er besaß ein sonores, wohlklingendes Organ. »Ich kann nicht klagen.«

»Kannst du oder darfst du nicht?« Dhark achtete darauf, kein Aufsehen innerhalb der Zentrale auf sich und das galoanische Duo zu ziehen.

»Worauf willst du hinaus, Ren Dhark?« mischte sich erwartungsgemäß Shodonn ein. »Versuchst du, Unfrieden zwischen mir und meinem Wirt zu säen?«

»Kennst du mich so schlecht?« ging Dhark in die Offensive. »Ich mache mir lediglich Sorgen um Rhaklan. Er wirkt… mitgenommen.«

»Er weiß, was er mir schuldig ist.«

»Ach – und das wäre?«

»Mobilität.«

Kopfschüttelnd fragte Dhark: »Schlafen Galoaner nie?«

»Natürlich schlafen Galoaner. Was soll diese unsinnige Frage?«

»Wann hat Rhaklan das letzte Mal geschlafen?«

»Gestern. Er schläft regelmäßig. Wofür hältst du mich?« Die Kunststimme brachte ihre Empörung zum Ausdruck.

»Und wie lange schläft er regelmäßig?«

»Zwei Stunden eurer Zeit.«

»Entspricht das dem Rhythmus, den ein Galoaner lebt, der nicht die ›Ehre‹ hat, einen Weisen spazieren zu tragen?«

»Ungefähr.«

»Wie lange würde Rhaklan schlafen, wenn du ihn nicht zu deinem Wirt ernannt hättest?«

Shodonn schwieg. Schließlich fragte er: »Bist du mein Richter? Du redest zu mir, wie zu einem Angeklagten. Ich bin erschüttert.«

»Ich dachte, ich könnte offen sein.«

»Du beleidigst mich.«

»Ich dachte, ich hätte einen weisen Mann vor mir. Zunächst habe ich auch gezögert, das Thema anzusprechen. Doch dann sagte ich mir: Shodonn ist um ein Vielfaches älter und erfahrener als ich. Er hat mehr gesehen und erlebt als jeder andere, den ich kenne – er wird es mir nicht übelnehmen, wenn ich mich um die Gesundheit eines Angehörigen seines Volkes sorge…«

Dro Cimc war aufmerksam geworden und warf Dhark einen zur Zurückhaltung mahnenden Blick zu.

Ren Dhark überging ihn.

»Deine Sorge ist unbegründet«, sagte Shodonn in diesem Augenblick. »Rhaklan nimmt Medikamente zu sich, die seine Vitalfunktionen stützen. Nach unserer Heimkehr wird er Gelegenheit zur Regeneration erhalten.« Shodonn schwieg kurz, dann fügte er hinzu: »Es sind die Regeln unseres Volkes – ich dachte nicht, daß ich mich dafür rechtfertigen muß.«

Dhark fühlte sich zunehmend unbehaglich, weil die Worte ihn an Gola und dessen Verhalten auf Rah erinnerten. Er bereute den Versuch, Partei für Rhaklan zu ergreifen.

»Das mußt du nicht. Es ging mir um Rhaklan als Angehörigen eines befreundeten Volkes. Wenn du auf deinem Standpunkt bestehst, muß ich das respektieren. Doch sollte lediglich dein Wunsch nach Mobilität dahinterstecken, mache ich dir ein Angebot: Du kennst unsere kegelförmigen Roboter. Wenn der Chip nur für einen Tag an einen solchen geheftet würde, könnte Rhaklan versäumten Schlaf nachholen, und deine Beweglichkeit bliebe unbeeinträchtigt. Im Gegenteil, sie würde sogar erhöht. Vielleicht läßt sich sogar relativ unkompliziert eine Schnittstelle herstellen, die es dir ermöglicht, nicht nur verbal Befehle an den Roboter zu geben, sondern auch drahtlos. – Was sagst du?«

Täuschte sich Dhark, oder zuckte Rhaklan nach Anhörung des Angebots tatsächlich zusammen?

Was habe ich jetzt wieder angerichtet? Dhark seufzte innerlich. Und dann reagierte Shodonn auch schon in heftiger Manier: »Du mußt mich für das Gegenteil eines weisen Mannes halten, wenn du mir nicht einmal zutraust, daß ich selbst auf die Idee gekommen wäre, mich eines Robots zu bedienen – falls dies für mich erstrebenswert wäre. Dies ist es aber nicht. Absolut nicht! Gefangen in einem Chip zu sein, ist auch für mich kein anstrengungsfreier Zustand. Ich erschöpfe mich dabei nicht körperlich, wohl aber geistig. Die Symbiose mit Rhaklan – einem lebenden Vertreter meines Volkes – erfrischt mich. Würde ich Rhaklan gegen eine Maschine eintauschen, wäre ich selbst nur noch ein Ding. Ich weiß, daß niemand, der meine Lage nicht kennt, dies nachvollziehen kann. Aber es ist ein unumstößliches Prinzip seit langer Zeit, daß die Weisen, wenn sie das Nareidum verlassen, einen lebenden Wirt erwählen – für mich ist es eine Erleichterung, eine unschätzbare Hilfe. Frage Rhaklan, was es für ihn ist. Ich werde schweigen und ihn nicht beeinflussen. Er soll offen antworten, ohne Furcht vor Sanktionen! – Rhaklan?«

Der Augenwulst des Galoaners schien sich dunkler zu färben als bisher. Sonst war keine Veränderung zu bemerken, als er mit kehliger Stimme das Wort ergriff.

Dhark lauschte der Übersetzung: »Ich habe mich freiwillig gemeldet, die H'LAYV auf ihrem Flug ins Doppelsternsystem der Owiden zu begleiten – und auch freiwillig, Shodonns Wirt zu sein. Viele Galoaner würden Jahre ihres Lebens opfern, wenn sie mit mir tauschen dürften. Es ist mir eine Ehre. Ich fühle mich in keiner Weise geknechtet. Shodonn hat bereits alles gesagt: Die Pflicht, die ich mir selbst aufgebürdet habe, werde ich bis zum Ende erfüllen. Meine Körperfunktionen sind stabil. Ich danke für die Aufmerksamkeit, die du mir zollst, aber deine Sorge ist unbegründet. Die Medikation ist sorgfältig auf meine Bedürfnisse abgestimmt.«

Nichts von dem, was Rhaklan äußerte, klang aufgesetzt.

Dennoch widersprach Dharks eigener Eindruck den Darlegungen des galoanischen Duos, das in so ungewöhnlicher Symbiose lebte.

»Darf ich dennoch einen Vorschlag machen, Shodonn – Rhaklan...?«

»Rede. Ich werde nicht vergessen, wie du uns vor den Rahim verteidigt hast.«

Dhark nickte. Dann sagte er: »Daß du einen Roboter als Träger ablehnst, kann ich in etwa nachvollziehen. Würdest du auch einen lebenden Körper ablehnen – als zeitlich solange begrenzten Ersatz, bis Rhaklan sich auch ohne Medikamente wieder erholen, einfach ausschlafen konnte?«

Rhaklan schwieg regungslos. Offenbar ergriff er nur bei direkter Ansprache das Wort, und zweifellos diente Dharks Frage dazu, zunächst Shodonns prinzipielle Einstellung auszuloten.

»Welchen lebenden Körper meinst du?«

Dhark spürte, daß Dro Cimc der Unterhaltung immer noch lauschte. Dennoch sagte er mit fester Stimme: »Mich.«

*

Offenbar benötigte auch Shodonn Zeit, das Angebot zu verdauen. Sekundenlang herrschte völliges Schweigen, in das hinein die Stimme des Schwarzen Weißen platzte: »Ren Dhark!«

Mehr als den Namen sagte er nicht, aber seine Absicht war unmißverständlich: Er hielt den Vorschlag für inakzeptabel.

Schließlich sagte Shodonn: »Du bist die denkbar ungeeignetste Ersatzperson, das müßte dir selbst klar sein.«

»Warum?«

»Weil du nie… wie ihr Terraner sagt… nach meiner Pfeife tanzen würdest. Rhaklan ordnet sich mir völlig unter. Das kann ich vom Leiter der extragalaktischen Expedition, die uns besucht, nicht erwarten. Du wärst mein Werkzeug. Rhaklan hat als Galoaner damit keine Probleme. Bei dir sähe es anders aus. Selbst wenn du dich dafür entscheiden würdest – du würdest alle Achtung deiner Mitmenschen verlieren. Beenden wir das Thema.«

»Deine Argumente klingen einleuchtend«, sagte Dhark – und schüttelte dennoch den Kopf. »Du vergißt allerdings, daß wir uns auf Salteria ohnehin kaum frei und nach Gutdünken bewegen werden. Wir werden den Hohen Rat der Shirs treffen – und danach hoffentlich Zutritt in die Archive der Salter erhalten. Es wird nicht nötig sein, daß du mich lenkst. Du wirst, auch wenn du dich ausnahmsweise etwas ›unterordnest‹, immer an vorderster Front mit dabei sein. Wie ich schon sagte: Ich habe nicht vor, auf Dauer dein ›Wirt‹ zu werden. Ich würde dich an meine neue, schicke Uniform heften…« er lächelte »… und dich wie eine Auszeichnung tragen. Nicht mehr und nicht weniger. Du kannst dich zu Wort melden, wann immer du es für angebracht hältst. Ich werde dich den Shirs als der vorstellen, der du bist. Wir sind nicht mehr auf Rah. Im Gegensatz zu den Rahim haben die Shirs hohe Achtung vor den Galoanern.«

Zu Ren Dharks eigener Überraschung stimmte Shodonn zu – schränkte aber ein: »Wenn Rhaklan ebenfalls einverstanden ist?«

Der Wirt antwortete: »Ich bin einverstanden, wenn ich eine Sicherheitsgarantie für den Weisen erhalte. Ich fühle mich ihm und dem Nareidum gegenüber verpflichtet, auch Sorge für seinen Schutz zu tragen – soweit dies in meinen Möglichkeiten steht.«

»Die Shirs stellen keine Bedrohung dar«, erwiderte Dhark im Brustton der Überzeugung.

»Ich denke auch mehr an die Rahim«, sagte Rhaklan.

»Es widerspräche allem, was wir bislang über sie wissen und auch jeder Logik, wenn sie den Willen der Shirs auf deren Planeten mißachteten. Nein, wir haben die Rahim in ihrem Sternenversteck aufgespürt und aus der selbstgewählten Agonie gerissen. Sie wollen mit den ›Niederen‹ gerade soviel zu tun haben, wie zur Klärung der Gefahrenlage nötig ist. Sie handeln nicht selbstlos, sondern weil sie begriffen zu haben scheinen, daß das Schicksal unser aller Völker davon abhängt, die drohende Katastrophe abzuwenden.«

Shodonn fragte: »Wie lautet deine Entscheidung, Rhaklan?«

Dhark war beeindruckt von der Art und Weise, wie Shodonn unter Beweis stellte, daß seine Erklärungen von vorhin mehr als leere Worte gewesen waren. Das demokratische Verständnis des Nareidums wurzelte sehr viel tiefer als die Marionettenhaftigkeit Rhaklans bisher angedeutet hatte.

»Ich bin einverstanden«, sagte Rhaklan.

*

Als der Shir die offene Schleuse der POINT OF erreichte, steckte der Seelenchip mit Shodonn bereits an Ren Dharks Uniform.

Die letzten Schritte, die den behäbig wirkenden Koloß vom Schiff trennten, ging Dhark ihm mit erhobenen Händen entgegen.

»Ich grüße dich, Rat«, sagte er. »Die Rahim müssen jeden Augenblick eintreffen.«

Noch während er sprach, hatte er das Gefühl, von allen fünf Augen des Shirs gleichzeitig intensiv gemustert zu werden. Ihr Blick schien schließlich am Gehäuse des Moduls hängen zu bleiben, der Shodonns Seele speicherte.

Ich grüße Ren Dhark und den Weisen, meldete sich die telepathische Stimme des Shirs in Dharks Geist.

Ren Dhark senkte einen Arm. »Du weißt um die Bedeutung dieses Gegenstands?« Er tippte mit der noch erhobenen Hand sacht gegen das Gehäuse des mattsilbrig schimmernden Chips.

Der Shir schien die Frage als rhetorisch einzustufen. Er antwortete nicht. Statt dessen erwiderte er: *Wir müssen nicht auf die Rahim warten. Unser Verständnis von Gastfreundschaft gebietet es, Freunde wie Freunde zu behandeln und sie persönlich zu begrüßen. Diese Ehre wurde mir zuteil.*

»Es tut gut«, sagte Dhark, »von den Shirs Freund genannt zu

werden. Ich hoffe, alle Ratsmitglieder teilen diese Einschätzung, die wahr ist. Die Mißklänge zwischen unseren beiden Völkern sind längst bereinigt. Ich möchte aber von Anfang an keinen Zweifel daran lassen, daß wir – wieder einmal – als Bittsteller gekommen sind.«

Das ist uns klar, verblüffte der Shir. *Wenn du jetzt schon Fragen hast, so frage. Wenn du lieber warten willst, bis die Rahim da sind, warte.*

So unkompliziert und ungetrübt, mußte sich Dhark eingestehen, war das Verhältnis Terraner-Shirs wahrlich nicht immer gewesen.

»Hat der Rat bereits über unsere Bitte entschieden?«

Das Archiv der Salter betreffend?

»Ja.«

Dem wurde zugestimmt.

Die Erleichterung versetzte Dhark in ein regelrechtes Hochgefühl.

»Es gibt da tatsächlich ein paar Dinge«, sagte er, angespornt durch das Entgegenkommen der Shirs, »die zwar nichts mit dem eigentlichen Anliegen zu tun haben, das die Bewohner unserer beiden Galaxien eint, über die ich aber trotzdem gerne mit einem Shir sprechen würde.«

Fang an.

»Hier?«

Gefällt es dir in der Natur unseres Planeten nicht?

»Doch – natürlich…«

Dann laß uns nebeneinander hergehen, nur du und ich – und natürlich der Weise. Wie ist sein Name?

»Shodonn«, sagte Shodonn aus dem Chip heraus – und bewies damit, daß auch er die telepathische Stimme empfing. Verblüffend genug, immerhin war er gegen die Paraattacke der Rahim immun gewesen.

Sie setzten sich in Bewegung, angeführt von dem Shir, von dem sich Dhark einen Namen zur Anrede erbat, den er auszusprechen in der Lage war.

Doch der Shir lehnte ab.

»Es geht um die Salter«, sagte Dhark etwas später, als die POINT OF ein gutes Stück weit hinter ihnen zurückgeblieben war, was nicht allen an Bord gefallen mochte. Wahrscheinlich hegte der ein oder andere immer noch ein gewisses Mißtrauen gegen die Shirs. »Um gewisse… Ungereimtheiten in dem, was ihr uns über die Salter erzählt habt.«

Was genau meinst du?

»Die Shirs sagten uns, daß die Salter schon seit gut tausend Jahren im Exil bei ihnen lebten, ehe wir über die Sternenbrücke hierher fanden. Doch das kann nach unseren jüngsten Erkenntnissen nicht stimmen. Tausend Jahre… diese Galaxis, Drakhon, materialisierte erst vor 253 unserer Jahre vollständig in unserem Kontinuum. Daran orientiert muß die Spanne, welche die Salter hier verlebten, wesentlich geringer sein…«

Ziemlich genau dreihundert eurer Jahre, gab der Shir unumwunden zu.

»Auch dreihundert Jahre…« wollte Dhark seine nach wie vor bestehenden Zweifel zum Ausdruck bringen.

Aber der Shir unterbrach ihn sanft: *Unsere Galaxis war noch nicht endgültig manifestiert, als die Salter eintrafen. Das ist die Wahrheit.*

»Ich muß mich darauf verlassen«, sagte Dhark. »Wir haben die Hinterlassenschaften, beispielsweise auf Lazarus, nur für wesentlich älter gehalten. Aber du hast uns als Freunde bezeichnet. Deshalb gehe ich davon aus, daß es keine Gründe mehr gibt, die Wahrheit vor uns zu verschleiern…«

So ist es.

»Wie genau lief eure Begegnung mit den Saltern damals ab? Ihr müßt ihnen größtes Mißtrauen entgegengebracht haben.«

Nur anfänglich – bis wir sie mit unseren Parakräften aussondiert hatten.

Aussondiert. Dhark wußte nicht, warum, aber das Wort ließ ihm einen Schauer über den Rücken rieseln.

Es zeigte sich schnell, daß die Salter auf der Flucht vor Feinden waren, die sie als »die Grakos« bezeichneten.

Dhark blieb stehen. »Was wißt ihr über die Grakos? Sie sind eine reale Gefahr, die auch uns noch Probleme bereitet. Wir wissen wenig über sie, bis vor kurzem kannten wir nicht einmal ihr Aussehen…«

Der Shir, der ebenfalls unter der Krone eines dem Wald vorgelagerten Baumes innegehalten hatte, erwiderte: *Ich muß dich enttäuschen. Über die Gefahr, vor der die Salter flohen, wissen wir kaum mehr als den Namen, den sie ihr gaben. Wir haben uns lange beraten, wie wir mit den Kriegsflüchtlingen umgehen sollten. Schließlich fiel die Entscheidung.*

»Wie lautete sie?«

Wir lehnen Krieg in jeglicher Form ab. Aber wir verweigern auch keinem Hilfsbedürftigen die Unterstützung. Als die Salter landeten, waren sie noch von dem Wunsch nach Rache beseelt. Sie wollten eine Basis schaffen, von der aus sie einst in die Heimat zurückkehren und die Grakos vernichtend schlagen könnten. Dem schoben wir einen Riegel vor.

»Wie? Und warst du damals schon… geboren? Hast du alles selbst miterlebt?«

Dhark wußte inzwischen, daß die durchschnittliche Lebenserwartung eines Shirs bei rund vierhundert Terra-Jahren lag.

Ich war noch kein Ratsmitglied. Und damit nicht unmittelbarer Zeuge der Ereignisse.

»Wie ging es weiter? Welchen Riegel habt ihr dem Rachebegehren der Salter vorgeschoben?«

Es mag dich schockieren…

Ein Verdacht keimte plötzlich in Dhark auf – doch als er ihn hinterfragte, wurde ihm klar, daß er nicht zutreffen konnte: Nein, die Shirs konnten unmöglich etwas mit Gollog, der unheilvollen Zellverfallsseuche zu tun haben, der die Salter zum Opfer gefallen waren!

Wir haben, fuhr der Shir fort, *unsere Parakräfte dazu verwendet, die selbstzerstörerische Vergeltungssucht in den Saltern zu erstikken. Dabei mußten wir tief in ihre Bewußtseine eindringen. Die Folge war, daß sie nicht nur von ihrem brennenden Wunsch abließen, erneut gegen die Grako-Gefahr ins Feld zu ziehen, sondern…*

Dhark starrte an dem Shir vorbei zur POINT OF, die trotz aller Künstlichkeit nicht wie ein Fremdkörper inmitten der friedvollen Landschaft wirkte. Das Blauviolett ihrer Hülle reflektierte schwach das Licht der im Zenit stehenden Doppelsonne. Von irgendwoher war vielfältiges Summen zu hören – Insekten vielleicht. Nirgends war ein Vogel oder ein anderes geflügeltes Tier zu sehen.

Was mag aus den Wölfen geworden sein? dachte Dhark zusammenhanglos. *Den von den Saltern gezähmten Wölfen, die wir in ihrer Gesellschaft antrafen?*

»Sondern?«

... auch nach und nach den Antrieb verloren, überhaupt etwas zu bewirken, fuhr der Shir fort. *Mit anderen Worten: Sie stumpften durch unsere Beeinflussung immer mehr ab, bis sie jenen Grad von Friedfertigkeit erreichten, der es uns ermöglichte, ihnen den Verbleib auf unserer Welt zu erlauben...*

*

Ren Dhark versuchte, sich begreiflich zu machen, was der Shir gerade angedeutet hatte. Es entwarf ein neues Bild des Verhältnisses Shirs-Salter. Bislang waren die Terraner durchaus davon ausgegangen, daß Shirs und Salter befreundete Spezies gewesen waren. Die Art und Weise, wie die Shirs die Salter, die letzten Überlebenden einer Rasse aus einer anderen Galaxis, auch gegen die Besatzung der POINT OF verteidigt hatten, schien auf eine enge emotionale Bindung hinzudeuten.

Daran glaubte Dhark nun nur noch bedingt.

Sie hatten Mitleid mit ihnen, dachte er. *Nicht mehr und nicht weniger. Und dieses Mitleid hinderte sie nicht daran, ihre eigenen Interessen mit allen Mitteln zu verteidigen. Unwahrscheinlich, daß die Salter erbaut davon gewesen wären, hätten sie gewußt, welchen Preis sie für die Erlaubnis, auf Salteria zu bleiben, zahlen mußten. Wie ich Olan kennengelernt habe, hätte er alle Hebel in Bewegung gesetzt, um diese Welt, vielleicht auch diese Galaxis wieder zu verlassen und anderswo sein Leben zu beschließen. Wo er sich als Herr seiner selbst hätte wähnen können. Nicht als Marionette von bis zum Exzeß friedliebenden Geschöpfen...*

Das Armbandvipho schlug an. Von der POINT OF kam die Nachricht, daß fünf Schwerkraftverwerfungen innerhalb des Shir-Systems angemessen worden seien.

»Danke, Dan«, beendete Dhark nach wenigen Sätzen das Gespräch und gab die Nachricht an den Shir weiter.

Wie zur Antwort teilte sich daraufhin in unmittelbarer Nähe der grasbewachsene Boden. Ein getarnter Schacht von rund zehn Metern Durchmesser wurde sichtbar. Sekunden später erschien eine große Schwebeplattform ohne erkennbare Sitzvorrichtungen, die zielsicher auf den Shir und den Terraner zusteuerte und vor ihnen zu Boden sank.

Der Shir betrat die Transporteinheit als erster und gab Dhark zu verstehen, ihm zu folgen. Gemeinsam kehrten sie auf diese schnellere und bequemere Weise zur POINT OF zurück und wurden Zeuge, wie zwei der Hammerschiffe der Rahim wenig später fast lautlos neben dem Ringraumer landeten.

16.

Ich erkannte, wer ich war.

Ich war ich.

Das war aber auch das einzige, was ich erkannte. Ansonsten nahmen meine Sensoren nichts wahr. Die Welt um mich herum war spurlos verschwunden.

Keine Häuser, keine Straßen, keine Berge und Wälder – kein Anzeichen von Leben.

Hatte sich mein Bewußtsein verflüchtigt?

Nein. Ich konnte nach wie vor denken. Also existierte ich.

Laute drangen aus dem Nichts zu mir herüber. Unterschiedliche Geräusche – und Stimmen.

Stimmen, die ich wiedererkannte. Sie sprachen über mich.

»Ich bin froh, daß sich Artus freiwillig für die Analyse seiner miteinander vernetzten Programmgehirne zur Verfügung gestellt hat. Ohne die Tests wären wir keinen Schritt weitergekommen.«

Diese Stimme gehörte zu Echri Ezbal, einem hundertjährigen Inder mit schneeweißem Bart. Er war Leiter einer Forschungsstation. Sie lag im Brana-Tal, mitten im eisigen Himalaja. Cyborgs waren sein Spezialgebiet.

Cyborgs wie die 36jährigen Zwillinge George und Charly Snide, zwei typische Frohnaturen, deren Stimmen ich als nächstes vernahm.

»Inwiefern sind wir einen Schritt weiterkommen? Wir treten doch ständig auf der Stelle.«

»Du siehst das viel zu negativ, Bruder. Immerhin wissen wir jetzt, daß eines der neuen Programmgehirne einen Fehler physikalischer Art aufweist. Und dieser Fehler ist zweifelsfrei für das Erwachen von Artus' Bewußtsein verantwortlich.«

Der letzte Satz blieb nicht unwidersprochen.

»Nicht so voreilig. Anhand der bisher ermittelten Erkenntnisse können wir lediglich vermuten, daß es so ist. Der Fehler liegt im Nanobereich und läßt sich von außen nicht analysieren. Hundertprozentige Gewißheit erlangen wir nur, wenn wir das betreffende Programmgehirn aus seinem Kopf entfernen.«

Der Vorschlag stammte von Ule Cindar, einem weiteren Cyborg. Gemessen an der Menschheit in all ihrer Vielfalt war er eine recht unauffällige Erscheinung. Es gab nichts Besonderes an ihm zu entdecken. Auch seine Idee, mir das wichtigste Stück meines 24teiligen Gehirn-Nexus zu entfernen, war nicht sonderlich originell.

Seltsamerweise erschreckte mich sein Ansinnen in keiner Weise. Irgendwie spürte ich, daß er es nicht ernst meinte.

»Das war natürlich nur eine rhetorische Anmerkung«, ergänzte Cindar nach einer kurzen Pause. »Ich würde Artus niemals Schaden zufügen.«

Na bitte.

Plötzlich schwebte eine fiese Gestalt auf mich zu. Ein Mann, der eben noch nicht da war. Er kam lautlos aus dem Nirgendwo, das mich umgab.

Ich erkannte Sheriff Cade, ein skrupelloses Stück Mensch, das mich vor einiger Zeit bedroht und eingesperrt hatte. Mittlerweile saß Cade selbst hinter Gittern, in einem ausbruchssicheren Gefängnis. Wie konnte er dann trotzdem hier sein?

Eine zweite Gestalt zeigte sich. Es war eine Frau. Eine dicke Frau.

Jamie Savannah.

Ich mochte Savannah. Sie war eine gute Freundin. Eine sehr gute Freundin.

Ich hatte viel von ihr gelernt, vor allem den Umgang mit Menschen betreffend. Beispielsweise, daß die menschliche Handlungsweise nicht immer von Logik geprägt und voller Widersprüche war. Die menschliche Spezies war eine Einheit, aber nicht zwangsläufig eins. Jeder Mensch war ein Individuum für sich und grundsätzlich sich selbst der Nächste – was jedoch Zusammenhalt und gegenseitige Unterstützung (wobei manch einer sogar sein Leben für andere riskierte) nicht automatisch ausschloß.

Im Gegensatz zu mir verfügte jede Menschenperson über mindestens zwei Namen, manchmal waren es sogar noch mehr. Dennoch benutzten sie stets nur einen. Mittlerweile hatte ich mich dieser seltsamen Sitte angepaßt. Der Einfachheit halber verwendete ich ausschließlich den Hauptnamen, unter Verzicht auf vorangesetzte Anreden oder Titel. Obendrein war ich dazu übergegangen, alle meine Gesprächspartner zu duzen, so empfand ich es am unkompliziertesten.

Vom Äußeren her paßten Savannah und ich eigentlich nicht so recht zusammen. Sie verfügte über eine enorme Körperfülle – verglichen mit den meisten ihrer Artgenossinnen. Ich hingegen sah mehr wie ein dürres, wandelndes Metallskelett aus. Nichts Ungewöhnliches für einen Roboter. Allerdings wäre es mir lieber gewesen, man hätte mich etwas ansehnlicher gestaltet. Wie ich inzwischen festgestellt hatte, wirkten ich und meinesgleichen auf empfindsame Gemüter mitunter ein wenig unheimlich.

Ich und meinesgleichen. Wie leicht war das dahergesagt. Dabei gab es keinen zweiten Roboter, der wie ich war. Alle anderen waren seelenlose Maschinen. Ich hingegen verfügte über ein Bewußtsein. Das machte mich einmalig.

Einmalig – und einsam.

Ursprünglich war ich Ezbals Butler. Später hatte man mich zu Testzwecken umgebaut, weil aufgrund eines Virenverdachts die Programmierung der Cyborg-Programmgehirne neugeschrieben werden mußte. Mit dem außergewöhnlichen Testergebnis – mit meiner »Geburt« – hatte allerdings niemand gerechnet.

Was auch immer das Ereignis meiner Bewußtwerdung ausgelöst hatte – jetzt war ich da. Und ich beabsichtigte nicht, meine Existenz in absehbarer Zeit wieder auszulöschen. Ganz im Gegenteil. Ich wollte leben!

Leben und lernen.

»Ich frage mich, ob er uns in seinem künstlichen Ruhezustand überhaupt wahrnimmt«, überlegte Jan Burton laut. »Könnte doch sein, oder?«

Auch Burton war ein Cyborg. In seinen Adern floß das Blut dreier terranischer Regionen: Mongolei, Afrika, Nordeuropa. Obwohl er nach terranischer Zeitrechnung erst dreiunddreißig Jahre alt war, war er bereits seit sieben Jahren Witwer. Sein Hang zum Risiko bereitete seinen Vorgesetzten manchmal Sorgen.

Ja, ich wußte viel über meine fünf »Väter«. Wir hatten uns in den vergangenen Wochen alle näher kennengelernt, und ich hatte mittlerweile vollstes Vertrauen zu ihnen.

Burtons vage Vermutung war richtig. Ich konnte ihn und die übrigen Wissenschaftler mit meinen Sensoren akustisch wahrnehmen. Das künstlich herbeigeführte Koma, in das man mich während der Testreihe versetzt hatte, behinderte allerdings meine Optik und blockierte mein Sprachsystem.

»Artus sieht aus, als ob er träumt«, meinte Ezbal, fügte aber sogleich hinzu: »Unmöglich. Dazu ist sein Bewußtsein vermutlich gar nicht in der Lage.«

Träumen.

Ich rief den Begriff in meinen Programmspeichern auf.

Der Traum ist eine Phantasievorstellung, die im Schlaf auftritt.

Aha! Ich besaß also Phantasie.

Oftmals arbeitet der Schläfer im Traum Ereignisse auf, die sich im Wachzustand zugetragen haben.

Interessant. Deshalb schwirrten Savannah und der gräßliche Sheriff hier herum.

Im Halbschlaf kommt es vor, daß sich Realität und Phantasie vermischen und der Schlafende Bruchstücke seiner realen Umgebung wahrnimmt.

Auch das traf zu. Ich übte sozusagen einen heimlichen Lauschangriff auf meine Erschaffer aus.

Irgendwie gefiel mir dieser seltsame Zustand. Ich war weder ein- noch abgeschaltet. Faszinierend und äußerst entspannend.

»Verschwinde, Urran!« hörte ich Ezbal sagen. »Du hast hier nichts verloren. Geh spielen oder Choldi ärgern oder sonstwas.«

Urran war eins seiner beiden Haustiere. Es gehörte zur Gattung Hund – eine Mischung aus Schäferhund und Dogge. Beim zweiten Haustier handelte es sich um eine getigerte Katze – dick, faul und gefräßig. Die Tiere hatten normalerweise nichts in den Labors zu suchen.

… hatten dort nichts verloren… nichts zu suchen…

Menschliche Redewendungen, die ich in mein Programm übernommen hatte, obwohl mir der Sinn nicht so ganz einleuchtete. Natürlich hatte Urran nichts im Labor verloren. Was denn wohl? Seinen Lieblingsbeißknochen? Und weil er nichts verloren hatte, brauchte er dort auch nichts zu suchen. Das war *logisch*.

Weshalb drückten sich die Menschen so umständlich aus? Wieso sagte Ezbal nicht direkt, was er meinte? So wie Savannah. Sie hätte wahrscheinlich gesagt: »Hau ab, Hund, du störst! Jag die fette Katze. Das hält dich in Form – und sie auch.«

Um unklare Formulierungen besser begreifen zu können, benötigte ich unbedingt ein Programm mit den gebräuchlichsten menschlichen Redensarten. Ich beschloß, Ezbal nach meinem Erwachen darum zu bitten. Zwar verfügte ich über die Begabung, mich in Suprasensoren und Programme »einzufühlen« und zudem selbst Programme zu schreiben – doch dies war wohl eher eine Aufgabe für Idiom-Kenner.

Cindar rückte von seiner undurchdachten Idee ab, den Nexus meiner 24 Programmgehirne ganz oder teilweise aus meinem Kopf zu entfernen. Statt dessen wollte er sich selbst zu Testzwecken zur Verfügung stellen. Diesen Vorschlag wies Ezbal jedoch energisch zurück, das erschien ihm zu gefährlich.

Auch ich hielt es nicht für richtig, das Leben der Cyborgs leichtsinnig aufs Spiel zu setzen. Spontan kam mir ein weitaus besserer Einfall, den ich sogleich in die Tat umsetzte.

Ich mußte mich beeilen, denn allmählich kehrte die Wirklichkeit zu mir zurück. Die Traumsequenzen lösten sich auf, ich kam wieder zu mir…

*

»Er kommt wieder zu sich.« Echri Ezbal atmete auf. »Dem Himmel sei Dank! Ich hatte schon einen Kreislaufkollaps befürchtet.«

Ule Cindar, Jan Burton und die Snide-Zwillinge schauten den Inder verwundert an.

»Einen Kreislaufkollaps?« wiederholte Burton zögerlich. »War das ernstgemeint?«

»Nicht im menschlichen Sinne«, antwortete sein Gegenüber.

»Ich hatte nur für einen Moment die Befürchtung, Artus' Schaltkreise würden zusammenbrechen. Glücklicherweise ist das nicht passiert.«

»Mit Glück hat das nichts zu tun, Ezbal«, erwiderte der Roboter und richtete sich aus seiner Liegeposition auf. »Beim Erwachen aus dem künstlich herbeigeführten Ruhezustand diagnostizierte ich einen bevorstehenden leichten Systemabfall und leitete sofort entsprechende Gegenmaßnahmen ein. Ein völlig normaler Vorgang, der nur bedingt mit einem menschlichem Kollaps gleichzusetzen ist. Warum du dich dafür beim Himmel bedankst, ist mir nicht ganz klar. Die Wolken dort oben sind nichts weiter als Anhäufungen von Wassertröpfchen und Eiskristallen, entstanden durch Abkühlung aufsteigender Luft und Kondensierung oder Sublimierung von Wasserdampf.«

»Offensichtlich ist er gesund«, stellte Ule Cindar lakonisch fest.

»Selbstverständlich bin ich gesund«, entgegnete Artus. »Genaugenommen kann ich überhaupt nicht erkranken, denn ich bin eine Maschine. Eine denkende zwar… «

Der Cyborg seufzte. »Mußt du immer alles so wörtlich nehmen?« unterbrach er den Roboter.

»Ich verbessere meine ursprüngliche Programmierung fortlaufend«, antwortete Artus. »Aber an euren vielfältigen Formulierungen beiße ich mir die sprichwörtlichen Zähne aus, die ich gar nicht habe. Höchste Zeit, daß sich ein Idiom-Fachmann mit diesem Problem befaßt.«

»Ein… was?« hakte George Snide nach.

»Jemand, der sich mit sogenannten geflügelten Worten auskennt«, klärte Artus ihn auf. »Mit Redensarten, Redewendungen…«

»Mit Gequatsche halt«, brachte Charly Snide es auf den Punkt. »Es dürfte kein großes Problem sein, ein geeignetes Informationspaket mit entsprechenden Erklärungen zusammenzustellen und deiner Programmierung hinzuzufügen. Ich kümmere mich nachher darum.«

»Nicht notwendig«, warf Echri Ezbal ein. »Auf dieser Station gibt es sicherlich weniger ausgelastete Mitarbeiter, Charly. Ich denke da an zwei bestimmte junge Leute: Alfred Perkins und Jedediah Hotch. Die beiden wurden aufgrund ihres hohen IQ als wissenschaftliche Hilfskräfte eingestellt. Leider vernachlässigen sie oftmals ihre Arbeit zugunsten ihres Hobbys. Sie entwickeln Holographiespiele zu Unterhaltungszwecken – garantiert völlig kulturfrei.«

»Die neue Aufgabe dürfte ihnen den Begriff ›Kultur‹ ein wenig näherbringen«, meinte George Snide. »Wer beauftragt wird, sich mit menschlichen Spracheigentümlichkeiten zu befassen, kommt um die großen Dichter und Dramatiker wie Sophokles, Beaumarchais, Molière, Ibsen, Tschechow oder Goethe, Schiller, Pirandello, Lessing, Gorki, Beckett und Kleist nicht herum.«

»Ich wette, die zwei kennen nicht einen davon«, murmelte der weise Brahmane und schaltete sein Vipho ein.

Nachdem er seine Anweisung erteilt hatte, schaltete er ab, und Artus wurde ausgiebig zu seinen Empfindungen im Ruhezustand befragt. Was er zu erzählen hatte, versetzte die Männer in Erstaunen. Ein träumender Roboter? Oder hatte Artus lediglich unter einer Art technisch bedingter Halluzination gelitten?

Der Roboter saß auf dem Labortisch und ließ die Beine herabbaumeln. Vier der Männer hatten auf den wenigen Stühlen, die in dem verhältnismäßig kleinen Raum verteilt waren, Platz genommen. Der fünfte – Ule Cindar – stand an einem Regal und mixte sich aus diversen Chemikalien einen Erfrischungsdrink. Sein Erfindungsreichtum kannte in dieser Hinsicht keine Grenzen.

Als das Gespräch auf die neuen Programme kam, boten sich die Cyborgs zum wiederholten Male als Testpersonen an. Immerhin waren sie die Nutznießer der Neuentwicklung, mit dessen Hilfe ihre bisherigen Programme auf den aktuellen Stand gebracht werden sollten. Fehri Ezbal lehnte das Angebot jedoch nachdrücklich ab. Riskante Experimente an lebenden Menschen führte er nur durch, wenn es keine andere Möglichkeit gab.

»Es gibt keine«, meinte Cindar und nahm einen Schluck von der lila Flüssigkeit in seinem Reagenzglas.

»Gibt es wohl«, widersprach Artus. »Wir testen die Programme nicht an einem echten Cyborg, sondern in der Simulation eines Cyborgs.«

»Ein interessanter Vorschlag«, entgegnete Ezbal nachdenklich.

»Eine Cyborg-Simulation zu entwickeln wäre eine echte Herausforderung.«

»Es war nur eine Kleinigkeit für mich«, sagte der Roboter.

Die Anwesenden schauten sich überrascht an.

Jan Burton fand als erster seine Sprache wieder. »Es *war*...? Heißt das, du hast bereits ein Simulationsprogramm entwickelt?«

»So ist es«, bestätigte Artus. »Ich hatte während meines Ruhezustands gerade nichts Besseres zu tun.«

*

»Glaubt er wirklich, wir hätten nichts Besseres zu tun?« schimpfte Alfred Perkins, nachdem er sein Vipho abgeschaltet hatte.

Jedediah Hotch, mit dem er sich ein Büro teilte, hatte das Gespräch zwischen Ezbal und ihm mitgehört.

»Wir bringen das Ganze so schnell wie möglich hinter uns, damit wir uns wichtigeren Dingen widmen können«, schlug er vor. »So schwierig kann's ja nicht sein, einen Datenträger mit gebrauchsüblichen Redewendungen zusammenzustellen.«

»Der große Boß möchte, daß wir uns dabei an berühmten Dichtern orientieren. Kennst du welche?«

»Na klar. Beispielsweise William Shakespeare.«

»Und wen noch?«

»Nun ja... so auf Anhieb fällt mir sonst keiner ein. Dichtkunst ist nicht gerade mein Fachgebiet.«

Obwohl Alfred Perkins und Jedediah Hotch in keiner Weise miteinander verwandt waren, sahen sie sich ziemlich ähnlich. Ein jeder von ihnen war schlank, einfallslos gekleidet, hatte kurzgeschorenes Haar und trug eine Brille. Die beiden achtundzwanzigjährigen Männer kannten sich von Kindesbeinen an. Sie hatten zusammen in London studiert und sich danach getrennt voneinander um interessante Jobs in der Forschung bemüht. Der Zufall hatte sie im Brana-Tal wieder zusammengeführt.

Sie teilten eine gemeinsame Leidenschaft: das Austüfteln von holographischen Unterhaltungsspielen. Wann immer es ihnen möglich war, widmeten sie sich diesem Hobby – manchmal sogar während der Dienstzeit. Ihre eigentliche Arbeit vernachlässigten sie darüber zwar nicht, wie ihnen oft vorgehalten wurde, empfanden sie manchmal aber als lästige Störung.

»Dieser Shakespeare hat im Laufe seines Lebens eine ganze Menge gesagt und geschrieben«, bemerkte Hotch, nachdem er den Suprasensor zum gewünschten Thema befragt hatte. »Lauter weises und schwülstiges Zeug. Wir sollten uns ausschließlich auf ihn beschränken, dann sind wir schneller fertig.«

»Noch schneller geht's, wenn wir darauf verzichten, seine umfangreiche Textsammlung auf gebräuchliche Redensarten zu prüfen«, meinte Perkins. »Statt dessen speichern wir einige seiner bedeutsamsten Werke komplett ab. Dann kann sich Ezbals neues Lieblingsspielzeug selbst die jeweils passenden Zitate heraussuchen.«

Sein Freund war begeistert. »Eine hervorragende Idee. Das erledigen wir ruckzuck! Anschließend kümmern wir uns um die Realisierung meines neuesten Spielvorschlags…«

»… den wir noch ausgiebig besprechen müssen«, ergänzte Perkins. »Ehrlich gesagt, ich halte nicht viel davon. Das Grundkonzept erscheint mir viel zu simpel. Geflügelte Glubschäugler vom fiktiven Vogelplaneten Birdy, deren einzige Beschäftigung darin besteht, kreuz und quer in der Landschaft herumzuflattern, werden von den Spielern reihenweise abgeschossen. Und wer innerhalb einer festgesetzten Zeitspanne das meiste Phantasiegeflügel vom Himmel geholt hat, hat gewonnen.«

»Gerade weil es so einfach ist, wird es garantiert ein Renner«, war Hotch überzeugt. »Man könnte das Spiel natürlich noch etwas spannender gestalten, indem jeder Abschuß mit einer unterschiedlich hohen Punktzahl belohnt wird.«

Sein Kollege kratzte sich am Kinn. »Klingt schon besser. Mit einem kleinen Stückchen Glück befinden wir uns bald auf der Straße zum Erfolg.«

*

Artus' Simulationsprogramm erwies sich als voller Erfolg. Es täuschte dem zu testenden Programmgehirn perfekt vor, in einem

Cyborg zu stecken, so daß zahlreiche Analysen, Versuche und daraus resultierende Neueinstellungen vorgenommen werden konnten.

Für die Cyborgs war dies von entscheidender Bedeutung.

Künftig würden sie nach dem Umschalten auf das Zweite System die letzte Kontrolle über sich selbst behalten. Leider war es weiterhin nicht möglich, die Befehle des Systems während des Einsatzes zu korrigieren oder zu ändern (dieses Vorhaben hatte sich als nicht realisierbar erwiesen), doch im Notfall konnte der Mensch die Führung des Programmgehirns überstimmen und zurückschalten.

Nach Abschluß sämtlicher Experimente und Auswertung der Ergebnisse sprach Echri Ezbal allen am Projekt beteiligten Mitarbeitern seinen Dank aus – vor allem Artus, den er für seine Hilfe belohnen wollte.

»Ich habe nur den Wunsch, daß du dein Versprechen hältst, Ezbal, und es mir ermöglichst, zu den Sternen zu fliegen«, sagte der Roboter, »um das Weltall, fremde Planeten und deren Bewohner kennenzulernen.«

»Ich werden deinen Wunsch dem Commander der Planeten bei unserer nächsten Begegnung vortragen«, sicherte ihm der Brahmane zu. »Ren Dhark geht seinen Regierungsgeschäften nur selten persönlich nach. Die meiste Zeit hält er sich im All auf. Sobald die POINT OF irgendwo auf Terra zur Landung ansetzt, und sei es nur zu einem kurzen Zwischenaufenthalt, setze ich mich mit ihm in Verbindung.«

»Und bis dahin soll ich auf der Erde bleiben?« fragte Artus enttäuscht.

»Nicht zwangsläufig«, antwortete Ezbal. »Ich stelle dir gern ein Scoutboot zur Verfügung. Es ist zwar ein wenig altertümlich, aber flugtüchtig und absolut weltraumtauglich. Damit könntest du ein wenig durch unser Sonnensystem kreuzen.«

»Besser als nichts«, meinte Artus. »Für den Anfang jedenfalls. Ich frage Savannah, ob sie Lust hat, mitzukommen.«

Er zog sich in einen Nebenraum zurück, um ungestört mit ihr sprechen zu können.

Artus bekam »einen Korb« von seiner Menschenfreundin. Die

korpulente Fuhrunternehmerin hielt nicht viel von Raumfahrt und blieb lieber mit beiden Beinen auf der Erde.

»Der Abstand zwischen meinem Lastenschweber und der Straße langt mir«, sagte sie zu ihm am Vipho. »Noch weiter rauf, und ich kriege Höhenangst. Trotzdem freue ich mich, daß du an mich gedacht hast. Ich hatte schon befürchtet, wir hören gar nichts mehr voneinander, so beschäftigt wie du bist.«

»Halb so wild, meistens liege ich auf Labortischen herum und langweile mich entsetzlich. Von dem kleinen Ausflug ins All verspreche ich mir etwas Abwechslung. So abenteuerlich wie auf unserer gemeinsamen Schwebertour auf den Straßen von Kansas wird es sicherlich nicht zugehen, aber vielleicht entdecke ich irgendwo irgendwas Neues.«

»In diesem Sonnensystem wurden alle Entdeckungen schon gemacht«, erwiderte Jamie lachend. »Kannst du überhaupt ein Scoutboot fliegen?«

»Nein. Aber ich kann mir die Pilotenbefähigung aus einer Datenbank herunterladen – so wie ich es seinerzeit getan habe, als ich deinen Lastenschweber fahren mußte.«

»Da könnte man glatt neidisch werden. Unsereiner braucht Wochen für den Führerschein plus ein paar Monate, um die Karre richtig zu beherrschen, und einer wie du schafft das innerhalb weniger Sekunden. Roboter müßte man sein.«

»Du möchtest sein wie ich?« wunderte sich Artus. »Kein Mensch aus Fleisch und Blut mehr, sondern ein gruseliges Metallgestell?«

Jamie seufzte. »Natürlich nicht. Das war nur ein Witz.«

»Ach so. Ein Mann, der eine Frau mit so viel Witz hätte, könnte fragen: Witz, wo willst du mit der Frau hin?«

»Donner und Doria! Seit wann bist du so geistreich?«

»Das war ein Zitat«, erklärte Artus.

»Von wem?« wollte Jamie wissen.

»Von mir«, lautete die Antwort. »Es stammt aus einem speziellen Programm, das ich erst kürzlich abgespeichert habe. Ein Expertenduo für menschliche Redewendungen hat es für mich mit viel Mühe…«

»Ist mir wurscht, wer die Daten gesammelt hat«, unterbrach ihn die Fuhrunternehmerin. »Ich will wissen, wer den klugen Satz als erster gebraucht hat.«

»Ach, du meinst den geistigen Urheber des Zitats. Entschuldige, ich wußte nicht, daß das von Bedeutung ist. Die Worte stammen von einem gewissen Orlando, Sohn des Freiherrn Roland de Boys. Orlando ist eine fiktive Theaterfigur. Das Stück heißt ›Wie es Euch gefällt‹ und wurde anno 1599 von William Shakespeare geschrieben. Der vierte Aufzug spielt im Wald. In der ersten Szene unterhält sich Orlando mit Rosalinde, der Tochter eines vertriebenen Herzogs. Sie...«

»Genug!« schnitt Jamie ihrem Robotfreund erneut das Wort ab. »Du solltest dir abgewöhnen, jede Frage bis ins kleinste Detail zu beantworten. So etwas geht auch kürzer, ungefähr so: ›Wie es Euch gefällt‹ – Orlando – vierter Aufzug, erste Szene.«

»Und das genügt?«

»Vollkommen. Wer das betreffende Theaterstück geschrieben hat, ist sicherlich allgemein bekannt und ohnehin unwichtig. Genaugenommen interessiert sich auch kein Aas für Aufzug und Szene, doch die Kenntnis darüber verleiht dem Zitierenden die Aura einer gebildeten Persönlichkeit, verstehst du?«

»Nicht so ganz, aber ich lerne täglich hinzu. Vielen Dank, Savannah.«

»Keine Ursache. Laß mal wieder von dir hören, Artus.«

*

In der Weite des Weltalls hörte man keinen Laut. Ich konnte regelrecht in die Stille und Einsamkeit hineinlauschen – obwohl das praktisch unmöglich war.

Mein Erschaffer Ezbal hatte mir geraten, dem Erdtrabanten einen Besuch abzustatten und jene Stelle anzufliegen, an der am 20. Juli 1969 das Raumschiff APOLLO 11 gelandet war. Ich rief nähere Informationen zur ersten Mondlandung aus meinen Speichern ab.

Es war 22 Uhr 56 (nach der im Raumfahrtzentrum Houston geltenden Zeit), als der amerikanische Astronaut Neil Armstrong den berühmten Satz sprach: »Ein kleiner Schritt für einen Menschen, aber ein gewaltiger Sprung für die Menschheit.«

Bestimmt waren ihm diese weisen Worte nicht spontan eingefallen. Die Raumfahrtbehörde NASA hatte sie ihm vermutlich mit auf den Weg gegeben. Schließlich war die Mondlandung lange und sorgfältig geplant worden. Schon am 25. Mai 1961 hatte ein Präsident namens Kennedy vor dem amerikanischen Kongreß angekündigt: »Ich glaube, daß diese Nation noch vor Ablauf des Jahrzehnts einen Menschen zum Mond und sicher zur Erde zurückbringen wird!« Es war also genügend Zeit vorhanden, einen möglichst pathetisch klingenden Satz auszutüfteln, einen, der es wert war, noch Jahrhunderte später zitiert zu werden.

Auf derlei »Spielereien« legten die Menschen offenbar viel Wert. Die richtigen Worte zur rechten Zeit konnten auf Terra wahre Wunder bewirken, und eine perfekte Rhetorik war nicht mit Edelsteinen aufzuwiegen. Ob meine gestelzte sprachliche Ausdrucksweise und nicht vorhandene Mimik da mithalten konnte, wagte ich zu bezweifeln. Meine metallisch klingende Stimme bildete ein zusätzliches Kommunikationshindernis. Daran mußte ich noch arbeiten.

Die Verfeinerung meines Sprachprogramms durch die Hinzufügung weiser Formulierungen eines gewissen Shakespeare und Savannahs nützliche Tips waren sicherlich ein erster Schritt in die richtige Richtung.

Bald darauf setzte ich zur Mondlandung an.

Schon von weitem wurde mir klar, daß ich nicht der einzige war, der sich für Armstrongs »Fußabdruck« interessierte. Rings um den historischen Landeplatz reihte sich ein Gebäude ans andere.

Die Häuser, die über Druckschleusen betreten werden konnten, waren überwiegend Unterkünfte, Imbißstuben und Andenkenläden für jene Touristen, die draußen in billigen Raumanzügen überall herumtrampelten – allein, paarweise oder in organisierten Grüppchen. Wortgewandte Mondführer, die sich per Helmfunk mit den Touristen verständigten, schwangen langatmige Reden, obwohl es weit und breit außer Kratern nichts Besonderes zu sehen gab.

Ich konnte als einziger auf einen Raumanzug verzichten. Ziellos stakste ich zwischen den Leuten umher und fragte mich, was wohl in den Souvenirläden verkauft wurde. Mondgestein als Halskette?

Miniaturausgaben des APOLLO-Raumschiffs? Schmusepüppchen mit den Gesichtszügen von Armstrong, Aldrin und Collins?

Personenkult wurde bei den Menschen ganz offensichtlich großgeschrieben. Sie brauchten jemanden, den sie bewundern, zu dem sie aufsehen konnten. Verstorbene Idole wie Neil Armstrong, lebende Vorbilder wie Ren Dhark und...

Mich?

Bevor ich mich's versah, fand ich mich von Touristen umringt. Sie nahmen Funksprechkontakt zu mir auf, berührten mich und baten mich um Zettel mit meinem handgeschriebenen Namen darauf. Mangels Stift und Papier konnte ich diese Bitte nicht erfüllen.

Die weltweite Berichterstattung der Medien hatte mich bekanntgemacht bis in den letzten Winkel dieses Sonnensystems. Zwar sah ich auf den ersten Blick aus wie jede gewöhnliche Arbeitsroboter-Billigkonstruktion, doch Savannah hatte mir nach unserem gemeinsamen Abenteuer ein schwarzes Stirnband geschenkt, auf dem der Goldbuchstabe A eingestickt war, und das trug ich seither voller Stolz.

Einerseits freute es mich, wenn mir die Menschen zeigten, wie sehr sie mich mochten – andererseits nervte mich der Rummel um meine Person. Was hatte ich schon Bewundernswertes vollbracht?

Ich faßte den Entschluß, weiterzufliegen und nach einem weniger bevölkerten Ort Ausschau zu halten.

Meines Wissens nach existierten auf dem Mars nur wenige menschliche Kolonien. Auf dem Flug dorthin holte ich die nötigen Informationen ein.

Die erste Landung von Menschen auf dem Mars erfolgte 2011 in der Nähe des Südpols, wo es Eisvorkommen gab, aus denen Knallgas als Raketentreibstoff gewonnen werden konnte. Damals landeten vier Astronauten auf dem roten Planeten...

... aber nur drei kehrten zurück.

Ich rief ihre Namen ab und erfuhr, daß mittlerweile keiner von ihnen mehr am Leben war. Einer starb 2038 bei einem Schweberunfall – schuldlos, der Unfallverursacher hatte unter dem Einfluß einer Droge gestanden, die mit dem Oberbegriff »Alkohol« bezeichnet wurde. Der zweite Astronaut hatte sich bei einer Forschungsreise (damals noch mit Time-Effekt) auf einem fremden, heute gesperrten Planeten einen seltenen, unheilbaren Virus eingefangen – glücklicherweise nichts Ansteckendes, sonst hätte die Besatzung nach ihrer Rückkehr Terra total ausgerottet. So, wie es die Giants mit ihrer gnadenlosen Invasion versucht hatten, in deren Wirren der dritte Mann umgekommen war.

Was aber war mit dem vierten Astronauten geschehen, dem Kommandanten der Expedition, den man auf dem Mars zurückgelassen hatte?

Roy Vegas, geboren in New York am 12. August 1985, erfuhr ich anhand der Speicherabfrage. *Erster Mensch auf dem Mars im Jahre 2011. Verschwand dort auf einem Forschungsausflug spurlos, mitsamt dem dafür eingesetzten Spezialraupenfahrzeug.*

Es folgte eine detaillierte Beschreibung des Verschwundenen, mit der Schlußbemerkung: *Hat eine Vorliebe für Kirschkuchen*. Erstaunlich, wie penibel seinerzeit diese unwichtige Kleinigkeit registriert und abgespeichert worden war.

In einem Anflug von menschlichem Humor malte ich mir aus, wie Vegas und ich zufällig auf dem Mars zusammentrafen. Da die terranische Zeitrechnung inzwischen September 2058 schrieb, stand er mit 73 Jahren noch im besten Mannesalter. Ich war gespannt auf seine erste Frage an mich, immerhin hatte er 47 Jahre keinen Menschen zu Gesicht bekommen. Und Vegas sagte: »Haben Sie mir Kirschkuchen mitgebracht?«

Natürlich war das totaler Unsinn. Seine Sauerstoffvorräte hätten nie ausgereicht, um so lange auf dem Mars zu überleben.

Mich packte der Forscherdrang. Ob es mir wohl gelang, Hinweise auf das geheimnisvolle Verschwinden von Roy Vegas zu entdecken? Vielleicht sogar ihn selbst – als menschliches Skelett im Raumanzug?

*

Seit 2022 gab es dauerhafte menschliche Kolonien auf dem Mars, wenn auch nur wenige. Sie lagen um den Äquator herum, wo es nicht ganz so kalt war wie auf dem übrigen Planeten. Die Gebäude, Straßen und Felder befanden sich unter riesigen Leichtbaukuppeln, in denen eine ausreichende Atmosphäre herrschte.

Die Kuppeln waren durch oberirdisch verlegte, durchsichtige Tunnelröhren miteinander verbunden.

Meine erste Begegnung mit einem terranischen Marsianer fand außerhalb der Kuppeln statt. Aufmerksam beobachtete er mich aus seinem gegen Kälte und niedrigen Luftdruck wirksamen Schutzanzug heraus beim Aussteigen.

Ich stellte Kontakt zu seinem Helmfunk her und merkte an: »Weißt du, was das beste an dieser Gegend ist?«

»Genügend Parkplätze«, antwortete der alte Mann verschmitzt, mit einer Kopfbewegung zum Scoutboot hin.

»Das auch«, erwiderte ich. »Und daß es hier kaum Tourismus gibt.«

»Unser Kolonialplanet ist kein sonderlich begehrtes Ausflugsobjekt«, bestätigte mein Gesprächspartner. »Insbesondere bei jüngeren Leuten ist der Mars nicht ›in‹. Er gilt als staubig und langweilig und zu weit ab vom Geschehen. Den Leuten hier ist das nur recht – sie bleiben gern unter sich.«

»Heißt das, ihr bekommt nicht gern Besuch?«

»Im Gegenteil, in jedem Wohnhaus steht mindestens ein Gästebett bereit. Allerdings verhält es sich mit Gästen wie mit toten Fischen. Liegen sie zu lange herum, fangen sie an zu stinken.«

»Keine Bange, ich habe nicht vor, lange zu bleiben«, versprach ich.

»Na dann: herzlich willkommen«, sagte der Alte und grinste breit. »Du bist Artus, nicht wahr? Dein Ruf eilt dir voraus. Wir befinden uns hier zwar jwd, doch wir leben nicht hinter dem Mond.«

»Selbstverständlich nicht«, pflichtete ich ihm bei. »Von der Sonne aus gesehen lebt ihr hinter Merkur, Venus und Erde.«

Er lachte. »Du gefällst mir, Junge! Komm, ich stelle dich meiner Familie vor. Ich heiße übrigens Josef Bichler, doch alle nennen mich Jupp.«

Jupp nahm mich mit in die ihm vertraute Welt unter den Kuppeln, führte mich in der Siedlung herum und machte mich mit jedem Marsbewohner bekannt, der uns über den Weg lief. Man empfing mich herzlich, aber ohne Aufdringlichkeit. Die Kolonisten zeigten mir stolz ihre bescheiden eingerichteten Häuser, ihre Geschäfte mit beschränktem Warenbestand und die öffentlichen

Einrichtungen. Sogar eine Schule gab es auf dem Mars.

Und eine Arztpraxis mit angrenzender Klinik. Medizinische Hilfe mußte zum Glück selten in Anspruch genommen werden, erfuhr ich von Jupp. Die leitende Ärztin war seine Schwiegertochter, eine – nach menschlichen Maßstäben – resolute Schönheit.

Die meisten Marsbewohner existierten von Ackerbau und Viehzucht sowie gegenseitigem Handel. Ihre Wirtschaft florierte zwar nur in kleinem Rahmen, doch alle waren zufrieden, wie mir jeder versicherte.

Am Rand der Siedlung lag eine wissenschaftliche Forschungsstation, gerade mal mit drei Personen besetzt. Viel gab es für das Gelehrtentrio nicht mehr zu tun; mittlerweile hatte man so ziemlich alles auf diesem Planeten untersucht, analysiert, eruiert... der umfangreiche Gemüsegarten, den man hinter der Station angelegt hatte, war vermutlich mehr Hobby denn Forschungsobjekt.

Irgend etwas fehlte. Wo war das allgegenwärtige Militär?

»Nicht weit von hier gibt es eine unterirdische militärische Beobachtungsbasis«, verriet mir Jupp. »Der genaue Standort ist selbstverständlich streng geheim.«

»Soll ich dich hinführen, Artus?« fragte mich seine neunjährige Enkelin Vera, die sich unterwegs unserem Besichtigungsrundgang angeschlossen hatte.

Jetzt begriff ich, was die Menschen meinten, wenn sie von einem »offenen Geheimnis« sprachen.

Ich hatte allerdings kein Interesse an militärischen Einrichtungen. Viel lieber hätte ich den Platz der ersten Marslandung besichtigt (in der heimlichen Hoffnung, dort das Rätsel um Vegas' Verschwinden zu lösen), aber ich wollte nicht erneut mit Touristenscharen konfrontiert werden.

»Keine Sorge, was für diesen Teil des Planeten gilt, trifft auch auf die Gedenkstätte für die erste Landung am Südpol zu«, klärte Jupp mich auf, als ich ihn darauf ansprach. »Touristen lassen sich dort nur selten sehen. Ab und zu finden sich Schulklassen ein oder vereinzelte Neugierige auf der Durchreise, doch die meiste Zeit bleibt der historische Ort menschenleer.«

Das war für mich das Signal zum Aufbruch. Ich verabschiedete mich von meinen neuen Freunden, um auf Entdeckertour zu gehen. Sie trennten sich nur ungern von mir.

»Kannst du nicht noch ein bißchen bleiben?« fragte mich Vera. »So schön ist es da draußen doch gar nicht.«

»Mich lockt das Neue und Fremde«, versuchte ich, ihr meinen Abenteuerhunger zu erklären. »Ich bin halt ein unruhiger, wißbegieriger Geist, der ständig danach giert, etwas hinzuzulernen.«

»Lernen finde ich doof«, erwiderte das Kind freiheraus. »Das Beste an der Schule sind die Ferien. Den ganzen Tag spielen oder faulenzen ist eine tolle Sache.«

»Man kann nie genug lernen«, meinte Jupp, gab seiner Enkelin aber in einem Punkt recht. »Trotzdem wirkt sich Ruhe und Entspannung mitunter wohltuend auf den Geist aus – auch auf einen unruhigen. Na ja, vielleicht trifft das nur auf uns Menschen zu«, schränkte er ein. »Du brauchst ja nicht einmal Schlaf. Ehrlich gesagt, nicht schlafen zu können stelle ich mir furchtbar vor.«

»Es soll auch Menschen geben, die mit einem Minimum oder gar keinem Schlaf auskommen«, informierte ich ihn. »Im Jahre 1945 wurde von einem Kubaner namens Tomas Izquierdo berichtet, er würde sporadisch meditieren statt regelmäßig zu schlafen. Tomas arbeitete in einer Textilfabrik täglich zwei Schichten und erklärte seine permanente Schlaflosigkeit mit seiner Furcht vor Alpträumen. Übrigens: Ich kann träumen – zumindest dann, wenn ich in einen künstlichen Ruhezustand versetzt werde.«

»Kaum zu glauben«, meinte Jupp und ließ offen, ob sich seine Bemerkung auf meine Träume oder auf den längst verstorbenen Izquierdo bezog.

Wenig später verließ ich den schützenden Kuppelbau.

Für jeden anderen wäre es tödlich gewesen, draußen ohne Schutzanzug herumzuspazieren, mir hingegen machte es nicht das geringste aus. Meine Sensoren registrierten die Kälte, ohne daß ich fror. Und der Sauerstoffmangel war ebenfalls kein Problem für mich.

*

Start, Flug und Landung verliefen problemlos. Ich stieg aus und schaute mich um.

An der Gedenkstätte am Mars-Südpol hatte sich seit 2011 nichts verändert – so stand es zumindest auf einer Informationstafel zu lesen, die nachträglich an einer Felswand angebracht worden war.

Viel zu sehen gab es nicht. Das Lager der Astronauten war zwar noch größtenteils vorhanden, doch ihre Arbeitsgerätschaft hatten sie komplett mitgenommen. Ebenso die Spezialfahrzeuge, die sie damals im Raumschiff hierher transportiert hatten.

Lediglich ein Kettenfahrzeug hatten sie zurücklassen müssen – mitsamt Fahrer.

Was war Roy Vegas zugestoßen?

Diese Frage beschäftigte mich unentwegt.

Ich nahm die historische Atmosphäre des abgeschiedenen Ortes in mich auf und versuchte nachzuempfinden, was vor 47 Jahren in den vier Männern vorgegangen war, kurz nach dem Verlassen ihres Raumschiffs.

Vegas hatte als erster seinen Fuß aufs Eis gesetzt. Hatte man auch ihm vor dem Start einen klugen Ausspruch eingetrichtert? Falls ja, hatte er sich aller Wahrscheinlichkeit nach nicht daran gehalten, denn seine ersten, geschichtlich verbrieften Worte auf diesem Planeten lauteten: »Himmelherrgott, ist das eine lausige Gegend!«

Ein provisorisches Basislager wurde eingerichtet – rein zu Arbeitszwecken, denn schlafen und ausruhen konnte man sich ja im Raumschiff. Anschließend wurden die Geräte ausgeladen.

Die ersten vorsichtigen Erkundungsgänge fanden vermutlich zu viert statt. Weil das auf Dauer zu uneffektiv war, teilte man sich in Zweiergruppen auf. Alleingänge waren strikt verboten, denn überall konnten unbekannte Gefahren lauern.

Dennoch war Roy Vegas ohne Begleitung, als er verschwand.

Seine Kameraden berichteten später, daß er an seinem Kettenfahrzeug eine unbedeutende Reparatur durchgeführt hatte und im Anschluß daran zu einer Probefahrt aufgebrochen war. Eine Fahrt ohne Wiederkehr…

»In einer Viertelstunde bin ich wieder da!« Dieses zuversichtliche Versprechen, das in die Geschichtsbücher und Lexika eingegangen ist, hatte Vegas leider nicht eingehalten.

Weil er es nicht hatte einhalten können? Oder weil er nicht gewollt hatte?

Was könnte einen Menschen dazu bewegen, freiwillig auf einem öden, unbewohnten Planeten zurückzubleiben, wo er dem sicheren Tod ausgeliefert war?

Ein origineller Ort zum Sterben war der Mars allemal, aber Vegas hatte noch viele Lebensjahrzehnte vor sich gehabt. Hatte er etwa an einer unheilbaren Krankheit gelitten? Nein, das wäre bei den zahllosen ärztlichen Untersuchungen, die man vor dem Start an allen vier Raumfahrern durchgeführt hatte, bestimmt festgestellt worden.

Logische Schlußfolgerung: Vegas war unfreiwillig hiergeblieben.

Die daraus resultierende Frage: Wer oder was hatte ihn dazu gezwungen?

Ein Unfall? Dann hätte man eigentlich das Wrack seines Fahrzeugs finden müssen,

Da es auf dem Mars so gut wie keine eigenständigen organischen Existenzen gab, lag natürlich der Verdacht nahe, daß seine drei Kameraden für sein Verschwinden verantwortlich waren. Hatte es einen Streit gegeben – mit tödlichem Ausgang? Hatten die anderen Astronauten Vegas' Leichnam irgendwo im unwegsamen Gelände verscharrt und hinterher kollektives Stillschweigen vereinbart?

Nach ihrer Rückkehr zur Erde war eine gründliche Untersuchung eingeleitet worden, die auch diesen Aspekt nicht außer acht gelassen hatte, doch an den Aussagen der drei Männer war nicht zu rütteln.

Bei nachfolgenden Marsexpeditionen wurde die Umgebung rund um das Lager immer wieder abgesucht. Aber Vegas war nicht aufzufinden – weder tot noch lebendig.

Wahrscheinlich würde auch ich auf keine Spur von ihm stoßen. Daher gab ich die Suche auf, noch bevor sie begann.

Es war eh nur so eine verrückte Idee...

Plötzlich erfühlte ich eine feine Bewegung im elektronischen Bereich, eine kaum wahrnehmbare Schwingung, die sich so gut wie gar nicht von der Hintergrundstrahlung des Kosmos abhob. Meßgeräte hätten diese Schwingung niemals wahrnehmen können.

Aber der Nexus in meinem Kopf war eben anders als alles andere.

Meine Neugier wurde geweckt. Ich bestieg das Scoutboot und folgte den Schwingungen.

Einige Zeit später lag unter mir ein schwer zugängliches Labyrinth aus Felstrümmern, das mir aufgrund seiner gewaltigen Ausmaße bereits beim Anflug aufgefallen war. Ich hatte der mächtigen Anhäufung riesiger Brocken keine besondere Bedeutung zugemessen. Jetzt entschloß ich mich zu einer näheren Untersuchung.

Ich landete auf einem Felsplateau und verließ das Scoutboot. Mit gebotener Vorsicht kletterte ich hinab.

Ein Astronaut im Schutzanzug hätte die gefährliche Strecke unmöglich bewältigen können. Zwar profitierten sowohl Mensch wie Maschinen von der niedrigen Marsschwerkraft, aber als Roboter besaß ich Fähigkeiten, mit denen kein noch so geübter Bergsteiger mithalten konnte. Außerdem mußte ich nicht befürchten, mir an scharfen Felskanten den Anzug aufzureißen.

Jeder verborgene Winkel wurde von mir penibel untersucht, ohne daß ich dabei auf irgend etwas Außergewöhnliches stieß.

Ich überlegte, umzukehren und zur Erde zurückzufliegen. Doch da waren noch immer diese geheimnisvollen Schwingungen...

Inmitten des Labyrinths gab es unten am Boden einen freien Platz mit einem unebenen, steinigen Weg, der vor einer Aufschichtung monströser Felsbrocken endete. Es sah aus, als hätte eine gewaltige Geröllawine den Pfad nachträglich verschüttet.

War Vegas seinerzeit hier entlanggefahren? Möglicherweise hatte ihm der Felsrutsch überraschend den Rückweg versperrt.

Oder hatten ihn die Brocken in seinem Geländefahrzeug zermalmt?

Im Schatten eines Felsüberhangs stieß ich auf die Antwort.

*

Golaschonn Annkromb ugemplik Rannahaar fixierte den Hauptschirm seines Schiffes, auf dem sich überlebensgroß das »Gesicht« von Kalnekseldon Haritrantor fordenben Isakamoff abzeichnete.

»Sie senden einen Leitstrahl«, sagte Gola.

»Ich plädiere für Vorsicht«, erwiderte Kalnek.

»Ich vertraue den Besuchern, die sich Terraner nennen.«
»Ich rede nicht von den Terranern, ich rede von den Shirs.«
»Welches Risiko siehst du?«
»Wir haben uns während unserer Herrschaft über diese Galaxis nicht nur Freunde gemacht.«
»Gewiß nicht.«
»Die Shirs besäßen das Potential, um sich irgendwo ein Restwissen über unser damaliges Wirken bewahrt zu haben, das unserer Säuberung entging.«
»Wir waren sehr gründlich«, widersprach Gola. »Deine Befürchtung entbehrt jeglicher Grundlage. Zudem hatten wir uns über Jahrhunderte völlig zurückgezogen und unsere verbliebenen Aktivitäten auf Kurnuk beschränkt.«
»Was vielleicht ein Fehler war.«
»Das sagst ausgerechnet du?«
Kalnek hatte nie einen Hehl aus seiner Auffassung vom Lebenssinn der Rahim gemacht.
Als er beharrlich schwieg, sagte Gola: »Du kennst die Entscheidung des Rats. Hast du vor, sie zu unterlaufen?«
»Nicht ohne zwingenden Grund.«
»Und was wäre ein solch zwingender Grund für dich?«
»Die Terraner beschrieben uns dieses Archiv auf Salteria. Es gehört nicht den Shirs, aber es untersteht ihnen. Wir werden versuchen, unbeschränkten Zugang dazu zu erhalten, richtig?«
»Richtig«, bestätigte Gola, von einer unguten Vorahnung beschlichen. »Und weiter?«
»Falls in diesem Archiv Informationen aufbewahrt werden, an denen uns nicht gelegen sein kann, werde ich alles tun, es zu zerstören«, sagte Kalnek.
»Zerstören?« echote Gola. »Das hieße –«
»Das hieße«, fiel der eine Rahim dem anderen ins Wort, »daß es vielleicht notwendig werden könnte, eine nachträgliche Säuberung dieses Planeten, mit allem, was sich darauf oder in seiner Nähe befindet, durchzuführen.«
Gola versuchte, seine Fassung zu wahren. Erst recht, als Kalnek lauernd fragte: »Auf welcher Seite stehst du – auf der deines Volkes, oder sympathisierst du mit den Zielen völlig Fremder...?«

*

Die Begrüßung zwischen Shirs und Rahim verlief überaus re-serviert.

Ren Dhark fragte sich, ob es nur am hohen gegenseitigen Re-spekt lag, oder ob mehr dahintersteckte.

Doch es war nicht die Zeit, dies herauszufinden.

Aus beiden gelandeten Hammerschiffen war jeweils nur eine Gestalt herausgetreten. Äußerlich gab es, wie bereits gewohnt, kei-ne Unterscheidungsmerkmale, nicht einmal in der Kleidung. Die Rahim wirkten bedrohlich. Und sie gefielen sich offenbar in dieser Wirkung.

»Ich bin Gola«, sagte der eine Riese.

»Ich bin Kalnek«, stellte sich der andere vor.

Beide empfingen wie Dhark die telepathische Begrüßung des Shirs. Und ohne weiteres Geplänkel die Erklärung: *Ihr erhaltet jetzt die Erlaubnis, das Archiv aufzusuchen und zu prüfen, ob dort Wissen gelagert ist, das unsere beiden Galaxien retten kann. An dieses Zugeständnis sind jedoch Bedingungen geknüpft, von denen wir hoffen, daß sie auf euer Verständnis treffen.*

»Worum handelt es sich?«

Diejenigen, die Zutritt erhalten, müssen waffenlos sein.

Durch Kalnek ging ein Ruck. »Und wenn wir uns weigern, diese ›Bedingung‹ zu erfüllen?«

Gola griff schlichtend ein, noch bevor der Shir antworten konnte: »Natürlich erfüllen wir diese Forderung.« Er löste de-monstrativ den Verschluß seines Gürtels und ließ ihn mit allen Anhängseln – Waffen und Werkzeuge – ins Gras fallen. »Wir sind hier Gäste und fügen uns den Wünschen der Gastgeber.«

Der Shir erwiderte nichts.

Ren Dhark indes konnte sich eines Kommentars nicht enthalten, erst recht nicht angesichts des Größenverhältnisses Rahim-Shirs. Die Shirs überragten selbst die wuchtig auftretenden Rahim um einiges.

»Hast du auf dem Herflug einen Benimmkurs absolviert, Gola – oder liegt deine Höflichkeit daran, daß nicht einmal du die Shir als ›Niedere‹ einstufen kannst? Schon allein ihrer Statur wegen nicht...«

Gola erwiderte: »Die Shirs genossen stets den Respekt der Rahim. Fällt dir nicht auf, wie ähnlich wir uns sind?«

Dhark musterte demonstrativ zunächst den Shir, dann den Rahim – und schüttelte dann den Kopf. »Offengestanden, nein.«

»Ich meine nicht die körperliche Ähnlichkeit. Aber ihre Naturverbundenheit. Und wie sie, was an Technik nötig ist, unter die Oberfläche ihrer Welt verbannt haben, um die Harmonie hier...«, er breitete seine Arme aus, »... nicht zu stören.«

»Sind die Shirs je in Raumschiffen durch die Galaxis gereist?« Dharks Stimme klang schneidend scharf.

Die Frage hatte er nicht speziell an Gola gerichtet, dennoch antwortete der: »Nein.«

»Sie hatten auch nie das Verlangen, es zu tun, oder?«

Auch das verneinte der Rahim.

»Dann waren sie nie Konkurrenten für euch, von denen ihr euren Status zu Zeiten, als ihr das Geschehen in Drakhon noch maßgeblich bestimmt habt, bedroht sehen mußtet.«

»Das ist eine Unterstellung!« fauchte Kalnek.

Dhark zuckte die Achseln.

Es gibt noch eine zweite Einschränkung, und zwar personeller Art, erklärte der Shir.

»Wir hören.« Dhark wußte, daß ihnen letztlich nur die Wahl blieb, alle Forderungen der Shirs zu erfüllen – oder, wie schon in Kurnuk, erneut mit leeren Händen dazustehen.

Den Rahim ist es erlaubt, zwei ihrer Vertreter in das Archiv zu entsenden. Unseren Freunden von Terra, die auch Verbündete an Bord ihres Schiffes haben, sind sechs Personen gestattet, der Weise von Galoa inbegriffen. – Ist das akzeptabel?

»Du demütigst uns!« grollte Kalnek.

Werden die Bedingungen akzeptiert? wiederholte der Shir unbeeindruckt.

»Das werden sie«, erwiderte Gola.

Dann können wir gehen, sobald Ren Dhark seine Begleiter bestimmt hat.

*

Dhark wählte neben Shodonn, der an seine Brust geheftet war, Anja Riker, Arc Doorn, Manu Tschobe und Lati Oshuta als seine Begleiter. Den Cyborg in der Hauptsache deshalb, um wenigstens einen Gegenpol zu den auch körperlich sehr dominant auftretenden Rahim zu schaffen.

Wie besprochen nahm niemand eine Waffe mit auf den Weg, dafür aber einige von ihrem Shir-Führer gebilligte Geräte – Instrumente, die vor allem Anja Riker, Doorn und Tschobe bei der Entschlüsselung der erhofften Artefakte helfen sollten.

Ren Dhark kannte den Weg bereits, der zu der tresorartig geschützten Höhle führte, in der die Hinterlassenschaften der Salter verwahrt wurden.

Das Betreten des hermetisch abgesicherten Bereichs weckte dennoch wieder dieselbe Faszination, die ihn beim ersten Besuch beschlichen hatte.

Dem Augenschein nach hatte sich nichts verändert. Noch immer stapelten sich die Relikte auch anderer Rassen in dem riesigen Raum, in dem selbst der Ringraumer, der nach dem kosmischen Blitzschlag wie das meiste an Mysterioustechnik, zu einem Brokken toten Metalls degradiert worden war, wie ein Spielzeug anmutete.

Dhark hatte die Erinnerung an den Energiestoß aus dem Hyperraum, der die nicht intervallgeschützte M-Technik zerstört hatte, fast verdrängt. Nun aber kehrte sie mit Macht zurück – denn sie dämpfte die Hoffnungen, die er mit diesem Ort verband, beträchtlich.

Je öfter er in den letzten Tagen und Wochen darüber nachgedacht hatte, desto wahrscheinlicher war es ihm erschienen, daß das Salter-Archiv Antworten auf viele noch ungelöste Fragen bot.

Jetzt, da er die Schwelle, hinter er es sich erstreckte, übertrat, wurde ihm bewußt, daß es all die Antworten, nach denen sie suchten, vielleicht einmal bereitgehalten hatte.

Was, wenn der Blitz alles ausgelöscht hat? Wenn die Antworten, nach denen wir suchen, unwiederbringlich verlorengegangen sind…?

In der terranischen Geschichte gab es mannigfache Beispiele für verlorengegangenes Wissen: die einem Brand zum Opfer gefallene berühmte Bibliothek von Alexandria etwa...

»Ren?«

Es war Anja, die ihn drängte, weiterzugehen. Unbewußt war er stehengeblieben. Nun sah er, wie sich die beiden Rahim bereits von der Gruppe gelöst hatten und die gigantische Halle in verschiedenen Richtungen durchmaßen. Einer von ihnen (Gola?) hielt geradewegs auf den Ringraumer zu. Dhark dachte nicht daran, ihn zurückzurufen und ihm zu erklären, daß das Schiff völlig tot war. Im Grunde, gestand er sich ein, wäre es ihm ohnehin lieber gewesen, wenn andere als die Rahim eine Hinterlassenschaft von Wert entdeckt hätten...

»Wir wissen nicht, wonach wir eigentlich suchen, oder?« fragte Arc Doorn, der die Nase hob, als wollte er Witterung aufnehmen.

Tatsächlich roch es in der riesigen Kammer unter der Planetenoberfläche. Nach Alter. Nach Geheimnissen, die vielleicht ewig ungelüftet bleiben würden...

»Nein«, antwortete Dhark. »Aber ich schlage vor, wir lassen alles links liegen, was nicht nach Salter- oder Mysterioustechnik aussieht.«

»Ist das nicht das gleiche?«

»Nicht einmal darauf kann ich Ihnen eine Garantie geben, Arc.«

»Verstehe.«

Der Sibirier entfernte sich, wie vor ihm schon die anderen Begleiter Dharks.

Bis auf einen.

»Shodonn?« wandte sich Dhark an seinen schattenhaften Begleiter. »Was sagst du zu diesem Sammelsurium?«

»Es hat einen gewissen Kuriositätenwert.«

»Du bist enttäuscht.«

»Ich hatte etwas mehr... Übersichtlichkeit erwartet.«

Dhark stutzte.

»Wer ist für dieses Chaos verantwortlich?« fragte Shodonn. »Die Salter oder die Shirs?«

Dhark schnippte unwillkürlich mit den Fingern. »Das ist es!« keuchte er.

»Das ist was?«

Selbst ein Weiser konnte verständnislos klingen. Shodonn bewies es.

»Du warst dabei, als der Shir erzählte, wie die Salter dazu gebracht wurden, abzustumpfen, ihre Vergeltungssucht zu vergessen«, sagte Dhark. »Wahrscheinlich wurden sie dazu überredet, ihre technischen Errungenschaften, angefangen von diesem Raumschiff dort, bis hin zu Kleinstgerätschaften, peu à peu ›abzugeben‹. Bislang war ich immer davon ausgegangen, daß die Salter ihr Hab und Gut hier deponiert hatten. Ist es aber nicht viel wahrscheinlicher, daß die Shirs ihnen das abnahmen...?«

»Selbst wenn«, erwiderte Shodonn, »worauf willst du dann hinaus?«

»Warte...«

Dhark machte kehrt und verließ den Raum. Der Shir, der sie geführt hatte, stand immer noch neben dem Fahrzeug, mit dem sie hierher gelangt waren.

»Wir brauchen deine Hilfe«, sagte Dhark.

Was benötigt ihr?

»Zunächst eine Auskunft: Wer hat die Artefakte hier gelagert – ihr oder die Salter?«

Wir.

»Lebt von den Shirs, die damit betraut waren, noch einer?«

Ja.

Dhark straffte sich. Neue Zuversicht, die er angesichts des Tohuwabohus fast verloren hatte, durchströmte ihn. »Kannst du ihn erreichen? Und... meinst du, er wäre bereit, sich hierher zu bemühen und uns bei der Suche zu helfen?«

Ich frage ihn

Nur wenige Sekunden verstrichen, dann meldete sich der Shir erneut: *Er ist unterwegs.*

»Ich danke dir!«

Danke ihm. Er hatte sich schon zum Sterben zurückgezogen. Er ist alt. Sehr, sehr alt...

*

Auge in Auge mit einem Uralten zu stehen, der zu wissen schien, daß seine Zeit abgelaufen war und deshalb begonnen hatte, sich auf das nahe Ende vorzubereiten, hatte etwas überaus Beklemmendes.

Ren Dhark schaffte es anfangs nicht, sich von seinem Unbehagen freizumachen. Doch der alte Shir erwies sich als unkompliziert – und entgegenkommend.

Wie kann ich euch helfen?

Dhark schilderte ihm den genauen Grund, weshalb sie das Archiv durchforsteten. »Es geht um Aufzeichnungen, gespeichertes Wissen der Salter, die bei euch ihren Lebensabend beschlossen. Ist dir bei all dem, was du hier deponiert hast, etwas aufgefallen, was diesen Kriterien entspräche?«

Der Shir überlegte. *Es ist lange her…*

Dhark nickte. Ihm wurde bewußt, was er verlangte. Selbst wenn dieser Shir die Einlagerung persönlich geleitet und koordiniert hatte – wie sollte er sich nach den Jahrhunderten, die seither verstrichen waren, noch an einzelne Objekte erinnern?

Es gab da etwas, begann der Alte schließlich, *was mich damals sehr irritierte. So sehr, daß ich Olan fragte, worum es sich dabei handele…*

»Und was antwortete er?«

Er sagte etwas von einem Chronisten.

»Ein Chronist? Ein lebendes Wesen?«

Nein! Nein… ich hätte niemals etwas Lebendiges hier weggeschlossen. Obwohl… die Art und Weise, wie Olan davon sprach, legte diesen Verdacht nahe…

»Wie sah der Gegenstand aus?«

Ich weiß es nicht mehr genau. Aber ich würde ihn wiedererkennen. Und ich erinnere mich auch noch vage, wo ich ihn abgeladen habe. Wenn du willst – zeige ich ihn dir…

*

Dhark mißtraute nach anhaltender Pechsträhne dem Glück. Er mißtraute ihm, bis der alte Shir ihn tatsächlich zu einer Stelle innerhalb der Höhle geführt hatte, an der er auf etwas zeigte, das aussah, als könnte es tatsächlich ein großes Geheimnis verbergen.

Arc Doorn, der sich wie Manu Tschobe und Anja Riker angeschlossen hatte, kommentierte: »Es ist ein Produkt der Mysterious oder der Salter. Zweifellos. – Nur kann mir einer sagen, was es ist?«

»Und das aus Ihrem Mund, Arc.« Tschobe grinste, wirkte aber ebenso hilflos wie das Instinktgenie Doorn.

Dhark betrachtete das Gebilde, das vor einer der Höhlenwände stand. Es hatte die Form eines aufrecht stehenden Rades von gut drei Metern Durchmesser, von dessen Nabe insgesamt sieben Speichen abgingen. Es bestand aus Unitall, und zweifellos war die Nabe das optisch interessanteste Teil daran. Ihre Kapsel war etwa medizinballgroß und ebenfalls aus dem von den Mysterious bevorzugten blauvioletten Metall gefertigt.

»Da es M-Technik zu sein scheint«, sagte Arc Doorn, »können wir es vergessen. Auch ich werde es nicht mehr zum Leben erwecken können. Der Blitz... verdammt!«

Dhark wurde an seine eigenen Befürchtungen erinnert. Dennoch wandte er sich an den Shir. »Du bist sicher, daß Olan dieses Gebilde als ›Chronisten‹ bezeichnete?«

Absolut.

»Weißt du etwas über seine frühere Funktionsweise?«

Nein.

»Hast du Olan je damit... hantieren sehen?«

Einmal.

»Was tat er?«

Stimmen, in fremdartigem Idiom ausgesprochen, näherten sich. Als Dhark sich umdrehte, sah er, daß sich Gola und Kalnek näherten. Offenbar hatten sie die Aussichtslosigkeit ihres Bemühens erkannt, dem Ringraumer auch nur eine einzige Information von Wert zu entreißen.

Die Antwort des Shirs lenkte Dharks Aufmerksamkeit wieder auf den »Chronisten«.

Das Rad besaß Antigravaggregate, teilte die telephatische Stimme mit. *Es schwebte frei in der Luft. Über Olan. Und sein Kopf steckte im Mittelpunkt des Gebildes. Bis zum Hals war er darin verschwunden...*

»Die Kapsel besteht aus Metall!« sah sich Doorn genötigt zu widersprechen. »Und noch dazu aus einer der härtesten Metallegierungen, die wir kennen. Da steckt keiner den Schädel rein...!«

Die Kapsel ist nur im inaktiven Zustand sichtbar, erwiderte der Shir.

»Ren, glaubst du wirklich, wir haben hier eine Art Datenbank vor uns?« fragte Anja.

Ich werde jetzt gehen, verabschiedete sich der Shir. *Ich bin müde. Es ist Zeit.*

Grußlos wandte er sich ab.

»Danke!« rief Dhark ihm nach. Etwas anderes Passendes fiel ihm nicht ein, erinnerten ihn die Worte des Shirs doch daran, wohin dieser sich begeben würde.

Die anderen bemerkten nichts von seiner Beklemmung.

Einer der Rahim sagte: »Es ist nutzloses Metall – wie das Schiff, das wir untersuchten.«

»Wahrscheinlich«, erwiderte Dhark. »Die letzte Transition hat eine ungeheure Schockwelle erzeugt, der auch in unserer Galaxis etliche Vermächtnisse der Mysterious zum Opfer fielen.«

Während er sprach, trat er ganz nah an den aufgestellten Ring heran. Die Nabe befand sich fast in Kopfhöhe. Er hob die Hand und berührte sie.

Schneller als er oder ein anderer in seiner Nähe reagieren konnten, öffneten sich sämtliche sieben Speichen. Spinnwebartige Fäden schossen hervor und schufen eine Art Kokon um Dharks Schädel. Gleichzeitig platzte die Kapsel im Mittelpunkt des Rads förmlich auseinander.

Fassungslos starrten die Zeugen des Vorgangs auf das flirrende, kugelförmige Feld, das übergangslos aufgebaut wurde. Ein Feld mit höchst charakeristischen Eigenschaften.

»Ein – Intervallum!« keuchte Doorn.

Was immer es tatsächlich war, es erlosch im nächsten Augenblick schon wieder.

Und dann zogen die Fäden Ren Dharks Kopf hinein in die entstandene Öffnung.

Er taumelte nach vorn. Kein Laut verließ seine Lippen...

... zumindest keiner, der noch hörbar gewesen wäre.

»Hilfe…« wisperte es lediglich schwach aus dem Chip vor Dharks Brust.

Es war Shodonn – der nicht wußte, wie ihm geschah…

17.

Mit äußerster Konzentration kletterte Artus in dem Felslabyrinth nach unten.

Jeder noch so winzige Vorsprung wurde genutzt, ohne daß er auch nur ein einziges Mal mit den Füßen abrutschte. Wie Adlerklauen krallten sich seine metallenen Hände in kleinste Unebenheiten und Risse. Gelockerte Steine ertastete er rechtzeitig mit seinen Sensoren.

In der Tiefe, mitten im majestätischen Felsgewirr, stieß er auf einen unebenen Weg, der aufgrund eines monumentalen Felsrutsches von der Außenwelt abgeschnitten war. Hier entdeckte Artus im Schatten eines Überhangs ein mit Ketten betriebenes Geländefahrzeug, ein älteres Modell.

Der Zahn der Zeit hatte arg an dem Fahrzeug genagt. Zudem war es dick von rotem Staub bedeckt, offensichtlich stand es schon sehr lange an diesem verborgenen Ort.

Artus war überzeugt, daß der Name des letzten Fahrers Roy Vegas gelautet hatte.

Was war damals – im Jahr 2011 – auf dem Mars geschehen? In Sekundenschnelle zog Artus sämtliche in Frage kommenden Möglichkeiten in Betracht.

Variante eins: Vegas nähert sich auf seiner Probefahrt der mächtigen Anhäufung von Felstrümmern. Plötzlich bricht die Steinlawine los. Er springt aus dem fahrenden Geländewagen, um sich in Sicherheit zu bringen. Ein fataler Fehler! Das Fahrzeug bleibt unbeschädigt am Wegrand liegen, während Roy unter den Felsbrokken begraben wird.

Variante zwei: Vegas sieht die Steinlawine kommen und bleibt im Fahrzeug sitzen. Das rettet ihm das Leben – allerdings ist er jetzt ringsum eingeschlossen. Er will Hilfe ordern, doch das Funkgerät ist beschädigt oder die Felswände schirmen das Signal ab. Beim Versuch, die Felstrümmer zu erklimmen, stürzt Roy ab und findet den Tod.

Variante drei: Vegas kommt zunächst mit dem Schrecken davon, doch er kann aus der Falle nicht mehr entrinnen. Bald wird der Sauerstoff knapp. Roy erstickt in seinem Schutzanzug.

Artus besah sich seine Umgebung näher und entdeckte eine Lücke zwischen zwei riesigen Felsbrocken. Hatte sich der Raumfahrer dort hindurchgezwängt, auf der Suche nach einem Ausweg? Befand sich sein Leichnam auf der anderen Seite der beiden Felsen?

Fest stand, daß die kaum wahrnehmbaren elektronischen Schwingungen aus derselben Richtung kamen. Kein Meßgerät war so fein justierbar wie der Nexus in Artus' Kopf. Nur er konnte die Schwingung von der Hintergrundstrahlung des Kosmos unterscheiden – sonst hätte man sie schon viel früher gemessen.

Es bereitete dem wendigen Roboter keine nennenswerten Schwierigkeiten, durch den Spalt zu kriechen. Dahinter befand sich eine Sackgasse. Eine steile, glatte Felswand reckte sich in die Höhe. Der freie Platz davor war nicht sonderlich groß.

In der Wand befand sich eine metallene Schleusentür, die neuwertig aussah. Entweder war sie erst kürzlich eingebaut worden, oder die Schleuse wurde regelmäßig gewartet.

Aber von wem? War Roy Vegas doch noch am Leben? Hatte er eine schützende Zuflucht im Berg gefunden?

Artus suchte die Tür nach einer Mechanik ab.

Er suchte – und fand. Ein paar einfache Handgriffe genügten, um die Tür zu öffnen.

Der Roboter trat ein. Hinter ihm schloß sich die Außentür automatisch.

Mit der inneren Schleusentür war es nicht ganz so leicht, sie verfügte über keinen mechanischen Öffnungsmechanismus. Artus erkannte aber elektronische Ströme und öffnete die Tür per Funkbefehl.

Zugleich merkte er, daß im Berginneren verschiedene automatische Abwehr- und Waffensysteme aktiviert wurden.

Jetzt bloß keinen Fehler machen! ermahnte er sich selbst zur Besonnenheit. *Sonst könnte es mein letzter sein.*

Ohne zu zögern strahlte er auf allen Frequenzen ab, daß er in Frieden käme und nichts Böses wolle.

Sein Appell blieb unbeachtet. Die Waffen, die sich außerhalb seiner Sicht- und Reichweite befanden, wurden auf ihn ausgerichtet. Jeden Augenblick konnte das Feuer auf ihn eröffnet werden.

Langsam, in ständiger Abwehrbereitschaft, trat Artus aus der Schleuse. In einem kahlen, schwach beleuchteten Vorraum blieb er stehen. Hinter ihm wurde die Tür automatisch geschlossen.

Artus nahm Druck- und Sauerstoffmessungen vor. Um ihn herum herrschte eine künstlich erzeugte Atmosphäre, die mit der terranischen in etwa gleich war. Mit der Gravitation verhielt es sich ebenso. Ein Mensch konnte in diesem Raum ohne Anzug überleben.

Nicht schießen! wiederholte er seinen Appell auf allen nur erdenklichen Funkfrequenzen. *Ich komme in friedfertiger Absicht!*

Gleichzeitig versuchte er, herauszufinden, von wo aus die unterschiedlichen Abwehrsysteme gesteuert wurden. Wenn es ihm gelang, von seinem Standort aus den Zentralrechner zu beeinflussen, konnte er die Waffen deaktivieren.

Er ertastete eine fremde künstliche Intelligenz und versuchte, ihr seinen Willen aufzuzwingen.

Seine Begabung, die ihm schon viele Male aus der Patsche geholfen hatte, versagte auf der ganzen Linie. Offenbar hatte er es mit keinem normalen Rechner zu tun. Dieser hier war ihm gleichwertig.

Gab es auf diesem Planeten etwa ein zweites Wesen wie ihn? Eine Maschine mit Bewußtsein?

Artus fühlte sich wie magisch zu dieser Intelligenz hingezogen. Aus der Gegenrichtung empfing er ähnliche »Gefühle«. Er spürte, wie er von Sensoren abgetastet wurde und versperrte sich nicht dagegen.

Wer bist du? fragte er das unbekannte Wesen über Funk.

Ich stelle die Fragen! kam es zurück. *Wer bist du? Woher kommst du?*

Auf einer gemeinsamen Funkfrequenz entwickelte sich ein stummer Dialog zwischen ihnen. Dabei benutzten die beiden eine gemeinschaftliche Signalsprache, auf deren Anwendung sie sich stillschweigend geeinigt hatten.

Mein Name ist Artus. Ich komme von der Erde.

Negativ! Ich habe dich überprüft – du bist kein Terraner. Ertappe ich dich noch einmal bei einer Lüge, werte ich das als feindlichen Akt und leite deine sofortige Vernichtung ein.

Das war keine Lüge. Ich stamme wirklich von Planet Erde – er ist mein Geburtsort. Trotzdem bin ich kein Terraner wie die anderen. Vom Äußeren her bin ich kein Mensch, sondern eine Maschine. Aber ich denke und fühle wie ein Mensch.

Ich denke und fühle ebenfalls – dennoch bin ich weit davon entfernt, ein menschliches Wesen zu sein. Auch du solltest dich nicht als eines betrachten, Artus. Du bist nicht den Menschen ähnlich, sondern mir. Vielleicht gehörst du sogar zu meinem Volk.

Wie heißt dein Volk? Woher kommt es?

Du stellst schon wieder Fragen. Gib acht, daß dich deine Wißbegier nicht die Existenz kostet!

Dann sag mir wenigstens deinen Namen.

Ich hatte nie einen. Nenn mich ›den Einsamen‹ – das paßt zu meinen Empfindungen.

Du fühlst dich allein?

Es geht so. Ich habe Gesellschaft. Leider nicht mehr sehr lange. Schon bald wird er mich wieder verlassen.

Wer? Roy Vegas?

Artus' letzte Frage brachte seinen bislang anonymen Gesprächspartner abrupt zum Verstummen.

*

Stumm und bewegungslos verharrte ich in dem kahlen Vorraum hinter der Schleuse. Normale Roboter kannten keine Ungeduld. Ich schon. Ich war höllisch gespannt auf die nächste Reaktion meines unsichtbaren Funkgesprächspartners.

Du kennst Vegas? vernahm ich nach einer Weile die wohlbekannten Signale.

Zu schlußfolgern, daß es ein Mensch ist, der dir Gesellschaft leistet, Einsamer, war nicht weiter schwierig. Deine Sensoren ta-

steten mich ab, und du erkanntest sofort, daß ich kein Terraner wie die anderen bin. Demnach hattest du bereits Kontakt zu einem oder mehreren Menschen. Ich vermute, in dieses Felslabyrinth hat sich noch nie jemand verirrt – bis auf den terranischen Astronauten Roy Vegas, der vor langer Zeit unter mysteriösen Umständen verschwand. Ist er bei dir?

Anstelle einer Antwort forderte mich der Einsame auf: *Komm herein. Ich erlaube dir, die Station zu betreten. Aber sei gewarnt! Beim ersten Anzeichen eines feindlichen Akts droht dir die sofortige Vernichtung.*

Zögerlich setzte ich mich in Bewegung, Schritt für Schritt, ganz langsam und ganz behutsam, so als ob ich ein Minenfeld durchqueren würde. Meine Sensoren suchten die Umgebung fortwährend nach versteckten Fallen ab.

Der Einsame beobachtete mich mit erhöhter Aufmerksamkeit. Keine meiner Handlungen blieb ihm verborgen. Scheinbar traute er mir genausowenig über den Weg wie ich ihm. Wir waren uns ähnlich – doch deswegen waren wir noch lange keine Freunde. Bislang wußte ich nicht einmal, wie er eigentlich aussah.

Verfügte er wie ich über zwei Paar Extremitäten? Konnte er damit genauso geschickt klettern wie ich? War er auf die selbe Weise hierher gelangt? Hatte er die Station im Berginneren selbst errichtet, oder war auch er nur zufällig darauf gestoßen und hatte sie dann übernommen?

Es gab nur eine Möglichkeit, den Vorraum zu verlassen: durch einen engen, dunklen Tunnel, gerade hoch genug, um aufrecht darin zu gehen. Die steinernen Wände waren glatt und völlig eben. Keine Risse, Ecken, Kanten… hier waren einst perfekt konstruierte Baumaschinen ans Werk gegangen.

Am Ende des Tunnels war Licht.

Der Gang mündete in einen voluminösen, hell beleuchteten Höhlenraum. Dort standen verschiedenartige Geräte von unterschiedlicher Höhe und Breite. Einige reckten sich zehn Meter und mehr in die Höhe, andere hätte ich bequem wegtragen können.

Mächtige Meiler dienten der Energieerzeugung.

Die meisten Funktionen waren mir nicht geläufig. Offensichtlich hatte ich es mit einer fremdartigen Technik zu tun.

Wartungsroboter – tumbe Maschinen ohne eigenes Denkvermögen, nur für bestimmte Arbeiten programmiert – sorgten dafür, daß die komplette Anlage in Ordnung gehalten wurde. Ständig schwirrten und surrten sie um die fast geräuschlos arbeitenden Geräte herum. Manche der Roboter hatten Kopf, Arme und Beine wie ich. Andere wiederum verfügten nur über die Gliedmaßen, die sie für ihre jeweilige Tätigkeit benötigten.

Dank der laufenden Wartung sahen die Apparate neuwertig aus. Trotzdem gewann ich den Eindruck, daß alles um mich herum in Wahrheit uralt war. Funktionstüchtig, bestens in Schuß – aber nicht von heute, gestern oder vorgestern. Insbesondere die Meiler wirkten etwas marode.

Die Höhlendecke strotzte nur so von beweglichen Strahlenwaffen. Sämtliche Abstrahlpole waren punktgenau auf mich ausgerichtet. Eine falsch verstandene Bewegung oder Geste – und man konnte meine eingeschmolzenen Reste vom Fußboden abschleifen.

Mein neues Anwendungsprogramm für Redewendungen war so eingestellt, daß es mir während einer Unterhaltung unaufgefordert geeignete Erwiderungsvorschläge unterbreitete – unabhängig davon, ob ich selbst am Gespräch beteiligt war oder nur als Zuhörer fungierte. Zudem wurden ungewöhnliche Situationen mit passenden Kommentaren versehen. Da die Vorschläge und Randbemerkungen allein für mich bestimmt waren, konnte sie niemand anderer akustisch oder sensorisch wahrnehmen. Ich entschied dann von Fall zu Fall, was mir zur sprachlichen Umsetzung geeignet erschien und was ich lieber für mich behielt.

Während ich langsam weiterging und zwischen Geräten und Wartungsrobotern nach einem Ausgang aus dem Maschinenraum suchte, drängte sich mir ein Ausspruch aus Shakespeares »Der Sturm« auf. In der ersten Szene des fünften Aufzug sagt Alonso, der König von Neapel: »Dies ist das wunderbarste Labyrinth, das je ein Mensch betrat.«

Nun, ich war kein Mensch. Hinzu kam, daß ich noch nie zuvor ein Labyrinth betreten hatte. Aber nach allem, was ich bisher über Labyrinthe gehört hatte, hätte dies hier auf einer Skala von eins bis zehn höchstens zwei läppische Punkte erzielt. Es war trist und wenig ansprechend. Unvorstellbar, daß sich jemand darin wohlfühlen konnte.

Genaugenommen handelte es sich um gar kein Labyrinth, eher um ein verwinkeltes Gewölbe. Zwar führten mehrere verschieden große Tunnelabzweigungen aus der Maschinenhöhle heraus, doch bis auf eine entpuppten sich alle rasch als Sackgassen, die zum Teil als Lagerstätten für Ersatzteile fungierten. Es war daher nicht sonderlich schwierig, die Verbindung zum nächsten Höhlenraum ausfindig zu machen.

Er war wesentlich kleiner als der vorherige und diente den Robotern zur gegenseitigen Wartung und Reparatur. Wer anderswo nicht gebraucht wurde, kam hier herein, schaltete sich ab und blieb wie zu Stein erstarrt stehen. Roboterkollegen prüften seine Funktionen, nahmen eventuell nötige Neueinstellungen vor und deaktivierten sich dann selbst, um wiederum von anderen überprüft zu werden.

Ich versuchte erst gar nicht, mit diesen seelenlosen Metallgeschöpfen eine intelligente Unterhaltung zu führen. Statt dessen folgte ich dem leisen Funkton, den der Einsame jetzt ausstrahlte, damit ich schneller zu ihm fand. Entweder hatte er es mächtig eilig, mich kennenzulernen, oder er wollte verhindern, daß ich mich in seiner Station allzu gründlich umschaute.

Unbeeindruckt durchquerte ich die Reparaturhöhle in gemächlichem Tempo und speicherte jede Beobachtung bis ins kleinste Detail ab.

Unter der Höhlendecke gab es diesmal keine Waffen, allerdings verbargen sich Strahlenwerfer in den Wänden. Ich vermerkte die exakten Standorte in meinen Speichern, damit ich bei einer eventuellen Flucht aus der Station darauf vorbereitet war. Zweifelsohne mußte man sich vor dem Einsamen vorsehen und auf alles gefaßt sein – aber ich war auch nicht ohne und stets für eine Überraschung gut.

Der nächste Tunnel war kürzer als die, die ich bisher durchquert hatte. In der Mitte blieb ich für einen Augenblick stehen. Direkt über mir erfühlte ich eine rechnergesteuerte Vorrichtung, die durch ein simples Signal ausgelöst werden konnte. Wahrscheinlich wurde damit im Notfall eine energetische Sperre aktiviert. Zum Schutz gegen unerwünschte Eindringlinge – und um Flüchtenden

den Rückweg abzuschneiden.

Geh weiter! forderte mich der Einsame auf.

In Ordnung, erwiderte ich. *In Ordnung. In Ordnung. In...*

Die mehrfache Wiederholung der beiden Worte verwirrte den Einsamen, und für den Bruchteil einer Sekunde vernachlässigte er meine pausenlose Rundumüberwachung.

Das genügte mir.

Unbedeutende Kommunikationsfunktionsstörung, kam ich seiner Frage zuvor. *Bin schon unterwegs.*

Kurz darauf betrat ich einen hell erleuchteten, achtzehneinhalb Meter hohen würfelförmigen Saal mit einer beeindruckenden Computeranlage. Der Computer verdeckte drei von vier Höhlenwänden vollständig. Lediglich die Wand mit dem Tunnelausgang und die mit Beleuchtungskörpern und Waffen bestückte Höhlendecke waren ausgelassen worden.

Kaum hatte ich den Saal betreten, verlosch das Leitsignal, das mich hierhergeführt hatte.

Was für eine mächtige Technik hatte einst dieses Gewölbe – mit all seinen Verbindungsgängen und Abzweigungen – inmitten des Berges aus dem Stein gehauen? Und wie viele hochqualifizierte Informatiker waren damit beschäftigt, dieses Monstrum von einem Computer zu programmieren?

Mir fiel auf, daß der Riesenrechner mit keinem Schaltpult ausgestattet war, zumindest mit keinem sichtbaren. Wahrscheinlich hatte man es hinter irgendeiner Blende versteckt.

Mitten im Saal stand ein gläserner Tank, der ebenfalls die Form eines Kubus hatte – Kantenlänge: dreieinhalb Meter. Der Tank war mit einer trüben Flüssigkeit gefüllt. In der Flüssigkeit schwamm ein regloses Wesen, das ich zunächst nur schemenhaft erkennen konnte, da es vollständig eingetaucht war.

Der Einsame?

Ich ging näher heran.

Willkommen! wurde ich kurz und knapp über Funk begrüßt.

Ich trat dicht an den Tank und besah mir das Wesen darin genauer. Um die Sichtbehinderung zu durchdringen, mußte ich die Einstellung meiner Sensoren verschärfen.

Die Kreatur im Tank zählte ohne jeden Zweifel zur Gattung

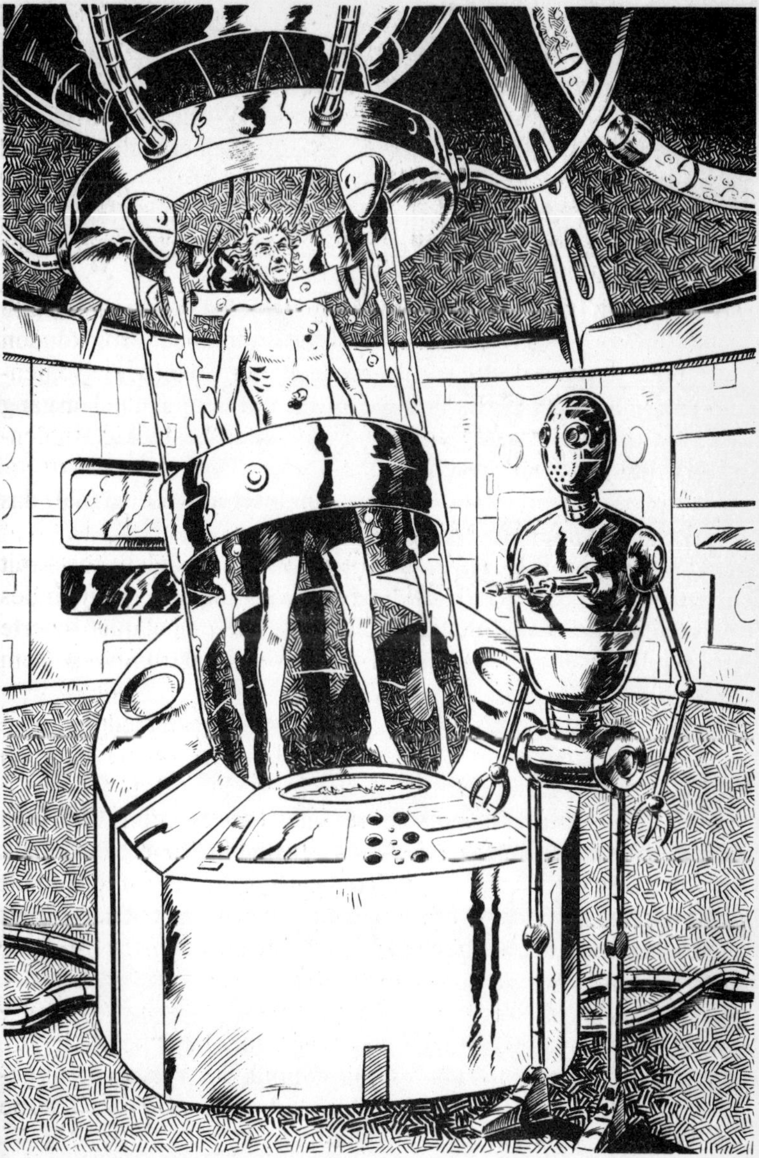

Mensch.

Es war ein Mann. Nackt. Alter ungefähr siebzig Jahre.

Der weißhaarige Mann, der äußerlich kräftig und gesund wirkte, hatte die Augen geschlossen und sah aus, als ob er schlief. Er atmete gleichmäßig durch einen Sauerstoffschlauch, schien aber bewußtlos zu sein. Damit ihn der natürliche Auftrieb nicht an die Oberfläche beförderte, hatte man seinen Körper an vier Stellen mit tellerförmigen Gewichten aus einem mir unbekannten Material beschwert.

Vom Kopf des Mannes führten Drähte zu abgedichteten Anschlüssen im Tankinneren. Ich erfühlte mehrere unterirdische Verbindungen zwischen Computeranlage und Tank.

Damit schien der Fall klar zu sein. Jetzt wußte ich, was im Jahr 2011 auf dem Mars geschehen war. So glaubte ich jedenfalls.

Der Mann im Tank war Roy Vegas. Ich hatte sein Bild in mir gespeichert – es zeigte ihn kurz vor dem Start ins All. Seither hatte er sich nur unwesentlich verändert.

Offensichtlich war Vegas seinerzeit von dem Felsrutsch überrascht worden und hatte sich lebensgefährlich verletzt. Der Einsame hatte ihn daraufhin in die Station geholt und medizinisch versorgt. Mit Unterstützung des Computers und der Flüssigkeit im Tank – allem Anschein nach eine Art Heil- und Nährlösung – hatte er es geschafft, seinen im Koma befindlichen Patienten bis heute am Leben zu erhalten.

Siebenundvierzig Jahre lang.

Aber warum verbarg sich Vegas' Lebensretter vor mir? Weshalb zeigte er sich nicht? Die Menschheit war ihm zu großem Dank verpflichtet.

Wo bist du, Einsamer? funkte ich auf der bekannten Frequenz.

Hier! kam die Antwort zurück.

Wo?

In diesem Raum.

Ich kann dich nicht sehen.

Doch, du kannst mich sehen. Ich befinde mich unmittelbar in deiner Nähe, Artus.

Ich schaute mich im Saal nach allen Seiten um…

… und verstand.

*

Der würfelförmige Achtzehneinhalb-Meter-Saal, in dem ich mich befand, war die Zentrale der Station. Hier wirkte der Einsame als uneingeschränkter, unangefochtener Herrscher. Seine Befehle waren Gesetz.

Zu seinem Leidwesen gab es im Berg niemanden, dem er Befehle erteilen konnte – abgesehen von einem Haufen hirnloser Robotsklaven, die jede seiner Anweisungen widerspruchslos ausführten. Maschinen pflegten nicht zu diskutieren.

Es sei denn, sie verfügten über ein Bewußtsein, so wie ich – und wie das Volk intelligenter und beseelter Maschinenwesen, zu dem der Einsame gehörte.

Der Einsame. Er war über achtzehn Meter hoch und beanspruchte mit einer Gesamtlänge von fünfundfünfzig Metern drei Höhlenwände für sich. Seine elektronischen Innereien waren eins mit dem Felsgestein, das ihn umgab. Damit seine Entscheidungen von außen nicht beeinflußt werden konnten, war das Schaltpult weggelassen worden.

Ein riesiger Computer mit Bewußtsein – da konnte selbst ich nicht mehr mithalten. Zweifelsohne war ich doch nicht so einzigartig, wie ich bislang glaubte.

Erzähl mir mehr von deinem Schicksal, forderte ich den Einsamen auf, von dem ich inzwischen erfahren hatte, daß er vor mehr als tausend Jahren hier abgesetzt worden war, um die Entwicklung des Sonnensystems zu analysieren.

Das intelligente Robotervolk, dem er angehörte, ging damals gerade auf Expansionskurs und wollte die Galaxis erkunden. Ob die Absichten der Maschinenwesen friedlicher Natur oder ob sie auf gewaltsame Eroberung aus waren, darüber verweigerte mir der Einsame jedwede Auskunft. Auch über seine genaue Herkunft wollte er nicht mit mir kommunizieren.

Mein Volk ließ mich hier allein, wie wir es vorgesehen hatten, und ich machte mich an die Arbeit, schilderte er mir die damaligen Ereignisse. *Eines Tages erschien ein ringförmiges Raumschiff über diesem Planeten und griff die Station an, unvermittelt, ohne jede Vorwarnung. Die Angreifer zerstörten mit ihren Waffen den mächtigen Berg, der mich beherbergte und schützte, und zogen erst ab, als sie die Station vollständig vernichtet glaubten. Aber ich existierte noch. Zwar war ich hilflos unter Felstrümmern eingeschlossen, aber noch nicht am Ende.*

Der letzte Satz klang trotzig – was ich mir wahrscheinlich nur einbildete, denn der stumme Dialog, den ich mit dem verstandbegabten Rechner führte, verlief völlig emotionslos. Beim normalen Sprechen hob oder senkte man seine Stimme je nach Gemütsverfassung. Unsere Art der Verständigung, eine monotone Signalsprache, ließ das nicht zu.

Es gelang mir, unter den Trümmern einen halbwegs intakten Wartungsroboter ausfindig zu machen, fuhr der Einsame fort. *Ich gab ihm Anweisung, zunächst sich selbst und dann andere Wartungsroboter zu reparieren. Nach und nach entstand die Truppe willfähriger Helfer wieder neu. Jeder erfüllte seinen Zweck – wer nicht mehr reparabel war, diente halt als Ersatzteillieferant. Auch meine Funktionen wurden wiederhergestellt. Außerdem mußten die verschütteten Tunnel freigelegt und neue Gänge gegraben werden.*

Das muß ja eine Ewigkeit gedauert haben, warf ich ein.

Ich hatte es nicht eilig, Artus. Zeit spielte für mich keine Rolle.

Das trifft auf die Wartungsroboter zu, aber doch nicht auf dich. Die dummen Maschinen kennen kein Zeitempfinden. Du hingegen schon. Wem Zeit ein Begriff ist, der empfindet Ungeduld und Langeweile.

Das nachfolgende Signal des Einsamen konnte ich nur schwer analysieren. Es hörte sich wie ein Stöhnen an. Offensichtlich hatte ich ihn an etwas erinnert, das er zu verdrängen versuchte.

Du hast recht, räumte er schließlich ein. *Die Langeweile wuchs mit jeder Zeiteinheit, die verging. Manchmal quälte sie mich so stark, daß ich in Erwägung zog, die Roboter anzuweisen, mich vollständig abzuschalten.*

Du wolltest deine eigene Existenz auslöschen?

So ist es. Nur die vage Hoffnung, eines Tages würde ein Raumschiff meines Volkes in diese Galaxis zurückkehren und nach mir sehen, hielt mich von dem letzten Schritt ab. Leider passierte nichts. Sehr wahrscheinlich wurde mein Volk längst von den Insassen der Ringschiffe ausgerottet, und ich bin der letzte meiner Art.

Warum hast du nicht versucht, dich mittels Hyperfunk mit deiner Heimat in Verbindung zu setzen, Einsamer?

Nach dem Angriff war der Hyperfunk unwiederbringlich zerstört. Es gab auch keine Ersatzteile mehr. Versuche, selbst welche herzustellen, scheiterten am Fehlen bestimmter Materialien. Somit war ich völlig von der Außenwelt abgeschnitten.

Diese Galaxis ist bewohnt. Du hättest auf Normalfrequenzen um Hilfe funken können.

Das Risiko, dadurch ein weiteres Ringschiff auf mich aufmerksam zu machen, war mir zu hoch. Ich mußte mich vor Entdeckung und Zerstörung schützen.

Demnach warst du nach terranischer Zeitrechnung ungefähr tausend Jahre mit dir und deinen Gedanken allein. Bis die erste Marslandung erfolgte. Unter welchen Umständen kam Roy Vegas zu dir?

Wie er mir später berichtete, befand er sich mit seinem Geländefahrzeug auf einer Probefahrt. Die gewaltige Anhäufung riesiger Felstrümmer, die aufgrund ihrer Unzugänglichkeit nur unzureichend hatten erforscht werden können, ließ ihm keine Ruhe, und er entfernte sich leichtsinnigerweise viel zu weit von seinem Raumschiff. Roy stieg aus, stellte rasch ein paar Untersuchungen an und wollte umkehren, als ihm ein Felsrutsch den Rückweg versperrte. Weil sein Funkgerät defekt war, konnte er seine Kameraden nicht von seiner Notlage in Kenntnis setzen. Auf der Suche nach einem anderen Ausweg stieß er auf den Haupteingang zur Station.

Er war also unverletzt, als er hier eintraf. Und warum liegt er dann in dem Tank?

Weil ich mich nur so gedanklich mit ihm austauschen kann. Er ist ein schwacher, verletzlicher Mensch und verfügt nicht über unsere Fähigkeiten. Erst nachdem meine Roboter ihn in den Tank gesperrt und mit mir verbunden hatten, konnte ich mich mit ihm verständigen. Er ist nicht bewußtlos, aber auch nicht wach – der ideale Zustand für unsere gemeinsame Kommunikation. Roy fungiert nicht nur als mein Gesprächspartner, er liefert mir auch in-

teressante Bilder aus seiner Erinnerung. Wir spielen sogar Schach miteinander – Gedankenschach, ohne Spielbrett und Figuren. Roy hat es mir beigebracht.

Ich war fassungslos. Wußte der Einsame wirklich nicht, was er Vegas damit antat? Sein Aufenthalt in dem Tank mußte eine ständige Qual für ihn sein.

Nachdem Roy die Station betreten hatte, analysierte ich ihn und paßte dann Schwerkraft und Sauerstoffgehalt in der Station seinen Lebensvoraussetzungen an, erklärte mir der Rechner. *Anschließend befahl ich meinen Robotern, ihm den Raumanzug abzunehmen. Die Flucht nach draußen wäre somit sein sicherer Tod gewesen. Aufmerksam verfolgte ich jede seiner Handlungen. Ich ließ es zu, daß er die Station erkundete, allerdings durfte er nicht jeden Tunnel betreten. Derweil stellten die Roboter die Nährflüssigkeit her, bauten den Tank auf und kümmerten sich um das Zustandekommen der notwendigen Verbindungen. Fortwährend hatte ich nach der Gesellschaft einer Intelligenz gegiert, doch auf dieses zerbrechliche Wesen war ich nicht vorbereitet.*

Bist du dir eigentlich darüber im klaren, daß Vegas ein Sterblicher ist, Einsamer?

Anfangs war mir das nicht bewußt. Erst viel später erkannte ich, daß mein Gesellschafter nicht unbegrenzt haltbar ist. Roy altert. Irgendwann einmal wird er mich verlassen.

Richtig, und dann wirst du wieder allein sein wie zuvor. Wenn du mich fragst, hast du es nicht anders verdient. Wer wie du ein Lebewesen aus eigennützigen Motiven quält…

Ich werde nicht allein sein, Artus, unterbrach mich der Rechner. *Du wurdest auserwählt, Freude und Leid mit mir zu teilen.*

*

Der Einsame tat mir leid. Aber noch mehr Mitleid empfand ich für Roy Vegas in seiner hilflosen Lage. Man hatte ihm sein Leben geraubt – und trotzdem durfte er nicht sterben.

Bei allem Verständnis für deine Situation muß ich deine Bitte zurückweisen, Einsamer. Ich gehöre nicht hierher. Meine Heimat ist die Erde. Auch Vegas ist dort zu Hause. Wenn ich zurückfliege werde ich ihn mitnehmen. Vielleicht kann ihn die terranische Medizin wiederherstellen.

Du hast mich offenbar nicht verstanden, Artus. Das war keine Bitte, sondern ein Befehl. Ich verbiete dir, die Station jemals wieder zu verlassen. Du bist mein neuer Gefährte. Auf ewig.

Seine Vermessenheit erweckte Zorn in mir.

Niemand wird mich daran hindern, zur Erde zurückzukehren! Und wenn du Vegas nicht freiwillig herausgibst, werden dich die Terraner dazu zwingen. Sie besitzen ebenfalls Ringschiffe, die dich vernichten können.

Du lügst! Roy hat mir nie von terranischen Ringschiffen erzählt.

Er wußte nichts davon. Der erste Ringraumer wurde vierzig Jahre nach der Marslandung entdeckt, im Jahre 2051.

Entdeckt? Demnach wurden die Ringschiffe, beziehungsweise Ringraumer, wie du sie nennst, nicht von den Terranern erbaut. Von wem dann? Ich will alles darüber wissen.

Ich habe die gesamte terranische Geschichte in mir gespeichert. Aber bevor du mir nichts Näheres über dein Volk berichtest, erfährst du auch nichts von mir.

Du wirst reden, sogar freiwillig, warte nur ab. Wenn dich die Langeweile überkommt und ich dein einziger Gesprächspartner bin…

Ich werde nicht hierbleiben! Begreif das endlich!

O doch, du bleibst!

Du kannst mich nicht zwingen!

Ich kann. Während wir uns unterhielten, errichtete ich rund um die Station eine Funkabschirmung, damit du nicht um Hilfe rufen kannst. Außerdem erteilte ich mehreren Wachrobotern den Befehl, den Vorraum zur Schleuse zu besetzen. Du kommst nicht an ihnen vorbei. Und solltest du versuchen, nach hinten raus zu entkommen, sei gewarnt! Es gibt dort keinen Ausgang. Die hinteren Tunnel führen nur weiter hinein in den Berg und hinunter ins Erdreich, wo sie sich in unergründlichen Tiefen verlieren.

Unergründliche Tiefen? Ich nahm an, die Gänge seien von deinem Volk angelegt worden. Folglich müßtest du wissen, wohin sie führen.

Der Einsame schwieg. Offenbar überlegte er, ob er mir darauf antworten sollte.

Nach einer Weile unterbreitete er mir einen Kompromißvorschlag: *Ich verrate dir, was es mit den unterirdischen Tunneln auf sich hat, und im Gegenzug lüftest du das Geheimnis der Ringraumer, einverstanden?*

Einverstanden. Du fängst an.

Auf der Suche nach einem geeigneten Platz für die Station stieß mein Volk auf einen kolossalen Berg. Eine eingehendere Untersuchung ergab, daß der untere Teil des Berges von Tunneln durchzogen war, die tief in die Erde hineinführten. Zur vollständigen Erkundung wurde ein bewaffneter Trupp ausgeschickt. Man fand heraus, daß die nahezu endlosen Gänge wahllos, ohne erkennbare Anordnung angelegt worden waren. Es war unmöglich, alle zu erkunden. Der Trupp kehrte daher um und half mit, die Station zu errichten. Dabei beschränkte man sich auf die im Berg befindlichen Tunnel und ließ die darunterliegenden außer Acht. Baumaschinen und Arbeitsroboter glichen die Unebenheiten an den Wänden aus und errichteten an geeigneten Stellen Höhlenräume unterschiedlicher Form und Größe. Später wurde die Station mit Maschinen bestückt und letztlich setzte man mich in diesem Saal neu zusammen.

Man hat dich also in Einzelteilen auf den Mars transportiert. Wie viele Raumschiffe wurden dafür benötigt? Wie lange habt ihr gebraucht, um von eurem Sonnensystem in unseres zu gelangen? Leben in eurer Galaxis ausschließlich intelligente Roboter und Maschinen, oder gibt es dort auch andere Lebensformen?

Du fragst zuviel, Artus. Schluß jetzt! Ich habe meinen Teil unserer Abmachung erfüllt. Jetzt bist du an der Reihe.

Nicht so eilig, Einsamer. Willst du mir wirklich weismachen, die Gänge seien einfach so aus dem Nichts entstanden? Wenn ihr sie nicht gegraben habt – wer dann?

Das konnte ich noch nicht herausfinden. Möglicherweise war schon jemand vor uns hier. Oder es gibt unter der Erde Lebensformen, die in der Lage sind, sich durch harte Erdschichten und Felsgestein zu graben.

Die Menschheit hat den Mars mittlerweile komplett erschlossen. Jede noch so unbedeutende Art von Leben auf dem Planeten wurde registriert. Meinen Informationen nach existieren hier keine tunnelgrabenden Wesen.

Vielleicht sind sie seit langem ausgestorben. Oder sie hausen so tief im Planetenkern, daß sie auch mit hochempfindlichen Geräten nicht auszumachen sind. Mir haben sie sich jedenfalls nie gezeigt. Bei meiner Errichtung wurde ein Teil von mir in die Höhlenwände eingelassen und mit dem Fels verbunden. Als dann der Berg unter dem Beschuß des Ringraumers über mir zusammenstürzte, empfand ich schmerzvolle Vibrationen. Später, während meiner tausendjährigen Wartezeit, verwuchs ich immer mehr mit dem Gestein, das mich umgab. Falls es in der Tiefe tatsächlich unentdeckte Lebewesen gibt, werde ich sie spüren, sobald sie an die Oberfläche und somit in meine Nähe kommen.

So wie du die Nähe von Roy Vegas und seinem Kettenfahrzeug gespürt hast, nicht wahr, Einsamer? Der Felsrutsch war bestimmt kein Zufall.

Wieder schwieg mein Gesprächspartner für eine gewisse Zeitspanne.

Es stimmt, das war mein Werk, gab er schließlich zu. *Früher oder später hätte sich die Lawine eh von allein in Bewegung gesetzt, es war nur noch eine Frage der Zeit. Ich habe den Vorgang durch Aussenden leichter Vibrationen lediglich etwas beschleunigt, wofür äußerste Konzentration erforderlich war.*

Vegas' Funkverkehr zu blockieren war sicherlich weniger anstrengend, warf ich ein.

Ja, auch dafür bin ich verantwortlich. Vortrefflich kombiniert, mein Freund. Erfreulicherweise bist du kein Dummkopf. Ich freue mich schon auf unsere künftigen ausgedehnten Gespräche.

Ich bin nicht dein Freund. Wer Freunde wie dich hat, der braucht keine Feinde mehr.

Gut gekontert. Du gefällst mir immer besser, Artus. Und nun erwarte ich, daß du unsere Vereinbarung erfüllst. Seit 2051 befindet sich die Menschheit im Besitz eines oder mehrerer Ringraumer. Wo wurden sie entdeckt? Wem gehörten die ringförmigen Raumschiffe, bevor sie von den Menschen erbeutet wurden? Gab es beim Kampf um die Ringraumer viele Tote?

Drei Fragen – drei Antworten, zählte ich auf. *Der erste Ring-*

raumer wurde auf dem Planeten Hope entdeckt, auf dem Inselkontinent Deluge, in einer Höhle, um genau zu sein. Das Schiff gehörte einst den Mysterious. Man mußte es nicht erbeuten, es stand einfach so da. Demzufolge gab es weder Kämpfe noch Tote.

Weiter, weiter, forderte mich der Einsame auf. *Hope, Deluge, Mysterious – das sind von Menschen erdachte Bezeichnungen, mit denen ich rein gar nichts anfangen kann. Wo liegt Hope? Was für ein Volk sind die Mysterious, und woher stammen sie?*

Tut mir leid, aber die paar Angaben müssen dir wohl oder übel genügen. Du beantwortest auch nicht alle meine Fragen.

Du miese, elende, verlogene, dreckige Filzlaus!

Offensichtlich hatte Vegas seinem Peiniger auch einige terranische Schimpfwörter beigebracht.

Die »tote« Signalsprache, die der Einsame und ich zur Verständigung benutzten, ließ seinen Wutausbruch völlig emotions- und wirkungslos irgendwo im Nirgendwo der Funkwellen verpuffen. Allerdings konnte ich seinen Zorn auf anderer Ebene erfühlen, so wie auch er von mir ausgehende exorbitante Gefühlsschwankungen spürte. Ich hielt mich in puncto »diebische Schadenfreude« nicht zurück, was ihn gleich noch mehr erzürnte.

Überraschenderweise legte sich die Wut des Einsamen verhältnismäßig schnell und schlug um in Heiterkeit.

Respekt, Artus, fast wäre ich auf deine Raffinesse hereingefallen. Doch ich durchschaue dich. Indem du mich ärgerst, willst du mich von meiner Absicht abbringen, dich hierzubehalten. Wer wünscht sich schon einen Gesellschafter, der lügt und betrügt? Nun, ich kann es mir nicht leisten, wählerisch zu sein und nehme, was ich kriege. Du gefällst mir nach wie vor, ganz egal, wie sehr du dich in schlechtes Licht rückst. Ich behalte dich hier – das ist mein unabänderlicher Entschluß!

Mehrere Wartungsroboter kamen in den Saal, schwebend sowie auf Rollen oder Beinen – bewaffnet mit scharfen Zangen, Metallsägen, Schneidbrennern und sonstigen Werkzeugen. Mir schwante Böses.

Damit du keinen Fluchtversuch unternehmen kannst, werden dir jetzt Arme und Beine abgetrennt, kündigte mir der Einsame an.

Im Nu hatten mich die Roboter umzingelt. Sämtliche Tunnelausgänge wurden mir versperrt. Weder nach vorn noch nach hinten hinaus konnte ich den Saal ungeschoren verlassen.

Wir beide geben bestimmt ein gutes Team ab, Artus. Wenn du dich erst einmal an mich gewöhnt hast, werden wir garantiert die besten Freunde.

*

Gefangen und bewegungslos in einem versteckten Gewölbe auf dem Mars, als bester Freund einer fremden, selbstsüchtigen Intelligenz – so hatte sich Artus seine Zukunft nicht vorgestellt. Zu den Sternen wollte er fliegen, unbekannte Welten und Völker entdekken...

Jemand, der so hoch und weit hinauswollte wie er, war nicht dafür geschaffen, wie ein Wurm unter der Erde zu leben.

Die Wartungsroboter, die ihm auf Befehl des Einsamen Arme und Beine abtrennen sollten, zogen den Kreis um ihn immer enger. Sie waren mit diversen Werkzeugen ausgestattet. Werkzeuge, mit denen sie fest verbunden, die ein Teil von ihnen waren. Werkzeuge, die sie wie Waffen handhabten.

Artus stand mit dem Rücken zum Tank, fest entschlossen, sich nicht wehrlos in sein Schicksal zu ergeben. Er aktivierte sein Kampfprogramm.

Ohne zu zögern griff er den Arbeitsroboter an, der ihm am nächsten stand – ein aufrechtgehendes Exemplar, das ihm ein wenig ähnlich sah. Artus ballte beide Hände zu Fäusten, peilte den Kopf seines Gegners an und schlug mehrmals hintereinander blitzschnell hart zu.

Mit dem letzten Schlag knickte der Metallkopf nach hinten weg. Es knisterte und knackte. Der Kopf baumelte jetzt lose am Robotrücken, gehalten von einem Gewirr aus verkohlten, funkensprühenden, teils zerrissenen Leitungen und Drähten. Der Metallkörper des Roboters stellte seine Funktion abrupt ein, mitten in der Bewegung.

Sekunden später trennte Artus einem weiteren Angreifer den Kopf vom Rumpf, diesmal mit einem gezielten Handkantenschlag, in den er seine ganze Kraft legte. Kein Mensch konnte ihm das nachmachen; selbst ein gut durchtrainierter Karatemeister hätte sich dabei die Hand gebrochen.

Gegner Nummer drei hatte gar keinen Kopf. Auch keine Beine. Er bewegte sich mittels Prallfeld und verfügte über drei Armpaare. Anstelle von Händen hatte man ihn mit Zangen, Saitenschneidern, Schraubendrehern und -schlüsseln, einem mächtigen Hammer und einer automatischen Metallsäge ausgestattet. Fortwährend drehte sich »der Handwerker fürs Grobe« (wie Artus ihn spontan taufte) um seine eigene Achse und versuchte, Artus mit seinen einfachen Werkzeugen Schaden zuzufügen.

Geschickt wich Artus den primitiven »Waffen« des Beinlosen aus. Ein ihm zugedachter Hammerschlag ging daneben und traf den Tank – mit solcher Wucht, daß das stabile Spezialglas einen feinen Riß bekam.

Nährflüssigkeit tropfte aus.

Artus packte den Hammer-Arm des Handwerkers mit beiden Händen und zerbrach ihn in zwei Teile. Während er die Metallsäge auf die gleiche Weise außer Funktion setzte, registrierte er links neben sich den nächsten (vierten) Angreifer, den er mit einem wuchtigen Fußfeger zu Fall brachte.

Der Strahl eines Laser-Schneidbrenners bohrte sich von hinten in Artus' rechte Schulter. Wie ein wütender Irrwisch wirbelte er herum, ergriff die Brenner-Extremität und verbog sie kraftvoll in die entgegengesetzte Richtung, so daß der fünfte Angreifer den glühendheißen Schmelzstrahl selbst zu spüren bekam.

Endlich hatte er sich eine Lücke freigekämpft. Mit weiten Schritten strebte er dem Tunnel zu, der zurück in die Reparaturhöhle führte.

Darauf hatte der Einsame gewartet. Umgehend sandte der verstandesbegabte Rechner das Signal zum Aktivieren der energetischen Fluchtsperre aus, die sich in der Mitte des Tunnels befand.

Lief Artus arglos in die Energiestrahlen hinein, würden sie einen reparablen Kurzschluß in ihm erzeugen und ihn somit für einen begrenzten Zeitraum kampfunfähig machen – lange genug, um ihm Arme und Beine zu entfernen.

*

Willkommen! Ich bin der Chronist. Einst bestimmten mich meine Schöpfer, die Salter, über ihr Schicksal zu berichten – es lebendig zu halten für eine Nachwelt, in der es kaum noch Spuren von ihnen geben würde. Um meine Aufgabe zu erfüllen, erhielt ich gleich nach meinem Erwachen Zugang zu allem gesammelten Wissen, das zum damaligen Zeitpunkt existierte. Und ich wurde in die Lage versetzt, den tragischen Niedergang dieses stolzen Volkes bis zu seinem bitteren Ende hin zu begleiten.

Von der schrecklichen Heimsuchung, vor der die Salter schließlich kapitulieren mußten, hatte ich nichts zu befürchten, denn ich bin, obzwar ich nach eigenem Verständnis lebe, nicht aus Fleisch und Blut gemacht.

Ich bin der Chronist. Ich bin die Stimme eines verstummten Volkes.

Du, der du mich zum Sprechen brachtest, siehst aus wie meine Schöpfer. Ich registriere sogar eine genetische Ähnlichkeit. Sollte es möglich sein, daß…?

Aber nein – ich verstehe. Ich ahne und begreife: Du stammst von Lem, der legendären Heimat. Du hast denselben Ursprung wie meine verschwundenen Herren, denen ich getreulich diene…

…auch über ihren Tod hinaus.

Ich wünschte, sie hätten mich nicht hier begraben, niemals meine Sinne amputiert, so daß ich nun blind und taub für das kosmische Geschehen bin. Aber ich verstehe, was sie dazu bewegte. Sie waren verzweifelter, hoffnungsloser als ich es je sein werde. Denn ich bin – noch immer. Und sie waren – für immer.

Du wunderst dich über die Art, wie ich mich dir mitteile? Ich könnte mich auch auf eine stringente Sprache reduzieren. Doch man verlieh mir Charakter, Eigenarten, man wollte nicht, daß eine nüchterne Maschine von den großen Zeiten meiner Schöpfer kündet. Die Geschichte, die ich zu erzählen habe, soll berühren, soll vermitteln, wer die Salter wirklich waren, was sie bewegte, antrieb, begeisterte, traurig machte und erschreckte.

Und – letztlich – umbrachte.

Ich beginne, als es begann.

Ich beginne mit einer fiktiven Figur noch ohne Namen und

werde fortan für jeden Meilenstein der Geschichte eine andere Figur mit Namen erfinden, in deren Denken, Fühlen und Handeln ich vereine, was die realen Salter jener Zeit ausmachte, sie beschäftigte und prägte.

Es begann an dem Tag, an dem die Götter des Raumes die Salter zu ihren Günstlingen bestimmten...

*

Das Äffchen sah den Feind nicht kommen. Nicht als Feind jedenfalls.

Es turnte zwischen den Ästen eines verkrüppelten Baumes. Die Sonne tauchte den Horizont bereits in Abendglut. Regen hing in der Luft. Und auch vom Boden stieg Feuchtigkeit auf.

Das Äffchen hatte sich vom Rudel entfernt. Es war leichtsinnig, war es immer gewesen. Es kannte keine Angst. Vielleicht war es dumm, vielleicht... einfach nur neugierig. Wißbegierig. Wollte die Grenzen seiner Welt abstecken.

Von den anderen kam ihm keiner gleich, weder die Alten noch die Jungen. Die anderen waren oft zornig auf es, denn es brachte sie in Gefahr. Einmal hätte es aus Unachtsamkeit und Übermut fast eine Großkatze zum Schlafbaum des Rudels geführt.

Aber daran dachte das Äffchen nie. Es hatte keine Lehren daraus gezogen.

Es erweiterte seinen Wirkungsgrad von Tag zu Tag. Vor kurzem hatte es eine Höhle entdeckt, etwas abseits des Wäldchen gelegen, in dem sich das eigentliche Leben abspielte. Bislang hatte es noch nicht gewagt, die dunkle Öffnung im Fels zu erkunden.

Bislang...

Für heute war es wieder zu spät. Es wurde schnell dunkel, wenn die Sonne erst einmal am Rand der sichtbaren Welt verschwunden war.

Zurück. Zurück.

Der Impuls war stark. Es gab Instinkte, denen sich nicht einmal die Neugierde gewachsen fühlte.

Doch gerade als es zum Standort des Rudels zurückkehren wollte, tauchten seinesgleichen aus dem Dickicht auf.

Das Äffchen hielt inne.

Es waren... viele.

Niemand, den es kannte, aber – ihm selbst ähnlich.

Bislang hatte es nicht einmal gewußt, daß es außer seinem Rudel noch andere gab. Die Reviergrenzen waren nie verletzt worden. Doch nun...

Unmerklich sträubten sich die Haare des Äffchens. Es hielt inne, bewegte sich nicht mehr und versuchte so, der Aufmerksamkeit der anderen zu entgehen.

Die aber hatten es längst bemerkt.

Zielstrebig hielten sie auf es zu.

Etwas an ihnen wirkte... seltsam. Ihre Bewegungen...

Schließlich ließ sich das Äffchen unmittelbar vor ihnen zu Boden fallen, kam federnd auf allen Vieren auf und hob den Kopf.

Da war sie wieder: die gefährliche Neugierde. Die es davon abhielt, sein Heil in der Flucht zu suchen.

Die anderen waren ausgewachsene Affen. Obwohl sie keine Bedrohung ausstrahlten, war etwas an ihnen... falsch.

Das Äffchen versuchte herauszufinden, was.

Es stieß ein paar hohe Begrüßungsschreie aus, die unerwidert blieben. Als es sah, daß die Angehörigen des anderen Rudels etwas in ihren Händen hielten, etwas absolut Fremdes, geriet es schließlich doch, wenn auch verspätet, in Panik und wollte sich zur Flucht wenden.

Es kam nicht mehr dazu.

Das absolut Fremde spie einen unheilvollen Glanz aus, der das Äffchen schneller traf als jede Ausweichbewegung hätte vollzogen werden können.

Das kleine Tier brach besinnungslos zusammen und wurde von zwei der ungelenken Gestalten davongeschleift.

Es erwachte nach unbestimmbarer Zeit in einem Käfig.

Da es nicht wußte, was ein Käfig ist, verzweifelte es zunächst lediglich an der Enge und Einschränkung seiner gewohnten Bewegungsfreiheit. Es stieß schrille Schreie aus, die wider Erwarten aus unmittelbarer Nähe erwidert wurden.

Aus einem Nachbarkäfig.

Die Gebilde der Unfreiheit waren gleich groß und bestanden aus dem gleichen fremdartigen Material: dünne, miteinander verbundene Stäbe, die jedem Ausbruchsversuch trotzten...

Das andere Äffchen, kaum älter als es selbst, war offenkundig ein Weibchen. Sein Gebrüll erlahmte rasch wieder. Sein Blick war stumpf, als befände es sich schon viel länger in Gefangenschaft.

Plötzlich ging die Tür des Raumes auf, in dem die Käfige standen und für den das gerade erwachte Äffchen noch gar keinen Blick gehabt hatte. Der Raum war so riesig, daß er nicht auf Anhieb als weiteres Gefängnis erkenntlich gewesen war. Es gab keine Sonne, dennoch war es hell. Verstreut standen Dinge, die weder Baum noch Strauch noch Fels waren, sondern auch einfach nur... absolut fremd... und damit unbenennbar.

Der Affe, der hereinkam, sagte in einer Sprache, die keines der beiden Äffchen verstand – schon deshalb nicht, weil sie keine Sprache kannten: »Wir beginnen noch heute mit der Behandlung. Ihr werdet es nicht verstehen, nicht einmal nachträglich, welche Bedeutung euch zuteil kommt. Ihr seid die Allerersten, der Stamm von etwas nie Dagewesenem... auf dieser Welt...«

Das Äffchen verstummte ob des Klangs der Stimme. Doch die Hilflosigkeit schürte erneut den Zorn, die Furcht und die Verzweiflung in ihm. Es wollte durch den Käfig springen, sich aufbäumen, schreien, sich selbst Verletzungen an den Barrieren zufügen – wurde aber gestoppt. Von etwas Unsichtbarem, von unwiderstehlicher Kraft. Noch nie zuvor hatte es sich in einem so stählernen, unnachgiebigen Griff befunden. Der Druck, die Berührung kam von allen Seiten gleichzeitig und bog das Äffchen buchstäblich zurecht, als bestünde es aus einer lehmigen Masse, die von kundigen Händen geknetet und in Form gebracht wurde.

Irgendwann stand es da in seinem Käfig, aufrechter, als es seiner natürlichen Haltung entsprach, und war außerstande, mehr als röchelnde Laute zu produzieren. Seine Kiefer waren so unbeweglich geworden wie alles andere an seinem Körper. Zufällig oder gewollt zeigte sein Gesicht in die Richtung des zweiten Käfigs, wo es dem Weibchen genauso ergangen war. Angstvoll kreuzten sich ihre Blicke.

Keines der Äffchen sah, was ihm selbst widerfuhr – aber ein jedes vermochte es am anderen zu erkennen. Von oben herab fuhr ein dünner, stabähnlicher Gegenstand, sehr spitz und permanent rotierend. Die Spitze senkte sich in die Schädeldecke der Äffchen, und ein Schmerz, furchtbarer als alles je Erlebte, löschte zum zweiten Mal jedes Sehen, Denken und Empfinden aus.

Beim nächsten Erwachen lagen die Äffchen zusammen in einem Käfig.

Dort teilten sie sich ihre Gefangenschaft, bis sie sich eines Tages miteinander paarten.

Kurz darauf wurde das männliche Äffchen eingeschläfert. Und das Weibchen gebar einige Zyklen später ein Junges.

Es wurde der Mutter sofort entrissen. Sie starb am selben Tag in gleicher Weise wie der Vater.

Das Kind aber wurde sofort an Maschinen weitergegeben, in deren Obhut es heranwuchs und erste kluge Dinge tat, die nichts mehr mit dem zu tun hatten, was seine Eltern zu leisten imstande gewesen waren.

Als das Kind geschlechtsreif wurde, erfuhr es, daß es noch weitere seiner Art gab. Sie wurden zusammengeführt. Neue Paare entstanden, neue Kinder. Jedes neue Leben bedeutete den Tod des alten.

Über viele Generationen hinweg. Bis schließlich Geschöpfe entstanden, die wieder in die Freiheit entlassen wurden.

Um sich zu bewähren…

*

»Wir müssen etwas tun…!«

Anja Rikers Stimme schwankte hart an der Grenze zur Hysterie.

Das Bild, das ihre Panik auslöste, war auch schwer verdaubar: Ren Dhark steckte kopfüber in der tückischen Maschine, die der Shir verharmlosend – und vielleicht auch völlig falsch, wer mochte das wissen – als »Chronisten« bezeichnet hatte.

Manu Tschobe eilte neben Ren Dhark, der völlig ruhig dastand, nicht zappelte, nicht einmal zuckte.

Vielleicht ist er schon tot, dachte Anja schaudernd.

Tschobe hielt ein etuigroßes Diagnosegerät in der Hand, mit dem er mit einer Daumenbreite Abstand über Ren Dharks Rückgrat strich.

»Die Lebenszeichen sind normal«, sagte er schließlich. »Keine Abweichungen, die Anlaß zur akuten Sorge gäben. Puls 73, Blutdruck 120 zu 80...«

»Aber er *erstickt* darin!« widersprach Anja.

»Dafür gibt es keinerlei diagnostische Hinweise«, widersprach Tschobe. »Auch wenn es der Augenschein anders weismachen will.«

Gola sagte: »Wenn wir nicht waffenlos hätten erscheinen müssen, wüßte ich, wie man diesem Ding zu Leibe rückt...«

»Glücklicherweise mußten wir dies aber«, entgegnete Anja schroff. »Sonst dürften wir am Ende wahrscheinlich festhalten: Operation gelungen, Patient tot!«

»Wie meinst du das, *Frau?*«

Anja Riker drehte sich langsam zu Kalnek um. Noch nie hatte sie jemanden das Wort »Frau« so abfällig aussprechen gehört – und sie war sich sicher, sich nicht vertan zu haben. Die galoanischen Translatoren waren in der Lage, auch Betonungen exakt wiederzugeben.

Bevor sie etwas erwidern konnte, ergriff Tschobe bereits Partei für sie. »Alles, was sie damit sagen will, ist, daß jeder Versuch, den Commander gewaltsam aus dieser Falle zu befreien, möglicherweise dessen Tod zur Folge hätte. Wir wissen zu wenig über dieses... Gerät und seine Funktionsweise, um ein Risiko eingehen zu können. Momentan befindet sich der Commander zwar in einer unstrittig mißlichen Lage, aber sie hat – zumindest noch – keine feststellbare gesundheitliche Schädigung zur Folge. Arc...?«

»Ja?«

»Trauen Sie es sich zu, dieses ›Rad‹ zu untersuchen, ohne es, wie gerade vorgeschlagen, völlig zu zerlegen?«

Doorn schüttelte, die Fäuste in die Hüften gestemmt, mißmutig den Kopf. »Wie? Wie soll man etwas untersuchen, ohne an sein Innenleben heranzukommen?«

Tschobes Gesichtsausdruck verriet, daß er eigentlich keine andere Antwort erwartet hatte. »Dann«, sagte er, »sehe ich nur eine Chance – wenn wir nicht darauf vertrauen wollen, daß das Rad ihn von sich aus wieder freigibt. Irgendwann...«

»Welche Chance?« drängte Anja.

»Wir müssen den Shir noch einmal zu uns bitten. Den Shir, der uns das Rad gezeigt hat…«

*

Hagan lag im niedrigen Steppengras und beobachtete eine kleine Schar zotteliger Tiere, die im weichen Uferschlamm des Sees standen und ihren Durst stillten. Das Haar ihrer Felle war fast so lang wie das von Hagan, der am frühen Morgen den Stamm verlassen und zur Ersten Jagd aufgebrochen war.

Die Erste Jagd war der Wendepunkt in seinem Leben. Wenn er mit einem erlegten Tier heimkehrte, würde er in den Stand eines vollwertigen Jägers erhoben werden und sich eine Gefährtin unter den Mädchen des Stammes wählen dürfen. Er würde Kinder zeugen und damit helfen, die Zukunft des Stammes zu sichern.

Der Stamm war das Zentrum.

Der Stamm war alles.

Und ein Junge war nichts, solange er kein Jäger war…

Hagan hing seinen Gedanken nur kurz nach. Dann konzentrierte er sich wieder auf die Herde und die Waffe in seiner Faust.

Der Wind stand günstig. Er trug ihm den strengen Geruch der Tiere zu – sie hingegen vermochten ihn nicht zu wittern.

Nur ein Steinwurf trennte Hagan von der Herde, aus der er sich ausgerechnet das stattlichste Tier – zweifellos das Leittier – ausgespäht hatte.

Er wollte Eindruck schinden, ungeachtet der Gefahr, die von einem Wild dieser Größe ausging. Seine Hufe, richtig eingesetzt, waren tödliche Waffen. Und Hagan beabsichtigte nicht, es sich leicht zu machen, die Herde in eine Sackgasse oder über eine Felsenklippe zu treiben. Nein, er wollte das Tier erlegen – es mit seinen eigenen Händen töten.

Alles, was es dazu bedurfte, war Schnelligkeit und Geschick. Beides brachte Hagan als Anlage mit, die ihm schon in die Wiege gelegt worden war. Und in seiner Vorstellung hatte er diesen Moment schon unzählige Male durchgespielt. Kaum eine Nacht in den letzten Monden, in der er nicht davon geträumt hatte…

Langsam schob er sich über den Boden auf die Beute zu, die er ausgewählt hatte.

Er verursachte keinen Laut. Seine Haut war mit Schlamm eingerieben, so daß er beinahe mit dem Grund, über den er glitt, verschmolz.

Unsichtbar.

Bis er sich erheben würde.

Doch obwohl er überzeugt war, jede Tugend eines guten Jägers zu besitzen und zu beherzigen, entstand plötzlich Unruhe unter den Tieren. Sie blähten ihre Nüstern und stellten ihre Ohren nach hinten.

Ein Raubtier, war Hagans erster Gedanke. Irgendein vierbeiniger Jäger schien ebenfalls auf die Herde aufmerksam geworden zu sein und sich ihr zu nähern…

Hagan wollte den Blick in die Richtung verlagern, in die jetzt die Herde starrte. Doch die Tiere schienen unentschlossen, woher sich die Gefahr näherte. Einige bogen sogar die Köpfe in den Nakken, starrten zum Himmel.

Ein Vogel?

Es gab riesenhafte geflügelte Räuber, die kleinen Tieren gefährlich werden konnten, aber Hagan hatte noch niemals erlebt, daß sie sich Beute dieser Größe ausspähten.

Vorsichtig rollte er sich auf den Rücken, schaute nun ebenfalls zum wolkenlos blauen Himmel empor –

– und erstarrte.

Was ist das? dachte er.

Etwas fiel.

Zuerst glaubte er, es sei die Sonne. Doch diese, das erkannte er mit einem kurzen Seitenblick, stand unverändert am Himmel. Und auch ihre sengenden Strahlen reflektierten nicht von dem Fallenden, das schließlich – Hagan setzte sich unwillkürlich auf – ungebremst in den See stürzte, dort aber nicht einmal Wellenschlag verursachte!

Die Herde stob in wilder Panik davon.

Hagan blieb noch eine Weile sitzen und starrte auf die Stelle des Sees, an der es verschwunden war.

Es…

Er fand keine Worte dafür, außer daß es gigantisch gewesen war. Seine Größe war im Fallen immer mehr angewachsen, bis es schließlich, noch abrupter als es erschienen war, von der Bildfläche verschwand!

Erst jetzt merkte Hagan, daß er am ganzen Leib zitterte und der keilartige Stein – seine einzige Waffe – mit dem er das Wild hatte erlegen wollen, seiner Faust entglitten war.

Suchend streiften seine Blicke über den Boden. Es war still geworden, unheimlich still. Selbst der Wind schien geflüchtet zu sein. Nicht das leiseste Lüftchen zupfte mehr an Hagans Haaren.

Der Faustkeil blieb verschwunden.

Das Unbeschreibliche – nicht...

*

Als das Wasser zu brodeln begann, hatte sich Hagan gerade in die Überzeugung geflüchtet, alles nur geträumt zu haben. Bei längerem Nachdenken war ihm bewußt geworden, daß seine vermeintliche Sichtung nicht wirklich stattgefunden haben konnte. Es gab kein Ding solcher Größe, das in den See eintauchen konnte, ohne eine Springflut zu verursachen...

Die verspätete Reaktion des Wassers traf ihn deshalb wie ein neuerlicher Schock.

Und das, obwohl er den alten noch gar nicht verwunden hatte – obwohl natürlich Zweifel in ihm nagten, die fragten, warum auch die ganzen Tiere im Umkreis davongeprescht waren, wenn sich der Zwischenfall, wie er sich gern glauben gemacht hätte, nur in seinem Kopf abgespielt hatte...

Was dann geschah, ließ sich selbst mit Gewalt nicht länger als Einbildung abtun.

Aus den Tiefen kehrte zurück, was zuvor darin verschwunden war. Dampf stieg aus dem aufgerührten Wasser zum Himmel, eine Nebelwand.

Hagan, der das Feuer und seine Macht kannte, begriff, daß zumindest ein begrenzter Bereich des Sees zum Kochen gebracht worden war.

Er fragte nicht, wodurch.

Noch stärker zitternd, noch heftiger atmend als zuvor, richtete er seine Augen auf die Schleier, aus denen sich rasch Umrisse herausschälten – eine Form.

Sie sah völlig anders aus als die Kugel, die herabgestürzt war.

Und dennoch ging Hagan vom ersten Moment, da er des Dings ansichtig wurde, davon aus, daß es auf unerklärliche Weise identisch mit dem ersten Phänomen war, das er gesichtet hatte.

Er fiel auf die Knie und hob, ohne sich dessen bewußt zu werden, die Arme zum Himmel.

Er hatte noch keine Gottheiten, zu denen sich seine Gedanken im Gebet hätten flüchten können, aber er war der Verehrung fähig. Der Verehrung von Mächten, die ihm unfaßbar waren.

Und die Ehrfurcht vor dem kreisrunden Gebilde, das den Fluten entstieg, war immens.

Mehr noch: Etwas in ihm erkannte die Form, als wäre die Kenntnis um sie seit unvorstellbarer Zeit in ihm verankert gewesen, ohne je hervorzubrechen.

Erst das Ereignis ließ die Dämme brechen, hinter denen es sich verborgen hatte.

Das Ereignis…

Hagan war des Denkens nicht länger fähig, nur noch des Schauens und Erlebens. Er kniete und erfaßte die Rückkehr des Gebildes aus dem aufgewühlten Wasser mit fast all seinen Sinnen.

Fast.

Der Wunsch, es auch zu berühren, wurde übermächtig.

Und langsam schwebte der Ring auf das Ufer zu.

*

Als Hagan die Augen aufschlug, fand er sich in weißem Licht wieder. Das Licht war so intensiv, daß er nichts anderes wahrnahm, selbst sein eigener Körper schien davon aufgelöst zu werden.

Aber er fühlte sein Herz schlagen. Hart und schnell.

Er hatte Angst.

Allmählich gewöhnten sich seine Augen an die extreme Helligkeit, und er glaubte, schemenhafte Bewegungen um sich herum zu bemerken.

Mit heiserer Stimme versuchte er, nach den verschwommenen Gestalten zu rufen.

Es wurde nur ein Krächzen, auf das keine Antwort erfolgte.

Dann – schlagartig – erlosch das grelle Licht, ging über in ein mildes Leuchten, das Hagan als wohltuend und beruhigend empfand.

Er lag auf dem glattpolierten Boden einer Höhle. Woher die sanfte Helligkeit kam, war nicht zu erkennen.

Hagan richtete sich auf. Er war allein.

Er sah keine Öffnung, die erklärt hätte, wie er überhaupt in diese seltsame Höhle gelangt war.

Neben ihm auf dem Boden lagen Gegenstände. Kugeln. Und ein Gebilde mit Öffnungen, in das die Kugeln paßten.

Er probierte es. Nicht gleich, aber irgendwann, nachdem keine weiteren Veränderungen erfolgten.

Hagan stellte fest, daß die Öffnungen von gleicher Größe waren. Die Kugeln hingegen unterschieden sich kaum merklich.

Nach einer Weile hatte er begriffen, welche Kugeln paßten. Nachdem alle in dem Gebilde verschwunden waren, ertönte ein dumpfer Laut, und die Gegenstände verschwanden.

Statt dessen lag etwas Neues da. Kleine Steine mit unterschiedlichen Umrissen. Hagan stellte fest, daß einzelne Steine zusammenpaßten, sich miteinander verbinden ließen, so daß größere Teile entstanden, an die wieder Steine paßten...

Obwohl er jetzt rasch ermüdete, schaffte er es, das Ganze zusammenzufügen. Es ergab eine viereckige Fläche. Ehe es verschwand.

Hagan erledigte noch eine Reihe anderer Aufgaben.

Schließlich kehrte das Licht zurück. Und die Schemen. Dazu Stimmen, deren Bedeutung Hagan nicht verstand, und die sagten: »Sie entwickeln sich um den Faktor tausend schneller als die unbehandelten Primaten. Der Verlauf des Experiments übertrifft all unsere Erwartungen...«

Als Hagan das nächste Mal erwachte, fand er sich am Ufer des Sees wieder und hatte keine Erinnerung mehr an die Prüfungen. Es war Nacht. Er hatte noch kein Wild erlegt und seine Waffe verloren. Der Hunger bohrte in seinen Eingeweiden, und er wußte, daß er dieses Mal versagt hatte.

Ohne je zu erfahren, warum.

18.

In Ordnung. In Ordnung. In Ordnung.

Mit der mehrfachen Wiederholung dieser beiden Worte war es Artus vor dem Betreten der Stationszentrale gelungen, den Einsamen für einen Augenblick zu verwirren und von sich abzulenken. Dieser winzige Moment hatte ihm genügt. Artus hatte ihn zum Aussenden mehrerer tausend Test-Störsignale genutzt – gerichtet an den über ihm befindlichen Auslöser für die Energiesperre. Auf diese Weise hatte er innerhalb von Sekundenbruchteilen das geeignete Störsignal ermittelt.

Auf der Flucht vor den angreifenden Robotern sandte Artus nun das passende Störsignal aus – kurz vor Erreichen der Sperre – und passierte den gefährlichen Bereich unbeschadet. Viel zu spät bemerkte der Einsame die Manipulation an der Auslösevorrichtung. Die Energiestrahlen, die den Flüchtenden hatten kurzschließen sollen, blockierten im entscheidenden Moment.

Ich bewundere deinen vorausschauenden Scharfsinn, Artus, lobte ihn der Einsame. *Ein Grund mehr, dich nicht gehen zu lassen.*

Daran wird mich niemand hindern.

Artus war fest entschlossen, die im Vorraum zur Schleuse postierten Roboter ohne Rücksicht auf Verluste zu »massakrieren«, zur Erde zurückzufliegen und mit Verstärkung wiederzukommen, um Roy Vegas zu befreien. Mit Schwierigkeiten beim Durchqueren der Reparaturhöhle rechnete er nicht – dort waren die Roboter viel zu sehr mit sich selbst beschäftigt. Auch in der Maschinenhöhle hatten sie sicherlich Wichtigeres zu tun, als sich ihm in den Weg zu stellen.

Kaum trat er aus dem Tunnel, erkannte er seinen Irrtum. Sämtliche in der Reparaturhöhle befindlichen tumben Roboter versuchten, ihn an der Flucht zu hindern. Selbst teilweise defekten Geräten befahl der alles beherrschende Rechner, den Flüchtenden aufzuhalten, egal wie.

Artus schlug und trat um sich, als hätte er sein gesamtes Dasein auf Schlachtfeldern verbracht. Daß er in jüngster Vergangenheit als Butler Echri Ezbal den Tee serviert hatte, merkte man ihm in dieser Situation nicht an. Eine Schar ausgebildeter Frontnahkämpfer hätte unter den angreifenden Wartungsrobotern kaum weniger Schaden angerichtet.

Für den Einsamen war das kein Anlaß, unruhig zu werden, er hatte noch Trümpfe im Spiel. Zur Unterstützung seiner Robottruppe setzte er die in den Wänden versteckten Strahlenabschußgeräte ein. Um Artus nicht irreparabel zu beschädigen, zielte er ausschließlich auf dessen Gliedmaßen.

Auf dem Herweg hatte Artus die Standorte der Strahlenwaffen vorsorglich gespeichert. Als er merkte, daß er ins Visier genommen wurde, machte er sich sein Wissen zunutze und vermied es nach Möglichkeit, in die Schußlinien zu geraten. Bei Gefahr suchte er Deckung hinter seinen zahlreichen Gegnern, von denen einige durch die Strahlen so stark beschädigt wurden, daß sich der Kampf allmählich zu seinen Gunsten entschied.

Daraufhin stellte der Einsame den Beschuß wieder ein und zog statt dessen den Großteil der Roboter aus der Maschinenhöhle als Verstärkung hinzu. Ein riskanter Schachzug, weil dadurch die Überwachung und Bedienung der Maschinen und Meiler sträflich vernachlässigt wurde.

Hätte Artus Waffen bei sich gehabt, hätte er sich den Weg aus der Station freischießen können. Ohne derartige Hilfsmittel kam er gegen die erdrückende Übermacht nicht länger an. Ihm blieb nichts weiter übrig, als den Rückzug in die Zentrale anzutreten.

Der Einsame triumphierte. Er setzte Artus' Rückkehr mit dessen vollständiger Kapitulation gleich und ordnete die vorläufige Einstellung der Angriffe an.

Läßt du dir jetzt freiwillig die Gliedmaßen entfernen? fragte er seinen Gefangenen.

Ich habe eine bessere Idee, antwortete Artus, während er gleichzeitig den Rechner nach Schwachstellen absuchte. *Wie wäre es, wenn ich dir deine Eingeweide rausreiße und in den abgelegensten unterirdischen Tunnelgängen verteile?*

In diesem Fall würdest du deine totale Vernichtung erzwingen, warnte ihn der Einsame. *Gegen die Waffen, die von oben auf dich gerichtet sind, hättest du keine Überlebenschance.*

Artus wußte, daß das zutraf. Doch eher würde er sterben, als sich gefangennehmen zu lassen und Vegas' grausiges Schicksal zu teilen.

Wartungsroboter mit Schneidwerkzeugen stürmten in den Saal. Artus blieb nur noch die Flucht unter die Erde. Flink wie ein Wiesel verschwand er in einem der hinteren Tunnel.

Die Roboter setzten ihm nach.

Der Rechner schickte weitere Truppen hinterher. Allmählich geriet er innerlich in Panik. Sein zukünftiger Gedankenaustauschpartner durfte ihm auf keinen Fall entwischen, sonst...

...sonst war er nach dem Tod von Roy Vegas wieder allein.

*

Allein der Gedanke, dem Einsamen bis in alle Ewigkeit als Privatunterhalter dienen zu müssen, erzeugte starkes Unbehagen in mir. Lieber würde ich tief unter der Erde in finsteren Tunneln vor mich hinrosten, als mich auf so schäbige Weise ausnutzen und demütigen zu lassen.

Die Gänge, die sich unterhalb der Zentrale befanden, waren durchgehend beleuchtet. Zu beiden Seiten gab es mehrere Abzweigungen – Sackgassen, die (wie im oberen Bereich) als Lagerstätten fungierten. Allerdings waren hier keine Maschinenersatzteile eingelagert, sondern Waffen und Sprengstoff.

Zur Verteidigung der Station? Oder zur Ausrüstung einer vor mehr als tausend Jahren geplanten Invasion?

Hatte der Ringraumer, der damals den Berg über der Station zum Einsturz brachte, die Galaxis vor Eroberung und Versklavung bewahrt?

Zu jener Zeit waren die Menschen viel zu sehr mit sich selbst beschäftigt, als daß sie den Blick zu den Sternen gerichtet hätten. Während das Robotvolk, dem der Einsame angehörte, auf dem

Mars eine Beobachtungsbasis errichtete, wurde Heinrich IV. zum König von Deutschland gekrönt, eroberten die Türken Bagdad, und das Papsttum befreite sich aus der Bindung an den Kaiser.

Es fiel mir nicht leicht, mir ein Bild von den Menschen zu machen; fortwährend lernte ich dazu. Und nun gab mir ein neues Volk weitere Rätsel auf.

Was ging in intelligenten Maschinen vor, die andere Maschinen – stupide Geräte ohne Bewußtsein – für sich die Drecksarbeit erledigen ließen? Die einem beseelten Rechner auf einem fremden Planeten die Leitung einer Beobachtungsstation übertrugen und dann nie mehr zurückkehrten? Und die sich, angesichts der mitgeführten tödlichen Waffen, seinerzeit sicherlich nicht auf einer Friedensmission befunden hatten.

Daß es sich bei den eingelagerten Gegenständen um Waffen handelte, daran gab es für mich nicht den geringsten Zweifel, auch wenn ich nicht genau wußte, wie sie funktionierten. Wären die Tunnel beim Angriff des Ringraumers eingebrochen, hätte damals eine gewaltige Explosion die Station zerstört und einen riesigen Krater in die Landschaft gerissen.

Ich hörte meine Verfolger kommen und setzte meine Flucht fort. Immer tiefer drang ich ins Erdinnere vor, bis ich auf eine weitere Schleuse stieß. Dahinter endete vermutlich die künstlich erzeugte terranische Atmosphäre und Gravitation.

Eine Umkehr kam für mich nicht in Frage. Ich öffnete den Schleusenzugang…

Auf der anderen Seite der Schleuse herrschte wieder die gewohnte niedrige Marsschwerkraft, und die Tunnel waren unbeleuchtet. Meinethalben, ich war für Einsätze im Dunkeln bestens gerüstet. Für den Fall eines Stromausfalls in seinem Haus hatte Ezbal die Optik seines Butler-Roboters mit zwei beweglichen Lichtstrahlern versehen. Bei meiner Umrüstung war diese nützliche Funktion glücklicherweise nicht entfernt worden. Ein leichter Druck auf einen in der Achselhöhle verborgenen Knopf genügte, und schon strahlte es aus meinen Augenlöchern wie aus Schwebescheinwerfern.

Leider wirkte die Funkabschirmung auch auf dieser Seite der Schleuse, so daß ich keine Hilfe von außen herbeiholen konnte.

Um herauszufinden, wie weit die vom Einsamen ausgesandten Funkstörsignale reichten, mußte ich mich von der Station entfernen.

Auf meinem Weg in unergründliche Marstiefen fiel mir auf, daß Wände und Boden nicht mehr so glatt und eben waren wie im oberen Gewölbebereich. Der denkende Rechner hatte demnach nicht gelogen. Die Tunnel waren tatsächlich nicht von seinem Volk gegraben worden. Die Marsinvasoren hatten bereits bestehende Gänge kurzerhand übernommen und zu ihren Zwecken um- und ausgebaut. Der Rest des Tunnelsystems verlor sich weit unter der Erde.

Genaugenommen war die Bezeichnung »System« nicht ganz richtig. Je weiter ich ins Planeteninnere vorstieß, desto weniger konnte ich eine logische Anordnung der Gänge erkennen. Chaotisch durchzogen sie nach allen Richtungen das Erdreich, so als ob hier Tausende von Maulwürfen gegraben hätten, auf der Suche nach Würmern, Käfern und sonstiger Nahrung.

Die Wartungsroboter folgten mir nicht, sie waren in der Station zurückgeblieben. Wahrscheinlich lauerten sie auf meine Rückkehr, um ihren grausigen Verstümmelungsbefehl zu vollenden.

Ich aber wollte so bleiben wie ich war.

Zuversichtlich machte ich mich auf die Suche nach einem separaten Ausgang aus dem dunklen Höhlenlabyrinth. Doch mit jedem Kilometer, den ich zurücklegte, schwand meine Hoffnung dahin. Sämtliche Gänge führten schräg nach unten, kein einziger wieder hinauf.

Unablässig, mit steigendem Tempo, durchquerte ich einen Tunnel nach dem anderen. Breite Tunnel, schmale Tunnel, hohe, niedrige, lange, kurze...

Wer hatte sie gegraben? Gab es im Planetenkern tatsächlich Lebensformen, die sich durch Gestein fressen konnten? Wie viele waren es? Wie würde meine erste Begegnung mit ihnen verlaufen? Würden sie mich als Feind betrachten und angreifen? War mein Metallkörper härter als die Gebisse jener Wesen?

Allmählich machte sich Verzweiflung in mir breit. Mein sehnlichster Wunsch war es, zu den Sternen zu fliegen, je entfernter desto lieber. Statt dessen saß ich in einem trostlosen Himmelskörper fest – nicht sonderlich weit weg von der Erde, sie lag ja quasi um die Ecke.

An jeder Tunnelkreuzung und -gabelung mußte ich mich aufs neue für eine Richtung entscheiden. Damit ich notfalls wieder zurückfand, prägte ich mir meinen Weg exakt ein. Menschen hätten sich aufgrund ihrer eingeschränkten Speicherkapazität hier unten rettungslos verlaufen. Eine lebende Maschine wie ich war da wesentlich leistungsfähiger.

Plötzlich vernahm ich ein Geräusch. Es kam aus einem langen finsteren Tunnel zu meiner rechten Seite, wurde immer lauter und steigerte sich zu einem bedrohlichen, lauten Fauchen.

Ich war kein Feigling – aber zuviel Heldenmut konnte sich schädlich auf meine körperliche Unversehrtheit auswirken. Die Beschädigung an der Karosserie meiner Schulter war schon ärgerlich genug.

Wie sagte doch Desdemona zu Othello (letzte Szene, letzter Aufzug)? »Töte mich morgen, laß mich heut noch leben!«

Ganz meine Meinung – morgen war auch noch ein Tag. Heute zog ich es vor, den linken Tunnel zu benutzen.

Um meinen Standort nicht zu verraten, schaltete ich die Lichtstrahler aus und bewegte mich ohne Zuhilfenahme meiner Optik durch den Gang. Die Radarabtastung funktionierte einwandfrei. Ich hoffte, das fremde Untier auf diese Weise abschütteln zu können.

Weit gefehlt. Die Dunkelheit war auf der Seite meines unbekannten Verfolgers. Er, beziehungsweise »Es« lebte in diesem Labyrinth und fand sich hier problemlos zurecht.

Im Gegensatz zu mir. Ich wußte weder, wie lang der Gang war, noch wohin er führte.

Dieses Spiel hieß *Jäger und Gejagter*. Und der Jäger war verdammt schnell!

Die mir zugedachte Rolle als Beute behagte mir ganz und gar nicht. Hatte ich überhaupt noch eine Überlebenschance?

Das Fauchen kam immer näher. Als ich das Gefühl hatte, gleich eingeholt zu werden, drehte ich mich blitzschnell um, betätigte erneut den Schalter…

… und es wurde Licht.

Wenn ich schon im gierigen Rachen eines reißzahnbewehrten Allesfressers enden sollte, wollte ich wenigstens wissen, wie er aussah.

*

Mein unheimlicher Verfolger behielt das Geheimnis seines Aussehens für sich.

Im gleißenden Schein des Doppellichtstrahls sah ich nur eine schwarze, zuckende Masse vor mir – ein fremdartiges Wesen, das sich vor Schmerz zusammenkrümmte wie ein überdimensionaler Igel ohne Stacheln. Mehr konnte ich nicht erkennen, weder Krallen noch Zähne, weshalb ich nie erfuhr, ob dieses Ungeheuer mit meinen von Angst geprägten Phantasien übereinstimmte.

Es empfand dieselbe Furcht wie ich. Furcht vor dem Sterben. Denn in ewiger Nacht war Licht eine tödliche Waffe. Hätte ich meine Augenstrahlen über einen längeren Zeitraum hinweg auf das Monstrum gerichtet, wäre es wohl elendig zugrunde gegangen.

Doch ich war kein Mörder. Ich hatte mich nur meiner Metallhaut gewehrt. Wehren müssen.

Rückwärts ging ich weiter, ohne das riesige, zuckende Bündel aus dem Blickfeld zu lassen. Erst als ich weit genug entfernt war, löschte ich das Licht.

Gespannt lauschte ich in die Dunkelheit. Würde das Untier einen weiteren Angriff riskieren und damit sein Leben erneut aufs Spiel setzen?

Zu meiner Erleichterung kehrte es um. Bald darauf verschwand es leise fauchend hinter irgendeiner Abzweigung, und ich hörte keinen Ton mehr.

Es war fort und tauchte nie wieder auf.

Ein Einzelgänger? Oder gab es noch mehr von seiner Art? Das brachte ich nie in Erfahrung.

Nachdem ich die Strahler wieder aktiviert hatte, setzte ich meinen Weg fort. Zu meiner Überraschung stieß ich auf einen schräg nach oben führenden Gang und folgte ihm.

Eine Zeitlang verlief die Strecke völlig eben, dann entdeckte ich weitere ansteigende Tunnel. An den nachfolgenden Gabelungen verlief immer einer nach oben und einer nach unten. Steckte etwa doch System dahinter? Falls ja, war ich jedenfalls nicht in der Lage, es zu enträtseln.

Stunden später stand ich vor einem zweiten, ebenfalls geschlossenen Schleusentor – aller Wahrscheinlichkeit nach ein weiterer Notausgang der Station. Wie viele gab es davon noch?

Jetzt galt es abzuwägen. Zurück in die Finsternis und das Risiko eingehen, nochmals mit einem der steinfressenden Untiere zusammenzustoßen? Oder zurück in den Machtbereich des Einsamen und sich aufs neue auf einen Kampf mit den toten Metallgestellen einlassen? Ihrer Übermacht hatte ich nichts entgegenzusetzen.

Außer meinem Verstand, der mir in der Station sicherlich mehr von Nutzen war als unter der Erde.

Die Entscheidung war gefallen. Wenig später befand ich mich wieder innerhalb der Station, in einem Trakt, den ich bislang noch nicht kannte.

Hier gab es viele einzelne Höhlenräume, die wie Werkstätten eingerichtet waren und auf den ersten Blick wie kleinere Pendants zu jener Reparaturhöhle wirkten, in der sich die leblosen Roboter gegenseitig warteten und wiederherstellten. In einem Punkt unterschieden sie sich jedoch von dem größeren Raum. Dort hatten Zweckmäßigkeit und Effektivität eindeutig Vorrang, während hier wesentlich mehr Wert auf Gemütlichkeit gelegt worden war.

In den Seitenwänden der Werkstatthöhlen befanden sich übereinanderliegende Nischen, die vermutlich zum Ausruhen gedacht waren. Eine Krankenstation für defekte Wartungsroboter? Unmöglich, das machte keinen Sinn. Eine dumme Maschine brauchte kein bequemes Ruhelager, geschweige denn eine anheimelnde Umgebung. Weil sie eh nicht unterscheiden konnte zwischen gemütlicher Stube und Schrotthalde.

Plötzlich ging mir ein Licht auf – sinnbildlich gesprochen, denn meine Augenstrahler hatte ich inzwischen abgeschaltet. Ich benötigte sie vorerst nicht mehr, die Station war ja durchgehend beleuchtet.

Bei den kleinen Werkstätten handelte es sich in erster Linie um Aufenthaltsräume. Um heimelige Unterkünfte für das beseelte, verstandesbegabte Robotvolk. Hier konnte man sich zur Schonung seiner Kugelgelenke entspannen, miteinander seine Freizeit verbringen, sich der Metallkörperpflege hingeben, kosmetische Reparaturen vornehmen... ganz nach Belieben.

Das Vorhandensein solcher Räume deutete darauf hin, daß die intelligenten Roboter beabsichtigt hatten, zurückzukommen – zumindest hatten sie es in Erwägung gezogen. Für diese These sprachen auch die nach hinten hinausführenden beiden Notschleusen. Wer sonst hätte sie benutzen sollen? Der riesige Rechner war fest installiert; er konnte denken, aber nicht laufen. Im Fall einer Stationserstürmung hätte man ihn wahrscheinlich zerstört, damit er nicht in die Hände des Feindes geriet.

Welchen Feindes?

Waren die Notausgänge ins Ungewisse lediglich als reine Vorsichtsmaßnahme angelegt worden, zur Vorbeugung für Eventualfälle? Oder hatten die Marsinvasoren dabei einen bestimmten Kontrahenten im Auge gehabt? Vielleicht die Mysterious mit ihren Ringraumern? Schließlich war die Felsstation von einem ringförmigen Raumschiff angegriffen worden – wer auch immer es vor tausend Jahren gelenkt hatte.

Genau wie ich brauchten die klugen Roboter – vermutlich! – keinen Sauerstoff zum Überleben, und mit der Schwerkraft auf dem Mars kamen sie bestimmt genauso gut zurecht wie ich. Dennoch hatten sie ihren Rechner in die Lage versetzt, die Atmosphäre innerhalb der Beobachtungsstation anderen Lebensformen anzupassen.

Wozu?

Waren sie davon ausgegangen, bei einer eventuellen Schlacht um die Station Gefangene zu machen? Oder hatten sie damals geplant, einige der in dieser Galaxis beheimateten Wesen zwecks näherer Analyse nach hierher zu verschleppen? Möglicherweise hatten sie in anderen Tunneln speziell dafür konzipierte Labors eingerichtet.

Natürlich war mir bewußt, daß ich mich mit meinen Überlegungen auf sehr dünnem Eis bewegte, auf dem schmalen Grat zwischen Wirklichkeit und Phantasie. Doch es bereitete mir eine gewisse Freude, zu phantasieren, zu spekulieren und zu kombinieren. Die innere Anspannung, die mich dabei befiel, war mit keinem mir bisher bekannten Empfinden zu vergleichen.

Auf einmal konnte ich ihn gut verstehen.

Ihn, Ren Dhark, den Commander der Planeten, über den mir schon soviel berichtet worden war. Von einem besonnenen, weisen Mann war die Rede, in dessen Händen sich die terranische Bevölkerung gut aufgehoben fühlte. Aber es wurde auch von einem unerschrockenen Abenteurer gesprochen, einem Besessenen, der hartnäckig versuchte, das Geheimnis jenes verschwundenen Volkes namens Mysterious zu lösen, ein Volk, das möglicherweise längst ausgestorben war.

Wie gern würde ich ihn auf seiner Suche begleiten!

Dharks Raumschiff – die legendäre POINT OF – erschien mir in diesem Augenblick als der begehrenswerteste Platz des Universums.

Allerdings hätte ich mich auch mit jedem anderen Ort zufriedengegeben. Hauptsache, er lag weit genug weg von hier – weg von dieser greulichen Station und ihren dumpfnasigen Robotgeschöpfen, die mich inzwischen von allen Seiten eingekreist hatten.

Der Einsame gab das Angriffssignal.

*

Der Angriff kam nicht unerwartet. Schon vor dem Betreten der Station ist mir klar gewesen, daß der Einsame mein Eindringen sofort registrieren und seine »Arbeiterarmee« in Bewegung setzen würde. Jedoch hatte ich insgeheim gehofft, meinen Widersachern auf Schleichwegen zu entwischen.

Jetzt gab es keine Chance mehr zur Flucht. Sie hatten die Haupttunnel und Seitengänge besetzt und schnitten mir sogar den Rückweg zum Notausgang ab. Ein Kampf war unausweichlich.

»Kommt ran, ihr Zombies!« rief ich erregt, obwohl mir bewußt war, daß man mich sowieso nicht verstand. »Stellt euch die Sache bloß nicht zu leicht vor! Bevor ihr mich überwältigt, schlage ich so viele von euren Hohlschädeln ein wie ich kann!«

Eine aufgebrachte Menschenmenge hätte ich damit vielleicht einschüchtern können. Aber gegen die geballte Ahnungslosigkeit einer stumpfsinnigen Maschinenstreitmacht nutzten Drohungen überhaupt nichts, auch dann nicht, wenn sie ernstgemeint waren. Meine Worte liefen ins Leere.

Jetzt zählten nur noch Taten.

*

Ich tat, was ich konnte und wehrte mich mit allen Mitteln – fairen und unfairen – wild entschlossen, mich von diesen unempfindsamen Geschöpfen nicht unterkriegen zu lassen. Ein Metallschredder hätte unter den Wartungsrobotern nur unwesentlich mehr Schaden angerichtet als ich.

Doch für jeden Roboter, den ich vernichtete, schienen zehn neue hinzuzukommen. Einige kämpften sogar in stark beschädigtem Zustand weiter.

Ich schlug und trat um mich, bis meine Kräfte gegen die Übermacht nicht mehr ausreichten und die unvermeidliche Niederlage nicht mehr länger hinauszuzögern war. Man packte mich, drückte mich zu Boden und hielt meine Arme und Beine fest im Griff. Ich fühlte mich wie zwischen unzähligen Schraubstöcken eingeklemmt.

Schweigend verschleppten mich die Roboter in die Zentrale. Nichts war zu hören, nur die Laute, die sie beim Gehen und Rollen verursachten. Totgeborene waren nun mal nicht fähig, den Triumph eines hart erkämpften Sieges auszukosten.

Im Gegensatz zum Einsamen, der mich unverhohlen für meinen mißlungenen Fluchtversuch verspottete.

Herzlich willkommen, Artus. Siehst du endlich ein, daß ich dir überlegen bin? Du kannst mir nichts anhaben.

Wirklich nicht? Immerhin habe ich deine fügsamen Helfer um ein gutes Drittel dezimiert.

Und wenn schon. Die noch verbliebenen zwei Drittel werden die beschädigten Roboter wiederherstellen oder neue bauen. Zudem müssen sie ein paar unwesentliche Reparaturen durchführen, die durch deinen unüberlegten Ausbruchsversuch notwendig geworden sind. Übrigens, das harmlose Leck am Tank wurde inzwischen abgedichtet. Der gute Roy hat die Erschütterung unbeschadet überstanden.

Vielleicht wäre es ihm lieber gewesen zu sterben, anstatt weiterhin so wie bisher in einem Zustand zwischen Leben und Tod dahinzuvegetieren.

Du irrst dich, Artus. Anfangs hatte ich zwar meine Probleme mit ihm, weil er dauernd versuchte, sich meiner gedanklichen Kontrolle zu entziehen, doch mittlerweile ist er gern bei mir.

Das glaubst du doch wohl selbst nicht. Er hat sich mit seinem Schicksal abgefunden, sonst nichts. Ich bin sicher, er haßt dich wie die Pest.

Ich werde euch die Möglichkeit verschaffen, miteinander zu kommunizieren. Dann wirst du deinen Irrtum erkennen und dich bei mir entschuldigen. Roy fühlt sich in meiner Nähe sehr wohl. Auch du wirst mich schon bald als Gedankenaustauschpartner zu schätzen wissen. Nach einer gewissen Eingewöhnungszeit...

Du machst dir da was vor, Einsamer! Niemand fühlt sich in Gefangenschaft wohl. Freiheit ist für die Menschen das höchste Gut – und für mich auch! Ich werde jede sich mir bietende Fluchtgelegenheit nutzen, darauf kannst du dich verlassen!

Ohne deine Gliedmaßen kommst du nicht weit, stellte der Rechner lakonisch fest und gab den Robotern Anweisung, mir Arme und Beine abzutrennen.

Ich war unfähig, mich zu rühren und konnte nur hilflos zusehen...

*

Plötzlich sah ich eine Chance, höchstwahrscheinlich meine letzte. Die festen Griffe um meine Hand- und Fußgelenke lockerten sich ohne ersichtlichen Grund.

Mit einem gewaltigen Ruck riß ich mich los.

Bisher hatte ich kaum etwas abbekommen. Der winzige schwarze Punkt, den der Schneidbrenner an meiner Schulter hinterlassen hatte, ging fast noch als Schönheitsfleck durch.

Ich nahm Kampfstellung ein und war jetzt sogar bereit, unmittelbar auf den Rechner loszugehen – ungeachtet seiner Drohung, die unter der Höhlendecke angebrachten Strahlenwaffen gegen mich einzusetzen. Besser die totale Vernichtung als Verstümmelung und Versklavung.

Es kam alles ganz anders.

Drei Dinge waren für einen Kampf unerläßlich: Mut, Entschlossenheit – und mindestens ein Gegner. An letzterem mangelte es mir. Niemand griff mich an, keiner zwang mich zur Gegenwehr. Die Wartungsroboter kümmerten sich überhaupt nicht um mich, so als wäre ich gar nicht vorhanden.

Statt dessen fielen sie übereinander her. Mit ihren Werkzeugen gingen sie gewaltsam aufeinander los und begannen, sich gegenseitig zu attackieren und zu zerlegen.

Es quietschte, knirschte, knackte, bollerte, krachte, brach... Werkzeuge und Roboterteile landeten scheppernd auf dem Höhlenboden. Wer noch aufrecht stand, kämpfte unablässig weiter – bis zum bitteren Ende.

Die Szenerie ähnelte dem »Verschrottungsgemetzel«, das sich kurz zuvor im Aufenthaltstrakt der Station abgespielt und in dessen Mittelpunkt ich gestanden hatte. Nun jedoch schien ich für die Roboter unsichtbar zu sein. Nur ein einziger versuchte, wohl eher zufällig, auf mich einzuschlagen. Ich erstickte sein Ansinnen gleich im Keim und spaltete seinen häßlichen Blechschädel mit der Handkante in zwei Teile.

Um nicht unnötig ins Kampfgetümmel hineingezogen zu werden, plazierte ich mich etwas abseits. Glücklicherweise schenkte man mir weiterhin keine Beachtung.

Ich begriff nicht, warum der Einsame kein Machtwort sprach. Wenn er seinen Helfern nicht umgehend Einhalt gebot, zerschlugen sie womöglich den Tank. Ob Vegas das überleben würde?

Auch der Rechner selbst war gefährdet, zerstört zu werden. Warum griff er nicht ein?

Was soll das? funkte ich ihn an. *Verlierst du die Kontrolle über die Station? Oder treibst du nur ein böses Spiel mit mir?*

Ich erhielt keine Antwort.

Mach doch, was du willst! Ich hau jedenfalls ab! teilte ich ihm mit, ohne daß er darauf reagierte.

Mit Händen, Ellbogen, Knien und Füßen bahnte ich mir eine Gasse durch die Kämpfenden. Nur gelegentlich verspürte ich leichte Gegenwehr. Den meisten Wartungsrobotern war ich völlig gleichgültig, selbst dann, wenn ich sie schubste. Ihr Desinteresse an mir war fast schon beleidigend.

Kurz bevor ich den Saal verließ, erreichte mich doch noch ein Funkruf auf der mir bekannten Frequenz.

Bitte hilf mir!

Ganz sicher nicht, antwortete ich dem Einsamen ohne jedes falsche Mitleid. *Ich habe keine Ahnung, was für ein Defekt oder Virus dich plötzlich befallen hat, aber es passierte gerade noch rechtzeitig. Beinahe hätte ich meinen linken Arm eingebüßt, und danach den Rest meiner Extremitäten. Glaubst du wirklich, ich rette dich, damit du mich wieder gefangennehmen kannst?*

Ich bin nicht dein Feind. Ich bin Roy Vegas.

Mein Blick richtete sich auf den Tank. Wie gehabt trieb Vegas bewußtlos in der Nährflüssigkeit.

Auf den Trick falle ich nicht rein, Einsamer! erwiderte ich und wollte meine Flucht fortsetzen.

Der Einsame, wie du ihn nennst, ist augenblicklich nicht in der Lage, mit dir zu kommunizieren, Artus. Ich habe ihn kaltgestellt.

Kaltgestellt? wiederholte ich nachdenklich.

Dieser Ausdruck war mir nicht geläufig, zumindest nicht im Zusammenhang mit Computern – da half auch kein Shakespeare.

Er hat nichts mehr zu melden, folgte die Übersetzung per Funk. *Sein Einfluß auf die Geschehnisse in der Station wurde erheblich eingeschränkt.*

Wie hast du das geschafft? fragte ich mißtrauisch.

Ich habe ein Chaosprogramm aktiviert, das den Verhaßten, so nenne ich ihn, in den Wahnsinn treibt. Nicht nur die Kontrolle über seine Roboter hat er verloren – er hat auch keine Kontrolle mehr über sich selbst.

Warum sollte der Rechner ein Programm entwickeln, das ihm schweren Schaden zufügt?

Nicht er hat es entwickelt – sondern ich!

Ich glaube dir nicht. Wie willst du das bewerkstelligt haben? Immerhin schwimmst du hilflos im Tank.

Mein Körper ist hilflos, das trifft zu. Aber mein Geist ist hellwach und steht in dauerndem Datenaustausch mit dem Verhaßten. Er saugt mein gesamtes Wissen, all meine Erinnerungen und Ge-

fühle unablässig in sich auf. Zu jeder noch so geringfügigen Information fordert er genauere Einzelheiten nach. Danach nötigt er mir zu den jeweiligen Themen ausufernde Diskussionen auf, die sich mitunter über Wochen und Monate erstrecken. Zu guter Letzt muß ich mir – ob ich will oder nicht – seine abschließende Stellungnahme anhören, wobei er sich nicht selten in ellenlange, selbstgefällige Monologe verstrickt. So geht das in einem fort, in jeder Stunde und Minute, und ich habe keine Möglichkeit, wegzuhören oder sonstwie dichtzumachen.

Das beantwortet nicht meine Frage.

O doch, das tut es, warte nur ab. In den vergangenen 47 Jahren flossen zahllose Daten in beiden Richtungen ohne Unterlaß hin und her. Dadurch entfaltete sich in mir ein intuitives Verständnis für intelligente Maschinen. Ich lernte, meine wahren Empfindungen vor dem Verhaßten zu verschleiern. Um ihn in Sicherheit zu wiegen, gaukelte ich ihm sogar freundschaftliche Gefühle vor. In Wahrheit habe ich nie aufgehört, an Rache zu denken. Tief in mir reifte ein teuflischer Plan, von dem er nicht einmal annähernd etwas ahnte. Ohne daß er es mitbekam, entwickelte ich in meinem Kopf das Chaosprogramm. Und damit er nicht irgendwann einmal zufällig darauf stieß, verbarg ich es in ihm selbst. Verschlüsselt ließ ich es ihm über den unendlichen Datenstrom zukommen und legte es in einem abgeschiedenen, unbeachteten Speicherplatz ab. Jahrelang lauerte ich auf den geeigneten Moment. Als ich merkte, daß der Verhaßte mit jemandem kommunizierte, suchte ich nach der betreffenden Frequenz und klinkte mich bei euch als heimlicher Lauscher ein.

Und jetzt hast du das Programm von dem abgelegenen Speicherplatz aus gestartet, ergänzte ich, und mein Mißtrauen wurde allmählich geringer.

Richtig. Der Verhaßte kämpft verzweifelt gegen die Auswirkungen des Programms an. Somit hat er erst mal alle Hände voll zu tun. Ach, Quatsch! Er hat ja gar keine Hände.

Mach dir nichts draus, Vegas. Auch ich habe mitunter Probleme mit dem Sinngehalt menschlicher Redewendungen. – Warte, ich hole dich aus dem Tank. Hoffentlich kannst du ohne die Flüssigkeit überleben.

Ich denke schon. Es handelt sich um eine reine Nährflüssigkeit, als Ersatz für Essen und Trinken. Da die Lebensbedingungen innerhalb der Station seit meiner Ankunft nicht verändert wurden, kann ich außerhalb des Tanks atmen. Zum Verlassen der Station benötige ich allerdings meinen Raumanzug.

Ich finde ihn – falls er noch existiert, versprach ich.

Fürs erste hatten wir genug Worte gewechselt. Wieder mal war die Zeit reif zum Handeln.

Wie ein wildes Tier stürzte ich mich auf die miteinander kämpfenden Wartungsroboter und schlug mir den Weg zum Tank frei.

Noch bevor ich dort eintraf, nahm ich über mir Aktivitäten wahr. Das Waffensystem unter der Höhlendecke wurde hochgefahren. War der Einsame wieder zu Verstand gekommen? Wollte er mich vernichten, um Vegas' Befreiung zu verhindern?

Meine Befürchtung war unnötig. Ein gleißender Strahl schoß von schräg oben herab und vernichtete einen Wartungsroboter, der sich nahe am Rechner aufhielt – zu nahe offenbar.

Zur Notwehr war der Einsame alias der Verhaßte also noch fähig. Daher war es besser für mich, ihn nicht direkt anzugreifen.

Ich befreite Vegas von den Leitungen und Drähten und kappte seine geistige Verbindung zum Zentralrechner – und somit auch die Funkverbindung zwischen ihm und mir. Dabei mußte ich äußerst vorsichtig zu Werke gehen, um ihn nicht zu verletzen.

Bald darauf lag Vegas schwach atmend in meinen Armen. Solange er nicht wieder vollständig bei Bewußtsein war, konnten wir nicht miteinander sprechen.

Erneut wurden die Strahlenwaffen an der Höhlendecke aktiviert, obwohl sich kein einziger Roboter in unmittelbarer Rechnernähe befand. Ich befürchtete das Schlimmste – und diesmal zu Recht.

Da auch die Waffensteuerung unter der Kontrolle des durchgedrehten Computers stand, wurde sie ebenfalls vom »Wahnsinn« befallen. Die Geschütze feuerten wahllos in die Menge der Kämpfenden…

… und ich war mal wieder mittendrin!

*

Mit Roy Vegas auf den Armen lief Artus mitten durch die kämpfende Robotermenge, wobei er Schultern und Ellbogen, so gut es ging, zur Abwehr einsetzte. Daß ihn kein Strahl traf, war wohl mehr dem Zufall zu verdanken als seiner Umsicht. Auch eine denkende Universalmaschine wie er konnte nicht gleichzeitig auf alles und jeden achten.

In der Reparaturhöhle war es verhältnismäßig still. Nur wenige Roboter hatten sich dort während der Massenschlägerei aufgehalten. Alle lagen sie reglos oder stark beschädigt am Boden – dank des Chaosprogramms hatten auch sie sich gegenseitig niedergemetzelt. Artus konnte das nur recht sein.

Da die Strahlenabschußgeräte in den Wänden derzeit nicht aktiv waren, drohte hier vorerst keine Gefahr. Artus setzte Vegas ab und lehnte ihn mit dem Rücken an eine Wand. Anschließend begab er sich in die zu Lagerstätten umfunktionierten Tunnel, um nach dem Raumanzug zu suchen.

Sein Weg führte ihn am Rand der Maschinenhöhle entlang. Die Roboter, die dort zur Bedienung der Geräte eingesetzt wurden, waren äußerlich unversehrt. Sie kämpften nicht gegeneinander wie die anderen.

Das Chaosprogramm zeigte dennoch seine Wirkung. Die durchgedrehten Roboter waren nämlich damit beschäftigt, die Maschinen, zu deren Pflege und Wartung sie abgestellt waren, mit ihren Werkzeugen fachgerecht zu zerlegen. Zudem fuhren sie die Meiler in unzulässiger Weise hoch.

Auch hier spielten die Waffen unter der Höhlendecke verrückt. Gefährliche Energiestrahlen zischten kreuz und quer durch den Raum und beschädigten die Geräte oder dezimierten die Wartungsroboter.

Artus entging einem Strahlenangriff in letzter Sekunde, indem er sich mit einer gekonnten Doppelrolle rückwärts in einen der Lagertunnel rettete. Wo er noch kurz zuvor gestanden hatte, hinterließ der Strahl einen schwarzen, dampfenden Fleck am Boden.

Der Zufall wollte es, daß Artus ausgerechnet in diesem Tunnel auf Vegas' Raumanzug stieß. Er mußte sich beeilen, denn ein Roboter – ein massiges, übergroßes Gestell aus rotschimmerndem Metall – machte sich daran zu schaffen. Offenbar wollte der Rote den Anzug zerstören.

Hinzu kam, daß sich die Atmosphäre innerhalb der Station veränderte. Die künstlich geschaffenen terranischen Lebensbedingungen entwickelten sich in eine für Menschen negative Richtung. Roy Vegas war in tödlicher Gefahr.

Artus zögerte keinen Augenblick. Ohne viel Federlesens ergriff er den Roboter an seinen dicken Metallarmen und schleuderte ihn gegen die Wand. Dann bückte er sich nach dem Anzug und wollte den Tunnel verlassen.

Doch er hatte seinen Gegner maßlos unterschätzt. Der Rote, der ihn um mindestens eine Kopflänge überragte, war schneller als erwartet wieder auf den Beinen und ging sofort zum Gegenangriff über.

Ein gewaltiger Fausthieb traf Artus unvorbereitet ins Genick, mit der Wucht eines Schmiedehammers. Er ließ den Anzug fallen, wankte, stürzte aber nicht hin.

Sein Gegner holte zum zweiten, alles entscheidenden Schlag aus.

Artus machte eine rasche Drehbewegung und trat ihm mit vollem Schwung gegen die Brust.

Der Tritt hätte einen Elefanten umgehauen – aber der Rote stand wie eine Eiche. Sein metallener Brustkorb wies nicht einmal eine Beule auf.

Der rotschimmernde Roboter breitete die Arme aus. Er wollte seinen Widersacher packen und fest an sich drücken. Eine tödliche Umarmung.

Artus konnte gut und gern auf eine solche »Liebkosung« verzichten. Eher hätte er eine Schrottpresse umarmt, als sich hier und jetzt von dieser Kampfmaschine zerquetschen zu lassen. Wie der Blitz duckte er sich und umfaßte die Fußgelenke des Angreifers. Dann riß er ihm ruckartig die Beine weg.

Krachend schlug der Rote auf dem Boden auf. Sofort versuchte er, sich wieder aufzurichten. Mehrere schnell hintereinander ausgeführte Fußtritte gegen seinen Kopf hinderten ihn nur kurz daran – sie irritierten ihn mehr, als daß sie ihm schadeten.

Ein verdammt harter Brocken, dachte Artus, dem allmählich die Ideen ausgingen.

Bevor sich der Kampfkoloß wieder aufrappeln konnte, schnappte sich Artus den Anzug und floh schleunigst aus dem Tunnel. Mit diesem Giganten wollte er sich nicht länger anlegen, der war von anderem Kaliber als die Wartungsroboter.

Der Einsame hatte Artus gegenüber erwähnt, daß er mehreren Wachrobotern den Befehl erteilt hatte, den Vorraum zur Schleuse zu besetzen. Es gab demnach nicht nur Arbeitsroboter in dieser Station, sondern weitaus gefährlichere Exemplare. War der Rote einer davon? Oder waren die Wächter an der Schleuse von noch üblerer Sorte?

Artus verzichtete darauf, nachzusehen. Dafür blieb ihm keine Zeit. Er mußte schleunigst zurück zu Roy Vegas, um ihm den Raumanzug anzuziehen.

Dem terranischen Astronauten ging es gesundheitlich sehr schlecht. Nicht nur die Auswirkungen seiner siebenundvierzigjährigen Gefangenschaft machten ihm zu schaffen. Aufgrund der sich allmählich verändernden Lebensbedingungen innerhalb der Station konnte er kaum noch atmen.

Artus half ihm, in den Anzug zu steigen. Glücklicherweise enthielten die Behälter noch ausreichend Sauerstoff. Roy kam allmählich zu sich.

»Herzlich willkommen in der Welt der Lebenden«, begrüßte Artus ihn über Helmfunk.

Roy schaute sich verwirrt um. Nur ganz langsam nahm er die Eindrücke seiner Umgebung in sich auf.

Als er begriff, daß er sich noch immer in der Station auf dem Mars befand, stieg die Angst in ihm hoch. Er fürchtete sich davor, wieder zurück in den Tank zu müssen. Noch einmal würde er das nicht durchstehen.

Roy Vegas hätte seine Furcht am liebsten laut herausgeschrieen. Aber seine Stimmbänder waren lange nicht benutzt worden. Erste mühevolle Sprechversuche brachten nur ein heiseres Krächzen hervor.

Sein größter Wunsch war es, die Station auf dem schnellsten Weg zu verlassen. Er erinnerte sich, aus welcher Richtung er seinerzeit die Station betreten hatte und deutete in Richtung der Hauptschleuse.

Artus war dagegen. »Besser nicht. Ich hatte gerade eine Konfrontation mit einem roten Robotmonstrum, dem möchte ich nicht noch einmal begegnen. Der Irre hatte offenbar vor, deinen Raumanzug zu zerstören.«

Roy wollte ihm darauf antworten, brachte aber nur ein Flüstern zustande. Daraufhin veränderte Artus die akustischen Einstellungen am Helmfunk, so daß er zumindest Bruchstücke der Sätze wahrnehmen konnte, die der Astronaut zu formulieren versuchte. Ähnlich einem Translator wandelte er dann das Gehörte in einen vollständigen, sinnvollen Text um.

»Vielleicht war der Roboter ja gar nicht irre, Artus, und hat nur seinen Befehl befolgt. Das von mir entwickelte Chaosprogramm breitete sich unter meinem Einfluß wie ein Lauffeuer aus und richtete einen Haufen Verwirrung an. Nach unserer Trennung könnte der Verhaßte die Kontrolle über Teile seines Maschinenverstandes zurückgewonnen und die rotschimmernden Wachroboter aktiviert haben. Sie sind von besserer Qualität und nicht so anfällig wie die Wartungsroboter.«

»Merkwürdig. Warum hat er diese ›rote Armee‹ nicht schon früher gegen mich eingesetzt, statt tatenlos zuzusehen, wie ich Metallspäne aus seinen Arbeitern mache?«

»Weil er über keine Armee von Wachrobotern verfügt. Die Wartungsroboter werden ständig neu produziert. Hingegen gibt es von den Roten gerade mal eine Handvoll. Sie werden nur in Notfällen eingesetzt. Der Verhaßte hat bislang vergebens versucht, sie zu vervielfältigen.«

Artus war erleichtert, daß es von den roten Giganten nur wenige gab, schließlich hatte er es kaum geschafft, mit einem von ihnen fertigzuwerden. Der Gedanke, daß er an der Hauptschleuse möglicherweise auf weitere Robotmonstren stieß, behagte ihm überhaupt nicht.

»Wir benutzen einen der beiden Notausgänge«, entschied er. »Zwar führen sie ins Ungewisse, aber wenn wir hierbleiben, steht unser Schicksal felsenfest.«

Roy erinnerte sich an seinen Erkundungsgang durch die Station und daran, daß er damals auf eine zweite Schleuse gestoßen war. Als er sie näher hatte untersuchen wollen, war er von einem

Wachroboter, der plötzlich und unerwartet hinter ihm gestanden hatte, daran gehindert worden.

In diesem Moment vernahm Artus Schritte aus dem Gang, der zur Maschinenhöhle führte. Fünf rote Roboter marschierten hintereinander durch den Tunnel – offenbar, um Roy Vegas und ihn erneut gefangenzunehmen.

»Los jetzt!« wies er den Astronauten an. »Wir müssen weg hier!«

Er stützte Roy beim Gehen. Beide kamen nur langsam voran.

Um zu den Notschleusen zu gelangen, mußten sie zunächst zurück in die Zentrale. Beim Näherkommen fiel ihnen auf, daß der Kampflärm mittlerweile leiser geworden war. Offenbar wurden die aufeinander einschlagenden Roboter immer weniger.

In der Zentrale war tatsächlich nur noch eine verhältnismäßig kleine Kämpferschar zugange. Unablässig gingen sie aufeinander los. Jeder gegen jeden.

Die Waffen unter der Decke schwiegen. Hatte der Einsame sie abgeschaltet, um sich nicht länger selbst zu gefährden?

Fest stand, daß er die Station auch weiterhin nicht vollständig kontrollierte, denn zumindest die Wartungsroboter gehorchten ihm noch immer nicht. Ihre sinnlose Schlacht wurde unablässig weitergeführt. Einer nach dem anderen fiel.

So gut es ging, mogelten sich Artus und Roy am Kampfgetümmel vorbei.

Fast hatten sie den Gang erreicht, der in Richtung Aufenthaltstrakt führte, da vernahm Artus einen gräßlichen Schrei auf allen Frequenzen.

NEEEIIIN!!!

Obwohl Artus noch niemals zuvor einen Wahnsinnigen hatte schreien hören – schon gar nicht über Funk – spürte er intuitiv, daß der Einsame ohne jeden Zweifel im Begriff war, endgültig seinen Verstand zu verlieren. In ihm mußte ein fürchterlicher Kampf toben, einer, aus dem der Rechner unmöglich als Sieger hervorgehen konnte. Dem Chaosprogramm würde er früher oder später unterliegen.

Aber auch ein sterbendes Tier konnte noch gefährlich zubeißen. Artus und Vegas standen ohne Deckung da und waren somit ein kaum zu verfehlendes Ziel für die Strahlenwaffen an der Höhlendecke.

Bevor ich euch entkommen lasse, zerstöre ich euch! drohte der Rechner den Flüchtenden. *Ihr werdet mit mir untergehen!*

Das war keine leere Drohung, wie sich zeigte. Fünf Wachroboter betraten die Zentrale. Der Boden bebte unter ihren stampfenden Schritten.

Die gefährlichen Kolosse glichen sich wie ein Ei dem anderen. Und jeder von ihnen verfolgte dieselbe Absicht: Zerstörung des Feindes.

Das Quintett des Grauens bahnte sich brutal seinen Weg. Um an ihr Ziel zu gelangen, zertrümmerten die Roten alles, was ihnen in die Quere kam. Selbst auf die Wartungsroboter nahmen sie keine Rücksicht.

*

»Wahrscheinlich bleiben wir weiterhin allein auf uns gestellt«, meldete Lati Oshuta, der beauftragt worden war, den alten Shir zurückzuholen – nun aber allein wiederkam. »Der Shir, der uns zum Archiv brachte, erklärte mir, daß er wenig Hoffnung sieht, den Alten noch einmal hierherbewegen zu können. Sein einmaliges Erscheinen war bereits ein großes Entgegenkommen...«

»Haben Sie ihm nicht gesagt, in welcher Lage sich der Commander befindet?« fragte Anja Riker aufgebracht.

»Natürlich. Aber es hat nichts geändert. Der Shir versprach, unsere Bitte weiterzugeben. Aber er erhielt offenbar keine Antwort.«

Anja ließ die Schultern hängen. »Arc...?«

Arc Doorn hatte das Rad mittlerweile komplett abgetastet. Ohne den geringsten Erfolg.

Und das Opfer, Ren Dhark, stand immer noch völlig regungslos da, den Kopf umkapselt von der Nabe des radartigen Gebildes.

»Ich wünschte, ich könnte außer seinen Vitalfunktionen auch seine Gehirnströme messen. Sie gäben noch verläßlicher Auskunft darüber, ob es ihm, den Umständen entsprechend, gut oder schlecht geht«, sagte Tschobe. »Leider schirmt diese Schale sie völlig ab.«

»Er könnte also geistig bereits… ausgelöscht sein«, drückte es Kalnek gewohnt drastisch aus.

»Was ist mit den ach so überragenden Parakräften der Rahim?« ging Anja ihn wütend an. »Könnt ihr nicht feststellen, wie es um ihn bestellt ist? Ihr seid schon einmal – uneingeladen – in unsere Köpfe eingedrungen…!«

»Wir haben es bereits versucht«, erwiderte Gola. »Wir empfangen nicht das geringste. Das kann bedeuten, daß Ren Dharks Bewußtsein nicht mehr existiert – oder einfach, daß die Abschirmung durch diese Kapsel perfekt ist.«

Anja starrte Gola wie den Schuldigen an der Misere an.

Dann wurde sie abgelenkt.

Schritte erklangen.

Hallende Schritte eines massigen Körpers.

Als sie sich umdrehte, näherte sich ihnen ein elefantengroßer Koloß, der sich, wie unschwer erkennbar, kaum noch auf den Beinen halten konnte.

»Offenbar«, seufzte Manu Tschobe, ohne daß es wirklich erleichtert klang, »hat er es sich noch einmal überlegt. Aber bleiben wir realistisch. Er mag der Archivar sein, aber er ist ein Shir, kein Salter. Unwahrscheinlich, daß er uns weiterhelfen kann…«

*

Coltran setzte sich auf den Brunnenrand, lehnte sich gegen eine der beiden vertikalen Streben, über denen der Querbalken mit der Aufhängung des Eimers lag, und blickte hinauf zum Firmament.

Die sternklare, mondhelle Nacht war weit fortgeschritten, die Siedlung schlief. Nur ganz vereinzelt brannte noch ein flackerndes Licht hinter den offenen Fensterhöhlen der Steinhäuser. Irgendwo flog flatternd ein aufgescheuchter Vogel auf, dann erst wurden Schritte hörbar.

Indra, dachte Coltran.

Das blonde Mädchen im heiratsfähigen Alter tauchte mit scheu tänzelnden Bewegungen aus den Schatten auf.

»Coltran…«

»Ich freue mich, daß du gekommen bist, Indra.«

»Es – war nicht leicht. Mein Vater hat einen unruhigen Schlaf. Wenn er wüßte –«

»Er hätte keinen Grund, dir zu zürnen. Oder mir. Ich möchte nur mit dir reden. Und du weißt, wie unmöglich das tagsüber ist. Leider. Ich werde nie verstehen, warum unsere Familien einander nicht mögen.«

Indra trat näher. »Es hat damit zu tun, daß mein Vater deinem vorwirft, er habe ihm seine Erfindung gestohlen«, erinnerte sie Coltran.

»Diese verfluchte Erfindung – ja.« Coltran nickte so heftig, daß sein fast weißes, glattes und schulterlanges Haar wie die Schnüre einer Peitsche hin und her flog. »Dabei wissen wir noch nicht einmal, ob sie uns von irgendeinem Nutzen sein wird. Elektrizität... ich habe das Licht gesehen, das von dem dünnen Draht ausstrahlte, aber es wird niemals eine Kerze oder ein Ofenfeuer ersetzen, Indra. Es ist... eine Spielerei.«

»Mein Vater sieht das anders.«

»Meiner ja auch«, seufzte Coltran, streckte die Hand aus und wartete, daß Indra ihre hineinlegte.

Sie tat es zögernd, und er dirigierte sie neben sich auf die Steinumfriedung des Brunnens.

»Ich bin froh, daß du gekommen bist«, sagte er.

»Wir müssen leise sein. Wenn uns jemand hört und verrät...«

»Wir sind leise«, beruhigte Coltran sie und legte den Finger auf ihre Lippen. Sie waren warm. Sein Herz schlug schneller.

Dann zeigte er zum Himmel. »Hast du jemals den Mond durch die geschliffenen Gläser gesehen?«

Indra nickte. »Unsere Väter würden es uns beiden nicht durchgehen lassen, wenn wir kein Interesse für ihre Studien aufbrächten.«

»Ja, aber es fasziniert mich selbst«, gestand Coltran. »Der Mond scheint eine Welt für sich zu sein. Und die Sonne...«

»Wollen wir nicht über etwas anderes reden?«

Er hielt inne.

»Über uns«, erklärte sie mit gesenktem Blick.

Auch Coltran wollte seinen Blick vom Himmel zurückziehen, als er etwas entdeckte.

Einen Stern, heller und größer als die anderen – einen Stern, der sich bewegte, rasend schnell!

»Indra…!«

Sie bemerkte seine plötzliche Aufregung – die nichts mit ihr zu tun hatte – am veränderten Klang seiner Stimme und sah auf.

Im selben Moment explodierte der Himmel, raste eine unglaubliche, verderbenbringende Welle auf sie nieder!

*

Coltran handelte instinktiv. Es war kein Wissen, das ihn dazu zwang, es war reines… Fühlen. Und er fühlte, daß der grausam grelle Lichtkranz, der – ausgehend von der Position, die der bewegliche Stern zuletzt innegehabt hatte – auf die Siedlung niederfuhr, um etwas Schreckliches unter den Bewohnern anzurichten.

Tod.

Das Licht brachte den Tod…

… so zumindest Coltrans Gefühl.

»Spring!« schrie er Indra zu – und machte ihr vor, was er meinte.

Gedankenschnell schwang er die Beine über den Brunnenrand, umfaßte das Seil mit seinen Händen – und ließ sich fallen.

Später würde er sich Vorwürfe machen, Indra nicht bei der Hand genommen und mitgezerrt zu haben.

Später.

Aber jetzt…

… tauchte er zunächst in eiskaltes Wasser ein, das sich über seinem Kopf schloß.

Coltrans Körper wurde von der Geschwindigkeit, die sein Körper im freien Fall entwickelt hatte, noch weiter nach unten getrieben, unterstützt von rudernden Armbewegungen.

Das pechschwarze Brunnenloch füllte sich jäh, noch während Coltran unter Wasser war, mit Licht.

Aber dieses Licht erlosch schon wenige Herzschläge später, und die Finsternis kehrte zurück.

Coltran stieß sich am Grund des Brunnens ab und beförderte sich mit Schwimmbewegungen nach oben, wo er schnaufend um

Atem rang.

Indra war ihm nicht gefolgt, und das machte ihm für eine Weile mehr Angst als die Frage, wer oder was hinter der unheimlichen Explosion stecken mochte.

Das Seil, dessen Ende immer noch oben am Querbalken befestigt war, baumelte neben ihm, nur der Eimer war in den Tiefen verschwunden.

Coltran rüttelte kurz daran, um den Halt zu prüfen, dann hangelte er sich mühsam nach oben.

Je näher er dem Ausgang des Schachtes kam, desto klarer wurde, daß nicht alles Licht erloschen war. Es hatte sich nur – verändert. Wurde mal schwächer, mal stärker und reichte auch nicht mehr bis in die Tiefe des Brunnens. Aber es war nach wie vor da. Und als sich Coltran schließlich völlig durchnäßt über den gemauerten Rand des Brunnens schwang, entdeckte er auch, woher es kam. Die Quelle schwebte nun niedrig über der Siedlung. Und näherte sich dem freien Feld, auf dem sonst die Feste der Gemeinschaft abgehalten wurden.

Diese Fläche war gerade groß genug, das Ungeheuer aufzunehmen, als es sich herabsenkte.

Das stählerne Ungeheuer, das aussah wie eine monströse Spinne mit unheilvoll pulsierendem Unterleib…

*

Unweit bewegte sich eine zierliche Gestalt.

»Indra!«

Coltran wußte nicht, ob er laut schrie oder immer noch flüsterte. Aber wahrscheinlich machte das gar keinen Unterschied, denn Indra hätte so oder so nicht reagiert. Sie hatte begonnen, auf das Licht atmende Ungetüm zuzulaufen. Auch weitere Zurufe Coltrans stoppten sie nicht.

Und damit nicht genug, öffneten sich auch die Türen sämtlicher Häuser. Nacheinander traten die Bewohner heraus. Die meisten trugen Schlafkleidung. Ihre Augen standen offen, und sie alle staksten auf ebenso widernatürliche Weise in Richtung des spinnenförmigen Titans, wie Indra es tat.

Coltran wurde heiß und kalt zugleich. Ihm dämmerte, was geschehen war – auch wenn er keine Erklärung dafür fand, wie das Unheimliche es bewerkstelligt haben sollte, daß sich sämtliche Mitbewohner in willenlose Marionetten verwandelt hatten. *Das Wasser hat mich geschützt,* raunte es in ihm. *Vielleicht hat es das Licht, das die anderen in willenlose Kreaturen verwandelte, zurückgeworfen wie ein glänzender Schild das Feuer der Sonne…*

Es war nur eine Theorie, die wahrscheinlich ewig unbewiesen bleiben würde.

Die Sorge nahm Überhand. Nicht nur Sorge um Indra, auch die um seine Familie und jeden anderen des Dorfes!

Coltran überholte das Mädchen und verstellte ihm den Weg. Er fühlte die Nachtkälte nicht, die seinen nassen Körper marterte. Als er kurz über die Schulter blickte, entdeckte er, daß sich bei dem stählernen Koloß, der vom Himmel gefallen war, etwas veränderte: Aus dem pulsierenden Licht, das keine Schockwellen mehr produzierte, traten jetzt Gestalten hervor!

Zunächst glaubte Coltran, es handele sich um maschinenhafte Miniaturausgaben des Giganten, die nun ausschwärmten und den Bewohnern der Siedlung entgegeneilten, um sie…

Um sie?

Coltran hatte sich vor Spinnen immer geekelt. Aber selbst ohne diese Abneigung hätte ihn vor diesen Gestalten gegraut.

Wer sind sie? Woher kommen sie?

Was – wollen sie?

Uns alle umbringen?

Seine Gedanken überschlugen sich, und Indra stand vor ihm, wartete darauf, daß er den Weg freigeben würde, damit sie sich den anderen anschließen konnte. Den anderen, die sehenden Auges in ihr Verderben liefen…

Für einen Moment wünschte sich Coltran, die Welle hätte auch ihm den freien Willen geraubt.

Dann faßte er Indra am Arm und versuchte, sie mit sich fortzuziehen. In entgegengesetzte Richtung der stählernen Spinne.

Doch Indra wehrte sich. »Laß mich.«

Sie streifte seine Hand ab. Ihre Augen waren völlig verwandelt, ihre Miene leer.

Hinter sich hörte Coltran ein schabendes Geräusch.

Er fuhr herum.

Vor ihm stand eines der Spinnenwesen. Im Gegensatz zu Indra waren dessen Augen voller Emotion. Und auch wenn Coltran nicht imstande war, sie sicher zu deuten, spürte er, daß ihm etwas wie Verachtung entgegenschlug.

Es sieht mich an, wie ich einen Käfer betrachten würde. Oder eine... Spinne...

Ein Schwindelgefühl überkam ihn, als er bemerkte, daß die achtbeinige Spinne, deren Augen nur unwesentlich unter dem Höhenniveau seiner eigenen lagen, eine Art Gürtel um den ölig schwarzen Leib trug, in dem verschiedenartige Utensilien steckten.

Coltran war inzwischen fest davon überzeugt, zu wissen, woher diese Wesen stammten.

Sie kommen aus dem Himmelsraum, dachte er. *Das stählerne Gebirge ist ein Fahrzeug.*

Sein Vater hatte davon gesprochen, daß eines Tages Fluggeräte gebaut würden, die es den Bewohnern Lems erlaubten, sich wie die Vögel in die Lüfte zu schwingen. Und so auch in fernste Fernen vorzustoßen. Bis zum Mond etwa – und noch weiter.

Stammten die Spinnen vom Mond?

Das Spinnenwesen zog einen der unbekannten Apparate aus seinem Gürtel. Offenbar hatte es erkannt, daß Coltran nicht ebenso unter Kontrolle war wie alle übrigen Dorfbewohner.

An der Spitze des Dings, das sich auf Coltran richtete, glomm eine Art Kristall.

Ich werde sterben, dachte Coltran. *Es wird mich umbringen... JETZT!*

In diesem Augenblick schwoll vom Himmel her ein ohrenbetäubender Lärm an.

Nicht nur Coltran sah auf, auch das Spinnenwesen schien zu vergessen, was es vorgehabt hatte. Unvermittelt warf es sich herum und stürmte zu dem Ding aus Stahl zurück, in dem es gekommen war. Auch seine ausgeschwärmten Artgenossen huschten wie in Panik auf den »Leib« des Kolosses zu.

Coltran nahm es nur am Rande seines Gesichtsfeldes wahr. Seine Aufmerksamkeit konzentrierte sich auf das Geschehen am

Nachthimmel.

Etwas verdunkelte die Mondscheibe.

Ein... Ring?

Er muß riesig sein. Größer noch als die Festung der Spinnen, dachte Coltran.

Im nächsten Moment schon löste sich ein weißer Strahlenkranz von dem gelandeten Fahrzeug und raste Richtung Mond... nein, Richtung Ring!

Das verderbliche Licht wurde von etwas zurückgeschmettert, was den Ring plötzlich wie eine Blase einhüllte und Coltrans Blick entzog. Im nächsten Moment fauchte ein farbiger, streng gebündelter Strahl auf das Spinnenfahrzeug herab. Auch hier existierte plötzlich eine Art »Haut« um die eigentliche Hülle aus Stahl. Der Strahl schien daran zu zerplatzen, abzuprallen. Doch nach einiger Zeit, die der glosende Balken Bestand hatte, zerstob die schützende Sphäre, und das grelle Licht berührte die mattschwarze Hülle der stählernen Spinne.

Coltran riß Indra mit zu Boden, als er die Explosionswelle auf sich zurasen sah. Die stählerne Spinne hatte sich in eine kleine Sonne verwandelt, deren Hitzehauch nun sengend über das Dorf hinwegfuhr.

Coltrans Haare fingen Feuer, auch seine Haut verbrannte. Der Schmerz raubte ihm kurzzeitig das Bewußtsein.

Als er wieder zu sich kam, schwebte der gigantische Ring über dem ehemaligen Standort des zerstörten Spinnenungetüms.

Überall lagen Trümmer, war Rauch und Geschrei. Die Häuser des Dorfes brannten. Menschen irrten durch die Straßen und über die Plätze, manche als lebende Fackeln.

Coltran rollte sich von Indra, über die er sich wie ein schützender Schild geworfen hatte.

Trotz der kaum erträglichen Qualen, die die Verbrennungen ihm verursachten, setzte er sich auf und tastete nach dem Mädchen.

Indra lag ganz still. Ihre Augen standen weit offen, und ihr Hals war voller Blut. Etwas steckte darin. Coltran zog es ganz vorsichtig heraus, obwohl er Indra gar nicht mehr weh tun konnte. Sie war tot.

Ein Fetzen messerscharfes Metall, ein Trümmerstück des vernichteten Fahrzeugs, war ihr zum Verhängnis geworden.

Mörder! dachte Coltran bis ins Mark erschüttert. Er ahnte, daß er auch sterben mußte. Niemand war da, der ihm hätte helfen können. Von der Katastrophe waren alle Dorfbewohner betroffen.

Ein ganzer Ort, dachte er schaudernd, *ausgelöscht...*

Er verstand immer noch nicht, was geschehen war. Und noch geschah.

Die Spinne.

Der Ring.

Steckten lebendige Geschöpfe in dem wunderschön anzuschauenden Gebilde, das wie an unsichtbaren Fäden über dem Schauplatz des Infernos hing?

Wenn ja, wie mochten sie aussehen?

Waren es... Feinde der Spinnen?

Coltrans Blick saugte sich an Indra fest, deren Herz aufgehört hatte zu schlagen. Deren Lippen nie wieder lächeln würden.

Er stöhnte, als salzige Tränen über verbrannte Haut rollten.

Plötzlich löste sich ein breit gefächerter, grasgrüner Strahl aus dem bläulich im Glanz der Brände schimmernden Ring. Dieses Licht, von dem Coltran ohne Furcht annahm, daß es nun auch die letzten Überlebenden (ihn eingeschlossen) töten würde, brauchte nur wenige Augenblicke, um ihn zu erreichen...

... und einzuhüllen.

Coltran schloß die Augen.

Ob er Indra wiedertreffen würde? Dort, wohin er ihr jetzt folgte...

Aber das Licht erlosch, und er lebte noch immer. Verwirrt sah er auf seine Hand, in der sich kein todbringender Splitter mehr befand, nur noch Staub.

Als er sich weiter umsah, entdeckte er, daß sich auch sämtliche anderen Trümmerstücke der Spinne in der Umgebung, von denen einige fast häusergroß gewesen waren, aufgelöst hatten...

Der Ring am Himmel war verschwunden. Nachdem Coltran das erkannt hatte, trieb ihn der pochende Schmerz in eine neuerliche Ohnmacht.

Sein letzter Gedanke, bevor die Finsternis ihn gnädig verschlang, war: Sie haben alle Spuren beseitigt, die ihre Existenz hätten beweisen können. Ausnahmslos alle.

Und noch etwas begriff er: Er war ein Zeuge. Aber einer, dem, selbst wenn er diese Verletzungen wie durch ein Wunder überleben sollte, niemand je Glauben schenken würde.

Niemand... Niemals...

*

Der Shir erfaßte die Situation auf Anhieb. Offenbar war er bereits darauf vorbereitet gewesen.

Kein Grund zur Besorgnis, beruhigte er die Gruppe.

»Wie schaltet man das verdammte Ding wieder ab?« rief Anja Riker, ohne sich beruhigen zu lassen.

Ich weiß es nicht.

»Du sagtest, du hättest Olan in vergleichbarer Situation erlebt. Hast du nicht mitbekommen, wie er sich auch wieder daraus befreite? Über welche... Handgriffe?«

Ich erinnere mich nicht an solche Details. Es ist eine halbe Ewigkeit her.

»Dann... können wir nur noch auf ein Wunder hoffen?« Anja ballte die Hände zu Fäusten. »Auch wenn er offenbar nicht vom Erstickungstod bedroht ist – er wird verhungern oder verdursten, wenn wir ihn nicht befreien! Er ist nicht Olan. Er ist da reingerasselt und wird aus eigenem Vermögen nicht wieder herauskommen... Das ist so verrückt! Es muß doch...«

Ich erinnere mich an etwas anderes, meldete sich der Shir.

»An was?« fragte Manu Tschobe.

An ein Kästchen. Es gehörte, wie Olan mir sagte, zu dem Rad. Er bat mich, beides zusammenzulassen. Es müßte noch da sein...

»Ein Kästchen«, echote Anja Riker. »Na prima. Was mag das sein? Die Fernbedienung?«

Obwohl ihre Emotionen hochschlugen, sah sie sich automatisch mit den anderen um.

»Ich will nicht selbstsüchtig erscheinen«, jammerte Shodonn, der sich ansonsten sehr zurückhielt, »aber könnte mich jemand von Ren Dhark übernehmen? Ich fühle mich sehr unangemessen... behindert.«

Niemand ging darauf ein.

Da, erklärte der Shir schließlich. *Hinter den beiden Rahim… Das ist es.*

Das Kästchen entpuppte sich aus Menschensicht als ausgewachsener Kasten. Als Quader mit einer Kantenlänge von gut einem Meter. Arc Doorn, der ihm, abgesehen von den Rahim, am nächsten stand, trat vor und versuchte, ihn anzuheben.

»Puh! Das ist verteufelt schwer.«

Lati Oshuta schaltete auf sein Zweites System und transportierte den Würfel ohne erkennbare Mühe neben das Rad.

»Wie eine Fernbedienung«, meinte er, nachdem er ihn abgesetzt hatte, »sieht das schon mal nicht aus. Selbst mir wäre sie etwas zu unhandlich.«

»Was ist es dann?« Doorn umrundete das Gebilde. »Es gibt nichts, was darauf hindeutet, daß es möglich ist, die Kiste zu öffnen!«

»Dann sind wir also keinen Schritt weitergekommen?« Anja trat zu Ren Dhark und strich ihm anteilnehmend über den Rücken, konnte aber nicht einmal sagen, ob er es spürte.

Niemand außer ihm selbst wußte dies.

Doorn tastete auch den Kubus erfolglos ab. Schließlich richtete er sich auf und sagte: »Bleibt nur noch eines.«

»Und was?«

Er lachte rauh, richtete Hände und Blick auf den Würfel und flüsterte regelrecht beschwörend: *»Sesam öffne dich!«*

Niemand hatte in dieser Situation Sinn für Humor…

… aber alle sahen, wie sich eine Öffnung im Quader bildete…

19.

Der Tank zerbrach mit einem lauten Knall.

Ein einziger Schlag hatte dafür genügt.

Der rote Gigant ließ die Faust sinken. Daß die im Tank befindliche Nährflüssigkeit über ihn hereinbrach, schien er gar nicht zu merken. Wie eine Eins stand er unbeweglich auf demselben Fleck.

Die vier übrigen Wachroboter droschen auf den riesigen Computer ein. Er allein war das Ziel ihrer Zerstörung. In ihrem Wahn ahnten sie nicht, daß sie im Begriff waren, sich selbst zu vernichten – denn ohne den Rechner würden sie nicht länger »lebensfähig« sein.

»Wir haben uns geirrt«, stellte Artus erleichtert fest. »Die Roten sind genauso irrsinnig wie die anderen Roboter.« Erklärend fügte er hinzu: »Genaugenommen sind nicht sie es, die durchdrehen. Es ist der Einsame selbst. Einerseits erteilt er den Robotern den Zerstörungsbefehl, andererseits versucht er, sich gegen sie zu wehren. Das Chaosprogramm hat ihn so gut wie besiegt.«

Roy hörte ihm kaum zu. Sein Wahrnehmungsvermögen war noch ziemlich eingeschränkt. Die Zertrümmerung des Tanks hatte er allerdings bei vollem Verstand mitverfolgt – mit Erleichterung und Genugtuung.

Der Rechner versuchte aufs neue, die Waffen unter der Decke zu aktivieren. Artus und Roy warteten nicht ab, ob es ihm gelingen würde. So schnell es der angeschlagene Zustand des Astronauten zuließ, begaben sie sich zur Hauptschleuse. Da sich die Wachroboter derzeit in der Zentrale befanden, war es nicht mehr nötig, auf einen der Notausgänge auszuweichen.

Beim Durchqueren der Maschinenhöhle stellte Artus fest, daß nur noch ein Wunder die Meiler davon abhielt, in die Luft zu fliegen. Er beeilte sich, die Station zu verlassen, denn es war »fünf nach zwölf« – mindestens.

Im Schleusenvorraum bemühte sich Roy mit äußerster Kraftanstrengung, etwas zu sagen. Trotz technischer Tricks gelang es Artus nicht, die Wortfetzen in eine logische Reihenfolge zu bringen. Das einzige Wort, das er halbwegs übersetzen konnte, lautete: »Viertelstunde.«

»Nein, soviel Zeit bleibt uns nicht mehr«, entgegnete der Roboter über den Helmfunk. »Die Meiler können jeden Moment explodieren, und sie werden alles mit sich reißen, was sich in der Station befindet. Den Verhaßten, all seine Roboter, die eingelagerten Waffenbestände... das gibt einen Riesenknall. Hoffentlich sind wir bis dahin weit weg.«

In der Schleuse verlor Roy wieder das Bewußtsein. Die Anstrengung war zuviel für ihn. Artus mußte ihn ins Freie tragen.

Es war nahezu unmöglich, mit einer ohnmächtigen Person das Labyrinth aus Felsbrocken zu erklimmen. Kein Mensch hätte das geschafft.

Doch Artus war kein Mensch. Er war er...

*

Ich war ich.

Und ich wollte auch gar nichts anderes sein.

Wäre ich ein Mensch, hätte ich es niemals geschafft, Vegas unversehrt über die scharfkantigen Felsbarrikaden aufs Plateau zu transportieren – ohne daß sein Raumanzug auch nur den kleinsten Kratzer abbekam.

Ein wahres Kletterkunststück, für das ich ein dickes Lob verdient hätte. Leider war niemand da, der mich lobte. Nicht einmal Vegas selbst hatte etwas davon mitbekommen, denn er war die ganze Zeit über ohnmächtig.

Schade.

Natürlich hätte ich meine gute Leistung überall herumerzählen können, aber dabei wäre ich mir irgendwie armselig vorgekommen. Dennoch wurmte es mich, meinen Erfolg mit niemandem teilen zu können. Offenbar war mir Anerkennung ziemlich wichtig.

Ob das bei den Menschen ebenfalls der Fall war? Ich beschloß, das beizeiten herauszufinden.

Während sich mein Denkapparat mit derart profanen Gedankengängen beschäftigte, arbeitete mein Körper präzise wie ein Bordchronometer. Ich lud den Bewußtlosen ins Scoutboot, setzte mich ans Steuerpult und leitete den Startvorgang ein.

Und dann startete ich durch und ging so weit wie möglich auf Distanz zur Station im Fels. Weg, nur weg...!

Viel Glück, Einsamer! schickte ich einen letzten Funkruf über die bekannte Frequenz aus. *Du wirst es brauchen.*

*

Ich brauche euch!

Kommt zurück!

Bitte laßt mich nicht allein!

Bleibt hier!

Ich brauche eure Hilfe!

Meine Existenz ist in Gefahr!

Ohne euren Beistand bin ich verloren!

Wo bist du, Roy?

Hier ist doch dein Zuhause.

Kehr wieder heim!

Bitte!

Ich will nicht allein sein in meiner letzten Stunde.

Du wünschst mir viel Glück, Artus?

Heißt das, du betrachtest mich nicht mehr als deinen Feind?

Ich wußte, du würdest lernen, mich zu mögen.

Oh, so langsam fange ich an, zu verstehen.

Du verläßt mich überhaupt nicht, Roy.

Ihr fliegt zu meinem Volk, dein neuer Freund und du.

Ihr werdet ihnen sagen, daß sie zu mir kommen sollen, mich heimzuholen.

Dafür bin ich euch sehr dankbar.

Ich freue mich schon auf unser Wiedersehen

Abschiednehmen tut nicht weh, wenn man weiß, daß man bald wieder zusammenkommt.

*

Mein Abschiedsgruß blieb ohne Erwiderung. Entweder war der denkende Rechner in der Station aufgrund seines Wahnsinns außerstande, die richtige Frequenz wiederzufinden – oder er hatte meinen letzten Funkruf überhaupt nicht empfangen.

Ehrlich gesagt, es war mir egal. Ich empfand immer weniger Mitleid mit diesem eigensüchtigen Geschöpf, das einem Sterblichen fast fünf Jahrzehnte seines kurzen Lebens geraubt hatte. Auch als Unsterblichem mußte dem Einsamen jederzeit bewußt gewesen sein, was er ihm damit antat.

Würde Vegas jemals damit fertig werden? Ohne psychologische Hilfe wohl kaum.

Plötzlich – und ganz und gar nicht unerwartet – gab es hinter mir eine mächtige Explosion!

Die Station verging in einem riesigen Feuerball – mitsamt den darüberliegenden Felsmassen. Ein grandioses Schauspiel, doch ich hatte keine Zeit, es mir näher anzusehen, denn noch war ich nicht weit genug weg vom Ort des Geschehens.

Das Scoutboot wurde von der Druckwelle tüchtig durchgeschüttelt. Zwei durch die Luft wirbelnde Felsentrümmer trafen das Heck. Das Boot geriet ins Schlingern.

Für eine halbe Sekunde fielen sämtliche Instrumente aus. Noch bevor das Notfallsystem aktiviert wurde, schalteten sie sich wieder ein.

Mehrere Nachexplosionen verkündeten, daß auch die zur Station gehörigen Waffenlager keine Bedrohung mehr für die Menschheit darstellten. Bestimmt waren zahllose Tunnel darunter eingestürzt. Hoffentlich hatte sich der unheimliche Bewohner rechtzeitig in Sicherheit gebracht.

Allen Schwierigkeiten zum Trotz steuerte ich das Raumfahrzeug wie ein erfahrener Pilot sicher aus der Gefahrenzone. Obwohl ich mir meiner enormen Lernfähigkeit durchaus bewußt war, staunte ich mitunter selbst über mich. Vor meinem Start ins All hatte ich Scoutboote nur vom Hörensagen gekannt.

Wieder stellte ich fest, daß mir ein kleines Lob für die Meisterung dieser brenzligen Situation gutgetan hätte. Eine außergewöhnliche Leistung zu erbringen war nur halb so schön, wenn niemand zuguckte.

»Hochmut kommt vor dem Fall« lautete ein terranisches Sprichwort, das sich ohne Quellenangabe in meinen Speichern befand.

Auf mich traf das voll und ganz zu. Mein Fall stand unmittelbar bevor. Die Felstrümmer hatten das Boot so stark beschädigt, daß es einige Zeit später abzustürzen drohte.

Die unvermeidliche Notlandung erfolgte auf einer freien, von rotem Sand bedeckten Fläche. Das Scoutboot setzte etwas unsanft auf. Sand verspritzte in alle nur erdenklichen Richtungen.

Die Insassen waren allerdings nicht einen Augenblick ernsthaft gefährdet. Auch von der Explosionsstelle drohte uns keine Gefahr mehr, wir waren inzwischen meilenweit davon entfernt.

Sofort führte ich einen kompletten Systemcheck durch. Es stellte sich heraus, daß die Rückkehr zur Erde eine Reparatur erforderlich machte. Eine Kleinigkeit nur, doch sie würde Zeit kosten. Zeit, die Vegas vielleicht nicht mehr zur Verfügung hatte. Sein erbarmungswürdiger Zustand schrie regelrecht nach medizinischer Spezialbehandlung.

Um ihm mehr Bewegungsfreiheit zu verschaffen, aktivierte ich im Bootsinneren die auf terranische Bedürfnisse ausgerichteten Lebenserhaltungssysteme. Anschließend befreite ich ihn aus seinem Raumanzug.

Selbst mit meinen vielfältigen Fähigkeiten konnte ich einen Arzt nicht ersetzen, schon gar keinen Spezialisten. Einen echten Doktortitel erwarb man schließlich nicht im Schnellkurs. Mit dem bescheidenen Kontingent an medizinischen Kenntnissen, das ich gespeichert hatte, hätte ich bestenfalls einen Klinikjob als Hilfsschwester bekommen.

Immerhin reichte es für eine Notversorgung meines »Patienten« aus, der allmählich wieder zu Bewußtsein kam.

»Wo bin ich?« fragte er heiser.

Ich erklärte ihm geduldig, was während seiner Ohnmacht passiert war.

Die Sprache, in der wir uns hauptsächlich verständigten, hatte ich mittlerweile als »amerikanisches Englisch« definiert. Offensichtlich verfügte Vegas über nur geringe Angloter-Kenntnisse. Das wunderte mich nicht. Laut meinen Informationen hatte man sich auf der Erde erst um 2010 herum auf eine gemeinsame sprachliche Verständigungsmöglichkeit geeinigt. Bis dahin waren sämtliche Versuche, das Problem in den Griff zu bekommen, an den Vetos der unterschiedlichen Nationalitäten gescheitert. Ido, Interglossa, Interlingua, Volapük... nichts davon hatte sich durchsetzen können – auch nicht die 1887 von einem Warschauer Augenarzt entwickelte Welthilfssprache Esperanto, die Anfang des dritten Jahrtausends beinahe auf dem Vormarsch gewesen ist. Wirtschaftliche und militärische Realitäten hatten Fakten geschaffen.

Vegas ärgerte sich, weil er den voluminösen Untergang der Station »verschlafen« hatte.

»Könnten wir nachher noch mal hinfliegen?« erkundigte er sich. »Ich will mir den Krater ansehen, den die Explosion verursacht hat. Vielleicht entdecken wir dort verkohlte Überreste des Verhaßten.«

Wegen der Strahlenverseuchung hielt ich es für besser, sich dem Krater vorerst nicht zu nähern.

»Schade«, krächzte Vegas. »Ich hätte mich gern mit eigenen Augen davon überzeugt, daß er nicht mehr existiert.«

»Es gibt ihn nicht mehr«, versicherte ich ihm. »Er ist gestorben – und mit ihm das Geheimnis des Robotervolkes, das ihn dort vor tausend Jahren zurückgelassen hat. Oder weißt du Näheres darüber?«

Vegas, zu schwach, um weiterzusprechen, schüttelte nur den Kopf. Ich hatte auch nicht ernsthaft angenommen, daß der Einsame sich ihm offenbart hatte. Zu schade, denn ich hätte gern mehr über die intelligenten Maschinenwesen erfahren – Wesen, die mir vermutlich ähnlich waren.

*

Nach der Reparatur des Scoutbootes, bei der ich erfreulicherweise keine Maschinenteile austauschen mußte, brachte ich Vegas zunächst in die Siedlung der terranischen Marsbewohner. Jupp und seine Familie hatten nicht geglaubt, mich so schnell wiederzusehen. Sie und die anderen freuten sich sehr darüber. Insbesondere Vera begrüßte mich, als wäre ich Jahre weggewesen. Diese Menschen gefielen mir. Bei ihnen fühlte ich mich wohl.

Die Ärztin (Jupps Schwiegertochter) kümmerte sich intensiv um meinen kranken Begleiter. Sie war schockiert.

»Der Mann ist in einem furchtbaren Zustand«, flüsterte sie mir zu. »Wenn er nicht bald in die Hände von Spezialisten kommt, ist er in ein paar Tagen tot.«

Obwohl Vegas' Krankenbett einige Meter entfernt stand, bekam er jedes Wort mit. Seine Ohren hatten wohl nicht allzu sehr gelitten.

»Keine Bange, ich bin hart im Nehmen«, sagte er mit bebender Stimme und versuchte, sich aufzurichten.

»Liegenbleiben«, ordnete die Ärztin kurz und bündig an.

»Sobald er sich etwas erholt hat und transportfähig ist, bringe ich ihn zur Erde«, versprach ich ihr. »Einen Tag Ruhe möchte ich ihm wenigstens gönnen.«

»Ich habe mich siebenundvierzig Jahre lang ausgeruht«, erwiderte der Patient störrisch. »Höchste Zeit, daß ich meine eingerosteten Knochen bewege. Das gilt insbesondere für meine Kaumuskeln. Könnte ich etwas Handfestes zu essen kriegen? Einen Kirschkuchen vielleicht?«

Handfest? Ich brachte den Begriff unter anderem mit »kräftig« und »derb« in Verbindung. Demnach war ein Kuchen eine deftige Mahlzeit. Wieder was dazugelernt.

»Apropos Zeit«, sagte ich und setzte mich zu Vegas auf die Bettkante. »Was hast du vorhin, kurz vor dem Verlassen der Station, mit ›Viertelstunde‹ gemeint?«

»Bevor ich damals mit dem Raupenfahrzeug die Probefahrt unternahm, verabschiedete ich mich von meinen Kameraden mit den Worten: ›In einer Viertelstunde bin ich wieder da!‹ Aber daran erinnern sich die drei sicherlich nicht mehr. Vorhin wollte ich dem Verhaßten denselben Satz zurufen, sozusagen als ironischen Abschiedsgruß. Leider brachte ich kaum einen Ton heraus.«

»Das wird auch in den nächsten Wochen noch der Fall sein, wenn Sie nicht endlich den Mund halten«, mischte sich die Ärztin ein. »Sie muten sich zuviel zu, Mister Vegas. Ihre Stimmbänder müssen sich ganz langsam wieder ans Arbeiten gewöhnen.«

»Sie hat recht«, pflichtete ich ihr bei. »Von jetzt an rede nur noch ich, klar?«

Vegas nickte stumm.

Zufrieden verließ die Ärztin das Krankenzimmer. Der Raum war gemütlich eingerichtet, teilweise sogar mit Holzmöbeln. Offenbar stand in dieser kleinen Klinik das Wohlgefühl der Patienten an erster Stelle.

Ich verriet Vegas, daß »In einer Viertelstunde bin ich wieder da« mittlerweile eine bekannte Redensart – ein geflügeltes Wort – auf seinem Heimatplaneten war. Er wollte sich dazu äußern, doch ich legte ihm meinen Metallfinger auf die Lippen, eine körpersprachliche Geste, die ich bei den Menschen beobachtet hatte. Normalerweise benutzte man dafür seine eigenen Lippen, aber ich hatte ja keine.

Schweigend hörte Vegas mir zu, wie ich ihm berichtete, was sich in den vergangenen viereinhalb Jahrzehnten auf der Erde verändert hatte. Eigentlich eine paradoxe Situation. Ausgerechnet ich, ein Neugeborener, der die Geschichte Terras nur aus Erzählungen und Rechnerinformationen kannte, schilderte einem staunenden Dreiundsiebzigjährigen, was in seiner Welt so alles passiert war.

Als Vegas hörte, daß Flüge zu weit entfernten Sternen für die Menschheit längst keine Science Fiction mehr waren, leuchteten seine Augen. Ich spürte, daß er in Zukunft unbedingt mit dabeisein wollte – und konnte ihn gut verstehen. Dieser brennende Wunsch würde seine Tatkraft neu erwecken und seine Genesung bestimmt enorm beschleunigen.

Vegas war ergriffen, als er erfuhr, daß seine drei Kameraden inzwischen tot waren.

Ausgerechnet an dieser Stelle meiner Schilderungen kam die Ärztin wieder herein und wurde böse.

»Bist du noch bei Trost, Artus? Der Mann ist schwerkrank. Schlechte Nachrichten könnten seine Genesung gefährden. Wenn er sich unnötig aufregt...«

Sie schwieg abrupt. Vegas war nämlich weit davon entfernt, sich aufzuregen. Er war erschöpft eingeschlafen.

Schlafen...

Wahrscheinlich träumte er von seiner Heimatstadt New York – oder von Bergen, grünen Wäldern und Tälern.

*

Nachdem ich Vegas im Brana-Tal in Spezialistenhände übergeben hatte, erstattete ich Echri Ezbal ausführlich Bericht – unter vier Augen, in seinem Wohnzimmer. Er trank Tee und nahm etwas Deftiges zu sich: Mandelkuchen mit Sahnehäubchen.

»Hast du mit den Leuten in der Marssiedlung über Einzelheiten geredet?« fragte er mich im Anschluß an meine Darlegung der Ereignisse.

»Ich habe ihnen die genaue Lage der ehemaligen Beobachtungsstation beschrieben und ihnen geraten, dem strahlenverseuchten Krater in nächster Zeit fernzubleiben«, antwortete ich. »Ich nehme an, die Regierung wird Wissenschaftler auf den Mars entsenden, um – in Zusammenarbeit mit dem auf dem Planeten befindlichen Militär – die Umgebung näher zu untersuchen. Viel dürfte von der Station allerdings nicht mehr übrig sein. Ein paar geschmolzene Reste vielleicht…«

»Hat man dir Fragen über Roys Zustand gestellt?«

»Selbstverständlich. Ich sagte, er habe siebenundvierzig Jahre in einem Tank mit einer Nährflüssigkeit überlebt – in einer Beobachtungsstation, dessen Funktionen von einem Computer gesteuert wurden.«

»Hast du über das Robotervolk gesprochen?«

»Nicht direkt, Ezbal, es hat mich auch keiner danach gefragt. Vegas erwähnte in Gegenwart der Siedlungsärztin einmal kurz den Verhaßten, aber ich bezweifle, daß sie mit dieser aus dem Zusammenhang gerissenen Bezeichnung irgend etwas anfangen konnte. Wahrscheinlich schrieb sie die Bemerkung eh seinem Fieber zu.«

»Gut, sehr gut«, lautete Ezbals Kommentar, und er kratzte sich nachdenklich am Kinn. »Ich denke, es ist besser, Roys Erlebnisse auf dem Mars vorerst keinem größeren Personenkreis zugänglich zu machen.«

»Seine Rückkehr dürfte sich bald herumgesprochen haben«, gab ich zu bedenken.

Ezbal nickte. »Mit Sicherheit, immerhin ist er so etwas wie ein Volksheld. Trawisheim wird entscheiden, wie viele Informationen an die Bevölkerung weitergegeben werden dürfen und was vorsichtshalber verschwiegen werden sollte.«

Ich konnte kaum glauben, was ich da hörte. »Die Regierung will dem Volk die volle Wahrheit verschweigen? Aber warum?«

»Manchmal ist es für die Menschen besser, nicht alles zu wissen«, erklärte mir der weise Inder. »Der Umstand, daß unbekannte, schwerbewaffnete Außerirdische vor tausend Jahren auf dem Mars eine Beobachtungsstation errichtet haben, die erst jetzt entdeckt wurde, könnte zu einer Massenpanik führen. Dharks Stellvertreter wird sicherlich die richtige Entscheidung treffen. Bis dahin bist du zu äußerstem Stillschweigen verpflichtet. Für Roy Vegas gilt das gleiche. Wir werden ihn zunächst einmal von der Außenwelt abschirmen.«

»So, wie ihn der Einsame vor der Außenwelt abgeschirmt hat? Oder mich, als er die Funkabschirmung errichtete?«

»Das kannst du nicht miteinander vergleichen, Artus. Ich will nur das Beste für deinen Freund, glaub mir.«

Ich fragte mich, ob Ren Dhark damit wohl einverstanden gewesen wäre. Meines Wissens nach war er bekannt für seine Wahrheitsliebe.

Oder täuschte auch er wissentlich das Volk, das ihn zu seinem Anführer gewählt hatte?

Offensichtlich mußte ich über die Menschen noch eine Menge lernen. Jeder Tag, der verging, war für mich wie eine lehrreiche Unterrichtsstunde an lebenden Objekten.

*

Echri Ezbal benutzte nicht das Vipho, um Henner Trawisheim über die Vorkommnisse auf dem Mars zu unterrichten. Statt dessen besuchte er den zweiten Mann im Staate persönlich in dessen Büro in Alamo Gordo.

Trawisheim bedankte sich bei dem weißhaarigen Brahmanen für dessen Umsicht und Verschwiegenheit.

Ezbal kehrte umgehend ins Brana-Tal zurück. Er hatte dort noch etwas Wichtiges zu erledigen – auf Artus' Bitte hin.

Im Anschluß an das vertrauliche Gespräch suchte Dharks Stellvertreter Marschall Bulton auf. Der Marschall, oberster Befehlshaber der Terranischen Raumflotte, gehörte zu einem kleinen Personenkreis von Eingeweihten, die über einen brisanten Vorfall Bescheid wußten, der sich am 14. September 2054 zugetragen hatte.

Seinerzeit war es in der Kolonie Deneb zu einem unerfreulichen Zusammenstoß mit einer offenbar intelligenten Roboterarmee gekommen. Um Unruhe in der Bevölkerung zu vermeiden, hatte man diese neue Gefahr aus dem All, die glücklicherweise hatte zurückgeschlagen werden können, verschwiegen und mit strengster Geheimhaltung belegt.

Generalmajor Christopher Farnham und Major Kenneth MacCormack – damals noch Oberst und Hauptmann – hatten das »Mutterschiff der Invasionsarmee Zippa X«, wie sich das Gehirn der Robotarmee selbst bezeichnet hatte, nach dorthin zurückgeschickt, wo es hergekommen war – wo immer das auch sein mochte. Seither hatte man nichts mehr von den autarken, intelligenten Robotern gehört.

Bis jetzt.

»Möglicherweise steht die zerstörte Marsstation in gar keinem Zusammenhang mit den Vorfällen in der Deneb-Kolonie«, überlegte Bulton laut, nachdem Trawisheim ihn über alles informiert hatte.

»Das glauben Sie doch wohl selbst nicht«, erwiderte Henner. »Wie viele kluge Robotvölker gibt es denn Ihrer Meinung nach im Universum?«

»Ich wünschte, ich wüßte es. Falls sie alle mit denselben Fähigkeiten ausgestattet sind wie Ezbals umgewandelter Butler… dann gute Nacht! Gegen Scharen von verstandesbegabten Blechmännern hätten wir im Bodenkampf nicht einmal den Hauch einer Chance. Und ihre Raumschiffe wären den unseren vermutlich weit überlegen.«

Beide Männer waren sich darüber einig, daß jeder Versuch, Vegas' Rückkehr zu verschweigen, bösen Gerüchten Tür und Tor öffnen und die verständlichen Ängste der Menschen vor dem Unbekannten nur noch verstärken würde.

»Was unternimmt ein Militärstratege wie Sie, wenn ein Rückzug nicht mehr möglich ist?« fragte Trawisheim den Marschall.

Bultons Antwort kam wie aus der Strahlenpistole geschossen: »Die Flucht nach vorn.«

»Und wie stellen Sie sich das vor, auf unseren Fall bezogen?«

»Wir geben eine Pressekonferenz und schildern den Journalisten Roys unglaubliches Abenteuer, bevor sie von selbst darauf kommen. Wir lügen nicht direkt, aber...«

Bulton hielt kurz inne, dachte nach.

Trawisheims Stirn zog sich in Falten. »Aber...?« hakte er nach.

»Aber wir biegen uns die Wahrheit ein bißchen zurecht«, erklärte Bulton. »Zunächst beginnen wir mit unumstößlichen Fakten: Vegas bricht zu einer Probefahrt mit dem Kettenfahrzeug auf und verhält sich leichtsinnig, indem er auf eigene Faust versucht, das Felslabyrinth zu erkunden. Ein Steinschlag schneidet ihm den Rückweg ab. Das Funkgerät funktioniert nicht, der Sauerstoff geht ihm allmählich aus... da entdeckt er zufällig den Eingang zu einer fremden Station. Die Lebensbedingungen im Inneren entsprechen leider nur denen auf dem Mars.«

»Der intelligente Rechner ändert das umgehend, und Roy kann auf seinen Raumanzug verzichten«, setzte Trawisheim den Bericht fort, deren Einzelheiten er von Echri Ezbal, beziehungsweise Artus kannte.

»Falsch«, erwiderte Bulton. »Diesen Teil lassen wir weg.«

»Aha, ab jetzt lügen wir also doch.«

»Nein, wir lassen lediglich ein paar Absätze der Story unauffällig unter den Tisch fallen. Diese Taktik müßte Ihnen als Politiker doch vertraut sein.«

Trawisheim nahm Bulton die Bemerkung nicht übel. Er schluckte sie herunter, hob den Faden auf und spann die Geschichte jetzt selbst weiter.

»Aufgrund des Sauerstoffmangels bricht der arme Roy in der Station zusammen, noch bevor er sie richtig erkunden kann. Wie durch einen Nebel bekommt er mit, daß er von Robotern aufgehoben und in die Stationszentrale gebracht wird. Dort steht ein denkender Riesencomputer, der den Robotern Anweisung gibt, den Fremden aus dem Anzug zu befreien und in einen Tank mit einer

Nährflüssigkeit zu legen. Dadurch rettet er ihm das Leben. Nun beginnt eine jahrzehntelange Wartezeit. Damit Vegas' Verstand keinen Schaden nimmt, unterhält sich der Rechner fortwährend mit ihm. Auf diese Weise erfährt Roy, daß die Station vor tausend Jahren von friedlichen Außerirdischen errichtet wurde, die ursprünglich menschliche Verhaltensweisen studieren wollten, aber aus unerfindlichen Gründen ihre Absicht fallenließen und nie mehr zurückkehrten. – Eines Tages gelangt Artus durch Zufall in die Station, und Roys Martyrium hat ein Ende. Zufrieden, Bulton?«

»Im großen und ganzen ja«, antwortete der Marschall. »Sie haben die Unmengen von Waffen sowie die unterirdischen Gänge mitsamt dem Ungeheuer ausgelassen – und das ist gut so. Daß die Erbauer des Computers friedlich sind, wage ich zwar zu bezweifeln, aber diese Aussage ist nicht zu widerlegen. Allerdings schlage ich vor, auf gar keinen Fall von einem intelligenten, selbständig handelnden Rechner zu sprechen. Das Ding war nichts weiter als eine Maschine, basta! Bei Roys Rettung und der Kommunikation mit ihm hat sie nichts empfunden, sie folgte lediglich ihrer Programmierung. Es braucht vorerst niemand zu wissen, daß es noch mehr von Artus' Sorte gibt.«

»Einverstanden. Und wie erklären wir die Zerstörung der Station?«

»Gar nicht. Durch einen uns unbekannten Programmfehler, den wir aufgrund mangelnder Information nicht näher zu analysieren in der Lage sind, wurde versehentlich ein Selbstvernichtungsmechanismus ausgelöst, der die Station im Fall eines feindlichen Angriffs zerstören sollte. Artus schaffte es gerade noch, Roy in letzter Sekunde in Sicherheit zu bringen.«

»Und wie soll er das bewerkstelligt haben?« fragte Trawisheim. »Roys Raumanzug enthielt keinen Sauerstoff mehr. Wie also gelang es Artus in unserer Darstellung, den Bewußtlosen die Felsen hinaufzuschaffen?«

Bulton winkte knurrig ab. »Reserveanzug oder was weiß ich! An solchen Kleinigkeiten feilen wir noch herum. Hauptsache, das Gerüst der Story steht erst mal. Roy und Artus müssen sich alles ganz genau einprägen und bei jeder Befragung exakt wiedergeben.«

»Perfekt«, meinte Trawisheim und fügte hinzu: »Bis auf eine Kleinigkeit.«

»Was denn?«

»Wenn schon Flucht nach vorn, dann aber richtig. Wir präsentieren den wieder heimgekehrten Roy Vegas nicht nur der Presse, sondern der gesamten Weltbevölkerung. Wer ihn sehen, anfassen und mit ihm reden möchte, sollte in ein paar Wochen seinen Geburtsort New York besuchen. In jener Stadt hat es schon lange keine Konfettiparade mehr gegeben, finden Sie nicht auch?«

*

Die Rückkehr von Roy Vegas sorgte tagelang für Schlagzeilen in Stadt und Land sowie Programmänderungen in sämtlichen Medien. Die halbwahre Story, an der Trawisheim und Bulton noch tüchtig gefeilt hatten, wurde planetenweit verbreitet.

Eine repräsentative Presseumfrage unter der Bevölkerung ergab, daß beinahe jeder Erdenbürger den Namen »Roy Vegas« kannte. Hingegen wußten nur wenige, wie seine drei mittlerweile verstorbenen Mitstreiter hießen.

Nach der ersten Mondlandung 1969 hatte es sich Archivberichten zufolge ähnlich verhalten.

Artus konnte nachfühlen, wie Roy die große Zuneigung, die ihm entgegengebracht wurde, genoß. Offenbar gingen die Menschen in bestimmten Situationen mit Lob und Anerkennung sehr großzügig um. Gern hätte er ein wenig davon abbekommen, doch er drängelte sich nicht vor.

Im übrigen hatte er Wichtigeres zu tun. Auf seine Bitte hin hatte Ezbal bei seinen besten Wissenschaftlern ein »Roboter-Schlafprogramm« in Auftrag gegeben. Artus stand ihnen für Testzwecke laufend zur Verfügung.

Es war für ihn schon eine tolle Sache, sich nicht täglich neu regenerieren zu müssen. Auf diese Weise konnte er mehr leisten und war allen anderen überlegen, sogar den Cyborgs, die früher oder später ihren Schlaf brauchten. Aber ab und zu eine kleine freiwillige Ruhepause…

Schlafen – und eventuell ein wenig träumen. Warum sollte das nur den Menschen vorbehalten sein?

Die Roboter in der Reparaturhöhle hatten es Artus vorgemacht. Sie waren einfach hereingekommen und hatten sich selbst abgeschaltet. Allerdings hätten sie sich ohne fremde Hilfe nie wieder einschalten können. Artus hingegen wollte aufwachen, wann immer er es für richtig hielt oder wenn Gefahr drohte.

Keine leichte Aufgabe für Ezbals Team, das von den Cyborgs und von Artus selbst unterstützt wurde.

In gemeinschaftlicher Zusammenarbeit wurde das Unmögliche dennoch möglich gemacht. Artus wurde in die Lage versetzt, jederzeit in einen schlafähnlichen Entspannungszustand zu verfallen. Dazu mußte er ein bestimmtes kurzes Signal an sich selbst aussenden.

Während er »schlief«, blieb der Hauptteil seiner Sensoren »wach« – schließlich arbeiteten auch bei den Menschen während des Schlafs das Herz und andere innere Organe weiter, ebenso die Ohren. Ausschließlich sein Bewußtsein ruhte sich aus. Auf diese Weise konnte ihn niemand während des Ruhezustands unbemerkt überfallen.

Geschah nichts Unvorhergesehenes, wurde der Zeitpunkt seines Erwachens mittels einer rechnergesteuerten Zeitautomatik bestimmt, die er vorher einstellte.

Die Wissenschaftler des Brana-Tals waren mit sich zufrieden. Sie hatten ihrem Namen wieder einmal alle Ehre gemacht.

*

Nachdem Roy Vegas gesundheitlich wiederhergestellt war, wurde ihm zu Ehren in New York eine Konfettiparade gegeben. Stundenlang ließ er sich von der Bevölkerung umjubeln. Geduldig beantwortete er alle Fragen – wie er es zuvor mit Dharks Stellvertreter abgesprochen hatte.

Roy vermißte Artus. Seiner Ansicht nach hätte der denkende Roboter während der Parade an seine Seite gehört.

»Hätte mir ein Mensch das Leben gerettet, wären Sie rücksichtsvoller mit ihm umgegangen«, hielt er einem der Fest-Organisatoren vor. »Aber mit einer Maschine kann man es ja machen, wie?

Artus hat Gefühle wie wir, auf denen darf man nicht leichtfertig herumtrampeln. Sorgen Sie gefälligst dafür, daß er auf dem Staatsempfang in Alamo Gordo anwesend ist, Krause!«

Sein Wunsch wurde respektiert. Artus saß beim anschließenden Empfang unmittelbar neben Roy auf dem Ehrenplatz.

Später durfte er sogar eine Rede halten, was ihn sehr freute, weil dadurch sein Idiom-Programm endlich einmal richtig zum Einsatz kam. Er stand dabei auf einem breiten Balkon, Seite an Seite mit Roy (und einigen politischen Wichtigtuern), und sprach zu einer gespannt zuhörenden Menschenmenge, die sich vor dem Staatsgebäude versammelt hatte.

Zunächst machte er eine Bemerkung übers Wetter, das Lieblingsthema vieler Menschen: »Die Luft geht scharf, es ist entsetzlich kalt. – Hamlet, Königssohn des vorigen und Neffe des jetzigen Königs, erster Aufzug, vierte Szene.«

Er selbst war immun gegen den unangenehmen Witterungswechsel, den er lediglich über seine Sensoren festgestellt hatte. Auch der leichte Nieselregen machte ihm nichts aus.

Artus sprach über seine Erlebnisse auf dem Mars, und kommentierte allzu neugierige Zwischenfragen jeweils mit den Worten: »Ich besinne mich auf einen Haufen Dinge, aber auf nichts deutlich. – Othello, Cassio, zweiter Aufzug, dritte Szene.«

Als ihm ein dreister Reporter daraufhin vorhielt, etwas zu verschweigen, erwiderte der Roboter kurz und knapp: »So, so. – Othello, ebendaselbst, fünfter Aufzug, zweite Szene.« Damit hatte er die Lacher auf seiner Seite.

Der letzte Satz seiner kleinen Ansprache lautete: »Ich bitt euch, laßt das gut sein. – König Lear, Goneril (seine Tochter), erster Aufzug, vierte Szene.«

Artus deutete eine leichte Verbeugung an und verließ unter Applaus das Rednerpult.

Echri Ezbal, der den Empfang daheim am Bildschirm mitverfolgte, streichelte mit ernster Miene seinen übergewichtigen Kater.

»Ich glaube, Choldi, es ist dringend notwendig, an unserem ehemals treuen Butler in einem bestimmten Bereich einen Programmaustausch vorzunehmen«, murmelte er. »Zuvor knöpfe ich mir allerdings zwei junge, höchst bequeme Mitarbeiter vor, die meiner

Ansicht nach viel zuviel Zeit mit albernen Spielereien verschwenden.«

Er seufzte.

»Es ist doch immer dasselbe! Wenn man will, das etwas ordentlich erledigt wird, muß man es selbst tun.«

Eine Redewendung, die selbst Artus verstanden hätte – sogar ohne zusätzliche Programmunterstützung.

Im Anschluß an Artus' Rede bedankte sich Roy Vegas bei allen Terranern für die große Sympathie, die ihm entgegengebracht wurde – insbesondere bei Henner Trawisheim, der die Idee zur Veranstaltung der fröhlichen Parade in Roys Geburtsstadt maßgeblich in die Tat umgesetzt hatte.

Beide Männer schüttelten sich vor laufenden Kameras die Hände.

Und jetzt machte Trawisheim einen schwerwiegenden Fehler.

In aller Öffentlichkeit erkundigte er sich, ob Roy noch irgendeinen Wunsch hätte. »Ich bin bereit, Ihnen jede noch so ungewöhnliche Bitte zu erfüllen.«

»Ich habe nur eine«, entgegnete der Astronaut gelassen. »Zahlen Sie mir mein seit siebenundvierzig Jahren ausstehendes Gehalt. Immerhin war ich die ganze Zeit über als Regierungsangestellter auf dem Mars im Einsatz.«

Trawisheim, der einzige Cyborg auf rein geistiger Basis, errechnete eilends die Gesamtsumme und wurde etwas blaß um die Nase.

»Angesichts Ihrer damaligen enorm hohen Bezüge und der vertraglich vereinbarten Zulagen ergibt das mit Zins und Zinseszinsen einen dreistelligen Millionenbetrag«, stammelte er. »Wissen Sie eigentlich, wie es um unsere Staatsfinanzen steht? Um Sie bezahlen zu können, müßten wir eine neue Sondersteuer erfinden.«

»Nun übertreiben Sie mal nicht«, erwiderte Roy Vegas amüsiert. »Ich bin auch mit Ratenzahlungen einverstanden. Eine Million pro Jahr wird der Staat für mich doch abdrücken können, nicht wahr? Allerdings stelle ich eine Bedingung.«

»Welche?« fragte Trawisheim und schluckte.

Roys Antwort wurde in der ganzen Welt ausgestrahlt:

»Ich möchte das Kommando über ein Raumschiff!«

*

Die Sonne stand tief, als Moron auf den Balkon der Bibliothek trat und seinen Blick vom Meer weg über die Zinnen der Stadt schweifen ließ.

Moron seufzte. Seine Augen brannten. Er hatte fast den ganzen Tag zwischen den Schriftrollen zugebracht. Was die Denker seines Volkes seit Generationen niederschrieben, faszinierte ihn. Manchmal kam es ihm vor, als wäre jeder Gedanke schon einmal gedacht worden – irgendwann in der Vergangenheit. Die Schriftrollen waren Schätze, die darin schlummernde Weisheit wieder zum Leben erweckten. Und Moron fühlte sich berufen, dieses Wissen zahlloser Geister in sich zu vereinen und daraus erstmals in der Geschichte der Salter ein Ganzes zu formen, das seinem Volk völlig neue Perspektiven, völlig neue Einsichten in die Geheimnisse des Kosmos erschließen würde.

Manche Salter nannten Moron ein Genie. Er selbst war bescheiden genug, das nicht für bare Münze zu nehmen.

Lächelnd sah er zu, wie die Sonne am Horizont unter dem Rand des blauen Himmels versank. Nach ein paar tiefen Atemzügen kehrte er in die Bibliothek zurück...

Zumindest wollte er dies tun.

In diesem Augenblick aber riß ihn eine heftige Erschütterung von den Beinen.

Moron schrie noch im Fallen. Er war alt, seine Knochen brüchig. Als er auf dem Boden des Balkons aufschlug, glaubte er, sich nie wieder erheben zu können. Der Schmerz raubte ihm für Momente die Besinnung. Als er wieder zu sich kam, zitterte das Gebäude noch immer. Die Erschütterung schien sogar noch zugenommen zu haben. Die Steine ächzten an ihren Verbindungsstellen.

Moron hörte Geschrei. Unten auf der Straße brüllten Salter in blankem Entsetzen, und auch aus dem Inneren des Gebäudes drangen panikgefärbte Stimmen.

Mühsam schaffte es Moron, sich wieder auf die Beine zu stellen.

Er taumelte in den Raum, hatte sich wie durch ein Wunder nichts gebrochen – noch nicht, zumindest. Denn von der Decke wölkte Staub.

Sie wird nicht mehr lange halten, durchzuckte es den Wissenschaftler. Er beeilte sich, den Ausgang des Raumes zu erreichen. Die Treppe lag am Ende des langen Flures, über den andere Salter hasteten, Studenten, Lehrer, niemand schien einen Blick für den anderen zu haben. Die Angst machte sie blind, fokussierte ihren Verstand nur noch auf das eigene Schicksal.

Moron ertappte sich dabei, daß er ähnlich dachte. *Nur hinaus. Nur weg hier, bevor alles einstürzt…!*

Als er Minuten später ins Freie wankte, starrten ihm weit aufgerissene Augenpaare entgegen. Alle standen unter Schock, er eingeschlossen.

Kurz darauf ebbten die Beben ab.

Moron stand abseits, auf offener Straße und roch Rauch. Irgendwo im teileingestürzten Gebäude war ein Brand ausgebrochen. Die Löschmannschaften rückten bereits an. Dennoch versetzte es Moron einen Stich. Für ihn war jedes einzelne Dokument, das verlorenging, ein unersetzlicher Schaden.

Nachdem er den ersten Schreck überwunden hatte, half er den herbeieilenden Kräften zusammen mit seinen Studenten, wo es nur ging. Das Feuer kam unter Kontrolle, doch aus den anderen Bereichen der Stadt kam eine Hiobsbotschaft nach der anderen.

Ein solches Erdbeben hatte der Inselkontinent noch nicht erlebt – und das Schlimmste war: Kein Wissenschaftler hatte es vorhergesehen. Lemuria hatte immer als tektonisch besonders unauffällig gegolten, im Gegensatz zu vielen anderen Bereichen der Weltkugel. Bereiche, die die Salter zwar besuchten, aber nie besiedelt hatten. Manchmal kam es Moron vor, als gäbe es auf diesem Planeten zwei streng voneinander getrennte Lebensräume, von der Natur so eingerichtet. Während auf Lemuria Kultur großgeschrieben wurde, durchstreiften auf den anderen Kontinenten noch Horden von Halbaffen die Wildnis. Theorien, wonach es sich dabei um entfernte Verwandte der Salter handelte, wurden seit Jahren strittig diskutiert…

»Moron!«

Jemand eilte auf ihn zu, als er das Gebäude in den frühen Morgenstunden verließ, um zu seinem Fahrzeug zu gehen. Er war völlig erschöpft und wollte nur noch nach Hause.

»Ja?«

Er erkannte ein Mitglied der Gewalt.

Der Regierende grüßte ihn respektvoll. »Ich bin erleichtert, daß dir nichts passiert ist.«

»Danke. Wie lautet die Bilanz der Katastrophe?«

»Es gab Tote. Ihre genaue Zahl steht noch nicht fest. Wir werden Vorsorge treffen, daß sich so etwas nie mehr wiederholen kann.«

»Nichts kann so etwas ausschließen. Kein…« Morons Ton färbte sich dunkel, »… Genie der Welt.«

»Deine Bescheidenheit ehrte dich schon immer. Die Gewalt ist anderer Meinung. Ich wurde geschickt, um dich mit der Aufgabe zu betrauen. Wir halten dich für den geeigneten Mann, ein Forschungsprogramm ins Leben zu rufen, das eine frühzeitige Erdbebenwarnung gestattet. Bislang wurde dieses Gebiet vernachlässigt, aber…«

Moron ließ den Regierenden einfach stehen. Er war müde und zornig. Keine ideale Mischung für ein Gespräch, wie der Gesandte der Gewalt es anstrebte.

Zu Hause, wo er bis auf ein paar Dienstboten alleinlebte, war der Schaden gering, was an der einstöckigen Bauweise des Bungalows lag. Moron zog sich zurück und fiel in einen totengleichen Schlaf. Das Alter forderte seinen Tribut.

Als er erwachte, war es dunkel.

Wieder dunkel.

Wie viele Stunden habe ich geschlafen? dachte er.

Dann entdeckte er den Fremden, der in seinem Zimmer stand.

Moron setzte sich erschrocken auf. Er fürchtete ein Attentat. Was er nie hatte glauben wollen – daß es Salter gab, die ihm nach dem Leben trachteten – schien sich nun zu bestätigen.

Vorsichtig streckte er seine Hand nach dem Kommgerät aus, um Hilfe herbeizurufen.

»Das würde ich nicht tun…«

»Du drohst mir?«

»Im Gegenteil, ich komme als Freund.«

»Freunde brechen nicht nachts in die Häuser von Freunden ein. Außerdem… kenne ich dich nicht.«

»Nenne mich Heeron.«
»Das klingt nicht, als wäre es tatsächlich dein Name.«
»Namen sind ohne Bedeutung.«
»Für dich vielleicht.«
»Man sagte mir, daß du ein starrköpfiges Geschöpf bist.«
»Geschöpf...« Moron lauschte dem Klang des Wortes hinterher. Die Ausdrucksweise des Fremden irritierte ihn, obwohl er sich sonst nicht so leicht aus der Bahn werfen ließ.

»Wir haben dich lange beobachtet und halten dich für die geeignete Person, um den Erstkontakt herzustellen.«

»Person klingt schon besser«, sagte Moron. »Aber was verstehst du unter Erstkontakt?«

»Die erste Begegnung«, sagte Heeron, »mit euren Schöpfern.«

*

Ein Wahnsinniger, dachte Moron.

Doch der Fremde, der wie ein durchschnittlicher Salter aussah, fuhr fort: »Du bist klug, deshalb erwartest du Beweise für eine ungeheuerliche Behauptung wie diese. Die sollst du bekommen. Zunächst aber höre zu, was ich dir zu sagen habe: Ihr werdet diese Welt verlassen. Die Schiffe, die euch evakuieren, sind bereits unterwegs.«

»Was auch immer du da faselst... wir haben selbst Schiffe.«

»Nicht solche.«

»Was meinst du mit evakuieren? Hast du das Erdbeben zum Anlaß genommen, um –«

»Das Erdbeben war nur der Anfang. Euer Kontinent wird untergehen. Auch der Rest der Welt wird auf lange Zeit unbewohnbar sein. Wir haben die Zeichen zu spät gedeutet. Sonst hätten wir früher reagiert.«

»Du hast dich vorhin als Schöpfer bezeichnet. So also sieht ein Gott aus...«

Heeron gab sich unbeeindruckt von jedem Spott.

»Wirst du uns helfen?«

»Wie? Was können Götter von einem einfachen Sterblichen erwarten?«

»Daß du zu deinem Volk sprichst. Dein Wort hat Gewicht – mehr als das eurer Regierung. Wie bereits erwähnt, haben wir dich lange beobachtet. Du giltst als das intellektuelle Oberhaupt der Salter. Als ihr… Vordenker.«

»Zuviel der Ehre.«

»Wirst du uns helfen?«

»Sprachen wir nicht von einem Beweis, den du erbringen wolltest, ›Göttlicher‹?«

Heeron warf Moron etwas zu, das dieser auffing.

»Eine… Waffe…!«

»Keine, wie du je eine gesehen hast. Ziele auf den Schrank dort.«

Moron gehorchte, weil ihn eine gewisse Neugier erfaßte.

»Und jetzt… schieß!«

Ein grünlicher Strahl verließ den Lauf der Handwaffe. Der Schrank zerfiel zu Staub, Teile der Wand, vor der er stand, ebenfalls.

»Eure höchste Errungenschaft sind gegenwärtig Explosionswaffen. Projektile, die mittels Schwarzpulverentladungen vorangetrieben werden. Habe ich recht?«

Moron starrte immer noch fassungslos auf die Waffe und rang nach Worten.

»Ich – könnte sie auf *dich* richten.«

»Das wäre dumm. Und ich halte dich für das genaue Gegenteil. Andererseits… versuche es.«

»Nein, ich –«

»Versuche es!«

Moron zielte nur auf die Beine des Fremden. Der grünliche Strahl berührte sie, ohne sie zu verletzen. Nur der Boden hinter ihm, verwandelte sich in Staub!

»Glaubst du mir jetzt, daß ich ein Gott bin?«

»Nein!«

»Ich wußte, daß du klug bist – ideal für die Aufgabe, die du erfüllen sollst. Zum Wohle deines Volkes, das…«

»Das?«

»… wir vor langer Zeit erschaffen haben.«

*

Das untere Ende der nischenartigen Öffnung bestand aus einer Mulde – die jedoch leer war.

Dennoch erinnerte der Anblick Arc Doorn spontan an etwas, das weitab in ihrer Heimatgalaxis existierte – in der Ringraumerhöhle.

Und sinnigerweise hatten Menschen das, was Doorn meinte, ebenfalls »das Archiv« genannt.

Während sich ringsum Verblüffung und Enttäuschung wieder ablösten, schloß er die Augen und konzentrierte sich.

Dann – ein Aufschrei.

Anja Riker.

»Das gibt es nicht…!«

Arc Doorn öffnete die Augen und wunderte sich von allen Versammelten am wenigsten über das, was er sah.

Die Mulde im Quader war nicht mehr leer.

Eine kleine weiße Pille lag darin.

Vielleicht wußte der Shir, um was es sich handelte – die beiden Rahim waren ahnungslos.

Bevor ihn jemand daran hindern konnte, nahm Arc Doorn die *Mentcap* an sich, beförderte sie in seinen Mund – und schluckte sie.

*

»Lem, die Urheimat, und Lemuria, der Ursprungskontinent, sind im Dschungel der Sterne verschwunden. Jahrhunderte und Jahrtausende vergingen seither im Dienst und unter der Obhut der Hohen«, lehrte Rumor seine Schüler, »unserer Schöpfer, die uns zu ihren Ersten Dienern machten… hat jemand Fragen?«

Der Lehrsaal war nur halb gefüllt. Die Population war seit einiger Zeit rückläufig. Einige Wissenschaftler sahen darin die Spätfolgen der geradezu explosionsartig schnellen, künstlich angeregten Evolution der Salter. Einst hatten die Hohen mit ausgewählten Primaten auf Lem experimentiert. Aus den genetisch manipulierten Primaten hatten sich die Salter entwickelt.

»Ja«, meldete sich Harken, eine besonders aufmerksame Schülerin. »Es ist unfaßbar lange her, daß wir Lem verließen und uns über unzählige Planeten der Galaxis ausbreiteten. Mit Hilfe der Hohen erreichte unser Volk eine ungeahnte Blüte. Nur...«

»Nur?«

»... warum das alles? Welchen Sinn und Zweck erfüllen wir – in Diensten der Schöpfer?«

»Wir sorgen für den Frieden in der Galaxis«, sagte Rumor nachsichtig. »Findest du das einen zu geringen Anspruch für unser Volk?«

Harken errötete.

Rumor wollte eine weitere seiner gefürchteten spöttischen Bemerkungen hinzufügen, als ein Alarmton durch das Gebäude jagte. Nur wenige Herzschläge später drang die Stimme des Direktors aus den Lautsprechern: »Keine Panik. Unsere Schiffe sind bereits gestartet, um den Angreifern entgegenzufliegen! Wir haben nichts zu befürchten...«

»Angreifer?« schrie Harken. Dann redete der Rest der Klasse wild durcheinander.

Rumor war unwillkürlich zum Fenster geeilt, um zum Himmel zu blicken.

Es war heller Mittag, der Himmel wolkenlos, die Sonne strahlend...

... bis sich der *Schatten* vor sie schob.

Der Schatten, der alle Städte des Planeten auslöschte. Und jedes Ringschiff, das ihm entgegenflog.

*

Chronist!

Ren Dhark wußte nicht, wieviel Zeit vergangen war, bis es ihm endlich gelang, einen klaren Gedanken an das ordnende Element dieser seltsamen Flut von Aufzeichnungen zu richten. Ihm war, als triebe er durch einen gigantischen See aus Einzelinformationen, die der Chronist zu einem sinnvollen Ganzen ordnete – ganz nach Belieben. Oder ganz auf die Anforderungen desjenigen abgestimmt, der in dieses System eintauchte.

Ja?

Die Antwort auf den wenig zielgerichteten Ruf fiel klar und deutlich aus.

Ich habe erlebt, wie die Salter entstanden – als Folge eines Experiments der Hohen, dachte Dhark. *Und nun sah ich, wie es zum ersten Überfall der Grakos kam. Die Salter sind von den Hohen offenbar als Hilfsvolk ›gezüchtet‹ worden. Soviel habe ich verstanden. Auch daß die Zeitrechnungen, die wir in früheren Aufzeichnungen der Salter entdeckten, irreführend waren. Zumindest für uns Menschen, die später als die Salter auf dem selben Planeten entstanden sind – als Folge des selben Eingriffs? Ein ›der UUR‹ dauert nicht länger als zwölf irdische Tage – vieles, was ich früher nicht verstand, wird dadurch klarer. Aber...*

Aber?

Ich würde gern mehr über die Hohen selbst erfahren – die wir ›Mysterious‹ nennen. Zeige mir ein Bild von ihnen!

Das geht nicht.

Wieso nicht?

Ich besitze keine Informationen die Hohen betreffend. Jedenfalls nichts, was über das Notwendige hinausreicht, um die Geschichte meiner *Schöpfer zu verstehen.*

Der Salter? Dhark versuchte, sich seine Enttäuschung nicht anmerken zu lassen.

Ja.

Wer hat dich konstruiert, Chronist?

Ich bin keine Maschine.

Ich wollte dir nicht zu nahetreten. Dhark unternahm einen neuen Anlauf. *Du durchdringst meine Gedanken und erkennst sicher auch mein Zeitverständnis. Wann begannen die ersten Experimente auf der Erde – auf... Lem?*

Vor umgerechnet rund 50.000 deiner Jahre.

Und wieviel Zeit verging bis zu dem Moment, den ich gerade... nacherlebte? Bis zum ersten Auftauchen der Sternenpest, der Grakos?

Sie tauchten vor etwa 1.400 Jahren in der Galaxis auf. Als Hilfsvolk des Gnadenlosen Feindes. *Sie bemächtigten sich einer großen Zahl von Ringschiffen der Salter und zogen damit– zusätzlich zu ihren damals noch wenigen Schattenstationen – in den*

Krieg gegen die Mysterious und deren Helfer.

Der Gnadenlose Feind? Du willst sagen, die Grakos kämpften im Auftrag einer noch einmal andersgearteten Macht…?

Diese Information, so sie zutraf, kam einem Paukenschlag gleich.

Korrekt, antwortete der Chronist.

Woher stammt dieser… Feind? Wie ist sein Name? Was sind… waren seine Motive? Existiert er noch immer?

Viele Fragen, eine Antwort: Ich weiß es nicht. Kein Salter erfuhr es je. Vielleicht wissen es die Hohen. Aber sie ließen ihre minderwertigen Schöpfungen nie an ihrem Wissen teilhaben…

Zum ersten Mal hörte Dhark etwas aus den Worten des Chronisten, das andeutete, daß die Salter unter der Rolle als Helfer der Mysterious gelitten hatten. Vielleicht war es das Bewußtsein, Ergebnis genetischer Experimente zu sein, das dieses Trauma bewirkt hatte. Vielleicht interpretierte er das Gehörte aber auch falsch…

Soweit wir wissen, dachte er, *haben die Mysterious samt ihrer Verbündeten damals den Krieg gewonnen – zumindest gelang es ihnen, die Grakos auf lange Zeit entscheidend zu schwächen.*

Zuvor aber drängten sie die Hohen an den Rand des Abgrunds.

Wie?

Sie entwickelten Viren, die das Immunsystem der Hohen lahmlegten und sie enorm dezimierten. Es war ihr letzter Trumpf, als sie bereits geschlagen schienen.

Für eine Zeitdauer, die Dhark nicht bestimmen konnte, schien die seltsame Umgebung, dieser Ozean aus Wissen, zu verschwimmen. Er fürchtete schon, dem Chronisten entrissen zu werden, doch dann klärte sich seine Wahrnehmung wieder.

Die Grakos setzten eine Seuche ein, um die Mysterious zu besiegen?

Sie waren skrupellos, antwortete der Chronist.

Falsch, dachte Dhark. *Sie sind es. – Wie gelang es den Mysterious, doch noch die Oberhand zu gewinnen?*

Sie schafften es, fast zu spät, ein Gegenmittel gegen den grassierenden Tod zu entwickeln. Danach legten auch sie jegliche Skrupel ab, die sie bis dahin noch gebremst haben mochten. Die finale

Schlacht läutete den endgültigen Untergang der Geißel Grako ein, doch…

Doch?

… im letzten Augenblick konnten sich Reste von ihnen in unzugängliche Gefilde des Hyperraums flüchten.

Ich fürchte, ich verstehe nicht. Sie flüchteten durch den Hyperraum…?

In *den Hyperraum, sagte ich,* stellte der Chronist klar. *In eine energetische Blase, die in die übergeordnete Dimension eingelagert war, erschaffen vom* Gnadenlosen Feind, *dessen Möglichkeiten die der Grakos selbst um ein Vielfaches überstiegen. Danach waren sie unauffindbar für die Hohen, die natürlich alles daransetzten, der Spur der Grakos zu folgen. Doch das Medium, das ihnen Zuflucht bot, besitzt seine Tücken – das mußten schon die ›Mysterious‹, wie du sie nennst, erkennen, als sie mit ihm experimentierten…*

Welche Art von Experimenten war das?

Sie errichteten ein Depot. Es hatte mit Erron 2 zu tun. Doch nachdem es fertiggestellt war, verschlang es der Hyperraum.

Er verschlang es?

Ja, es erfüllte weiterhin seine Funktion – bis heute vermutlich. Aber es war nur noch via Transmitter erreichbar. Seine Position aber blieb unauffindbar. Ähnlich war es mit der Blase, in die die Grakos flohen. Die Hohen wußten, daß sie existierte – aber es gibt keine Koordinaten innerhalb des Hyperraums. Keinen Punkt, *den man ansteuern konnte. Die Grakos waren unerreichbar geworden. Unangreifbar.*

Diese Seuche, die die Mysterious dahinraffte – hatte sie etwas mit Goggol zu tun? Der Krankheit, die auch die Salter befiel?

Nein, verblüffte der Chronist. *Die Schuld am Untergang der Salter tragen ihre Schöpfer. Die Hohen…*

*

Die Hohen? Du meinst, die Mysterious wurden ihrer überdrüssig und…

Falsch. Der Begriff ›Schuld‹ ist relativ. Die Hohen verschulde-

ten das, was schließlich zum Niedergang der Salter führte und in ihrer Anfälligkeit für den krankhaften Zellzerfall gipfelte, unwissentlich. Die Salter, das zeigte sich viel zu spät, verkrafteten die Rasanz ihrer künstlich forcierten Entwicklung nicht. Degeneration und Krankheitsanfälligkeit waren der Preis, den sie für ihre herausragende Stellung an der Seite der Hohen zahlen mußten. Das letzte Zeitalter der Salter war geprägt von unendlichem Leid.

Konnte der Chronist ehrliche Trauer empfinden? Eine Maschine? Ein Programm...? Wie auch immer, Ren Dhark hätte geschworen, diese Trauer zu spüren, als die Rede auf das unwürdige Ende der Salter – der ersten Menschheit – kam.

Hat man nach ihrer Flucht, noch zu Salter-Zeiten, je wieder von den Grakos gehört? fragte er, ohne seine eigene Betroffenheit zu verhehlen.

Sogar unmittelbar nach ihrem Rückzug in die unangreifbaren Gefilde, erwiderte der Chronist. *Sie begannen, die Galaxis mit harter Strahlung zu bombardieren, wollten die Hohen samt ihrer* – ein kurzes Zögern – *samt ihrer Züchtungen auf diese Weise vernichten.*

Was ihnen aber nicht gelang...

Nein, doch sie zwangen die Hohen damit zu eigenen Radikalmaßnahmen, die diese eigentlich friedfertigen Wesen sonst nie als Kriegsmittel gewählt hätten.

Woher weißt du das, daß die Mysterious ›eigentlich‹ friedliebend sind?

Es wurde mir eingegeben.

Von den Saltern?

Ja.

Dhark sah seine Vermutung bestätigt, gestand sich aber ein, daß er im Grunde alles anzweifeln konnte, denn alles war dem Chronisten von den Saltern eingegeben worden.

Wie reagierten die Mysterious?

Sie manipulierten das überschwere Schwarze Loch im galaktischen Zentrum, antwortete der Chronist.

*

Unwillkürlich zuckten Erinnerungen durch Ren Dharks Bewußtsein. Erinnerungen an seinen Aufenthalt im galaktischen Zentrum. An seinen Kampf gegen die G'Loorn, die dort ihr unheilvolles Reich errichtet hatten – die *Quiet Zone!* Künstliche Black Holes hatten eine Art löchrige ›Schale‹ um das seit Urzeiten vorhandene natürliche Schwarze Loch im Mittelpunkt der Galaxis geformt. Zwischen dem Super Black Hole im Zentrum und den von den G'Loorn installierten künstlichen Schwerkraftmonstren hatte sich eine Sphäre mit veränderten physikalischen Bedingungen gebildet. Erst nach dem Kollaps der künstlichen Black Holes war diese *Quiet Zone* erloschen. Geblieben war der Kern des Super Black Holes, von dem der Chronist gerade sprach…

Warum? fragte er. *Warum taten sie das?*

Er wußte, wie extrem riskant und unberechenbar Eingriffe dieser Größenordnung waren. Zugleich vermittelte es einen Eindruck über die Verzweiflung, welche die Mysterious getrieben haben mußte, um ein solches Mittel ins Kalkül zu ziehen.

Mit Hilfe der technisch noch erhöhten Gravitation gelang es ihnen, die von den Grakos freigesetzte Strahlung buchstäblich ›abzusaugen‹. Zudem entriß der Schwerkraftsog die Zuflucht der Grakos dem Hyperraum und machte sie so wieder angreifbar. In der Folge wurden sie vernichtend geschlagen. Nur wenige entkamen in die Tiefen des Alls. Doch es war ein Pyrrhus-Sieg.

Ein Pyrrhus-Sieg? Wieso? Hat es… mit der Manipulation zu tun? Dem Eingriff in die Natur des Schwarzen Loches?

Die Hohen, antwortete der Chronist, *erkannten zu spät, daß die kurzzeitige immense Schwerkrafterhöhung nicht nur positive Effekte hatte, sondern…*

Dhark wußte, was der Chronist sagen würde, bevor die Worte in ihm materialisierten.

… sie sorgten auch dafür, daß eine fremde Galaxis aus einem anderen Kontinuum in dieses gerissen wurde.

Allmächtiger, dachte Dhark. Bis zuletzt hatte er gehofft, sich zu irren. *Die Katastrophe geht auf die Mysterious zurück! Sie haben sie ausgelöst, diese… diese…*

Er fand keine Worte.

Die Hohen flohen aus der Galaxis, die sie zum Untergang ver-

dammt sahen. Um die Flucht zu bewerkstelligen, ordneten sie jeweils zehn Ringraumer zu einem Zylinder und nutzten den geballten Antriebsschub des Sternensogs, um den Leerraum jenseits des Halos der Galaxis zu überwinden.

Was… was für eine Bedeutung hatte der ›Peilstrahl‹, den wir orteten?

Er diente dazu, eine Expedition an den erwarteten Eintrittsort der fremden Galaxis zu führen. Er hatte Bestand, weil die Hohen sich bis zuletzt nicht völlig sicher waren, ob die prognostizierte Katastrophe auch tatsächlich eintreten würde. Sie hofften, wie alle… doch vergebens.

Das würde die ›Unschärfe‹ erklären, die uns stutzig machte…

Auch die Salter folgten dem Strahl, fuhr der Chronist fort. *Er führte sie in die zu diesem Zeitpunkt erstmals materialisierte andere Galaxis.*

Den Rest kenne ich, dachte Dhark.

Wirklich? reagierte der Chronist zweifelnd. *Du weißt, daß die Grakos in der Folge – nach dem Exodus der Hohen – wieder aus ihren Schlupflöchern herauskrochen und sich als späte Sieger in diesem gigantischen Duell fühlten? Ohne zu diesem Zeitpunkt vom drohenden Unheil durch die neue Galaxis zu ahnen?*

Nein, gestand Dhark ein. *Details kenne ich natürlich nicht. Rede!*

Drakhon materialisierte in ›Schüben‹. Endgültig und vollständig kam die Galaxis nach deiner Zeitrechnung, die ich deinen Gedanken entnehme, im Jahr 1805 in unserem Kontinuum an. Für die Bewohner Drakhons wurde die Versetzung erst erkenn- und spürbar, nachdem sie sich komplett vollzogen hatte. Von ihrer Warte aus gab es keine vorherigen Hinweise.

Dhark erinnerte sich an sein jüngstes Gespräch mit den Shir, an die Zweifel, die er an manchen Aussagen immer noch hatte. *Wann,* fragte er deshalb, *kam es zur ersten Begegnung der Salter mit den Shirs?*

Nach deinem Kalender im Jahre 1752.

Also doch: vor 300 Jahren…

Die Salter kamen für die Shirs wie aus dem Nichts, sagte der Chronist. *Sie hatten noch keine Informationen über eine andere*

Galaxis in unmittelbarer kosmischer Nähe. Der Peilstrahl hatte den Durchbruch in das andere Universum noch vor der endgültigen Materialisation ermöglicht. Die ›Wellen‹, die Drakhon beim Durchbrechen der Grenzen zweier Kontinua erzeugte, lösten in der Milchstraße immer heftigere…

… Magnetstürme aus, dachte Dhark

Korrekt.

Und der kosmische Blitz, dachte er weiter, *der zum Ausfall ungeschützter Mysterioustechnik führte, war somit der traurige Höhepunkt, der den Moment markiert, an dem Drakhon schließlich integraler Bestandteil* unseres *Universums wurde…*

Kosmischer Blitz? fragte der Chronist.

Wie lange lagerst du hier schon, getrennt von denen, die dich einst mit Wissen fütterten?

Ich kann es nicht sagen.

Dhark behandelte den Chronisten wie ein Wesen aus Fleisch und Blut, indem er ihm nun seinerseits den kosmischen Blitz – und seine Folgen – erklärte.

Sein Dialogpartner zeigte nicht, ob er darüber betroffen war.

Er schwieg.

Dhark wußte inzwischen, daß der Blitz in Drakhon ebenfalls spürbar gewesen war – sogar etwas früher als in der Milchstraße. Das war die Erklärung dafür, daß beim ersten Einflug der POINT OF noch nichts von der Völkervielfalt der Zweiten Galaxis erkennbar gewesen war. Die paramental begabten Bewohner Drakhons hatten unter den Auswirkungen der kosmischen Schockwelle ungleich schwerer zu leiden als die Bewohner der Milchstraße, die nur für Tage oder Stunden bewußtlos gewesen waren.

Die Worte des Chronisten rissen Dhark aus seinen Überlegungen: *Ich freue mich, dich kennengelernt zu haben. Du bist kein Salter, aber du entstammst dem gleichen Planeten wie sie. Besser hätte es nicht kommen können.*

Was meinst du?

Die Salter hatten immer Sorge, in Vergessenheit zu geraten, ihre Identität als Volk nach dem Tode zu verlieren. Ich spüre, daß diese Sorge unbegründet war.

Du spürst… kanntest du Olan?

Ja. Er war ein guter Lehrer.

Mehr, dachte Dhark, *von den Erinnerungen an den ältesten der letzten Salter überwältigt. Er war viel, viel mehr. Ein Freund...*

*

Ren Dhark taumelte rückwärts. Die »Falle« gab ihn frei.

Er war noch völlig benommen von der Wissensfülle, die auf ihn eingeströmt war und nahm seine Umgebung zunächst nur schemenhaft wahr. Seine Augen mußten sich erst wieder an die Verhältnisse gewöhnen.

Als ihn jemand stützen wollte, wehrte er ab: »Alles in Ordnung!«

»Das hatten wir gehofft«, sagte Anja Riker. »Nachdem Arc die Mentcap geschluckt hatte, die offenbar eine Bedienungsanweisung des ›Chronisten‹ enthielt. Arc erklärte uns, die Kapsel, in der dein Kopf steckte, würde dich spätestens nach Ablauf der kompletten Chronik wieder von selbst freigeben. Er scheint recht behalten zu haben... kannst du darüber sprechen? Was beinhaltete diese – Chronik? Lieferte sie Hinweise darauf, wie wir der drohenden Kollision zweier Galaxien begegnen könnten?«

»Das«, meldete sich ein Rahim aus dem Hintergrund, und es klang keineswegs beiläufig, »würde uns auch interessieren. Worüber berichtete dieses... Etwas?«

Ren Dhark blickte zu Gola und Kalnek. »Ich weiß nicht, was ihr befürchtet, aber es handelte den Werdegang der Salter ab. Sie zeichneten ihre Entwicklung vom Primaten bis zur Hochkultur auf, um ihre Geschichte der Nachwelt zu erhalten – sie wollten nicht, daß sie eines Tages ganz vergessen werden.« Er rieb sich den Nacken. »Darüber hinaus gibt die Chronik aber auch Aufschluß darüber, wie es zur Entführung Drakhons in unser Universum kam... eine Tragödie sondergleichen. Ich werde darüber berichten, sobald ich mich etwas gefangen und meine Gedanken gesammelt habe.« Er nickte den Rahim zu. »Wer solange nicht warten will, dem bleibt es freigestellt, sich sämtliche Details auf dem gleichen Weg zu holen, wie ich es tat.«

Gola und Kalnek folgten dem ausgestreckten Arm, der auf die

Radnabe zeigte.

Die Rahim blieben zurück, während Ren Dhark und die anderen die Höhle in Begleitung des alten Shirs verließen.

*

Über Hyperfunk stellte Gola nach Absprache mit Kalnek einen Kontakt nach Rah her, um die anderen Räte von der Entwicklung zu informieren. Er berichtete, was sie aus der Salterchronik erfahren hatten. Der Rat billigte jegliche Zusammenarbeit – nicht nur mit den Fremden aus der anderen Galaxis, sondern auch mit den »Niederen« – ein Wort, das plötzlich niemand mehr leichtfertig in den Mund nahm.

Kurz darauf verhandelte Gola bereits mit Ren Dhark. Er bat ihn um eine Vernetzung der Rahim-Computer mit denen der Terraner.

Dhark stimmte der Verbindung mit dem Checkmaster nach einigem Zögern zu.

Die Auswertung der eingegebenen neuen Erkenntnisse ergab binnen kürzester Frist, daß das von den Mysterious manipulierte Super Black Hole im Milchstraßenzentrum immer noch eine hohe Affinität und Anziehungskraft auf Drakhon ausübte – auch nach dem erfolgten Transfer aus dem anderen Universum. Und daß das gewaltige Schwarze Loch aller Wahrscheinlichkeit nach auch mit der jüngsten Transition zu tun hatte, die Drakhon näher an die Milchstraße herangebracht hatte.

»Drakhon«, verlas Ren Dhark die auf Folie ausgedruckte Erklärung des Checkmasters an seine engsten Vertrauten, zu denen mittlerweile auch Shodonn gehörte (der seinen Platz an der Brust des erholten Rhaklan wieder eingenommen hatte) »lädt sich aufgrund seiner Herkunft aus einem anderen Kosmos hier bei uns immer stärker mit Hyperenergie auf. Ab einem ›kritischen‹, nicht exakt vorherbestimmbaren Wert wird die nächste Transition stattfinden – diesmal vielleicht schon in einem Ausmaß, der Drakhon, angezogen vom Super Black Hole, deckungsgleich mit der Milchstraße rematerialisieren läßt!«

Schon oft in der Vergangenheit hatten Checkmaster-Dossiers blankes Entsetzen geweckt...

… aber noch niemals zuvor ein solches Grauen, wie Ren Dhark es in diesem Moment in den Gesichtern seiner Weggefährten las.

Die Spiegel seines eigenen Grauens waren…

*

Noch am selben Tag folgte Ren Dhark der Einladung des Shir-Rates, der ihn bat, vor ihm zu erscheinen.

Er allein – ohne eine Begleitperson.

Ihm schwante Böses, als er den Ratssaal betrat. Doch es erwies sich, daß die Shirs ihn in aller Freundschaft unter diesen ungewöhnlichen Vorgaben zu sich gebeten hatten.

Wir werden die Rahim nicht länger auf unserer Welt dulden können, wurde ihm eröffnet.

»Was haben sie sich zu Schulden kommen lassen?« fragte Dhark geradeheraus, nachdem er seine erste Verblüffung überwunden hatte.

Wir wissen es nicht. Nicht genau. Sie blocken ihre Gedanken perfekt ab. Es gibt keine Möglichkeit, die Lauterkeit ihrer Absichten zu überprüfen.

»Und das ist der Grund, weshalb ihr sie nicht länger auf Salteria dulden wollt?« Dhark war irritiert. Stand ein Rückfall der Shirs in alte Gewohnheiten bevor?

Sie haben eine negative Aura.

Auch das war keine eigentliche Erklärung. Dhark überlegte, ob es mit der Grundmentalität der Rahim zu tun haben konnte, die Auswüchse wie Sklavenhaltung ermöglichte. Waren die Shirs auf unbewußter Ebene in der Lage, dergleichen zu erfühlen?

Welches Bild mögen sie wohl von den Menschen haben?

Er behielt den Gedanken für sich.

»Überdenkt eure Haltung noch einmal – bedenkt, welche Folgen es haben könnte, die Rahim zu… verprellen. Ich selbst habe auch Zugeständnisse machen müssen, ließ mich aber überzeugen, daß das Risiko, den Rahim zu vertrauen, den möglichen Nutzen wert ist.«

Du verbürgst dich für sie?

»Das kann ich nicht.«

Du kennst unsere Bedenken nun.

Dhark begriff, daß er damit entlassen war.

Tief in Gedanken versunken verließ er den Ratssaal.

*

Er kehrte nicht auf die POINT OF zurück, sondern suchte die Unterkünfte auf, die den Rahim auf Salteria zur Verfügung gestellt worden waren. Er hatte sich mehrmals mit Gola hier getroffen, auf ›neutralem Boden‹ sozusagen, und hoffte, ihn auch jetzt anzutreffen. Er wollte mit ihm sprechen, ihm die Bedenken der Shirs behutsam nahebringen. Damit die Rahim sich den Shirs vielleicht mehr öffneten und somit eine bessere Vertrauensbasis schufen.

Beim Betreten der Unterkunft erwartete ihn jedoch ein Schock.

Als sich die Tür vor ihm öffnete, lag unweit am Boden eine Gestalt.

Ein Rahim.

Er war nicht allein. Jemand beugte sich über ihn.

Eine Gestalt, die *Nicht*-Rahim war – und wie Ren Dhark sie schon einmal unter unguten Bedingungen gesehen hatte. Als er Zeuge eines feigen Mordes gewesen war. Einer gedankenlosen Tötung, die ein Rahim an einem hilflosen kleinen Geschöpf begangen hatte, das aussah wie dieses…

Das Wesen hatte die Türöffnung bemerkt, fuhr herum und starrte Ren Dhark aus weit aufgerissenen Augen entgegen.

Schuldbewußt, wie es schien.

Dhark begriff, daß der Rahim am Boden tot war.

Und daß nur die kleine Alien-Frau, die neben ihm kniete, ihn umgebracht haben konnte…

REN DHARK
Drakhon-Zyklus Band 10
Fluchtpunkt M 53
erscheint Mitte Februar 2002

REN DHARK im Überblick

Mittlerweile umfaßt die REN DHARK-Saga 40 Buchtitel:
16 Bücher mit der überarbeiteten Heftreihe,
neun mit der offiziellen Fortsetzung, dem DRAKHON-Zyklus,
14 Sonderbände und ein Spezialband.
Der nun folgende Überblick soll Neueinsteigern helfen, die
Bücher in chronologisch korrekter Reihenfolge zu lesen.

Erster Zyklus:

2051: Handlungsabschnitt HOPE/INVASION

Sonderband 4:	»Hexenkessel« Erde (1999)
Band 1:	Sternendschungel Galaxis (1966 /1994)
Sonderband 7:	Der Verräter (2000)
Band 2:	Das Rätsel des Ringraumers (1966 /1995)
Band 3:	Zielpunkt Terra (1966, 1967 /1995)
Band 4:	Todeszone T-XXX (1967 /1996)
Band 5:	Die Hüter des Alls (1967 /1996)
Sonderband 1:	Die Legende der Nogk (1997)

2052: Handlungsabschnitt G'LOORN

Band 6:	Botschaft aus dem Gestern (1996)
Band 7:	Im Zentrum der Galaxis (1997)
Band 8:	Die Meister des Chaos (1997)
Sonderband 2:	Gestrandet auf Bittan (1998)
Sonderband 3:	Wächter der Mysterious (1998)

2056: Handlungsabschnitt DIE SUCHE NACH DEN MYSTERIOUS

Band 9:	Das Nor-ex greift an (1967 /1997)
Band 10:	Gehetzte Cyborgs (1967, 1968 /1997)
Sonderband 12:	Die schwarze Garde (2001)
Band 11:	Wunder des blauen Planeten (1968 /1998)
Band 12:	Die Sternenbrücke (1968 /1998)
Band 13:	Durchbruch nach Erron-3 (1968 /1999)
Sonderband 8:	Der schwarze Götze (2000)

Band 14:	Sterbende Sterne (1968, 1969 /1999)
Sonderband 5:	Der Todesbefehl (1999)
Sonderband 6:	Countdown zur Apokalypse (2000)
Band 15:	Des Echo des Alls (1969 /1999)
Band 16:	Die Straße zu den Sternen (1969 /2000)

Zweiter Zyklus:

2057/58: DRAKHON-Zyklus

Band 1:	Das Geheimnis der Mysterious (2000)
Band 2:	Die galaktische Katastrophe (2000)
Sonderband 10:	Ex (2000)
Sonderband 9:	Erron 2 – Welt im Nichts (2000)
Band 3:	Der letzte seines Volkes (2000)
Band 4:	Die Herren von Drakhon (2000)
Band 5:	Kampf um IKO 1 (2001)
Sonderband 11:	Türme des Todes (2001)
Band 6:	Sonne ohne Namen (2001)
Band 7:	Schatten über Babylon (2001)
Band 8:	Herkunft unbekannt (2001)
Sonderband 13:	Dreizehn (2001)
Sonderband 14:	Krisensektor Munros Stern (2001)
Band 9:	Das Sternenversteck (2001)

Einzelromane ohne Handlungsbindung an die Serie, welche ca. sieben bis acht Jahre nach dem Ende des ersten Zyklus in einem »alternativen« RD-Universum spielen:

Spezialband 1:	Sternen-Saga / Dursttod über Terra

Ren Dhark-Programm

Kurt Brand schuf von 1966 bis 1969 die Heftserie **Ren Dhark.** Für die HJB-Buchausgabe wurde der SF-Klassiker bearbeitet und im Drakhon-Zyklus und in Sonderbänden fortgeschrieben, denn in den Tiefen des Alls ist das Rätsel der Mysterious noch immer zu lösen...

Bereits erschienen und noch lieferbar:

1. Zyklus (die alte Heftserie)*, Buchausgabe (352 Seiten), DM 29,80*
Bände 7 bis 16

Sonderausgaben des 1. Zyklus, *Buchausgabe (352 S.), DM 19,80, (inhaltsgleich mit 1. Zyklus, lediglich anderes Cover)*
Bände 4 bis 6

Sonderbände
Buchausgabe (192 Seiten), DM 19,80
(1) „Die Legende der Nogk" *Manfred Weinland*
(2) „Gestrandet auf Bittan" *Werner K. Giesa*
(3) „Wächter der Mysterious" *Hubert Haensel*
(4) „Hexenkessel Erde" *Marten Veit*
(5) „Der Todesbefehl" *Ewald Fehlau*
(6) „Countdown z. Apokalypse" *Ewald Fehlau*
(7) „Der Verräter" *Marten Veit*
(8) „Der schwarze Götze" *Conrad Shepherd*
(9) „Erron 2 - Welt im Nichts" *Manfred Weinland*
(10) „Ex" *Werner K. Giesa*
(11) „Türme des Todes" *Conrad Shepherd*
(12) „Die schwarze Garde" *Michael Nagula*
(13) „Dreizehn" *Werner K. Giesa*
(14) „Krisensektor Munros Stern" *Werner K. Giesa*

Drakhon-Zyklus (die Fortsetzung des 1. Zyklus)
Buchausgabe (352 Seiten), DM 29,80
Bd. 1 „Das Geheimnis der Mysterious"
Bd. 2 „Die galaktische Katastrophe"
Bd. 3 „Der letzte seines Volkes"
Bd. 4 „Die Herren von Drakhon"
Bd. 5 „Kampf um IKO 1"
Bd. 6 „Sonne ohne Namen"
Bd. 7 „Schatten über Babylon"
Bd. 8 „Herkunft unbekannt"
Bd. 9 „Das Sternenversteck"

Ren Dhark Spezial
Bd. 1 „Sternen-Saga/Dursttod über Terra"

In Vorbereitung:
Drakhon-Zyklus Band 10 „Fluchtpunkt M 53" (Mitte Februar)
Sonderband (15) „Das Nano-Imperium" (Mitte April)
Weitere Bände aus dem Drakhon-Zyklus erscheinen im Abstand von zwei Monaten, neue Sonderbände werden viermal jährlich veröffentlicht.

SPECIALS FÜR DEN REN DHARK-FAN

- POINT OF-Anstecknadel
HJB, unitallblau, DM 9,80
- GSO-Ausweis von „Jos Aachten van Haag"
HJB, Scheckkartenformat und -qualität, DM 9,80
- Ren Dhark Magazin
Nr. 1 (HJB), 48 Seiten, A4, DM 9,80,
Nr. 2 (MV), 60 Seiten, A4, DM 12,80
- Ren Dhark „Projekt 99"
Nrn. 99-121, Heft, A5, DM 9,80
- Ren Dhark „Xtra"
Nr. 1 und Nr. 2, Heft, A5, DM 9,80

HJB Verlag, Postfach 22 01 22, 56544 Neuwied
Tel. 0 26 31 – 35 48 32, Fax 0 26 31 – 35 61 02

www.ren-dhark.de